두 남자의 여자

KB269445

두 남자의 여자

초판 1쇄 찍은 날 § 2006년 4월 4일
초판 1쇄 펴낸 날 § 2006년 4월 14일

지은이 § 김윤수
펴낸이 § 서경석

편집장 § 문혜영
편집책임 § 이종민
편집 § 한지윤

펴낸곳 § 도서출판 청어람
등록번호 § 제1081-1-89호
등록일자 § 1999. 5. 31
어람번호 § 제5-0088호

주소 § 경기도 부천시 원미구 심곡1동 350-1 남성B/D 3F (우) 420-011
전화 § 032-656-4452 팩스 § 032-656-4453
http://www.chungeoram.com
E-mail § eoram99@chollian.net

ⓒ 김윤수, 2006

ISBN 89-251-0062-2 03810

김윤수 지음

두 남자의 여자

도서출판
청어람

CONTENTS

1

원형 침대와 퇴폐적인 느낌을 자아내는 붉은빛의 조명, 그리고 환한 대낮의 햇빛을 완벽히 차단해 주는 육중한 자줏빛 커튼. 강남의 번화가에 위치한 한 모텔방 안에서 두 남녀는 질펀한 정사 후의 나른함을 멍한 표정으로 즐기고 있었다.

얼마나 지났을까? 황세인은 벌거벗은 채로 침대에서 벌떡 일어서더니 탁자 위에 올려놓은 담배를 찾아 입에 물었다.

"담배 연기 싫은데."

시트로 상반신을 가린 일영이 조심스레 입을 열었다. 작은 체구와 마른 몸을 한 일영은 그다지 예쁘다고 볼 만한 얼굴은 아니었지만, 누가 봐도 참하고 여릿해 보이는 인상을 가진 여자였다. 순하고, 착하고, 싫다는 말 한 번 제대로 할 줄 모르고, 그리고 남자가 하자는 대로 뭐든지 마다하지 않고 해주는 그런 여자, 바로 일영은 황세인에게 그러한 여자였다.

그녀는 지난 석 달간 일주일에 최소 두 번은 그와 함께 호텔과 모텔 등지를 들락거리며 정사를 나눴어도 한 번도 담배 연기가 싫다는 소리를 한 적이 없었다. 그동안 싫은 티를 내기는커녕 참다 참다 이제야 조심스럽게 의견을 드러내 보이는 그녀의 가녀린 모습을 바라보며 세인은 피식 미소를 흘렸다.

그는 막 불을 붙인 담배를 재떨이에 비벼 껐다. 그녀가 원한다는데 이 정도쯤이야 못해줄 이유가 뭐가 있겠는가?

"나 샤워할 테니까 내 가방에서 면도기와 칫솔 좀 꺼내줘."

그의 이 같은 말에 일영은 조심스레 몸을 일으키더니 알몸을 타올로 가리고는 방 안 구석에 놓인 세인의 가죽 브리프 케이스를 집어 들었다. 세인은 그동안 욕실에 들어가 볼일을 보고 샤워를 시작했다.

세인은 늘 가방에 면도기와 칫솔, 스킨 같은 간단한 세면도구들을 챙겨 가지고 다녔다. 모텔에서 주는 일회용은 찜찜해서 사용하기 싫다며 일영에게도 그런 것들을 휴대할 것을 권했지만, 그녀는 전혀 그럴 생각이 없었다. 그를 따라 모텔에 들락거리는 건 사실이지만, 그런 것까지 지니고 다닌다면 완전히 이 같은 상황을 스스로 인정해 버리는 꼴이나 마찬가지라 싫었다. 물론 그와의 잠자리는 아주 좋았고, 그녀 스스로도 은근히 기대감을 가지며 그의 요구에 모르는 척 응하곤 했다. 일영에게 그는 첫 남자이고 그와 잠자리를 가진 지 석 달여가 흐른 지금, 그녀는 이 능수능란한 연인으로 인해 남녀 간의 정사에 대한 즐거움을 적잖이 터득하고 있었다.

일영은 가방을 열어 세면도구를 찾았다. 그리고 그걸 꺼내다가 우연히 옆에 있던 하얀색 봉투까지 건드려 그만 바닥에 떨어뜨리고 말았다. 일영은 무심코 바닥으로 떨어져 버린 흰색 봉투를 주어 들었다 자연스레 그 겉봉의 이름에 시선을 주게 되었다.

일영은 그 이름을 보고 떨리는 손으로 봉투를 열어 그 안의 청첩장을 꺼내 들었다. 그리고 그 안에 적힌 신랑의 이름을 확인한 일영은 저도 모르게 카드를 바닥 위에 툭 떨어뜨렸다.

세면도구를 가져다 주기로 한 일영이 한참을 기다려도 소식이 없자 세인은 욕실 문을 비쭉 열고는 일영을 불렀다. 하지만 일영은 꼼짝도 하지 않은 채 그저 우두커니 망연자실한 표정만을 짓고서 있을 뿐이었다.

세인은 일영의 발 앞에 떨어져 있는 청첩장을 발견하고는 아차 싶은 표정을 지었지만, 이내 평상시와 같은 덤덤한 표정으로 그녀의 앞으로 다가섰다. 창백하고 핏기 없는 일영의 표정이 그를 망연히 주시하고 있었다.

"봤어?"

일영은 마치 천 근을 머리에 얹은 양 힘들게 고개를 끄덕였다.

"봤군."

세인은 그저 무심하게 말하더니 그녀에게 손을 내밀었다. 일영은 어리둥절한 표정으로 그를 가만히 올려다보았다.

"내 세면도구 줘."

일영은 그의 천연덕스러운 요구에 자신의 귀를 순간 의심했다.

이 와중에 세면도구를 달라고? 지금 이 상황에?

"……설명해 주세요."

"뭘?"

"이거 말이에요."

"설명할 거 없어. 우리 사이는 변하지 않을 테니까."

"뭐라구요?"

일영은 기가 막혀 반문했다. 청첩장에는 신랑 황세인과 신부 신소정의 이름이 선명히 적혀 있었고, 날짜는 분명 다음 주 토요일이었다. 그의 결혼식이 고작 일주일밖에 남지 않았고, 일영은 어처구니없게도 그 사실을 지금에야 알았다. 그런데도 그는 설명할 게 없다고 말하고 있었다. 우리 사이는 변하지 않을 거라고 말하고 있었다.

"말 그대로야. 내가 결혼한다 해도 지금 우리 사이가 변할 이유는 없다고. 여태까지처럼 똑같이 만나고, 똑같이 사랑을 나누게 될 거야. 너도 그걸 마다할 이유가 없잖아?"

일영은 그의 어처구니없는 말에 눈을 지그시 감더니 가슴 위에 손을 얹고는 헐떡이는 숨을 간신히 가다듬었다.

"오빠, 그래도 이건……."

"그럼 넌 나와의 결혼이 가능하다고 생각했니?"

세인은 담배를 집어 들어 불을 붙였다. 방금 담배 연기가 싫다는 소리를 들었지만, 지금 이 순간만큼은 담배에 대한 유혹을 뿌리치기가 힘이 들었다. 일영 역시 담배 연기를 운운할 상황이 아니었기에 그저 말없이 그의 다음 말만을 기다렸다.

"솔직히 탁 터놓고 얘기할게. 나한테는 내게 걸맞는 여자가 필요해. 적어도 서울 시내 사 년제 대학은 나와야 하고, 집안 역시 양친 직업이 사회적으로 명망있거나 최소 삼십억 이상의 재산 정도는 가지고 있어야 해. 아무래도 사돈끼리 층이 지면 서로가 곤란하기도 하고, 같이 골프 회동 정도는 할 수 있는 처지는 되어야 무난하지. 안 그래? 하다못해 네가 사 자 돌림 전문직이었더라면 집안 처지는 것 정도야 어떻게든 밀어붙여 보겠지만 그것도 아니잖아. 고졸에 하는 일도 그저 그렇고, 너 우리 집안에 들어와 봐야 오래 못 버텨. 이런 말 하면 그렇지만 우리 부모님, 며느리 욕심이 만만치 않으시거든. 내가 결혼할 여자, 나랑 동문에 부모님은 잘나가는 사업가라 재산이 우리 집보다 많으면 많았지 결코 덜하지 않는 집안이야. 스물여덟에 직업은 미술관 큐레이터고. 상당히 괜찮은 스펙이지. 한 달 전에 선을 봤는데 이만한 여자가 없겠다 싶더라. 좀 급하게 날을 잡긴 했지만 뭐, 굳이 시간을 끌 건 또 뭘까 싶어서 빨리 결정한 거야."

일영은 순간 어지럼증을 느끼고는 관자놀이를 양손으로 지그시 눌렀다.

'내 눈앞에 서 있는 이 남자는 대체 누구지? 처음 만나는 그 순간 운명을 느끼고, 모든 것을 주고 싶었던 바로 그 남자. 가슴 벅차게 사랑하고, 또한 사랑을 주던 바로 그 남자. 사귀는 팔 개월의 기간 동안 인생의 환희와 기쁨을 넘치도록 느끼게 해준 햇살 같던 바로 그 남자. 바로 그 남자가 지금 내게 무슨 말을 하고 있는 거지? 어떻게 이렇게 잔인한 말을 표정 하나 변하지 않은 채 아무렇지도 않게 지껄일 수 있는 거지?

"꿈 깨, 김일영. 신데렐라는 없어. 너, 날 통해 신분상승이라도 해보고 싶었던 거니? 너 생각보다 속물이었구나?"

세인은 피식 웃더니 피우던 담배를 재떨이에 비벼 껐다.

"하긴 너도 여잔데 왜 그런 생각이 없었겠어? 하지만 염려하지 마. 난 너와 헤어질 생각은 전혀 없으니까. 결혼이라는 형식이 뭐가 그리 중요해? 그냥 지금처럼 지내자고. 그리고 원래 와이프란 미스코리아일지라도 그저 와이프일 뿐이야. 와이프한테 불타오르는 사랑을 느끼는 남자는 없으니까."

저 뻔뻔스러운 얼굴에 침이라도 뱉어주었으면. 아니, 저 잘난 낯짝을 주먹으로 확 갈겨주기라도 했으면!

하지만 일영은 그 어떠한 행동도 실행할 수 없었다. 가슴이 벌렁거리고 정신이 아득해져 와 이성적인 판단이나 적절한 대처를 할 만한 정신이 없었고, 그저 지금 이 순간이 믿어지지 않아 몸을 지탱하기만도 힘든 상황이었다.

"이리 와, 일영아."

일영은 그저 우두커니 눈만 껌벅거리며 서 있었다. 세인은 여전히 만면에 미소를 지은 채 일영에게 다가가 가만히 그녀의 맨어깨를 끌어안았다.

"넌 그냥 내 옆에 이대로 있으면 돼. 너 상처받지 않게 하기 위해서야. 내 옆에 이대로만 있으면 아무 문제 없어. 사랑해, 일영아. 사랑해."

세인의 품에 안긴 일영의 눈에서는 소리없는 눈물방울이 쉴 새

없이 굴러 떨어졌다. 사랑한다는 그의 말이 이토록 허무하고 공허하게 들리게 될 줄이야…….

사랑은 하는데 결혼은 할 수 없다는 남자. 결혼하고 나서도 달라질 건 없다고 말하는 남자. 상처받지 않게 하기 위해 너와는 결혼할 수 없다고 말하는 남자. 다음 주면 다른 여자와 결혼할 남자. 다른 여자를 품 안에 안고 지금 내게 하듯이 뜨겁고 열정적인 정사를 벌일 남자…….

일영은 그의 품 안에 다른 여자가 안겨 쾌락에 겨운 신음 소리를 내는 걸 상상하자 상상만으로도 숨이 턱 하니 막힐 정도로 괴롭다는 사실을 깨달았다. 더구나 그녀는 질투할 권리조차 없었다. 바로 일주일만 지나면 그녀는 그림자 속의 여자로, 오히려 핍박을 당하고 손가락질을 당해야 하는 여자로 전락해 버릴 것이다. 그와의 관계를 끊지 않고 지금까지처럼 지낸다면 바로 그게 그녀의 미래였다.

"내가 내일부터 이 주간 못 본다고 했었지? 결혼식 준비도 해야 하고 신혼여행도 다녀와야 하거든. 너한테는 말하지 않으려고 했는데 이왕 이렇게 된 거 하는 수 없지. 다녀오는 길에 멋진 선물 사 올게. 기대해."

일영은 다시 한 번 무너졌다. 지금 이 순간만큼은 아무런 생각도, 아무런 말도 하고 싶지 않았다. 미치더라도 지금 이 순간만큼은 미쳐 버려서는 안 된다는 일념으로 그녀는 정신을 다잡고 또 다잡았다.

어떻게 집에까지 돌아올 수 있었는지 모른다. 세인이 집 앞으로 바래다준 것까지는 기억이 나는데, 후에 신영의 말에 의하면 들어서던 현관에서 맥없이 주저앉더니 곧 의식을 잃었다고 했다.

정신을 차려보니 일영은 병원 응급실에서 링거주사를 맞고 있었고, 그의 옆에는 한 살 아래의 동생인 신영이 걱정스런 얼굴로 그녀를 지켜보고 있었다.

"언냐, 깼어?"

"……신영아."

"주제에 안 어울리게 웬 기절? 미쳤나 봐. 네 몸에 기절이라니 남들이 들으면 웃어."

일영은 억지로나마 힘없는 미소를 지어 보였다. 신영은 공부엔 별 취미나 재능이 없었던 일영과는 달리 머리가 아주 좋았고, 명문대를 졸업해 지금은 대기업 통신회사의 마케팅실에서 근무하고 있었다. 같은 뱃속에서 태어난 자매지만 이 둘은 모습부터가 확연하게 달랐다. 순하고 연약하게 생긴 일영에 비해 신영은 키도 훌쩍하니 큰 데다 다부지고 딱 부러진 인상의 소유자로, 가녀리고 청순한 스타일의 일영과 대비되는 강렬하고 화려한 이목구비를 지닌 미인이었다.

"하도 놀라서 119를 부르기는 했는데 아무 이상 없대. 혈액검사에 CT, MRI까지 다 찍었어. 병원비 얼마나 많이 나왔는지 알아? 하긴 이 기회에 건강검진 받는다 생각해야지 뭐. 일단 내 카드로 그었으니까 나중에 꼭 갚아."

"고마워."

"링거 다 맞은 다음에는 퇴원해도 된대. 빈혈도 없고, 당뇨도 없다니까 몸에 이상이 있는 건 아니고, 너무 피곤했거나 정신적 충격으로 그럴 수도 있다더라. 너 무슨 충격받은 일 있니?"

"……아니."

"휴, 그건 일단 나중에 파헤치도록 하자. 좀 더 쉬어. 네 주제에 지금 아니면 언제 링거 한 번 맞아보겠냐?"

아무리 일영이 아니라고 말해도 둘은 자매지간이었다. 신영은 일영에게 무언가 좋지 않은 일이 있다는 것을 눈치채고는 있었지만, 일단은 모르는 척하는 센스를 발휘했다. 지금은 피폐해진 몸을 제대로 추스르게 하는 일이 급선무였다.

일영은 마치 안개가 자욱한 거리를 갈 길을 모르고 배회하는 사람마냥 극심한 혼란을 겪고 있었다. 세인과의 미래를 감히 꿈꿔본 적은 없었지만, 그렇다고 지금의 이 같은 어이없는 상황을 기대했던 것도 아니었다.

같은 교회의 청년부에서 만난 세인은 교회 내에서도 촉망받는 젊은 엘리트 청년이었다. 누구나 그를 보면 호감을 느끼고는 어떻게든 말이라도 한 번 섞어보려 호시탐탐 노렸고, 어르신들에게는 공인된 일등 사윗감이기도 했다. 그저 신영을 따라 몇 번 예배만을 보고 오던 일영에게는 그림의 떡이었고, 잡을 수 없는 환상이었다.

그런 그가 팔 개월 전 크리스마스를 바로 이틀 앞둔 어느 날, 그녀에게 저녁을 같이 먹자며 갑작스런 데이트 신청을 했다. 크리스마스이브를 또다시 홀로이 보내야만 하는 건가 고민하던 스물다

섯의 일영에게 그는 하늘이 준 선물이자 기적이었다. 아직도 그녀에게는 그때의 벅찬 감동과 애틋한 느낌이 바로 어제의 일인 양 생생하게 남아 있었다.

'이건 꿈이야. 오빠가 나한테 이렇게까지 잔인할 수는 없어. 아닐 거야. 그래, 아니야.'

"신영아."

"왜?"

"이건 내 친구 얘긴데 말야."

"말해봐."

"남자와 팔 개월간을 사귀고는……."

일영은 잠시 숨을 고르고는 결심한 듯 다시금 입을 열었다.

"잠자리도 했어. 그런데 그 남자가 여자 조건이 자신의 집안과는 걸맞지 않는다고 하면서 다른 여자와 결혼을 해버렸거든?"

"쳐죽일 놈. 그래서?"

신영은 심드렁하니 대꾸했다. 조건 때문에 여자를 차버리고 제 갈 길 가는 남자 스토리야 길거리에 굴러다니는 돌멩이만큼이나 흔해 빠진 얘깃거리였다.

"그런데 그 남자는 친구를 아직도 사랑하고 결혼해서도 계속 만날 생각이라고 그런대. 친구와 결혼을 못한 이유는…… 워낙 부모님의 기대치가 크다 보니 오히려 결혼을 하게 되면 여자가 힘들게 뻔해서 그런 거고. ……그런 남자 어떻게 생각해? 친구는 그 남자를 무척 사랑하고 있고 놓치고 싶지 않다거든?"

"삽질하네. 어디서 쌍팔년도 신파냐? 그 친구한테 전해, 제 무덤 파고 싶으면 그 남자 계속 만나라고."

　신영은 코웃음을 치더니 말도 안 되는 소리라며 이렇게 일축했다.

　"영 안 되는 일일까?"

　"그 친구 완전 또라이네. 남자가 나쁜 게 아니라 난 여자가 더 문제라고 봐. 팔 개월이나 사귄 놈이 그런 파렴치한 말을 내뱉을 정도면, 여자가 어지간히 우습게 보이지 않고서는 불가능한 시추에이션이거든?"

　일영은 신영의 말에 그만 숨이 턱 막힐 정도로 충격을 받았다.

　"결혼 전에는 그저 연인 사이였겠지만, 한쪽이 결혼했는데도 계속 만난다는 건 엄연히 불륜이야. 그런데 그런 불륜을 여자한테 강요한다고? 차라리 헤어지자 하는 쪽이 훨씬 인간적이겠다. 아니, 넌 어디서 그런 친구를 사귀었냐? 너 앞으로 그 친구랑 놀지 마. 너까지 또라이로 변신할라. 하긴 안 그래도 네가 평소에 똘기가 좀 있었거든?"

　"……."

　"좀 자둬. 링거 다 맞으려면 한 시간은 더 있어야 하니까."

　그래, 신영의 말이 정답일 것이다. 하지만 일영은 흐르는 눈물을 억지로 삼키며 이 상황이 그저 장난이거나 꿈이었으면 좋겠다고 속으로 연신 되뇌었다. 가슴에 돌덩이가 턱하니 얹혀진 것만 같았고 숨 쉬기조차도 너무 고통스러운 상황이었다. 일영은 도무지 이 같은 상황을 온전히 견뎌낼 자신이 없었다.

2

다음날, 일영은 천근만근 무거운 몸을 이끌고 억지로 회사에 출근했다. 애니메이션 오 년차 동화맨인 그녀는 경력자에 꽤 실력이 좋은 편이었고, 자유로운 출퇴근이 가능했다. 하지만 지금처럼 마감이 얼마 남지 않은 cut를 잔뜩 끌어안고 있는 경우에는 출퇴근 자유는 극히 무의미했다. 그녀는 총 10cut에 오백 매 정도의 매수를 가지고 있었고, 그 분량을 사흘 이내에 끝내야만 했다. 일이 그다지 어렵지 않아 집중하기만 하면 충분히 해낼 수 있는 분량이었지만 지금 같은 몸 상태와 마음으로는 도무지 가능할 것 같지가 않았다.

"뭐야? 이걸 다 반납한다고? 난 또 너 생각해서 쩍으로만 밀어 줬구만."

작감은 일영이 커트를 전부 들고 와서 반납하겠다며 말하자 어이가 없다는 듯 타박을 늘어놓았다. 일영이 동화맨 신인이었을 당시 삼 년 선배였던 작감은, 작감으로 자리를 옮기며 일영을 데리고 갔고 성실한 그녀를 애지중지하며 일을 밀어주었다. 원체 실력도 좋았지만 일을 밀어주는 작감 덕분에 일영은 동화맨들 중에서는 탑을 달리며 돈도 꽤 버는 축에 속했다.

"몸이 많이 안 좋아요. 한 이 주간 쉬고 싶어요."

"뭐? 이 주나? 지금 일이 얼마나 많은데? 너 일주일 전에도 휴가 나흘이나 썼잖아. 네가 이 주나 쉬면 이천 매는 펑크가 날 텐데 나보고 어쩌라고?"

"외주 뿌리면 되잖아요. 저 쓰러지는 거 보고 싶진 않으시죠?"

"하긴 안색이 백지장이긴 하다. 너처럼 일 욕심 많은 애가 이 주일이나 쉬겠다는 걸 보면 어지간히 아프다는 소리인데……. 휴! 할 수 없지. 대신 이 주 후에는 무슨 한이 있더라도 나와야 해. 이번에 회사에 일 잔뜩 잡혀서 한 주에 한 편씩은 소화해 내야 한다고."

"네. 죄송해요, 작감님."

일영은 간신히 몸을 추스르고는 회사 앞에서 택시를 잡아 집으로 돌아갔다. 평소 돈 한 푼에도 벌벌 떠는 편이라 택시를 타는 일은 극히 드물었지만, 지금 같은 몸 상태로는 도무지 전철이나 버스에 시달리며 집으로 갈 자신이 없었다.

8월 초의 쨍쨍 내리쬐는 햇살과 숨 막힐 것 같은 더위는 일영을 한층 더 기진맥진하게 만들었다. 안 그래도 뉴스에서는 칠십 년

만에 온 무더위라며 연신 떠들어댔고, 에어컨을 비롯한 여름용품
들은 없어서 못 팔 지경의 호황이었다. 지독한 열대야로 인해 잠
을 설친 사람들은 저마다 축축 늘어져 있었고, 에어컨 바람이 강
한 실내와 후덥지근한 실외의 온도 차를 이기지 못해 여름 감기에
시달리는 사람들도 적지 않았다. 사람들은 더위를 식히기 위해 격
심한 교통체증을 기꺼이 감수하고는 저마다 산이며 바다로 피서
를 떠났다.

　바로 일주일 전, 세인은 그녀를 제주도 바닷가 앞의 그림 같은
펜션으로 데리고 가 잊지 못할 추억과 기쁨을 맛보게 해주었다.
비행기를 타고 생전 처음 제주도에 간 일영은 그 눈부신 경치와
맑고 투명한 바닷물을 바라보며 어린애마냥 얼마나 좋아했는지
모른다.
　제주도 바로 옆에 위치한 우도의 산호사 해수욕장의 모래는 말
그대로 산호처럼 곱고 하얗게 반짝거려 마치 보석과도 같았다. 그
녀는 세인이 렌트한 컨버터블 외제차를 타고 제주도와 우도 곳곳
을 누비고 돌아다니며 온갖 멋진 경치와 맛난 먹거리들을 원없이
즐기고 만끽했다. 그의 몸 구석구석을 잘 알고는 있었지만, 수영
복을 갖춰 입고 대낮의 햇빛 찬란한 바닷가에서 그를 보자니 새삼
얼마나 멋지고 자랑스럽던지……. 180cm가 넘는 장신에 헬스로
단련된 떡 벌어진 어깨, 그리고 선명하게 왕 자가 새겨진 탄력있
는 복부. 지나치는 사람들 중 열의 아홉은 그에게 찬탄의 시선을
던졌고, 그의 옆에 다정하게 서 있는 일영 또한 어김없이 부러움

과 질시 섞인 시선의 대상이 되었다.

하루 종일 제주도 곳곳을 누비고 돌아다니다 지친 몸으로 밤에 펜션으로 도착하고 나면, 그는 언제 지쳤냐는 듯 너무도 열정적으로 그녀를 품에 안아주었다. 소중한 사기그릇 다루듯 그의 행위 하나하나에는 사랑이 가득했고, 그것은 실로 너무도 아름다운 순간이었다.

"일영아."

세인은 일영을 뒤에서 끌어안은 채 하얀 목덜미의 솜털이 곤두설 정도로 슬슬 입김을 불어 넣었다.

"아까부터 나 계속 이런 상태였어."

그는 일영의 손을 자신의 딱딱해진 아랫도리에 가져갔다.

"오빠."

일영은 얼굴을 붉히며 손을 떼려 했지만 그는 씩 웃으며 오히려 더 가까이 밀착시켰다.

"너 빨리 책임져. 내일은 우리 어디 돌아다니지 말고 여기 있자. 하루 종일 침대 위에서 뒹굴고만 싶어."

"아직 안 가본 데도 많은데……. 헉."

일영은 순간 숨을 헐떡이며 가녀린 신음 소리를 내뱉었다. 세인이 어느새 그녀의 탑과 브라를 한꺼번에 들어올리더니 작지만 탄력있고 소담스런 젖가슴을 부드럽게 움켜쥐었던 것이다. 세인은 일영을 돌려 세우더니 자연스럽게 벌어진 그녀의 입술을 혀로 핥으며 서서히 침대 위로 쓰러뜨렸다. 그는 언제나 그러하듯 아무리 급해도 자신의 욕심만을 채우지는 않았다. 음탕하기까지 한 밀어를 귀에 대고 속삭이거나 공들여 온몸 구석구석을 애무하며 충분히 달아오르게끔 만든 후에야 비로소 자신의 몸을 여자에게 묻었다.

일영은 땀에 젖은 그의 맨등을 아프도록 끌어안으며 그가 주는 즐거움과 쾌락을 온전히 느끼고 만끽했다. 세인을 사랑하기에 그 무엇을 주어도 아깝지 않다 생각했다. 혼전에 몸을 연다는 것에 대한 거부감이 아주 없는 것은 아니었지만, 세인의 요구가 있었을 때 마치 당연한 일인 양 그의 말을 따랐다.

세인은 분명 그녀를 사랑했다. 아무리 바람둥이이고 진실이 없는 부나방 같은 사내일지라도 두 사람이 나누었던 진실한 교감만큼은 분명코 거짓일 리 없었다. 그를 만나기 전까지는 사랑을 해본 경험도 없고 남자를 많이 만나보지도 못했지만, 사랑을 받고 있는지 아닌지 정도는 분간할 능력이 있다고 생각했다. 그런데 그 진실한 교감을 나누는 와중에도 그는 다른 여자와의 결혼을 진행시키며 그녀를 속이고 있었던 것이다. 너무 어이없고, 도무지 믿기지 않는 상황이었다.

일영은 혹시나 하는 마음에 용기를 내어 세인에게 전화를 걸었지만 그의 핸드폰은 내내 꺼져 있었다. 급기야 그녀는 평상시라면 절대 하지 않았을 행동까지 감행했다. 세인이 경영하는 피자 레스토랑에까지 용기를 내어 전화를 걸었던 것이다. 하지만 모처럼 용기를 낸 그녀는 세인이 결혼을 앞두고 이 주간 출근하지 않는다는 답변을 들으며 망연자실 고개를 떨어뜨려야만 했다. 그의 말은 거짓이 아니었다.

일영은 회사도 나가지 않은 채 멍한 정신으로 하루하루를 그저 간신히 숨만 쉬며 보냈다. 아무것도 먹지 못했고, 잠도 이룰 수 없었다. 바쁜 회사 일로 새벽같이 나가 늦은 밤에나 들어오는 신영은 일영의 이러한 상황을 전혀 눈치채지 못하고 있었다.

처음에는 그의 결혼이 믿어지지 않아 그 사실 자체를 받아들이는 것만으로도 적잖은 시간이 흘렀고, 그걸 받아들이고 나니 너무나 아무렇지도 않게 자존심을 짓밟아 버린 그의 무책임한 발언이 비로소 그녀의 마음을 아프도록 내려쳤다.

신영의 말이 맞다. 세인이 나쁜 게 아니라 내가 나쁜 거다. 내가 바보 같고, 어수룩하고, 우습게 보였기에 결혼한다는 말조차 제 입으로 하지 않고, 심지어 결혼한 후에도 우리 사이는 변함없다는 어처구니없는 발언까지 할 수 있었던 거다. 내가 사랑에 목맨 바보라서, 세인의 말이라면 무엇 하나 거스르지 않고 인형처럼 받들어주었던 맹추라서 감히 그딴 소리를 지껄일 수 있었던 거다.

일영은 머리를 쥐어뜯고 바닥을 치며 통곡했다. 방바닥을 미친년처럼 구르고 꺼이꺼이 절규하며 한참을 소리 내어 울었다. 신영의 말대로 차라리 다른 여자와 결혼할 테니 헤어지자고 했더라면 이토록이나 모멸감을 느끼지는 않았을 것이다. 멀쩡한 애인을 숨겨진 여자로 만들고는 대놓고 첩살이를 시키겠다고 말하는 남자, 그리고 그 앞에서 찍소리 못하고 아무 말도 하지 못한 멍청한 여자. 이 얼마나 기막히게 잘 어울리는 짝이냔 말이다. 그런 비인간적이고 제멋대로인 인간을 사랑했던 그녀 자신이야말로 그 누구도 원망할 자격이 없었다.

한참을 절규하듯 울음을 토해내던 그녀는 어느 순간 정신이 극명하게 맑아옴을 느꼈다. 온몸을 한 겹 감싸왔던 그 무언가가 거침없이 깨지는 소리가 들리는 듯했고, 갑자기 왜 이렇게 통곡을 하고 있는 건가? 그런 의문마저 들었다.

일영은 눈물로 범벅이 된 처참한 모습으로 무심코 핸드폰을 들어 오늘 날짜와 시간을 확인했다. 토요일 오전 열 시 삼십이 분. 바로 오늘이 세인의 결혼식 날이었다.

〈○○호텔 크리스털 볼룸 오후 한 시.〉

청첩장에 써 있던 그의 결혼식 장소와 시간이 갑자기 그녀의 뇌리에 선명하게 떠올랐다. 일영은 황급히 일어나 냉동실의 얼음을 있는 대로 다 꺼낸 후 세숫대야에 담았다. 그리고 그 차디찬 얼음물에 얼굴을 밀어 넣고 한참 동안 식혔다. 부은 얼굴이 어느 정도 진정이 된 걸 확인한 그녀는 샤워를 마치고, 공들여 화장을 시작했다. 옷장을 여니 온통 세인이 사준 옷들만 눈에 띄어 그 순간에도 그녀의 눈가에는 참을 수 없는 눈물이 맺혔다. 일영은 서둘러 적당한 정장을 차려입고 집을 나섰다. 그를 완전히 잊으려면 그의 결혼식을 자신의 눈으로 똑똑히 봐야만 했다. 그의 결혼식을 확 뒤집어엎고 싶은 마음도 없잖아 있었지만, 그럴 수는 없는 일이었다. 그러기에는 가진 용기도 없었고, 그러고 난 후의 자신의 처지가 더욱더 비참하고 참담할 것만 같았다.

　6성급 특급호텔 크리스털 볼룸은 확실히 일영이 꿈꾸기에는 지나치게 화려한 결혼식 장소였다. 평범한 직장 생활을 하다 얼마 전 퇴직해 연금으로 생활하는 아버지와 어머니는 죽었다 깨어나도 이런 화려한 호텔 결혼식을 시켜줄 여력은 없으실 것이었다. 그래도 별 어려움 없이 자식들 교육시키고, 살기 편안한 집 있고, 말년에 여행 정도는 다닐 수 있고, 어디서 남에게 아쉬운 소리 한 번 해본 적 없이 살아온 분들이었지만, 세인과 결혼 말이 오갔더라면 어떠했을까? 분하지만 세인의 말이 아주 틀린 것도 아니었다. 신데렐라는 동화 속에나 존재할 뿐이다. 고작 오억짜리 아파트 한 채에 한 달에 이백여만 원의 연금, 일억 정도의 예금과 약간의 땅을 소유하고 있을 뿐인 부모님이, 재산이 수백억 원은 넘는다는 세인의 집안 부모님과 어떻게 대등한 사돈 관계를 맺을 수 있을 것인가? 가뜩이나 여자라는 이유만으로도 고개를 숙여야 할 판에 경제적 격차까지 크다는 것은 분명 걸림돌이고 장애였다.

　일영의 마음은 점차 차분해졌다. 식장 앞을 가득 메운 인파와 온갖 한다 하는 사람들이 보낸 수십 개의 화려한 화환들을 보니 그녀의 마음은 한층 더 차분하게 가라앉았다.

　그녀는 식장 앞에서 환한 얼굴로 하객들에게 인사하는 세인의 모습을 먼발치에서 조심스레 지켜보았다. 훤칠한 키에 너무도 잘 어울리는 턱시도를 입고 옅은 화장까지 한 그의 모습은 가슴이 타들어갈 정도로 멋졌다. 웃을 때마다 드러나는 하얀 치열조차 어찌나 눈이 부시던지, 그가 정말로 행복한 결혼식을 올리고 있다는 것은 더 이상 의심의 여지가 없었다.

일영은 신부 대기실을 빠져나오는 아리따운 신부의 모습까지 눈으로 직접 확인한 연후에야 비로소 몸을 돌려 식장 로비를 벗어났다. 더 이상 볼 것도 없었고, 더 이상 확인한 것도 없었다. 이 정도면 넘치도록 충분했다.

최유현은 세인으로부터 진즉에 청첩장을 받긴 했지만, 가야겠다는 마음은 별로 없었다. 세인과는 어머니끼리 대학 동기인데다 어릴 때부터 같은 동네에서 산 터라 서로가 잘 알고 지내는 사이였다. 같은 동네에 살다 보니 초등학교부터 중, 고교까지 같이 나왔고, 심지어 어머니끼리의 은근한 경쟁으로 대학마저 같은 곳으로 나왔다. 하지만 세인과는 어려서부터 그다지 마음이 맞지 않았고, 친구라는 타이틀만 걸었을 뿐 서로가 소 닭 보듯 하는 사이였다. 활달하고 카리스마 넘치고 친구들 앞에 나서는 걸 좋아하는 세인에 비해, 유현은 조용하고 차분하고 남들 앞에 오지랖 넓게 나서는 것을 싫어했다. 명품을 좋아하고, 요란스런 색의 외제차를 끌고 다니며, 부모님이 차려주신 대형 피자 레스토랑을 월급 사장을 부리며 여유있게 운영하는 세인은 그가 보기에는 더없이 한심한 족속이었다. 레스토랑은 그저 명함용일 뿐 사실 세인은 일하는 것보다 노는 것을 더 좋아하는 한량이었다. 그는 룸살롱에 가서 하룻밤에 기백이 넘는 술값을 뿌려대고, 사귀는 여자는 액세서리처럼 수시로 바꾸거나 심지어 양다리, 세 다리, 네 다리까지 걸칠 수 있을 만큼 걸쳤다. 차는 여자보다 더 자주 바꾸는 녀석이었다.

국내 최고의 명문대 출신이면서도 도대체 무엇 때문에 대학 공부를 했는지조차 알 수 없는 놈. 엘리트 코스를 차근차근 밟아가며 지금은 대기업 경제연구소에서 눈코 뜰 새 없이 바쁜 나날을 보내고 있는 유현으로서는 도무지 이해하기 힘든 녀석이었다.

일하지 않는 자, 먹지도 말랬다며 평소 근면과 절약을 강조해온 부모님의 덕분으로 유현은 성실하고, 검소하고, 바른 사고방식을 가지고 있었다. 세인보다 나으면 나았지 결코 못하지 않는 재력을 가졌지만, 그처럼 외제 스포츠카를 끌고 다닐 생각은 애초부터 해본 적도 없었다. 암튼 세인은 그의 허영기를 만족시켜 줄 여자를 찾아 그가 늘 말하던 대로 화려하고, 속된 말로 뽀대나는 결혼식을 올리게 되었고, 그건 확실히 그다운 일이라 별반 놀랍지도 않았다.

그런 세인이 그답지 않게 행동한 적이 유현이 알기로는 딱 한 번 있기는 했다. 지난 반년여간을 세인은 용케 한 여자에게만 정성을 다했었는데, 유현도 우연하게 그 여자를 볼 기회가 있었다. 세인 같은 대책없는 바람둥이의 먹이로 희생당하기에는 너무도 참하고 청순한 여자라 유현은 인상적으로 그녀를 기억했다. 이제껏 세인이 액세서리처럼 대동하고 다녔던 여자들과는 분위기부터가 달랐기 때문인지도 모른다.

아무튼 세인은 그 여자를 정말로 사랑한다며 주변에 떠벌리고 다녔고, 유현은 그가 이제야 정신을 차렸구나 내심 기특하게 생각했었다. 어쨌든 빠르면 이 주, 늦어도 두 달이면 사랑의 유통기한이 결정되는 세인의 습성을 떠올려 볼 때 한 여자를 반년 넘게 만난다는 것은 확실히 고무적인 일이었다. 유현이 세인이 보낸 청첩

장을 펼쳐 보았을 때 당연히 그때의 그 여자일 거라 기대했던 것
은 어쩌면 당연했다.

한데 기대와는 달리 청첩장 안의 신부의 이름은 그 여자가 아니
었다. 세인이 정신을 차렸으리란 환상은 대체 왜 가졌던 건지. 그
는 역시 별수없는 속물이고, 대책없는 바람둥이에 불과했던 것
을…….

유현은 그의 결혼식에 참석해 헛짓거리에 동참하고 싶은 마음
은 추호도 없었지만, 어머니의 강력한 권유와 그래도 어릴 적부터
의 친구라는 허울 좋은 타이틀을 무시할 수만은 없어서 어쩔 수
없이 호텔 식장으로 차를 몰았다. 서울 도심지에 위치한 호텔로
향하는 길은 교통 체증이 꽤나 심각해서, 가뜩이나 불편한 그의
심기에 짜증만을 더 불러일으켰다. 확 유턴을 해 집으로 돌아가
버릴까 하는 충동을 잠재우느라 얼마나 이를 갈았던지, 유현은 호
텔 입구에 무사히 차를 세우는 그 순간 자신의 인내심에 표창이라
도 주어야 하는 건 아닌가 생각할 정도였다.

호텔 입구에서 내려 발레파킹을 시키려던 그는 문득 세인의 여
리고 청순한 애인, 김일영의 모습을 발견하고는 저도 모르게 걸음
을 멈추었다. 파리한 안색에 걸음 하나 제대로 옮기지 못할 정도
로 휘청거리는 그녀의 모습은 너무도 위태롭고 불안해 보여 차마
그냥 지나치기가 힘들 지경이었다. 유현은 혀를 끌끌 차며 길게
한숨을 내쉬었다. 안 그래도 그때 본 그 애인은 어떻게 됐을까 생
각을 안 한 바는 아니었지만, 막상 그녀를 보니 어지간히 충격을
받은 듯한 모습이라 저도 모르게 동정의 마음이 앞섰다. 처녀와

잠자리를 한 건 처음이라고 들떠하며 떠벌리던 세인의 낯짝을 한 대 후려갈겨 주고 싶은 심정이었다.

"일영 씨."

일영은 누군가가 자신의 이름을 부르자 멍한 표정을 지어 보였다. 어딘가 낯익은 한 남자가 그녀를 걱정스런 얼굴로 바라보고 있었다.

"괜찮아요? 안색이 많이 안 좋아요."

"세인 오빠…… 친구 분?"

"네, 최유현입니다. 안 되겠어요. 어디라도 좀 들어가요."

"……괜찮습니다."

"여긴 뭐 하러 온 거예요? 당장이라도 쓰러질 것 같은데 괜찮긴 뭐가 괜찮아요? 어쨌든 차에 타요. 이곳은 그렇고 어디 나가서 시원한 거라도 좀 마시고 진정해요."

몇 달 전 우연히 얼굴을 잠깐 봤을 뿐인 세인의 친구가 이렇게까지 다정하게 배려해 주니 일영은 그만 눈물이라도 왈칵 쏟아낼 듯했다.

유현은 거침없이 일영의 손목을 잡아끌어 차 조수석에 밀어 넣고는 자신은 운전석으로 돌아가 차를 출발시켰다. 세인에 대한 불만과 결혼식 따위는 보지 않아도 된다는 안도감으로 얼결에 일영을 차에 태웠지만, 후회의 감정은 들지 않았다. 어차피 그가 아니었어도 누군가가 그녀를 도왔을 것이다. 그녀는 정말 당장이라도 호텔 정문 앞에서 쓰러질 듯했고, 그는 아는 사람의 곤경을 모르는 척할 만큼 그렇게 매정한 사람은 아니었다.

일영 역시 그의 제안을 거부할 만한 기력조차 없어 그저 맥없이 그가 하자는 대로 따랐다.

"세인이와는 언제 헤어진 거예요?"

"후……."

일영은 피식 허탈한 미소를 지었다.

"아직 헤어지지 않았어요."

"네?"

"……."

유현은 차를 근처의 다른 호텔로 몰았고, 발레파킹을 시킨 후 커피숍으로 휘청거리는 그녀를 부축해 데리고 들어갔다. 호텔 로비 입구에 위치한 커피숍에는 토요일 오후라 그런지 맞선을 보는 남녀들로 거의 빈자리를 찾을 수 없는 지경이었다. 어찌 어찌 그들은 막 손님이 떠난 빈 테이블에 안내되었고, 유현은 그녀를 위해 바로 차가운 냉커피를 주문해 주었다.

차가운 냉커피를 한 모금 들이마시고 나니 일영은 어느 정도 정신이 또렷해짐을 느꼈다. 그리고 건너편에 앉아 있는 세인의 친구, 최유현이라는 남자를 새삼 눈여겨보게 되었다. 세인과 레스토랑에서 식사를 하던 중 우연히 만나 합석을 하게 된 최유현이라는 친구는 세인의 말에 의하면 지루하고 조금은 따분한 바른생활 청년이라 했다. 초등학교 때부터 동문이긴 하나 노는 물이 다르기도 하고, 워낙 일하느라 바빠 요새는 별로 만나지 않는 친구라고도 했다. 하지만 그의 말과는 달리 같이 있을 때의 두 사람은 서로가 스스럼없고 누구보다도 친숙해 보이는 모습이었다. 일영이 보기에는 서로를 부러워하면서도 질시하기도 하고 은근한 경쟁심마저 느끼는 사이인 것 같았다.

누구에게나 시선을 끄는 뚜렷한 윤곽의 꽃미남 스타일인 세인과는 달리, 유현은 쌍꺼풀 없는 눈에 짙은 눈썹을 한 남자답게 생긴 호남 스타일이었다. 세인은 유현에 관해 언급할 때, 자라면서도 누가 먼저랄 것 없이 똑같이 키가 크고 몸무게도 느는 등 모든 것이 비교대상이었다고 씁쓸히 말한 적이 있었다. 그녀가 볼 때도 두 사람은 키와 몸무게, 넓은 어깨까지 체격이 마치 쌍둥이처럼 똑같았다.

"고맙습니다. 뭐라 인사 말씀을 드려야 할지……."

일영은 커피를 한 모금 더 마신 후 감사 인사부터 먼저 차렸다. 차가운 카페인의 효과가 꽤 적절한 순간에 발휘해 줘 다행이라는 생각뿐이었다.

"역시 세인이의 결혼이 급작스러웠나 보군요. 저도 세인이가 갑자기 다른 여자와 결혼을 한다기에 놀랐습니다. 얼마 전까지 만해도 두 분이 잘 지낸다고 알고 있었으니까요."

우연히 길을 가다 마주친 세인에게 먼젓번에 본 애인의 안부를 물었던 것이 불과 삼 주전 일이었다. 생각해 보면 그때 이미 세인은 신소정과 맞선을 보고 난 후였는데, 분명 그때 그는 여름휴가로 애인과 제주도에 놀러갈 생각이라며 짐짓 자랑을 늘어놓았었다. 여러 가지 정황과 일영의 표정으로 미루어볼 때 유현은 대충이나마 저간의 상황을 짐작할 수가 있었다. 세인은 일영과의 만남을 중단하지 않은 채 결혼 준비를 했고, 아마 이별 통고 역시 급작스러웠을 것이었다.

"한 달 전에 선을 봐서 거의 이 주 만에 결혼을 결정한 걸로 알고 있어요. 헤어지자는 통보를 받기에는 너무 빠른 시간이었을 거예요, 그렇죠?"

유현은 짐짓 일영의 반응을 떠봤다. 그리고 그녀의 흔들리는 눈빛을 보며 자신의 짐작이 맞았음을 확신했다. 그는 속으로 혀를 끌끌 차며 분개했다.

"괜찮아요? 하긴 괜찮을 리가 없지."

"괜찮지 않았는데 오늘 결혼식을 보고 나니 괜찮아지려고 해요. 역시 오길 잘했어요."

일영은 미소를 지으며 또박또박 말을 이어나갔다. 타인에게 이 정도로 흐트러진 모습을 보이게 된 것만으로도 이미 그녀의 자존심은 형체도 없이 산산이 흩어져 버린 상황이었다. 여기에 더해 세인이 이별 통고를 하기는커녕 대놓고 양다리를 걸칠 셈이었다고 분개해 봤자 스스로를 한층 더 깎아내리는 일밖에 되지 않았다. 이 사람에게는 그저 친구에게 버림받은 연인의 모습으로 보이고 싶었고, 실제 그녀는 남자에게 처참하게 버림받은 불쌍한 여자에 지나지 않았다.

유현은 그런 그녀의 처연한 미소가 못내 안쓰러웠지만, 의외로 의연해 보이는 태도에 저도 모르게 감명을 받았다. 여자에게는 첫 남자가 상당한 의머를 가진다는 것쯤은 남자인 그 역시 잘 알고 있었다. 첫 남자에게 어이없이 배신당하고 그의 결혼식까지 눈으로 확인하고 나서도 참으로 품위있고 차분하게 대처를 하는 그녀의 모습을 보니 등이라도 두드려 주고 싶을 만큼 대견하게 느껴졌다.

"세인이를 어릴 때부터 잘 알아서 하는 말인데 일영 씨에 대한 마음이 각별했다는 건 제가 보증할 수 있어요. 아마 피치 못할 사정이 있었을 겁니다."

유현은 그녀를 부드럽게 위로해 주었다. 피치 못할 사정 따위가 있을 리 없다는 것쯤은 잘 알고 있었고 세인을 두둔하고 싶은 생각 또한 추호도 없었지만, 그래도 그녀에게 도움이 된다면 이 정도 거짓말쯤은 못할 것도 없었다.

"네, 피치 못할 사정이 있었을 거예요. 오늘 직접 와서 눈으로 보니 오빠의 행동이 그래도 조금은 이해가 가요. 난 이런 결혼식을 할 만한 능력도 없고 오빠의 신부처럼 그렇게 대단한 여자도 아니니까요. 그게 아니더라도 세인 오빠가 날 떠나 다른 여자를 택했을 때에는 단지 조건 때문만은 아니라는 생각이 들더군요. 나에 대한 사랑이 그보다 더 약했던 거예요. 날 정말 사랑했다면 집안의 반대나 부족한 능력 따위는 충분히 감수할 수 있었을 테죠."

"정말 그렇게 생각해요?"

유현은 진심으로 놀라 반문했다.

"일영 씨가 지금 세인일 이해할 처지는 아닌 것 같은데 화 안 나요?"

"화나요. 진짜 화나요. 날 버린 게 화나는 게 아니라, 날 버린 방식이 너무나 졸렬해서 그게 더 화가 나요."

일영은 차분하던 어조에 힘을 싣더니 이를 악물며 이렇게 말했다.

"하지만 결국 내가 선택하고 내가 사랑한 사람이잖아요. 욕하고 화내봐야 내 얼굴에 침 뱉기일 뿐이죠."

"침 뱉어도 됩니다. 뭐랄 사람은 아무도 없어요."

"그저 제 마음이 그렇다는 거예요."

일영은 이제 완전히 평정을 되찾아 희미하게나마 미소를 지을 수 있었다.

"이곳에 오기까지는 숨도 쉴 수 없을 것처럼 너무도 힘이 들었는데 이젠 괜찮아졌어요. 그리고 제 얘기 들어주시고 이렇게 위로까지 해주시는 분이 계셔서 더 힘이 나구요. 최유현 씨가 지금 제게 얼마나 큰 힘이 되고 위안이 됐는지 아마 짐작도 못하실 거예요."

정말로 그것은 일영의 진심이었다. 식장 안에서 쓰러질 수는 없다는 일념으로 간신히 호텔 로비로 걸어나온 그녀는 밖으로 나가자마자 혹한 더위를 그만 견뎌내지 못하고 몸이 저도 모르게 휘청거림을 느꼈다. 아마 그때 마침 최유현이 도와주지 않았더라면 볼썽사납게 쓰러지고 말았을 것이고, 그 모습을 혹여 세인이 보기라도 했더라면 그녀는 한층 더 비참함을 느꼈을 것이었다. 유현의 도움을 받게 된 것은 그야말로 천만다행한 일이었다.

"욕하고 원망하고 싶은 소리도 하세요. 그래야 마음에 병이 나지 않아요."

"네, 그럴게요. ……나중에요."

일영은 살짝 미소를 지으며 유현을 똑바로 응시했다.

유현은 의연한 모습의 그녀를 보며 저도 모르게 자신의 양복 안 주머니에서 지갑을 꺼내 명함을 빼 들었다.

"혹시 도움을 청할 일이 있거나 세인이를 신나게 욕하고 싶을 때 전화해요. 세인이 그 자식 욕먹어도 싼 놈이니까 같이 신나게 욕해줄게요. 꼭 전화해요."

"고맙습니다."

일영은 그의 명함을 받고는 한번 쓱 훑어보는 시늉만을 한 채 자신의 핸드백에 집어넣었다. 하지만 그의 말에 지극히 의례적인 행동을 보인 것일 뿐, 실제 그에게 전화할 생각은 추호도 없었다. 어차피 그도 예의상 한 말일 것이었다. 친구의 버림받은 여자에게 보일 수 있는 호의는 이 정도만으로도 과할 만큼 충분했다.

"예의상이 아니고 진짜입니다. 저 아무한테나 명함 뿌리고 다니는 놈은 아닙니다."

유현은 일영의 마음을 읽고는 이렇게 쐐기를 박았다. 그가 보기에도 일영은 그다지 적극적인 타입은 아니었다. 세인에게서 들은 바에 의하면 그녀는 먼저 전화 한 번 하는 일이 없고, 먼저 만나자고 하는 일도 없으며, 뭘 사달라고 졸라대는 일도 전혀 없는 여자라 했다.

"안 되겠다. 일영 씨 연락처 가르쳐 주세요. 차라리 내가 할 테니까."

"아니에요, 연락드릴게요. 고마워요. 정말…… 고맙습니다."

유현은 일영을 위해 택시를 잡아주었고, 그녀가 말릴 새도 없이 기사에게 두둑하게 택시비까지 쥐어주었다. 그는 세인의 친구 된

입장으로 버림받은 가련한 여인에게 이 정도 친절쯤이야 기꺼이
베풀 수 있다고 생각했다. 그는 모범택시가 출발하는 모습을 끝까
지 지켜보며 자신의 행동에 스스로 만족해했고, 그 이상으로 세인
을 못마땅하게 생각했다. 그는 이렇게 여리고 착한 아가씨를 버리
고 세인이 얼마나 잘사는지 두고 보겠다며 속으로 벼르기까지 했
다.

3

일영이 억지로 받은 휴가 기간은 내일이면 끝이었다. 8월 중순이라 하나 아직도 찌는 듯이 더웠고, 집 안에 있으면 마치 한증막에 앉아 있는 것처럼 땀이 비 오듯 흘렀다. 작은 에어컨을 거실에 설치해 두었지만 거의 장식품이나 마찬가지였다. 신영이나 있으면 틀까, 혼자 집에서 아무것도 하지 않고 뒹굴거리면서 아까운 전기세를 낭비하고 싶지는 않았다.

인천에 사는 부모님과 따로 독립해 자매가 함께 살고 있는 이 집은 십여 평 정도의 아담한 빌라였다. 신영이 서울의 대학에 입학하고 일영 역시 취직을 하면서 부모님은 두 사람을 위해 서울에 전세를 얻어주었다. 인천이 서울과는 가까운 편이라 많은 사람들이 서울로 출퇴근이나 등하교를 하곤 했지만, 부모님은 괜히 시간

낭비할 것 없이 공부나 일에 전념하라며 특별히 이 같은 배려를 해준 것이었다.

신영은 금슬 좋은 두 분이 자식 내쫓고 신혼 분위기 내려고 저런다며 혀를 끌끌 찼고, 실제 두 분은 딸들을 분가시키고 난 후 훌쩍 여행을 떠나는 둥 나름대로 꽤 즐겁게 보내는 눈치였다. 부모님은 어차피 결혼을 시키고 나면 헤어져야 하니, 차라리 미리 내보내 충격을 덜 하는 편이 낫다고 늘 말씀하시곤 했다.

동화맨 오 년 차로 한 달에 못 벌 때는 백에서 잘 벌 때는 이백오십을 넘게 버는 일영과 대기업 이 년 차 마케팅실 직원으로 연봉이 세후 삼천 가까이 되는 신영은 적금도 알차게 붓고, 생활비도 공평하게 내며 살림을 야물게 꾸려갔다. 사실 프리랜서로 4대 보험에도 가입되어 있지 않은 일영보다 대기업 정직원인 신영 쪽이 훨씬 더 수입이 많다고 봐야 했다. 게다가 신영은 놀이공원 티켓이며 패밀리 레스토랑 식음료권이나 공연 티켓 같은 것도 수월찮이 받아왔는데 그게 상당히 짭짤했다. 일영은 한번 일이 쏟아지면 화장실에 갈 시간도 없을 만치 바빴지만, 그래도 신영에게 집안일을 맡기지는 않았다. 언니로서의 의무감도 의무감이지만, 집안일을 해주는 핑계로 그 공짜 티켓들을 가로채는 즐거움이 또한 만만치 않았던 것이다.

일영은 세인과 이런 식으로 허무하게 끝나 버린 것이 아직도 믿어지지가 않았고, 밤이면 꿈속에서도 그를 생각하며 서럽게 흐느꼈다. 새벽에 물을 마시기 위해 나온 신영은 그 흐느끼는 소리에 놀란 나머지 황급히 달려와 그녀를 깨웠다. 일영이 말한 그 친구가 바로 당사자라는 것을 어렴풋이 눈치챈 신영은 말없이 그녀를 보듬어 안아주었다. 평상시라면 온갖 독설을 늘어놓으며 소란을 피워댔을 신영이었지만, 사태의 심각성을 깨닫고는 오히려 말을 아꼈다.

"언냐, 세월이 약이다. 그것만 알아라. 그리고 세상은 넓고 남자는 많아. 지금 당장 그 사람 아니면 죽을 것 같지? 절대 안 죽어. 화끈하게 사랑해 본 내가 깨달은 진리야. 나 좀 봐, 멀쩡하게 잘살잖아."

신영은 대학 신입생 때부터 오 년간이나 사귀던 첫 남자를 친한 친구한테 어이없이 빼앗긴 경험이 있었다. 일영 또한 그 모습을 옆에서 지켜보며 얼마나 분개하고 가슴을 쳤는지 모른다. 한데 일 년여가 흐른 지금 신영은 너무도 멀쩡했고, 오히려 그런 찌질한 남자를 데려가 준 친구에게 고마워하고 있었다. 다니는 대기업에서 능력도 인정받고 있는 상황인데 일찍 결혼해 봐야 좋을 것도 없었고, 결정적인 건 아이를 가져 결혼한 그 친구가 시댁 식구들의 등쌀과 남자의 바람으로 엄청난 고생길을 헤매고 있다는 소식이 동창들 사이에 돌며 그녀의 지금 상황이 오히려 행운이라는 것을 단시일 내에 증명해 주었다. 신영은 그 소식에 가슴을 쓸어내리며 신이 나를 도왔다며 말할 정도였다.

"지금은 아무것도 귀에 안 들어올 거다. 근데 어쩌겠냐? 나중에 지금 이 상황을 나처럼 감사히 여길 때가 올 테니 그냥 힘들더라도 살아. 살게 되어 있어. 그리고 괜히 화풀이한다고 그 남자 만나

이래저래 쉰 소리 같은 거 늘어놓지 마. 그게 더 안 좋아. 확실한 복수는 잊어주는 거더라. 그냥 확 관심 끊고 동굴 속에서 자학 좀 하다가 나중에 컴백하란 말이야. 그 편이 회복 기간이 더 짧아. 경험자 말 허투루 듣지 말고 명심해.”

“신영아.”

“이제 우리 언냐가 드디어 어른이 되었구나. 사랑을 해보고 실연을 당해본 자만이 아픔을 알고 성숙해지는 법이거든.”

일영은 신영의 이 같은 위로에 그예 눈물을 감추지 못하고는 끅끅거리며 통곡했다. 옆에서 힘이 되어주는 동생을 위해서라도 무너질 수 없었다. 신영의 아픈 사랑을 죽 지켜봐 왔기에 그녀의 충고는 특히나 일영에게 더할 나위 없는 큰 힘이 되어주었다.

일주일 전, 세인의 결혼식을 직접 가서 본 건 확실히 잘한 일이었다. 그의 손을 잡고 식장으로 들어가는 여자가 자신이 아니라는 것이 아직도 가슴이 터질 듯 괴로웠지만, 차라리 눈으로 직접 확인하는 편이 나았다. 세인에 대한 미련이 생길 때마다 일영은 그의 턱시도를 입은 모습과 화려하면서도 단아한 웨딩드레스를 입은 눈부시게 아름다웠던 신부를 떠올렸다. 신부의 얼굴이 조금이라도 평범했더라면 얼마나 좋았을까? 아니다. 보기 드문 미인이었기에 오히려 미련을 접는 데 훨씬 더 도움이 될 것이었다. 부자인데다 능력조차 출중한 너무나도 아름다운 여자……. 세인이 그녀를 선택한 것은 실로 당연한 일이었다.

점심때가 되자 일영은 어제 무쳐 놓은 나물들을 밥 위에 얹고, 고추장과 참기름, 참깨와 함께 쓱쓱 비벼 한입 가득 우겨 넣었다.

내일부터는 다시금 바쁜 일상 속으로 돌아가야만 하는데 그동안 너무 먹지 못해 체력이 많이 떨어져 있었다. 동문 모임이 있어 외출한 신영은 저녁때 소갈비를 거하게 쏘겠다며 공언을 하고 나갔다. 괜찮다고 하는데도 고기를 먹어야 체력 보충이 된다며 어찌나 소란을 피워대던지 일영은 결국 알았다며 고개를 끄덕였다. 일영처럼 돈 한 푼 허투루 쓰지 않는 신영이 그 비싼 소갈비를 사겠다는 건 어지간히 그녀를 걱정하고 있다는 증거였다.

어찌어찌 밥을 다 먹고 난 후, 그릇을 개수대에 담그고 뒷정리를 하던 일영은 핸드폰이 울리자 무의식적으로 전화기를 집어 들었다. 하나 그녀는 저도 모르게 핸드폰을 던져 버리다시피 식탁 위에 내려놓았다. 믿을 수 없게도 세인 오빠라는 너무도 선명한 네 글자가 핸드폰 액정에 보란 듯이 떠올라 있었다.

전화는 한참을 울리다 끊어졌고 다시금 또 울리기 시작했다. 일영은 꼼짝도 하지 않은 채 핸드폰을 응시하고 있었고, 몇 번이고 울리던 벨이 그치고 나자 이번에는 딩동 하는 소리와 함께 문자가 도착했다.

〈전화 받아. 나 지금 집 앞이야. 집으로 올라갈까?〉

일영은 기가 막혀 피식 실소를 터뜨렸다. 이 주 후에 돌아온다던 그의 말이 그럼 사실이었단 말인가? 대체 사람을 어디까지 비참하게 만들 셈인가? 결혼하고도 두 사람의 사이는 변하지 않을 거라고 했던 말이 진정 진심이었단 말인가?

일영은 가슴에 손을 얹으며 두근거리는 마음을 진정하고는 심호흡을 했다. 핸드폰은 다시금 시끄럽게 울려댔다. 곱게 잊어주려 했고 가타부타 원망의 소리를 늘어놓으며 끈적거리고 싶지는 않았다. 이건 그가 자초한 일이었다.

[이제야 받는구나. 역시 집인 모양이지?]

수화기 건너편에서 여느 때와 다름없이 얄밉도록 경쾌한 세인의 목소리가 들려왔다.

"어쩐…… 일이세요?"

일영의 목소리는 무겁도록 착 가라앉아 있었다.

[어쩐 일이냐고? 내가 이 주 후면 돌아온다고 했잖아. 너 주려고 화장품 몇 개랑 기념품 좀 사 왔어.]

"황세인 씨."

[어쭈, 황세인 씨? 너 화났니?]

그는 놀랍게도 싱글거리고 있었다. 일영은 이제껏 간신히 잠재워 두었던 그에 대한 원망이 이 순간 폭발할 듯 터져 버리려는 것을 느끼고는 눈을 지그시 감았다. 정말 이 사람, 미친 것이 분명하다. 어떻게 감히 아무렇지도 않게 내게 전화를 할 수 있단 말인가?

"꺼져요."

일영은 이를 악물며 나직하게 말했다.

[뭐?]

이제야 그도 뭔가 분위기가 심상치 않다는 것을 느낀 모양이었다.

"다시는 전화하지 말아요."

[일영아.]

"어떻게 나한테 이래요? 내가 그렇게 우스워요? 나 바보예요? 바보한테도 이렇게까지는 하지 않아요. 더 이상 말 길게 하고 싶지 않으니까 가요. 가서 그 조건 좋은 예쁜 마누라랑 백년해로하세요."

일영은 이 말만을 마치고 거칠게 전화를 끊은 후 배터리까지 분리시켜 버렸다. 가슴이 벌렁벌렁 뛰고 도무지 진정이 되지 않았다. 얼마나 지났을까? 현관문을 부서져라 두드리는 소리가 그녀의 귀에 시끄럽게 들려왔다.

"김일영, 문 열어! 당장 문 열지 못해?"

세인은 문을 요란스레 쾅쾅 두드리며 그것도 모자라 귀청이 떠나가라 소리를 질러댔다. 동네 창피하게 만들어서라도 문을 열게 만들겠다는 속셈인 모양이었다.

일영은 안절부절못하면서 거실 안을 서성거리다가 어쩔 수 없이 문을 열어주었다. 워낙 작은 빌라라 동네 사람들끼리 들고 나는 것을 서로가 다 알 정도였고, 그만큼 소문도 빠른 곳이었다.

신혼여행으로 한층 더 검게 그을린 피부를 하고 나타난 세인은 여전히 숨이 막힐 정도로 멋진 모습을 하고 있었다. 그는 탄탄한 가슴 근육이 그대로 드러나 보이는 브이넥 면 셔츠와 아이보리 색 면바지 차림이었다. 아무렇게나 입은 듯이 편안해 보여도 그것조차 심사숙고한 결과라는 것을 일영은 아주 잘 알고 있었다. 그를 바라보기만 해도 가슴이 에이며 터질 듯했고, 지금 이 순간 아무리 그가 자신을 발톱의 때만도 못하게 여긴다 해도 그와 헤어진다는 것은 불가능한 일로만 여겨졌다. 이렇게 멋있고, 이렇게 잘생기고, 이렇게 아름다운 사람을 어떻게 매몰차게 거부할 수 있단 말인가?

"너 제법이다. 이제 보니 반항도 할 줄 아네?"

세인은 피식 웃더니 거침없이 현관문을 열고 집 안으로 들어섰다. 그는 전에도 신영이 없는 틈을 타 몇 번 이곳을 방문한 적이 있었다.

"이러지 마. 너답지 않으니까. 너 결혼식장까지 왔더라? 뭐 하러 거기까지 온 거야? 그런 거 봐야 너만 아플 텐데."

일영은 그의 말에 화들짝 놀랐다. 분명 인파에 뒤섞인 채로 그를 먼발치에서 몰래 지켜봤을 뿐이었다. 그런데 그가 어떻게 날 본 것일까?

"그 여자, 네가 전혀 신경 쓸 필요 없는 여자야. 그저 안방마님으로 앉혀둔 것뿐이고 내가 사랑하는 여잔 너뿐이야. 김일영, 너뿐이라고."

세인은 일영을 살살 달랬다. 그녀는 이 소리에 웃어야 좋을지 울어야 좋을지 도무지 감을 잡을 수가 없었다.

"나한테 정말 왜 이래요? 왜 이렇게 잔인한 거예요?"

"일영아."

"그래요. 나 오빠와의 결혼, 감히 꿈꿨어요. 오빠와 내가 차이가 나는 상황이라는 건 너무도 잘 알고 있었지만 사귀는 사이니까, 오빠가 날 사랑한다는 것을 의심해 본 적은 없으니까 적어도 날 결혼 상대로 생각 정도는 해줄 줄 알았어요. 그런데 이게 뭐죠?

다음 주가 결혼인데도 나한테는 아무 말도 하지 않았어요. 내가 그 청첩장을 발견하지 못했더라면 난 오빠가 아직도 총각인 줄 알고 스스럼없이 만나왔겠죠. 오빠! 오빠가 결혼하기 전엔 우린 그저 평범한 연인이었지만 지금은 아니에요. 지금 우리 둘이 이러고 있는 건 다름 아닌 불륜이라고요. 왜 날 이렇게 만들어요? 차라리 내가 싫다고 헤어지자고 하지 그랬어요? 어떻게 결혼한 남자가 대놓고 불륜을 할 생각을 하냐고요?"

"그러니 네가 몰랐으면 좋았잖아!"

그가 버럭 소리를 질렀다.

"내 나이 벌써 서른인이야. 결혼할 나이가 됐고 집안에서도 결혼을 종용하셨어. 그래서 선을 보고 부모님이 흡족해하시는 여자를 골라 결혼한 거야. 우리 형수 변호사야. 사촌 형수나 제수씨들도 다들 사 자 돌림 전문직 아니면 한다 하는 집안 출신들이라고. 네가 그 틈바구니 속에서 어떻게 버티려고? 너같이 여리고 착한 애가 그 사람들 등쌀을 견뎌낼 수 있을 것 같아? 널 사랑하는 건 사실이지만 널 집안에 인사시킬 수는 없었어. 결혼은 현실이야. 사랑을 나눌 수는 있어도 결혼은 안 되는 사이라고. 어찌어찌 결혼한다 쳐도 아마 몇 년을 넘기지 못했을 테지. 나보고 그런 불확실한 미래로 널 밀어 넣으라는 얘기니?"

"결혼하지 않아도 되잖아요. 결혼을 미룰 수도 있었잖아요."

"내가 안 해본 줄 알아?"

그는 무언가 얘기를 꺼내려는 듯하다가 이내 말을 돌렸다.

"일영아, 우리 이대로 지내자. 우리 이제껏 아무 문제 없었잖아? 널 사랑해, 일영아. 널 위해 그런 거야. 널 보호하려고 그런 거라고."

세인은 일영에게 다가서더니 그녀를 으스러질 듯 끌어안았다.

"네가 너무 그리웠어. 일영아, 나한텐 너밖에 없어."

일영은 다가오는 그의 입술을 미처 거부하지 못한 채 깊고 열정적인 키스를 받아들였다. 이래서는 안 된다는 걸 이성적으로는 너무도 잘 알고 있었지만 도무지 제어할 수가 없었다. 지난 이 주간 그를 원망하면서도, 또한 너무나 그리워했었던 모양이다.

이 남자는 속속들이 다 내 것이다. 이 사람의 아름다운 입술, 이 사람의 곧고 쭉 뻗은 섬세한 손, 이 사람의 자신만만한 눈빛. 이 모든 것은 다 내 것이고, 그의 품 안에 안길 자격이 있는 여자는 오직 나 하나뿐이다.

그의 키스가 차츰 끈적끈적해지면서, 그의 손이 일영의 팬티 속을 비집고 들어가더니 살찐 엉덩이를 거칠게 움켜쥐며 애무하기 시작했다. 하나 가득 엉덩이를 움켜쥐며 애무하던 그의 손가락이 그녀의 엉덩이 골 사이로 침입해 들어가면서 키스만으로도 벌써 흥분되어 버린 비밀의 샘을 리드미컬하게 자극했다. 그는 여자의 몸을 아주 잘 알았다. 아니, 일영의 몸을 너무도 잘 알았다. 처음 관계를 가질 때만 해도 몹시도 수줍어하며, 그저 그의 아래에서 신음 소리만을 간신히 쏟아내던 그녀였다. 한데 단 몇 번의 관계만으로 그의 손길 하나하나에 반응하고, 간드러지는 음탕한 신음 소리를 내지르고, 질퍽거리는 꿀물을 하염없이 쏟아내며 그를 갈구하는 요부로 만들어 버렸다. 순진하고, 청순하고, 화려함과는 거리가 먼 소녀 같은 여자가 침대에서만큼은 180도 돌변해 그를 미치게 만들었다.

성 지식이 거의 전무하다시피 한 일영은 오히려 백지이기에 더 많은 것을 흡수했다. 보통 그가 경험했던 여자들은 특별히 하기 싫어하는 행위나 체위가 하나씩은 있었다. 모든 걸 다 하면서 오랄만은 싫어하는 여자가 있는가 하면, 받는 건 좋아하는데 해주는 건 싫어하는 여자도 있었다. 여성 상위 체위만을 고집하는 여자가 있는가 하면, 그가 제일 좋아하는 체위인 후배위를 극도로 경멸하는 여자도 있었다. 섹스에 경험이 많은 여자일수록 자신이 좋아하는 것을 너무도 잘 알고, 싫어하는 것에 대해서는 아무리 강요해도 하려 하지 않았다. 한데 일영은 세인이 요구하는 것이라면 뭐든 해야 하는 것으로 알았고, 그걸 수치스럽다거나 싫다는 생각으로 거부해 본 적이 없었다.

세인은 일영의 입술을 계속 자신의 입술로 공략하면서 자연스럽게 그녀의 티셔츠를 들어올리고 브라 끈을 능수능란하게 풀었다. 이내 작고도 소담스러운 젖가슴이 한껏 드러났고, 세인은 일영이 미처 거부할 사이도 없이 파르르하니 솟구쳐 있는 젖꼭지를 한입 가득 빨아들였다.

"일영아, 네가 그리웠어. 미치도록."

일영은 순간 무너져 내렸다. 이미 세인에게 익숙해진 몸은 그의 모든 것을 갈구하고 있었고 더 이상 그를 거부할 수 없었다. 지난 이 주간 그를 미워하면서도 가슴이 터지도록 너무나 그리워했기에, 지금의 그의 유혹은 끝을 알면서도 빠질 수밖에 없는 늪이었다.

그는 일영의 귓불을 살짝 입으로 물며 자극하더니 귓속에 혀를 집어넣어 살살 돌렸다.

"흑."

일영을 달구기 위한 첫 번째 코스의 시작에 불과한데도 이미 그녀의 눈은 멍하니 풀려 버렸다. 세인은 이제는 완전히 저항을 멈춘 채 달뜬 신음 소리만을 토해내는 일영을 보며 내심 회심의 미소를 지었다. 어쩌면 이렇게 민감한 몸을 가지고 있는지……. 이제는 익숙해질 법도 한데 그녀는 세인의 진하고 음탕한 애무에 늘 마치 처음인 것처럼 수줍어하고 몸을 뒤틀며 당장이라도 숨이 넘어갈 것처럼 헐떡이곤 했다.

세인은 귓불을 지나 목덜미에 입술 자국을 남기고는 서서히 내려가 약간은 땀 냄새가 풍기는 겨드랑이를 혀로 공략했다. 겨드랑이에 있는 아포크린샘에서 분비되는 향은 동물일 경우 성행위의 유인, 자극을 준다 한다. 일영에게서 나는 희미한 땀 냄새는 세인을 늘 과도하게 흥분시켰다. 질색을 하며 꿈틀거리는 일영의 몸짓 역시 그의 정복욕을 자극했다.

세인은 다시금 유두를 혀로 슬슬 건드리며 자극하더니 이로 잘근잘근 깨물며 빨아들였다. 그러면서 그녀의 반바지와 팬티를 끌어내리고는 소파 위에 엎드리게 만들어 등을 한 손으로 강하게 눌렀다. 그가 혀를 길게 빼고는 엉덩이 골 사이를 슥 핥아 올리니 아니나 다를까, 그녀는 자지러질 듯 신음 소리를 내지르며 파닥거렸다.

"이, 이러지 말아요. 허억."

세인은 여전히 그녀의 등을 강하게 누른 채 엉덩이를 혀로 마음 껏 애무했고 이제는 흥분으로 질척거리는 비밀의 샘 역시 가차없 을 만큼 무자비하게 빨아들였다.

"정말 그만둘까? 네가 원하지 않으면 이대로 멈출 수도 있어."

세인은 마치 거미줄에 걸린 먹이를 농락하듯 집중적으로 그녀 의 샘을 혀로 감질나게 건드렸다. 하지만 이미 그도 더 이상 참을 수 없을 만치 흥분한 상태로 완전히 그녀를 굴복시키기 위해 사력 을 다해 참을 뿐이었다. 소파에 벌거벗은 상반신을 걸친 채 말간 엉덩이만을 세인에게 내민 일영의 모습은 그 자태만으로도 세인 을 미쳐 버리게 만들었다.

"말해봐. 해달라고 말해, 어서."

세인은 잔뜩 쉰 목소리로 이렇게 종용했다.

"싫어. 싫어요, ……그만 해요."

이미 그녀의 몸 역시 폭발할 듯 흥분해 있으면서도 마지막 자존 심이나마 붙잡고 싶었는지 하나마나 한 저항을 하고 있었다.

"이래도 싫어? 이대로 그냥 나가 버릴까? 이렇게 흥분한 주제 에 정말로 싫은 거야?"

승패가 이미 결정난 게임이었다. 그는 기어이 그녀의 입에서 해 달라는 말이 나올 때까지 집요하게 혀를 놀렸고, 결국 그녀는 얼 마 지나지 않아 몸을 축 늘어뜨리며 백기를 들었다.

"헉, 해…… 해줘요."

세인은 그녀의 체념 어린 항복을 받아내자마자 서둘러 바지를 벗더니 이미 흥분할 대로 흥분한 자신의 몸을 일영의 촉촉한 샘 안으로 힘있게 밀어 넣었다.

"젠장."

세인은 저도 모르게 이를 갈다시피 했다. 좋다는 말도 모자랄 만큼 좋았다. 그녀를 완전히 굴복시킬 작정으로 공을 들였는데, 오히려 반대로 그 스스로가 그녀 아니면 안 된다는 것을 몸으로 느껴 버리는 순간이었다.

땀으로 범벅이 된 채 이들은 한참이나 열락에 빠졌고, 너무도 오랜만에 만난 연인들은 다른 어느 때보다도 한층 더 짜릿한 순간 을 공유할 수 있었다.

"넌 날 떠날 수 없어. 그거 인정하지?"

세인은 의기양양한 표정을 지으며 일영의 땀에 젖은 알몸을 사 랑스럽다는 듯 어루만졌다. 환락의 순간이 끝나자마자 일영은 자 기 혐오감과 허탈함에 빠져 어쩔 줄을 몰랐고, 지금 이 순간이 이 제껏 그와 했던 잠자리 중에서 가장 황홀하고 짜릿했다는 것에 대 해 참을 수 없는 절망감마저 느꼈다.

샤워로 땀을 씻어내고 옷을 입은 후, 일영은 세인을 위해 얼음 과 함께 키위와 사과를 갈아 시원한 생과일 주스를 만들었다. 전 에도 그에게 한 번 만들어준 적이 있었는데, 굉장히 좋아했던 기 억이 나 무의식적으로 한 행동이었다.

"정말 맛있는데?"

그는 소파에 앉아 그녀가 해준 과일 주스를 남김없이 마셨다. 그리고는 가지고 온 쇼핑백을 집어 들더니 내용물을 테이블 위에 하나씩 올려놓기 시작했다.

"면세점에 들러서 산 거야. 그리고 이거 열어봐."

그는 크림이며 파운데이션, 립스틱 같은 고가의 외제 화장품들을 하나 가득 늘어놓더니 마지막으로 벨벳으로 된 직사각형 모양의 얄팍한 고급 박스를 내밀었다.

일영은 덤덤한 표정으로 박스를 열었고, 그 안의 눈부시게 반짝이는 다이아몬드 목걸이를 발견하고는 그만 멈칫했다.

"일 캐럿이야. 그 외 작은 알들도 진짜 다이아인데 전체로 따지자면 삼 캐럿이 넘는대. 전부터 해주고 싶었지만 네 성격에 거절할 것 같아 차마 줄 수 없었어. 네가 흔쾌히 받아준다면 정말 기쁘겠다."

"……."

"나 이제 가봐야겠어. 저녁 모임이 있는데 잠깐 짬을 내서 들른 거야. 연락할게."

세인은 자리에서 일어나더니 그녀의 입술에 살짝 입맞춤을 한 후 몸을 돌려 미련없이 떠나 버렸다. 그가 나가고 나서도 일영은 한참이나 목걸이를 멍한 눈으로 쳐다보며 미동도 하지 않았다. 그녀의 눈에서는 소리없는 눈물이 하염없이 굴러 떨어졌고, 이내 그 울음은 참을 수 없는 통곡으로 바뀌었다.

"흑, 흑흑."

4

세인은 가뿐한 마음으로 일영의 집을 나와 자신의 BMW 325Ci 컨버터블에 올라탔다. 2001년 식으로 탄 지가 벌써 사 년이 넘었지만, 길이 잘 들고 손에 착착 붙어 바꿔야 하는데도 아직까지 결심을 하지 못하고 있었다. 그전에는 차에 싫증을 잘 내 고작 일 년을 넘기기 힘들었었다. 장인어른께서 결혼식을 앞두고 차를 바꿔준다고 하셨지만, 그걸 그는 망설임없이 거절했다. 지금와 생각해 보면 그걸 왜 거절했는지 모르겠다. 차에 대한 욕심이 유달리 남다른 편이라 평소라면 절대 거부하지 않았을 제안이었다. 부모님은 평소 세인의 차에 대한 집착을 못마땅해하셨고, 한번 바꿔달랄 때마다 엄청난 아부와 읍소를 동원해야만 그 뜻을 이룰 수가 있었다.

부모님의 강권으로 선을 보러 나간 세인은 생각보다 아름답고 이지적인 소정을 보고 나름대로 호감을 가졌다. 보통 집안 좋고, 능력 좋으며, 미인이기까지 한 아가씨를 만난다는 것은 거의 모래사장에서 바늘 찾는 격이었다. 물론 요새야 워낙 성형 기술과 체형 관리센터가 활성화되어 있어 돈만 있으면 미인으로의 변신이 충분히 가능한 세상이기는 하지만, 그가 보기에도 소정은 쌍꺼풀조차 손대지 않은 진짜 자연 미인이었다. 일영 역시 전혀 손을 대지 않은 얼굴이지만 그녀는 미인이라 하기에는 좀 무리가 있는 얼굴이고, 겉보기에는 말라 보여도 벗겨놓으면 은근히 군살이 있었다.

스물여덟 살의 미술관 큐레이터인 신소정은 167㎝의 늘씬한 키에 운동으로 잘 단련된 군살 없는 탄력있는 몸매를 가지고 있었고, 당연한 얘기지만 세인에게 첫 만남부터 호감을 보였다. 세련되고, 우아하고, 지적인 여성을 동반한다는 것은 확실히 자랑거리이자 우월감을 느끼게 해주는 일이었다. 사실 일영은 지나치게 수수한 데다 패션 감각도 떨어지는 편이라 근사한 장소에 대동하고 다니기에는 조금 모자람이 있었다. 옷도 사줘보고 고급 미용실에 데려가 머리 손질도 시켜봤지만 그때뿐이라 이제는 거의 포기한 상황이었다. 본인이 스스로를 꾸미는 데 당최 관심이 없는 터라 도무지 그로서도 어찌해 볼 도리가 없었다.

결혼에 대해서는 회의적인 생각을 가지고 있던 그는 어떻게든 끝까지 버티고 미룰 생각이었지만, 어차피 그게 불가능하다면 신소정만한 여자를 찾기는 힘들다는 판단을 내렸다.

　부모님은 그가 여자를 사귀고 있다는 것을 진즉부터 눈치채고 있었지만, 그걸 대수롭지 않게 생각했다. 아버지는 놀아볼 만큼 놀아본 사내가 나중에 큰일을 한다며 그의 여성 편력을 대체로 눈감아주었고, 대신 놀긴 놀되 결혼은 집안과 수준을 맞춰야 한다며 그것만은 꼭 지켜줄 것을 내내 주지시키곤 했다. 세인도 그 말에 어느 정도 동감했고 주변의 친구들이나 친척들을 봐도 그 편이 보기에도 좋고 자연스러워 보였다.

　딱 하나 그에게 걸리는 건 바로 일영의 존재였다. 일영과의 결혼이 불가능하다는 것쯤은 처음부터 잘 알고 있었기에 사귀고자 작정할 때는 그것이 별문제가 되지 않았다. 한데 지금에 와서는 그녀를 끊어낸다는 것이 결코 쉽지만은 않으리란 것을 깨닫고는 당혹감을 감출 수가 없었다. 어떤 때는 그냥 미친 척하고 일영을 부모님께 인사시켜 버릴까 하는 생각을 한 적도 있었고, 스스로가 그 생각에 깜짝 놀라기까지 했다.

　작년 말, 어머니의 비위를 맞춰야 할 일이 있어 그동안 뜸했던 교회를 다시 찾았을 때 그는 그곳에서 김일영이라는 여자를 발견하고는 속으로 휘파람을 불었다. 늘씬한 미녀들만을 상대하다 우연히 발견한 은방울꽃 같은 여자, 바로 일영의 첫인상이 그랬다.

　아담한 키에, 아직은 미성숙한 소녀 같은 느낌의 그녀는 놀랍게도 스물다섯이었다. 남자의 로리타 콤플렉스를 자극하면서도 미성년자가 아니기에 하등의 문제될 건 없는 너무도 바람직한 조건의 여자……. 그는 많은 여자들과 사랑을 나눠보았고, 사랑할 때만큼은 진심을 다해 그 여자를 사랑했다. 그는 다음에 사랑할 여자로 일영을 망설임없이 찍었고, 역시 온 마음을 다해 그녀를 사랑했다. 예상했던 것과는 달리 그녀가 숫처녀라는 사실은, 그에게 마치 뜻하지 않은 선물과도 같이 여겨졌다. 워낙에 청순하고 순진해 보이는 인상이라 숫처녀라는 것이 어쩌면 당연한 일일지도 모르겠지만, 이미 먹을 만큼 먹은 나이인데다 워낙에 겉보기와는 다른 여자들이 많아 미처 기대조차 하지 않았던 일이었다. 어쨌든 그 점은 그로 하여금 그녀를 다른 여자들과는 달리 더 더욱 애정을 쏟을 수 있게끔 만들어주었다. 그는 평소 여자의 순결에 대해 연연해하는 그런 한심한 남자가 아니었기에 자신의 이러한 태도에 내심 놀라기까지 했다.

일영은 성격조차 다른 여자들과는 확연히 달랐다. 소극적인 성격이어서 그런 것일까? 먼저 전화를 하는 법도 없었고, 만나달라고 조르는 일도 없었다. 무언가를 사주고 싶어서 매장에 데리고 가면 늘 소박하고 값싼 물건만을 골랐고, 그가 요구하는 일은 무엇이든 아무 말 없이 들어주었다. 기어오르거나 타고 넘는 일도 없이 그에게 늘 공손한 자세를 유지했고, 항상 제자리에 그대로 피어 있는 소박한 들꽃과도 같이 그를 편안하게 해주었다. 톡톡 쏘아대는 것을 무슨 매력이라고 착각하는 여자들만 상대하다가 일영 같은 여자를 만나니 왜 이리 사랑스럽고 예쁘던지 세인은 그녀에게 정신을 차리지 못할 정도로 깊이 빠져들어만 갔다.

사실 이런 그녀에게 금세 질릴 줄 알았었다. 평상시에는 능력있고 딱 부러지며 재기발랄한 여자들을 좋아했고, 자신의 취향이 그런 줄로만 알았기 때문에 그저 그녀는 양념과도 같이 스쳐 지나가는 여자일 거라 생각했었다. 한데 의외로 그 자신에게 마초 기질이 다분했던 모양이다. 일영을 떼어놓고 싶지 않았고, 언제까지나 옆에 두어 그녀의 향기를 즐기고만 싶었다.

소정과의 결혼이 단 세 번만의 만남 이후로 일사천리로 진행되는 것을 그가 그저 지켜보기만 했던 건 사실이었다. 사실은 못마땅한 마음에 결혼은 아직 생각해 보지 않았다며 슬쩍 운을 떼본 적도 있지만, 부모님은 그걸 결코 용납하지 않았다. 어차피 결혼할 거라면 소정 같은 여자를 다시 찾기는 힘들 거라며 속전속결로 밀어붙였고, 사소한 것들은 두고 봐줄 수 있어도 결혼 문제만큼은 뜻대로 따르라는 강력한 압박에 결국 그는 은근슬쩍 굴복할 수밖에 없었다. 경제적으로 아직까지 일정 부분 부모님에게 의지하고 사는 세인에게 자신의 의견을 개진한다는 것은 어떻게 보면 사치였다. 생각해 보면 어차피 일영과의 미래를 꿈꾸기 힘들 것이고, 결혼 역시 어차피 해야만 했다. 일영에게는 미안한 일이지만, 어차피 둘 사이에 미래가 없다면 누구와 결혼한들 무슨 상관이랴 싶었다. 결혼을 하고도 따로 애인을 두며 사는 사람들은 드물지 않았다. 아니, 거의 요새 트렌드라고 해도 될 만큼 그가 아는 유부남들 중에는 거의 대부분 정부를 두고 있었고, 이중으로 살림을 차린 이들도 적지 않았다. 부모님이 원하는 결혼을 하고 일영과도 관계를 유지시킨다면 두 마리의 토끼를 다 잡는 셈이었다. 일영이 그것을 납득해 줄지는 의문이었지만, 사랑하니까 결국은 이해해 줄 거라는 믿음이 있었다. 아니, 그가 아는 일영이라면 분명코 이해해 줄 것이었다.

부모님은 소정과 살 신혼집으로 동부이촌동의 전망 좋은 칠십여 평짜리 주상복합 아파트를 사주셨고, 소정 역시 거기에 걸맞게 고급 가구와 인테리어로 신혼집을 아름답게 장식했다. 적절하고 만족스런 수준으로 예단이 오갔으며, 주변에서는 칭찬과 부러움으로 이들을 축복해 주었다.

소정의 직장 문제 때문에 열흘간의 유럽일주 대신, 하와이로 신혼여행을 떠난 그들은 그곳에서 비로소 첫날밤을 맞이하게 되었다. 소정은 모습만큼이나 잠자리에서도 만족스럽고 화끈했다. 쭉 뻗은 긴 다리와 생각보다 풍만한 젖가슴, 그리고 윤기나는 너무도 하얗고 부드러운 피부. 그는 정말로 행운아였다. 모든 외적 조건을 다 갖추고도 아름다우며, 침대 기술 역시 누구보다 뛰어난 여자. 그런 여자를 합법적인 아내로 맞았으니 그 누가 부러워하지 않을 수 있겠는가?

더없이 화끈한 밤을 보낸 세인은 어느새 잠에 곯아떨어져 버린 소정을 조심스레 떼어놓고 담배를 태우기 위해 베란다로 나갔다. 그리고 하늘을 무수히 수놓은 쏟아질 듯한 별들을 바라보며 담배 연기를 가슴으로부터 훅 하니 내뿜었다.

이 순간 왜 이리 일영에 대한 생각이 물밀듯 밀려오는 것일까? 가슴이 뻥 뚫린 것만 같은 허무함과 허탈함이 그의 마음을 잠식해 들어갔고, 그 어느 때보다도 일영이 못 견디게 그리워짐을 새삼 절절이 느꼈다.

세인은 결혼식장에서 그를 몰래 훔쳐보던 일영의 창백한 얼굴을 기억하고 있었다. 그것은 참으로 이상한 노릇이었다. 그는 마치 뭔가에 이끌리듯 그 많은 인파 속에 숨어 있던 작고 가녀린 그녀를 너무도 쉽게 찾아내었고, 청첩장을 발견한 뒤 창백한 표정을 짓던 그녀의 얼굴까지 오버랩되면서 새삼 그의 마음을 무겁고 아프게 짓눌렀다.

신혼여행 중에 그는 사촌들에게 준다는 핑계로 일영을 위해 몇 가지 화장품을 골랐다. 그리고 유명 보석점에 들러 단아하면서도 우아한 세팅의 다이아몬드 목걸이를 거금을 들여 구입했다. 그녀는 세인에게 고가의 선물을 받는 것을 꺼려했고, 기껏해야 14k 같은 준보석이나 인형들, 중저가 브랜드의 옷 같은 것만을 고마워하며 받곤 했다. 하지만 이 목걸이만큼은 꼭 그녀에게 해주고 싶었다. 보상이라고 할 수는 없지만 그래야만 그의 마음이 편해질 것 같았다.

그는 4박 5일간의 신혼여행을 다녀온 후, 처갓집과 본가에 들러 차례대로 인사를 드리고 친척들을 모셔서 집들이까지 마쳤다. 그 모든 일을 처리하면서 어떻게든 일영에게 달려갈 시간을 만들기 위해 얼마나 분주하게 가슴 졸이며 발을 동동거렸는지는 아마 신만이 아실 것이었다.

기어이 그는 일요일 낮에 천금 같은 시간을 짜내어 일영을 찾아갔고, 예상외로 굉장히 화가 나 있는 그녀를 보고는 내심 뜨끔했다. 하긴 어느 여자가 이런 상황을 순순히 이해해 주겠는가? 그가 생각해도 그건 억지고 독단이었다. 하지만 그는 억지고 독단이라 해도 그녀를 놔줄 생각은 추호도 없었다. 이 주 만에 안은 그녀의 몸은 착착 온몸을 파고들며 세포 하나하나까지 그를 짜릿하게 자극했다.

'김일영, 넌 날 못 떠나. 절대 떠나지 못하게 할 거야. 내가 나쁜 건 알지만 널 지켜주기 위해 그런 거니까 너만은 날 이해해야 돼. 김일영, 세상 사람들이 다 나를 욕한다 해도 너만은 날 이해해 줘야 해.'

세인은 새삼 결심을 다지며, 자신의 신혼집으로 차를 몰았다. 오늘 저녁 그는 친구들을 초대해 집들이를 할 예정이었다.

유현은 집들이 선물로 프랑스산 고급 와인을 들고 세인의 신혼집을 찾았다. 별로 가고 싶은 마음은 없었지만, 그렇다고 서로의 경조사를 모르는 척할 수만은 없는 입장이라 어쩔 수 없이 그는 무거운 발걸음을 옮겼다. 차라리 절교를 해버릴 사이라면 모를까, 그때 결혼식도 이러저러한 핑계로 참석하지 못했는데 이번 집들이까지 빠질 수는 없었다.

"어서 와라."

세인은 환하게 웃으며 유현을 맞아주었다. 이미 몇 명의 친구들이 도착해 있는지 거실에서 왁자지껄 떠드는 소리가 들려왔다.

"집이 좋네."

"그래? 다 우리 와이프 솜씨잖아."

유현은 그의 이 같은 말에 쓴웃음을 지었다. 어릴 때부터 봐왔던 친구지만 참 제멋대로인 한심한 녀석이었다.

부인이 미술관 큐레이터라더니 문외한인 유현의 눈에도 집이 감각적이고, 모던하며, 예술적으로 비춰졌다. 가구나 조명, 그 모든 것이 통일감있으면서도 각자 개성을 살려 적절히 배치되어 있었고, 흰색으로 회칠을 한 벽에 틈틈이 걸려 있는 그림들 역시 유명 작가의 복제품과 현대 작가들의 독창성있는 창작품으로 신혼집을 한껏 로맨틱하고 멋스럽게 보이게 했다. 한강이 내려다보이는 전망 또한 기가 막혔다. 날이 어두워지면서 한강변은 하나둘 화려한 불을 밝히기 시작했고, 거실에서 바라보는 그 전경은 그것 자체만으로도 이 집의 가치를 한껏 높여주고 있었다.

"어서 오세요."

어깨가 드러나는 아이보리 색 시폰 드레스를 차려입은 세인의 신부는 만면에 가득 미소를 지으며 유현을 반갑게 맞이했다. 170㎝ 가까이 되는 늘씬한 키에 화려한 이목구비, 확실히 보기 드문 미인인데다 세련되고 우아한 패션 감각이 세인의 취향에 그대로 들어맞는 여자였다. 하긴 세인이 김일영 같은 수수한 스타일의 여자를 사귄다는 것 자체가 애초부터 말이 안 되는 일이기는 했다.

"말씀 많이 들었어요. 세인 씨와 대학까지 동문이시라면서요? 어머님끼리도 친구시고요. 정말 세인 씨와 체격도 똑같으시네요."

"네. 얼굴은 다르지만 체격은 쌍둥이 같다는 말을 많이 들었습니다."

"결혼식 때 못 봬서 서운했어요."

"죄송합니다. 피치 못할 사정이 있어서요. 결혼 축하합니다."

"고마워요. 자, 이쪽으로 오세요."

매너 역시 나무랄 데 없는 여자였다.

초대받은 아홉 명의 친구들은 넓은 식당에서 안주인이 직접 만들었다는 머시룸 소스가 곁들여진 안심 스테이크를 향기 좋은 와인과 함께 대접받았다. 식탁 위에는 분위기를 돋우기 위한 분홍 장미와 크리스털 장식이 달린 은촛대가 놓였고, 세팅된 식기들 역시 일류 레스토랑 못지않게 감각적이고 우아했다. 다들 그녀의 요리 솜씨와 인테리어 감각에 혀를 내둘렀고, 칭송이 식사 내내 끊이지가 않았다. 세인은 이런 부인이 어지간히 자랑스러운 모양인지 입가에 미소가 떠나지를 않았다.

"세인이가 우리 중에서 가장 눈이 높았는데 역시나 그 값을 하네요. 제수씨 같은 분을 만나려고 우리 세인이가 그렇게 방황을 했었나 봐요."

와인에 거나하게 취한 한 친구가 약간은 위험스런 발언으로 좌중을 긴장하게 만들었다.

"세인아, 아리따운 제수씨까지 안방에 턱 들여놨으니 이제 정신 차려야지. 안 그래?"

"하하, 그래야지."

세인은 긴장한 다른 친구들과는 달리 대수로울 것도 없다는 듯 이렇게 넘겼다.

"내가 한때 좀 놀았거든. 좀이 아니라 심하게 놀았나?"

"어머, 남자가 결혼 전에야 그럴 수도 있는 거죠 뭐. 세인 씨 같은 사람이 여자가 없었다면 그게 더 이상했을 거예요."

신소정이 이렇게 천연덕스럽게 넘기자 좌중은 다시금 긴장을 풀고 화기애애한 분위기로 돌아갔다. 이들은 세인의 어렸을 적의 애기부터 시작해 과거 유학 시절의 애기, 여행이나 골프, 스키 등으로 화제를 이어갔고, 나중에는 정치, 사회, 경제 등 다양한 시사 문제에까지 가지를 뻗어갔다. 신소정은 남편의 동창들 사이에 끼어서 조금은 소외된 감정을 느낄 법도 한데 너무도 자연스럽게 대화에 동참했고, 나중에는 오히려 주도적으로 대화를 이끌어 나갔다. 참으로 똑똑하고 영리한 여자였다.

모임이 끝난 건 거의 밤 열 시가 다 될 무렵이었다. 다들 다음날 출근을 해야 할 상황이라 그쯤에서 모임을 끝내고 후일을 기약하기로 했다.

세인은 주차장까지 따라 내려가 일일이 차 문을 여닫아주며 친구들을 배웅했다. 어찌하다 보니 제일 마지막으로 남은 건 유현이었다.

"좋아 보인다?"

유현은 약간은 경멸 어린 시선으로 세인을 응시했다. 솔직히 말도 섞고 싶지 않을 만큼 그가 못마땅했지만, 사실 세인의 연애사를 가지고 이러쿵저러쿵한다는 것이 월권행위라는 것쯤은 모르지 않았다. 어차피 세인과는 여러모로 보나 관계가 이어질 수밖에 없는 친구였다. 싫어도 봐야만 하는 관계, 그것이 유현과 세인의 관계였다.

"뭐, 그렇지. 너, 내가 못마땅한 모양이구나?"

세인은 유현의 불편한 심기를 눈치채고는 이렇게 말했다. 일영의 모습을 실제로 본 것은 친구 중에 유현이 유일했다.

"언젠 우리가 마땅한 사이였냐? 암튼 네가 선택한 결혼이니까 잘살아라."

　유현은 이 말만을 남기고는 자신의 차에 올라 시동을 걸었다. 그는 언뜻 룸미러를 통해 그 자리에서 가만히 못 박힌 듯 서 있는 세인의 모습을 볼 수 있었는데, 그 표정이 뭐라 말할 수 없이 참담해 보여 순간 자신의 눈을 의심하지 않을 수 없었다.

5

신영은 약속한 대로 저녁 전에 돌아와 일영을 근처 소갈비 집으로 이끌고 갔다. 지글지글 구워진 갈비가 정말 먹음직스러웠지만, 막상 입에 넣으니 입 안이 깔깔한 것이 그 어떠한 맛도 느껴지지가 않았다.

일영은 세인에게 뭐라 항변하기는커녕, 냉큼 몸까지 내줘 버린 자신이 너무도 혐오스럽고 징그러워 견딜 수가 없었다. 그가 준 고가의 다이아몬드 목걸이가 마치 무슨 족쇄와도 같이 그녀의 몸을 칭칭 휘감아 버리는 것 같았다. 막말로 그 목걸이를 목에 걸고, 앞으로도 고분고분하게 몸을 대주며 순종하고 살라는 뜻과 뭐가 다르냔 말이다.

"먹어, 언냐. 다 피가 되고 살이 되는 거야."

　신영은 일영의 그릇에 고기를 얹어주며 부지런히 먹을 것을 독촉했다.

"응."

하지만 일영은 젓가락으로 고기를 뒤적이기만 할 뿐 통 입에 넣지를 못했다.

"실연이 대단하긴 한가 보다. 다른 때는 없어서 못 먹는 주제에."

"나 진짜 바보 같지?"

"그래, 너 바보야."

"안 된다는 걸 뻔히 알면서도 나 왜 이럴까?"

"원래 사랑이란 게 그런 거야. 늪인 줄 알면서도, 빠져서 비명횡사 할 거 뻔히 알면서도 제 발로 걸어 들어가는 게 바로 사랑이란 거거든. 한데 김일영, 원래 안 된다고 하면 더 빠져드는 게 사람 심리긴 하지만, 너 그 남자만은 안 된다. 그렇게까지 사람 갖고 놀고 능멸하는 남자, 받아들이면 넌 그날로 끝나는 거야. 아무리 사랑이 좋아도 불륜은 안 되는 거다. 그것만은 아무리 사랑으로 포장해도 안 되는 거야."

"신영아."

"너 자신을 버리고 바보 등신으로 살고 싶다면 굳이 안 말려. 그런 줏대없고 자존심없는 여자, 나 사람 취급하고 싶지도 않지만 혈연지간이니 어쩌겠어? 정말 생각 같아서는 그따위 버러지 같은 인간, 당장 쫓아가 요절을 내고 싶지만 그럴 기운 쓰는 것도 아까워."

"신영아."

"왜 또?"

"그 남자 그냥 받아들이는 거 정말로 안 되는 일이겠지?"

신영은 일영의 처연한 표정을 한참이나 바라보더니 깊은 한숨을 내쉬었다.

"안 될 거야 또 뭐가 있겠어? 유부남과 바람피우는 여자가 어디 한둘이고, 첩살이하며 그늘에 사는 여자가 어디 한둘이야? 해서 안 될 일은 있어도, 하지 못할 일은 없으니까. 하긴 너도 마음 정리할 시간이 필요하겠지. 사람 마음이 그렇게 단칼에 무 자르듯 되는 건 아니니까. 그런데 질질 끌어봐야 좋을 거 없어. 어차피 아플 거 빨리 아픈 게 낫잖아. 너 그 남자 이혼시키고 네가 결혼할 수 있어? 네가 결혼할 수 있을 정도의 남자였다면 애초에 널 이렇게 만들지도 않았을 거잖아?"

"그래, 네 말이 맞아. 그 사람은 나와 결혼할 수 있는 사람이 아니야."

"그놈은 죄질이 나쁜 놈이야. 파렴치한이라고. 더 이상 내 입에 올리기도 싫은 인간 말종 개자식이라고. 이제 정리됐지? 판단도 네가 하고 독박도 네가 쓰는 거니까 알아서 해."

두 사람은 피차 입맛이 없어 비싼 갈비를 절반이나 남기고는 집으로 돌아왔다.

신영은 집에 들어서자마자 거실 테이블 위에 아무렇게나 놓인 외제 화장품들과 다이아몬드 목걸이를 살펴보더니 갑자기 인상을 있는 대로 팍 구겼다.

"이거 불가리네. 너 이거 얼마짜린지 상상이 가니?"

신영은 피식 웃더니 일영을 쳐다보았다.

"크기를 보니 일 캐럿이네. 나석만 쳐도 최소 천만 원은 넘는 건 알고 있지?"

"그, 그렇게 비싸?"

일영은 너무도 놀라 안색이 하얗게 질렸다. 보석에 대해서는 별반 관심도 없었고, 신경 쓸 여력이나 여유도 없어서 시세에 대해서는 전혀 아는 바가 없었다.

"불가리 이름값에 세팅 값까지 치고, 주변에 달린 쓰부 다이아 중량까지 따지면 그 가격의 한 다섯 배는 뻥튀기가 되겠군. 이 목걸이 하나가 우리가 지금 살고 있는 이 집 전셋돈보다 더 비싸다는 소리야. 네가 사귀는 남자, 이 정도였니? 결혼 말 안 나온 것도 무리는 아니었네."

일영은 소파 위에 스르르 주저앉아 머리를 감싸 쥐었다. 얼마나 충격을 받았던지, 여기에 비하면 세인의 결혼이 준 충격은 별것도 아닌 것처럼 여겨질 정도였다. 목걸이 하나에 지금 얼마라고?

"결혼 안 하길 천만다행이다. 너 그 남자 설사 이혼한다 해도 너랑은 결혼 못해. 부자들, 절대 평범한 집안과는 사돈 안 맺거든. 그건 드라마나 로맨스 소설에서나 나오는 얘기야. 이거 너 당장 돌려줘. 난 보기만 해도 가슴이 벌렁거려서 도저히 못 보겠거든? 진짜 이거야말로 돼지 목에 진주지. 아니, 사천만 원짜리 전세에 살면서 오천이 넘는 목걸이를 어떻게 하고 다니겠다는 거야? 거기에 맞는 옷도 없고, 다니는 곳도 그 지저분한 그림 공장뿐인데 뭘

다가 국 끓여 먹을래?"

"난…… 몰랐어."

"네가 아는 게 뭐가 있냐? 휴! 진짜 너처럼 세상물정 모르는 순진한 아이는 또 없을 거다. 그저 날 등쳐먹어 달라고 얼굴에 대문짝만하게 써 있잖아?"

신영은 혀를 끌끌 차며 한참을 구시렁거리더니 열딱지가 난다며 샤워를 하러 욕실로 휙 들어가 버렸다.

일영은 목걸이와 화장품들을 바라보며 허탈한 미소를 지었다. 그와 가진 잠자리가 새삼 가슴을 쥐어뜯고 싶을 정도로 후회스러웠고, 자신의 우유부단함과 어리석음이 못 견디게 수치스러웠다. 도대체 어디까지 나락으로 떨어져야만 하는 것일까? 일영은 세인이 그녀를 밀어서 떨어뜨린 것이 아니라, 스스로가 지옥불 속을 헤어나오지 못하고 있다는 사실을 새삼 절절이 깨달았다.

태양 빛이 이글거리며 작열하는 한낮의 여름은 견디기 어려울 정도로 무덥고 습했다. 거리의 콘크리트는 뜨겁게 달아올라 흐물거렸고, 지나는 행인들도 저마다 양산이나 모자로 햇빛을 가리며 손부채질을 하고 다녔다.

세인은 소정이 출근하는 모습을 졸린 눈으로나마 형식적으로 배웅한 후, 아침 겸 점심을 먹고 천천히 집을 나섰다. 그가 운영하는 피자 레스토랑은 유명한 미국계 피자 체인점으로 청담동에 위치한 아버지 빌딩의 두 층을 사용하고 있었다. 체인점이라 본사에서 알아서 관리해 주기도 하지만, 그는 따로 지배인을 두어 월급 사장처럼 일을 맡겨 버렸다. 장사를 제대로 하려면 직접 뛰어야 하지만, 그는 그렇게까지 치열하고 힘들게 살고 싶지는 않았다. 물려받은 재산 있겠다, 앞으로 물려받을 재산은 더 많겠다, 그저 이 재산을 지킬 정도의 경제 능력만을 갖추면 그만이고 더 이상의 욕심이나 야망 같은 것은 없었다.

세인은 레스토랑에 느지막이 출근해 많으면 서너 시간, 적으면 삼십여 분 정도 매장을 둘러보고, 보고를 받은 후 바로 퇴근해 자유 시간을 가졌다. 사실 그는 이 같은 자유를 누리기 위해 학생 때 그 누구보다도 열심히 피 터지게 공부해 왔기에, 충분히 지금의 자유를 누릴 권리가 있다고 스스로 생각했다. 무슨 일을 하든 간에 최고 명문대 출신이라는 사실은 하나의 범접하지 못할 타이틀이자 근사한 신분증이었다. 그는 국내 명문대로도 모자라 미국 아이비리그 중 하나인 대학에서 MBA까지도 마쳤다. 이 정도면 더 이상 누가 뭐랄 수도 없는 훌륭한 스펙이었다.

그는 레스토랑에서 직원들의 축하와 환영을 받은 후, 밀린 일들을 보고 받고 곧 퇴근했다. 시계를 보니 오후 네 시, 이 정도면 소정이 퇴근하기까지 적어도 세 시간의 자유 시간을 가질 수 있었다.

세인은 일영의 핸드폰으로 전화를 걸었고, 생각과는 달리 그녀가 바로 전화를 받자 내심 안도하며 가슴을 쓸어내렸다. 화는 나겠지만 결국은 이해해 줄 줄 알았다. 그녀는 절대 먼저 헤어지자는 소리는 하지 못할 여자였다.

"내가 지금 회사 앞으로 갈게. 같이 저녁 먹자."

[회사 앞에서 전화 주세요.]

일영의 목소리는 여느 때와 다름없이 차분하고 나직했다.

그녀의 회사는 양재역 근처에 있었고, 퇴근 시간 무렵이면 청담동 이상으로 교통 체증이 심한 곳이었다. 그래서 세인은 늘 일영을 만날 때면 조금 이른 시간에 그녀를 데리러 가곤 했다. 일영은 평소에는 야근을 밥 먹듯이 했지만, 그가 찾아오는 날이면 어김없이 일찍 퇴근을 준비했다.

세인은 회사 앞에 도착하자마자 그녀에게 전화를 걸었다. 그의 전화를 받은 일영은 마치 기다렸다는 듯 바로 빌딩 정문으로 모습을 드러냈다. 민소매 블라우스에 청바지 차림을 한 그녀는 이상하게도 오늘따라 유달리 그의 눈에 확 들어오면서 매혹적으로 보였다. 사실 이목구비가 또렷하거나 피부가 눈부시게 하얀 것도 아니었다. 피곤하거나 관리가 부족하면 금세 턱밑에 뾰루지가 돋았고, 화장하지 않은 얼굴일 경우 잡티도 여기저기 눈에 띄었다. 하지만 세인은 처음부터 일영을 예쁘다고 생각했다. 특히나 지금 이 순간, 그의 눈에 일영은 더없이 매력적이고 아름다워 보였다. 어제의 그 화끈하고 짜릿한 정사 때문인지도 모른다.

그는 어제 집들이를 마치고 난 후 여느 때와 다름없이 소정과도 잠자리를 했지만, 일영과의 한낮의 정사가 아른거려 도무지 집중을 할 수가 없었다. 소정에게 충분하리만치 만족하고 있다고 생각했는데 그게 아닌 모양이었다. 객관적으로 봤을 때 소정이 부족한 건 단 한 가지도 없었다. 어쩌면 지금 일영과의 만남이 유달리 더 짜릿하고 흥분되게 느껴지는 건 가질 수 없는 것, 가져서는 안 되는 것에 대한 매혹인지도 모르는 일이었다.

"뭐 먹으러 갈까?"

세인은 그녀가 조수석에 오르자마자 경쾌한 목소리로 이렇게 말했다.

"좋을 대로 하세요."

하긴 그녀가 언제 자신의 의견을 한 번이라도 제대로 내세웠던 적이 있던가? 먹는 것부터 놀러가는 것, 영화를 선택하는 것까지 그녀는 늘 세인의 의견에 고분고분 따라왔었다.

세인은 행선지를 그녀가 좋아하는 패밀리 레스토랑으로 정했다. 사실 그는 패밀리 레스토랑의 그 번잡함과 수입산 쇠고기 맛을 결코 즐기지는 않았지만, 일영은 고급 정통 레스토랑보다 이런 곳을 훨씬 더 편안하게 생각했다. 물론 그녀가 대놓고 그런 곳을 좋아한다고 말한 적은 없었다. 스테이크에 마가리타나 치치 같은 칵테일을 곁들여 마시며 유달리 즐거워하는 일영의 모습을 유심히 눈여겨보았고, 그때부터 세인은 신경을 써서 그녀가 좋아하는 것을 살피기 시작했을 뿐이었다.

자주 가는 단골 레스토랑에 들어가 자리를 잡은 후, 세인은 일영의 의향은 묻지 않은 채 늘 그녀가 먹던 것을 거리낌없이 주문했다. 차례로 수프와 샐러드, 스테이크가 나왔고, 그녀를 위한 마가리타까지 테이블 위에 놓여졌다.

일영은 거의 먹는 둥 마는 둥 포크를 들어 깨작거리기만 하더니 마가리타가 나오자 그것에만 입을 대고는 살짝 목을 축였다.

"목걸이 안 했구나? 네가 주로 입는 세미 캐주얼에도 잘 어울릴 만한 디자인인데. 지금 옷에도 아마 잘 어울릴 거야.”

“저 이거 받을 수 없어요.”

일영은 말이 나온 김에 해결을 봐야겠다는 듯, 가방을 열더니 목걸이 케이스를 그에게 쓱 내밀었다.

“화장품은 일부러 사 온 거니까 고맙게 받을게요. 하지만 이건 돌려 드리고 싶어요.”

“왜지?”

그의 얼굴이 확연히 굳어졌다.

“동생 말에 의하면 몇 천만 원짜리 목걸이라 하더군요. 그게 사실이에요?”

“나도 돈이 남아돌아 사들고 온 건 아니야. 내가 가진 개인 비상금을 탈탈 털어 산 거라고.”

실제 적지 않은 현금이 묶여 있는 상황이라 이 말이 아주 거짓말은 아니었다.

“내가 이걸 받을 이유는 없다고 생각해요. 부담스럽기도 하고, 마음에 들지도 않거든요.”

“뭐?”

세인은 기가 막혀 혀를 찼다. 마음에 들지 않다니, 일영의 입에서 그런 말이 나올 줄은 꿈에라도 생각해 본 적이 없었다. 아무리 사소한 것이라도 그가 사주는 것이라면 늘 소중하게 생각하던 그녀였다.

“나한테 미안하고 부담 느끼죠? 그래서 이 목걸이 사준 거 알아요. 그 마음 충분히 이해하지만 그 마음만 받을게요.”

"일영아."

"난 오빠와 불륜 관계를 지속시킬 마음이 없어요. 하긴 이미 우린 어제도 불륜을 한 거죠? 부인께서 우리 둘을 간통죄로 고소해 감방으로 밀어 넣을 수도 있는 그런 범죄를 저지른 거라구요. 내가 간이 작고 소심하다는 것 알면서도 어떻게 오빠가 결혼 후에도 나와의 관계를 지속시킬 수 있을 거란 생각을 한 건지 아직까지도 이해가 안 돼요."

"그 얘기는 어제 끝난 거 아니었어?"

"이런 얘기 오래 끄는 거 지겨울 거예요. 오빤 지겹고 징징거리는 거 싫어하잖아요. 그러니까 다신 찾아오지 마세요."

"너 아주 웃긴다. 고분고분하고 여리한 앤 줄만 알았는데 의외네? 너 성깔있을 줄은 미처 몰랐어."

"고분고분하고 여린 건 맞지만 바보는 아니니까요."

"그래, 내가 널 확실히 잘못 본 거 같다. 내가 널 과소평가했어. 이렇게 말 잘하고 똑 부러지는 줄 알았다면 내가 생각을 달리 했을 텐데……. 그동안은 왜 그렇게 보였을까?"

"그게 내 성격이니까요. 난 여전히 그런 아이니까요."

"내가 어제 너한테 내 사정을 설명했고, 너 역시 그걸 납득했기 때문에 날 받아들인 거 아니었나? 어제 우리 굉장히 좋았던 거 알지? 나만 느낀 거 아니지?"

일영은 그의 말에 얼굴에 홍조를 띠며 마른침을 꼴깍 삼켰다.

"그건 중요하지 않아요. 난 이제 더 이상 오빠 안 볼 거예요. 내가 떨어져 나가주는 편이 오빠한테도 좋을 테니 그냥 내버려 두세요."

"아니, 네가 떨어져 나가서 내게 좋을 건 아무것도 없어. 그건 내가 판단할 문제고 넌 이제까지처럼 내 옆에 있어야 해. 넌 나와 못 헤어져. 지금은 네가 화가 많이 나서 잠깐 이성을 잃은 모양인데 넌 날 분명 사랑해. 너 같은 여자가 나한테 순결을 주었을 정도면 웬만큼 사랑해서는 가능한 일이 아니잖아?"

'그렇게 잘 아는 사람이 이렇게 날 비참하게 만들어요? 내 인생에 사랑은 오직 오빠 하나뿐이었는데 내 진심을 이런 식으로 뭉개고 휴지 조각처럼 내던져 버려요?'

일영은 마음속에 담긴 말을 꾹꾹 눌러 참고는 다시금 숨을 골랐다.

"그것 역시 오빠가 아닌 내가 판단할 문제예요. 오빠를 사랑한 건 사실이지만 용서할 수도 없고, 사랑한다고 다 용서가 되는 것도 아니구요. 부디 이젠 가정에 충실하시고 더 이상 찾아오거나 전화하는 일은 없도록 해주세요. 전화번호도 바꾸어 버릴 테니 전화해도 아마 소용없을 거예요."

"김일영."

"좋은 기억만 남길게요. 그럼 안녕히 가세요."

일영은 가차없이 자리에서 일어나더니 그가 미처 붙잡기도 전에 그곳을 휙 나가 버렸다. 세인은 지금 이 같은 상황이 어이가 없기도 하고 느닷없기도 해서 도무지 정신을 차릴 수가 없었다. 믿는 도끼에 발등이 찍힌 기분이랄까? 몰래 선을 봐 결혼을 해버릴 정도로 파렴치한 짓을 저지른 주제에 오히려 그는 일영에게 더 큰 배신감을 느끼고 있었다.

'감히 네가 날 거부해? 이제껏 내가 찼으면 찼지 차인 적은 없었는데, 그 기록을 다른 누구도 아닌 네가 깨겠다고? 웃기지 마, 김일영. 버리면 내가 버렸지 넌 날 버릴 수 없어. 어디서 감히 날……'

그는 너무도 분하고 화가 치밀어 올라 차를 가지고 왔다는 것도 잊은 채 그녀가 남긴 마가리타를 단숨에 들이마셔 버렸다.

어디서부터 일이 이렇게 꼬여 버린 것일까? 이건 그의 예상을 벗어나도 한참을 벗어난 일이었고, 도무지 치미는 분노를 잠재울 길이 없었다. 하지만 그는 곧 진정을 하고 마음을 다잡았다. 하긴 그런 일을 당했는데도 고분고분하니 그의 말을 따른다면 그건 순종이 아니라 멍청한 짓이었다. 그가 원한 건 순종하는 여자지 확실히 바보는 아니다.

세인은 일영의 새롭고 단호한 모습에 새삼 흥미를 갖자 더 더욱 그녀가 탐이 났다. 가시가 없는 순박한 들꽃인 줄 알았는데, 알고 보니 가시를 감춘 고혹적인 붉은 장미였다. 사랑을 학벌이나 지식으로 하는 것은 아니지만, 그는 이제껏 일영에게 약간의 무시하는 감정을 가졌다는 것을 부인할 수는 없었다. 한데 조리있고 또박또박하게 자신의 뜻을 피력하는 일영의 모습을 보니 결코 무시할 수 있는 여자도 아닐뿐더러 그녀가 새삼 다시 보이기 시작했다.

세인은 일이 아주 재미있어졌다고 생각하며 왠지 모를 흥분마저 느꼈다. 한 여자에게 다시금 새로운 정열을 느낄 수 있다는 것은 실로 색다른 경험이었다.

6

일영은 실연당한 여자들이 함직한 행동들을 죄다 실천에 옮겼다. 먼저 통신회사에 전화를 걸어 핸드폰 번호를 바꾸었고, 평상시에는 제 돈 주고 발걸음을 하지 않던 압구정동의 유명 미용실에서 윤기나는 긴 생머리를 짧은 단발로 확 쳐버렸다. 미니 홈피도 폐쇄시켰고, 메일 주소도 없애 새로 계정을 만들었다. 세인이 준 선물들은 죄다 모아 큰 종이박스에 전부 밀어 넣었고, 컴퓨터에 저장된 그와 함께 찍은 사진들 역시 과감히 휴지통에 던져 넣었다.

그러고 보니 지난 팔 개월간 그에게 받은 선물들이며 흔적들이 그녀의 주위에 지나치리만큼 깊숙이 파고들어 있었다. 그가 준 반지나 목걸이 같은 것들은 그 몇 천만 원짜리 다이아 목걸이에 비한다면 새 발의 피였지만, 그래도 그녀의 기준으로는 적지 않은 금액이었다. 실연을 당하면 상대에게 돌려주거나 버린다던데 차마 아까워서 버릴 수는 없었고, 그렇다고 돌려주자니 그를 다시 만나야만 하는 일이 마음에 걸렸다. 그녀는 차라리 물건들을 친구들에게 죄다 나눠 줘버려야겠다고 생각했다.

회사는 계속해서 다녀야만 하는 상황이지만, 여차하면 다른 곳으로 옮길 생각으로 마음의 준비를 하고 있었다. 일영은 아침 일찍 출근해서 밤늦게나 되어서야 퇴근했고 식사는 도시락을 싸가거나 배달시켜 먹으며 일절 회사 밖 출입을 하지 않았다. 하긴 워낙 더운 날씨라 일부러라도 바깥출입을 삼가야 할 판이었다.

전화가 되지 않자 세인의 회사로까지 전화가 왔는데, 미리 회사 사람들과 말을 맞춰놓아 퇴사했다고 하니 더 이상은 전화를 하는 일이 없었다. 며칠간이나 회사 앞을 죽치고 기다리던 그의 은색 스포츠카는 일주일이 지난 지금, 더 이상 눈에 띄지 않았다. 그녀는 그동안 뒷문을 통해 출퇴근을 했는데 그를 피하는 것은 생각보다 그리 어렵지 않았다.

역시 유부남이라 동선이 짧아진 탓일까? 사실 그가 마음먹고 달려든다면 왜 그녀 앞에 나타나지 못하겠는가? 평일 저녁이나 주말은 신혼인 아내와 보내야 할 테니 일영을 찾을 짬이 없을 것이었고, 그 사실만으로도 그녀의 머릿속은 차갑게 정리되어 가고 있었다.

하지만 참다못한 세인은 일영의 예상을 여지없이 깨고 일요일 낮, 그녀의 집 문을 무작정 두드렸다. 일영은 점심을 먹다 말고는 안절부절못한 채 신영의 눈치만을 살폈다. 이렇게 된 이상 신영을 속인다는 것은 불가능했다.

"도대체 누구야? 지금 언니 이름 부르는 거 맞지?"

"……."

"그 남자야? 지금 그 남자가 뻔뻔스럽게 여기까지 찾아온 거야?"

"신영아."

"다 죽었어. 아주 지 무덤을 파는구만. 여기가 어디라고 감히!"

신영은 먹던 밥알이 다 튀어나올 정도로 분개하더니 수저를 집어 던지다시피 식탁 위에 올려놓고는 현관문을 벌컥 열었다.

"세인 선배? ……아니, 선배가 여긴 어쩐 일이세요?"

신영은 현관문 밖에 오도카니 서 있는 세인의 모습을 발견하고는 화들짝 놀라 입을 쩍 벌렸다. 세인은 교회 내에서도 꽤 유명 인사인데다 신영과도 대학 선후배라는 인연으로 안면을 터 서로가 인사 정도는 하고 지내는 사이였다.

"일영이 안에 있니?"

세인은 미리 예상했다는 듯 신영의 얼굴을 보고도 그다지 놀라지 않았다.

"언니를 알아요? 세상에…… 선배가 그럼?"

신영은 이제야 사태를 파악하고는 피식 헛웃음을 흘렸다. 작년에 아픈 실연을 경험한 신영은 친구의 권유로 교회에 다니기 시작했고 자연스럽게 일영까지도 교회에 끌어들였다. 휴일에도 늘 일을 하거나 집 안에서 뒹굴거리며 만화나 뒤적거리는 일영이 안돼 보이기도 하고 한심해 보이기도 해서 싫다는 그녀를 억지로 끌어낸 것이다. 강남의 부자 동네에 위치한 교회라 그런지 한다 하는 사람들도 많았고 보기에도 물 좋아 보이는 남자들도 꽤 많아, 신영은 내심 일영이 그중에서 괜찮은 남자를 하나 건졌으면 하는 소망도 없지 않아 있었다. 물론 아주 차이나는 엄청난 사람을 기대한 건 아니었다. 그저 교회에 꾸준히 다닐 정도로 성실하고, 자기 밥 벌어 먹고살 능력되고, 집안은 남에게 손 안 벌릴 정도로 살 만한 집이고……. 딱 그 정도 수준을 바랐을 뿐이다. 한데 지금 신영의 앞에 서 있는 이 남자는 일영이 넘보기에는 너무도 과하디과한 남자였다. 어디 내놔도 빠지지 않는 조건을 갖춘 학벌 좋고 능력 있는 신영조차 차마 언감생심 꿈도 못 꿀 그런 조건을 가진 남자가 바로 이 앞에 서 있는 황세인이란 남자였다.

"일영이 집에 있지? 집 아니면 어디 나갈 데도 없는 아이니까 집에 있겠지."

잔뜩 구름이 끼어 있는 황세인의 얼굴에는 초조하고 다급한 기색이 역력했다. 그로서는 신영에게까지 자신의 존재를 알린다는 것이 그리 쉽고 간단한 결정은 아니었다. 그는 애간장이 다 녹아내릴 만큼 일영을 애타게 찾고 있었다.

"그렇긴 한데 누굴 좀 피한다고 집으로 내려갔거든요?"

신영은 차가운 어조로 딱 잘라 말했다. 평상시에는 그에게 깍듯하게 대했지만, 저간의 사정을 다 파악하게 된 이상 그를 선배 대접하며 정중히 대할 생각은 추호도 없었다. 그나마 황세인이기에 존대라도 섞고 이나마 상대해 주는 것이지 다른 사람 같았으면 진즉 따귀부터 올려붙였을 것이다.

"인천 부모님 댁 말인가?"

"……."

"주소 좀 알려줘."

"결혼하셨다면서요? 유부남이 왜 남의 집 멀쩡한 처녀를 찾아다니는 건데요?"

"김신영, 이건 우리 문제야."

세인의 적반하장 격인 행동에 신영은 아예 작정하고 비아냥거렸다.

"우리 언니 물로 보는 거야 본인 잘못도 어느 정도 있으니까 뭐라 하지 않겠는데 나한테까지 이러시면 안 되죠. 제가 요새 공사다망한 관계로다 교회는 안 다니고 있지만, 선배 와이프 전화번호 알아내는 것쯤은 일도 아니거든요?"

"그래 봐야 다치는 건 네 언니야."

세인은 아랑곳하지 않은 채 냉정하고 차디찬 미소를 지었다.

"이런 일이 벌어질 경우 남자보다 여자 쪽 데미지가 더 큰 편이지. 너 꽤 똑똑한 걸로 알고 있는데 그쯤은 잘 알고 있겠지?"

"잘 모르시나 본데 우리 언니가 나보다 훨씬 똑똑하거든요? 그리고 선배를 안 보겠다는 건 바로 우리 언니가 결정한 일이구요. 아니, 어떻게 결혼하고 나서까지 언니를 만날 생각을 하는 거죠? 미친 거 아니에요?"

"그건 우리 문제라고 했지? 좋아. 지금은 그냥 가겠지만 자꾸만 이런 식으로 비겁하게 피하면 나도 생각이 있다고 전해. 동네방네 소문나고 부모님한테까지 알려지고 싶지 않으면 내일까지 무조건 전화하는 게 좋을 거야. 나는 집안에 알려져도 하등의 상관이 없는 사람이거든. 남자한테 따로 여자가 있는 게 뭐가 그리 대수라고? 신영이 너와는 정말 친해지고 싶었고, 잘해주고 싶었는데 이런 식으로 첫 대면을 하게 돼서 미안하다. 남녀 문제는 결혼이 다가 아니야. 꼭 전해줘."

발끈한 신영이 뭐라 대꾸하기도 전에 세인은 이 말만을 마치고는 몸을 휙 돌려 재빨리 사라졌다.

주방 한편에 숨어 이들의 대화를 엿듣고 있던 일영은 그저 기가 막히고 어이가 없어 아무 말도 할 수 없었고, 신영의 얼굴을 보기에도 부끄러워 낯조차 들 수 없었다.

"야, 김일영! 네가 어떻게 날 이렇게 속이냐? 황세인 선배였다는 거 왜 말 안 했어? 교회에도 한 몇 주 잘 다니다 안 나가더니 다 이래서였니?"

"신영아."

"하긴 그런 목걸이 사줄 정도의 남자가 그리 흔한 건 아니지. 이 맹추야, 이 덜떨어진 또라이야. 저 인간은 안 되거든? 설사 이혼해서 돌아와도 안 되는 거거든? 저 인간 부모 소문도 못 들었니? 아주 속물 중의 속물이야. 교회 내에서도 소문이 자자하다고요. 너 몰래 만나다가 저 인간 부모한테 들키면 뼈도 못 추릴 거야. 겉보기에는 교양이 철철 넘치는데 한 번 수틀리면 그악스럽기로 예전부터 유명하댄다. 이 박복한 것. 내 죄가 크다. 싫다는 널 교회로 끌고 간 내가 죄인이다."

신영은 발을 동동 구르며 집 안을 왔다 갔다 하더니 속이 타 들어가는지 얼음 넣은 냉수 한 컵을 벌컥벌컥 들이마셨다.

"이 맹추가 어디 연애를 해봤어야지. 어쩌다 걸린 인간이 겉보기만 그럴듯한 속 빈 강정이라니 내 속이 탄다, 내 속이 타. 너 황세인, 어쩔 거야? 주제에 저렇게까지 막무가내로 나오는데 너 어떡할 거냐고."

"나도…… 나도 모르겠어."

"분하지만 저 인간 말이 구구절절이 맞아. 알려져 봐야 당하는 건 너고, 소문나는 것도 너라고. 그렇다고 저 인간이 싫증 낼 때까지 만나주다가는 너한테 타격이 클 거고 참 돌겠다. 돌아버리겠다."

"네가 이러면 난 어떡해? 무슨 방법 좀 생각해 봐."

"나도 몰라. 나 지금 너한테 무지 화나 있거든? 난 네가 그래도 언니라고 있는 얘기 없는 얘기 다 했었는데 넌 날 감쪽같이 속였어."

신영은 굳어진 표정으로 일영을 외면했다. 시원한 바람 한자락 들지 않는 답답한 거실 안에서 두 자매는 각자의 생각에 빠져 한동안 미동도 하지 않았다.

소정은 세인에 대한 사랑으로 결혼을 결정한 것은 아니었다. 만난 지 고작 세 번 만에 결혼을 결정했는데 거기에 사랑이 개입될 여지가 어디에 있었겠는가? 영 남자를 사귄 경험이 없는 건 아니지만, 그렇다고 불타는 사랑을 경험해 본 일도 없는 그녀는 집안의 권유와 이제는 결혼할 때가 되지 않았나 하는 자체 판단으로 황세인과의 결혼을 순순히 결정했다.

황세인은 누가 봐도 내세울 만한 집안에 재력도 든든히 받쳐 주었고, 본인 또한 최고 학부를 졸업한 미남자였다. 결혼 상대자로 이만한 남자를 찾기란 결코 쉬운 일이 아니었다. 몇 번 선을 통해 자잘한 키에 죄송한 용모를 가진 남자들을 보며 한숨만을 내쉬었던 그녀이기에 더 더욱 그와의 결혼은 거부하지 못할 유혹이었다.

세인과 차린 신접살림은 소정의 취향대로 완벽하게 꾸며졌고, 시댁 식구들이나 친척들 역시 그녀를 예뻐하며 환대해 주셨다. 세인과의 잠자리 또한 상당히 괜찮았다. 워낙 잘생긴 얼굴에 체격 조건이 좋아 그것만으로도 어느 정도의 기대감을 가지고는 있었지만, 기대 이상으로 밤일 또한 아주 화끈하고 정열적으로 하는 남자였다. 결혼 후 근 이 주간, 며칠의 생리 기간만을 빼면 거의 매일을 했으니 이 정도면 확실히 문제없는 부부 생활이었다. 문제가 없는 정도가 아니라 완벽했다.

하지만 그녀는 그럼에도 불구하고 뭔가가 결여된 것 같다는 생각을 도무지 떨쳐 버릴 수가 없었다. 세인은 일곱 시면 집으로 돌아와 저녁을 먹었고, 어떨 때는 그녀가 일하는 미술관으로 찾아와 함께 외식을 하고 들어가기도 했다. 그는 큰소리 한번 내는 일 없이 소정의 말이라면 무조건 들어주었고, 자신의 의견을 내세우며 강요하는 법도 없었다. 그들의 대화는 늘 화기애애했고 잠자리에 들 시간이 되면 정해진 수순처럼 스킨십부터 시작해 정열적인 섹스로 마무리한 후 알몸으로 잠이 들었다.

아마 그때부터였을 것이다. 그가 유달리 거칠게 덤벼들던 날이었다. 그에게 잔뜩 시달린 후 피곤에 지쳐 잠에 곯아떨어졌던 소정은 문득 잠결에 창문 밖을 바라보며 담배 연기를 내뿜는 그의 쓸쓸한 모습을 발견했다. 한강변을 수놓은 무수한 네온사인들을 바라보며 처연한 표정으로 담배를 태우는 그의 모습이 어찌나 안쓰럽고 안타까웠던지 그녀는 그 순간 숨이 탁 멎어버리는 것만 같았다. 만난 지는 두 달이 채 지나지 않았지만, 세인은 불행이나 고민이라고는 전혀 모르는 듯한 쾌활한 표정을 지으며 인생을 즐길 줄 아는 사람이었다. 이런 모습은 전혀 그답지 않게 여겨졌고, 더불어 그녀의 기억에 유달리 인상 깊게 각인되어 버렸다.

다음달에 있을 전시회 준비로 일요일 한낮을 내내 컴퓨터 앞에서만 보냈던 소정은 볼일이 있다며 외출한 세인이 잔뜩 굳어버린 표정으로 들어오자 내심 깜짝 놀랐다.

"무슨 안 좋은 일이라도 있어요?"

"아니. 나 피곤한데 좀 씻을게요."

세인은 욕실로 들어가더니 한참을 나오지 않았고, 나온 후에도 거실에 앉아 건성으로 TV 리모컨만을 돌려대며 입을 꾹 다물고 있었다. 누구의 전화를 기다리는 건지 벨소리가 울릴 때마다 황급히 핸드폰을 확인하곤 했는데, 그가 기다리던 전화가 아니었는지 이내 심드렁한 태도를 보이기도 했다.

그날 밤은 결혼 후 처음으로 아무 일 없이 잠이 들었다. 소정은 뭔가가 잘못되었다는 것을 직감적으로 느끼면서도 그것이 무엇인지 확실치가 않아 답답한 마음으로 밤새 잠을 이루지 못했다. 등을 돌린 채 자고 있는 세인의 모습이 유달리 멀게만 느껴졌다.

찌는 듯한 더위를 한풀 꺾어줄 억수 같은 비가 아침부터 열기에 들뜬 도시를 시원하게 적시고 있었다. 아무런 고민 없이 보낸 여름이었어도 이 같은 열대야에서 제대로 잠을 이루기란 아마 힘이 들었을 것이다. 일영에겐 이번 여름이 특히나 지독하고 잔인했다.

열기로 달아오른 콘크리트를 시원하게 적셔주는 비가 그녀의 마음도 차갑게 식혀줄 수 있다면 얼마나 좋을까? 회사에서 일에 열중하던 일영은 문득 멍하니 창밖을 응시하며 이런저런 생각에 가는 한숨만을 내쉬었다.

애니메이션 일이라는 것이 하는 만큼 받는 실적제이기에 일을 하지 않으면 그만큼 손해를 봐야만 했다. 이번 달은 벌써 이 주나 빠져 버린 상황인데다, 책상 앞에 앉아 있는 지금도 건성으로 일을 끼적거리고만 있는 터라 저번 달 수입의 반도 못 가져가게 생길 판국이었다. 사랑도 중요하지만 방황도 적당히 해야지 그러다가 매달 넣는 적금에 보험비도 충당 못하고 신영에게 손을 벌리면 그 얼마나 참담한 상황이 되겠는가? 일영은 매수(枚數)를 적어놓은 수첩을 바라보며 한층 더 크게 한숨을 내쉬었다. 매수 마감이 고작 오 일밖에 남지 않았는데 계산을 해보니 겨우 팔백 매 정도만을 끊어놓았을 뿐이다. 남은 오 일을 철야근무를 하며 긁어댄다 해도 최소한의 마지노선인 이천 매를 넘기기에는 턱도 없이 모자랐기에, 평상시에는 잘 받지 않는 마이가리를 한 오백 매 정도 미리 당겨 받아볼까 하는 유혹마저 슬금슬금 피어올랐다.

일영은 세인이 어제 남기고 간 경고를 무시할 수만은 없어 하루 종일 좌불안석이었다. 그의 행동이 뻔뻔스럽고 제멋대로라는 것은 이성적으로 너무나 잘 알고 있었지만, 그가 이런 식으로라도 찾아주는 것을 반가워하는 어처구니없는 마음 역시 한구석에는 가지고 있었다.

세인은 일영의 꿈이고, 환상이고, 왕자님이었다. 무비 스타들에 열광하는 다른 여자애들과는 달리 그녀는 한때나마 그 별을 가졌다. 세인은 일영에게 분명 가까이 하기 힘든 저 높은 곳에서 반짝이는 별이었고, 그걸 한때나마 품 안에 넣을 수 있었다는 것만으로도 벅찬 감동을 주는 사람이었다.

맞다. 그것만으로도 어쩌면 그의 역할은 다 했는지도 모른다. 별은 별일 뿐 해변에 무수히 널려진 모래알과는 사는 곳도, 살아가야 할 곳도 다른 머나먼 존재에 지나지 않았다.

일영은 퇴근 준비를 하고는 회사 일층 로비에 있는 공중전화를 이용해 세인에게 전화를 걸었다. 그는 평소에 모르는 번호는 전혀 받지 않았지만, 그저 운에 맡기기로 했다.

[여보세요.]

놀랍게도 그는 전화를 받았다.

"……."

일영은 본인이 전화를 걸어놓고도 지레 놀라 순간 말문을 열 수가 없었다.

[전화할 줄 알았어. 지금 어디니?]

"난 줄 어떻게……."

[바뀐 번호를 알려주고 싶지 않았겠지. 발신자 제한 표시로 걸 수도 있는데 넌 그런 기능은 사용할 줄 모르잖아.]

그의 목소리는 나직하면서도 다정하게 들렸다. 어제 신영을 대할 때처럼 발끈하고 냉정한 모습은 아니라서 약간은 다행이라는 생각도 들었다.

"그런 게 있는 줄도 몰랐어요. ……연락하라고 해서 한 거예요."

[지금 다섯 시니까 다섯 시 이십 분에 우리가 늘 만나던 카페에서 보자.]

"전……."

[일단 만나서 얘기해. 그러자, 우리.]

그는 대답을 기다리지도 않고 바로 전화를 끊었다. 분명 독단적인 행동이었지만, 일영은 그 목소리에 왠지 모를 간절함마저 느끼고는 차마 그의 제안을 거부할 수가 없었다.

세인과 자주 만나던 카페는 그가 일하는 청담동과 일영이 일하는 양재동의 중간 지점이랄 수 있는 강남역에 위치해 있었다. 카페는 마치 갤러리와도 같이 우아하고 품위있게 꾸며져 있었고, 특히 다양한 홍차 맛이 일품이어서 즐겨 찾고는 했다.

출입문의 딸랑거리는 종소리와 함께 카페 안으로 들어선 일영은 늘 앉던 곳에 미리 와 앉아 있는 세인을 발견하고는 잠시 머뭇거렸다.

긴 팔의 스프라이트 무늬 와이셔츠를 멋스럽게 차려입고, 짧은 머리는 젤을 발라 부드럽게 빗어 넘긴 그의 모습은 언제나 그러하듯 멋지고 쿨했다. 흠잡을 데 없는 완벽한 콧날에 웬만한 여자들보다도 작고 선명한 얼굴, 눈을 깜박일 때마다 살짝 보이곤 하는 속쌍꺼풀, 이토록 완벽한 얼굴은 아마 다시없을 것이었다.

"어서 와. 다즐링 티로 할래?"

"네."

일영은 그가 주문한 다즐링 티를 앞에 두고는 시선을 계속 아래로만 주며 애꿎은 손가락만 만지작거렸다.

"나와줘서 고마워. 핸드폰도 바꾸고, 회사도 옮기고, 주말이면 본가로 돌아가고. 너 애 많이 썼더라."

비꼬는 것이 아닌 진심으로 그렇게 생각하는 듯한 어조였다.

"머리까지 잘랐네. 나 긴 생머리 좋아하는 거 알면서도 일부러 그런 거니?"

"이젠 상관할 거 없잖아요."

"뭐, 머리야 곧 자랄 테니까."

일영의 모난 대꾸와는 달리 세인은 하얀 이를 드러내며 시원하게 미소를 지었다.

"내가 곰곰이 생각해 보니까 너한테도 시간이 필요했을 텐데 그동안 내가 너무 내 생각만 했던 것 같아. 네가 원한다면 당분간 널 귀찮게 하지 않을게."

일영은 화들짝 놀라 저도 모르게 고개를 들어 그의 얼굴로 시선을 주었다.

"네 핸드폰 번호나 회사 같은 건 얼마든지 알아낼 수 있으니까 바꾸려는 노력 같은 거 하지 마. 이사 갈 형편도 아니겠지만, 그런 다 한들 소용없는 짓이고. 그리고 이거."

세인은 다시금 그때의 그 다이아몬드 목걸이를 그녀에게 다짜고짜 내밀었다.

"너 주려고 산 거고 이제 나한테는 필요없는 물건이야. 싫으면 갖다 버리든지, 아니면 팔아버리든지 네 마음대로 해."

"오빠."

"딱 한 달간만 시간을 줄게. 그동안 곰곰이 신중하게 생각해. 다시 한 번 말하지만 난 널 진심으로 사랑하고, 널 놓치고 싶은 마음은 추호도 없어. 결혼을 하긴 했지만 그 여자를 사랑해서 한 건 절대 아니야. 그저 내 상황이 그럴 수밖에 없어서 그랬고, 너한테도 감당하기 힘든 짐이라서 그렇게 결정한 거야. 너한테 말하지 않았던 건 상처를 주고 싶지 않아서 그랬던 거고, 난 아직도 네가 이 결혼을 몰랐어야 한다고 생각하고 있어. 뻔뻔스럽다고 해도 할 수 없어. 내 처지로서는 이렇게 할 수밖에 없었고, 그걸 어떻게 너한테 이해시킬 수 있을지 그건 나도 모르겠다. 그동안 우리가 사랑해 왔던 시간을 생각해서라도 앞으로 한 달간 진지하게 생각해 줘. 일영아, 그렇게 해줘."

"이런다 한들 소용없어요. 한 달이 아니라 일 년이 지나고 십 년이 지나도 난 이해 못해요. 그냥 헤어져요. 왜 이렇게 억지를 부리는 거예요, 네?"

"얘기는 한 달 후에 하자. 그 정도 기간이면 충분히 네 생각도 바뀔 거야. 한 달 후, 내가 전화할게."

　세인은 이 말만을 남기더니 망연자실한 일영을 남겨두고는 카페를 떠났다.

　일영은 그의 속셈을 쉽사리 눈치챌 수 있었고, 그가 이러는 의도를 단번에 파악했다. 그는 연애의 고수이자 줄다리기의 선수였다. 한없이 다가서기만 하면 오히려 역효과가 난다는 것을 너무나 잘 알고, 그녀를 일단 놔주기로 한 것이다. 한 달간이나 떨어져 있다 보면 분명 그리움이 새록새록 쌓일 것이고, 보고 싶다는 마음이 절정에 다할 즈음이 되면 해서는 안 될 일과 하지 말아야 할 일을 구분할 판단력마저 사라지게 될 것이다. 세인이 노리는 것은 바로 그것이었다.

　하지만 그가 간과한 것이 있었다. 오늘의 만남으로 인해 일영이 그와 헤어져야겠다는 결심을 더 더욱 굳혔다는 사실을…….

7

왜 그랬는지는 모르겠다. 일영은 테이블 위에 놓인 벨벳 다이아몬드 케이스를 한참이나 물끄러미 바라보는가 싶더니 갑자기 지갑을 꺼내 명함을 찾았다. 지갑 깊숙이 박혀 있던 최유현의 명함을 드디어 발견한 일영은 더 생각할 것도 없이 그의 핸드폰으로 과감히 전화를 걸었다.

[여보세요.]

"저…… 김일영이에요."

[일영 씨?]

다행히 수화기 너머의 목소리에는 반가워하는 빛이 역력했다. 거기에 고무된 일영은 긴장된 가슴을 쓸어내리고는 그 다음 용건을 이어나갔다.

“저, 죄송합니다만 잠깐 시간 좀 내주실 수 있으세요? 시간을
그리 오래 빼앗지는 않을 겁니다.”

[그럼요. 언제가 좋을까요?]

유현은 흔쾌히 일영의 제안을 받아들였다. 걱정했던 것에 비하
면 너무도 순순히 허락을 해주어 그녀는 그것만으로도 눈물나게
고마웠다.

“오늘 저녁이요. 안 된다면 내일도 괜찮습니다.”

[흠……. 오늘은 월요일이라 퇴근을 일찍 하기는 힘들 것 같아
요. 지금 계신 곳이 어디죠?]

“강남역이에요.”

[그래요? 잘됐네요. 여긴 역삼이거든요. 여덟 시에는 퇴근이 가
능한데 그때라도 괜찮다면 만나요.]

“정말 고맙습니다.”

[전화 안 할 줄 알았는데 해줘서 오히려 내가 고마워요. 그럼 여
덟 시 십 분에 강남역에서 봐요.]

일영은 잠시 후 카페를 나와 약속 시간 전까지 강남역 주변을
배회했다. 지하상가에 가서 옷을 구경하기도 했고, 서점에 들러서
책을 뒤적거리기도 했다. 그러다가 다리가 아프면 곳곳에 놓인 벤
치에 앉아 잠시 쉬어가기도 했다. 두어 시간이나 되는 빈 시간을
어떻게 보내나 싶었는데, 어느새 고맙게도 시간은 알아서 제 갈
길을 향해 쏜살같이 달려주었다.

최유현은 정확한 시간에 맞춰 약속 장소에 모습을 드러냈다. 한
여름임에도 정장을 완벽하게 차려입은 그는 전형적인 엘리트 청

년의 모습 그대로였다. 그 역시 세인처럼 부유한 집안의 자제였는데 확실히 여유있는 모습이, 태도나 용모에도 그대로 나타나는 듯했다.

"오늘도 꽤 덥네요. 저녁 아직 안 먹었죠?"

"저는……. 아직 저녁 전이세요?"

"네, 저녁 먹을 시간도 안 주더라고요. 우리 저녁부터 먹으러 가요."

"전 그냥 잠깐 드릴 말씀이 있어서……."

일영도 아직 저녁을 먹지는 않았지만, 그와 식사를 할 거란 생각은 전혀 하지 않아 조금은 난처한 기색을 보였다.

"용건은 저녁 먹으면서 얘기해요. 뭐 좋아해요?"

"뭐 저는 아무거나 괜찮아요."

그녀는 얼떨결에 대꾸했다.

"그럼 여기 보쌈집 유명한 곳이 있는데 그리로 갈까요?"

강남역에서 조금만 걸어나와 온갖 음식점과 상점이 즐비한 빌딩 숲을 가로질러 가다 보니 이내 커다란 간판의 할매 보쌈집이 나타났다. 여덟 시가 넘은 시간인데도 어찌나 사람이 많은지, 다닥다닥 붙은 테이블마다 빼곡하게 사람들이 가득 들어차 있었다.

보쌈은 정말 맛있었다. 유현은 소주까지 한 병 시켜 일영에게 권했고, 그녀는 처음에 약간 망설이는 듯하다가 곧 마다하지 않고 소주를 척척 받아 마셨다. 김치에 싸서 새우젓에 콕 찍어 먹는 돼지고기 맛이 너무도 그럴듯했고, 새삼 소주의 쌉쌀한 맛이 입에 짝짝 붙었다.

"어라? 술 못하는 줄 알았는데 아닌가 봐요?"

유현은 비어버린 그녀의 잔에 다시금 소주를 따라주었다.

"못하는 게 아니라 잘 안 하는 편이에요. 술 마시고 정신 놓고 다니는 거 싫어하거든요. 근데 저희 집안 체질상 술은 잘 받는 편이에요. 여동생은 소주 두 병을 마시고도 멀쩡하거든요."

"어쩌다 한 번은 필름이 끊겨보는 것도 나쁘지 않아요. 물론 서브해 줄 든든한 사람이 옆에 턱 버티고 있다는 전제하에서요."

"나와주셔서 정말 고마워요. 최유현 씨 아니었으면 오늘 저 정말 힘들었을 거예요."

말은 그렇게 했지만 일영의 혀는 단 석 잔의 소주에도 어느새 살짝 꼬여 버렸다.

"있잖아요. 친구들 중에는 내가 황세인이랑 사귄다는 거 아는 사람이 아무도 없거든요. 심지어 신영이도 어제 알았잖아요. 그것도 집에 황세인이 들이닥쳐서. 아! 신영이는 같이 사는 한 살 아래 제 동생이에요."

"세인이가 집까지 갔었어요?"

"그 사람이 말도 않고 결혼한 것까진 좋아요. 사실 실연당하고 배신당한 여자가 어디 한둘이겠어요? 인터넷 사이트 들어가 보면 별의별 사연들이 다~아 있어요. 거기에 비하면 제 상황은 새 발의 피죠. 임신해서 버림받아 자살한 여자도 있던데 전 적어도 임신은 안 했거든요. 근데 그 사람이 절 계속 만나겠대요. 그걸 뭐라고 하죠? 세컨드? 첩? 둘째 마누라? 난 우리나라가 일부다처제인 줄은 정말 몰랐다니깐요. 아니, 조선시대에는 오히려 일부일처제였대요. 웃기죠? 고려시대 때는 1부인, 2부인 하면서 합법적인 부인을 여러 명 둘 수 있었다는데, 조선시대 때는 정확히 일부일처제로 둘째 부인에게서 난 자식은 서출이라고 천대했다잖아요. 말이 일부일처지 다 눈 가리고 아웅인 거죠. 남자들은 이 개명한 현대 사회에 와서도 본부인에 첩, 애인까지 두고 너무나 당당히 살아가고 있다는 게 참 희한해요. 아니, 남자는 그렇다 쳐요. 대체 부인까지 있는 남자 뭐가 좋다고 멀쩡한 여자들이 첩살이를 해요? 조선시대도 아니고, 이 대명천지 여성 해방의 시대에 대체 뭐가 부족해서 그 천대받는 첩살이에 세컨드 생활을 하는 거냐구요."

일영은 취기가 잔뜩 올라 자신이 무슨 말을 하는지조차 모르는 채 쉴 새 없이 지껄여 댔다. 발그레하니 달아오른 볼과 살짝 꼬부라진 코맹맹이 소리, 그리고 손짓발짓을 해대며 말하는 솔직한 자기 고백. 유현은 어느 정도 짐작은 하고 있었지만, 세인이 처음부터 작정을 하고 일영과의 관계를 끊을 생각 없이 신소정과 결혼했다는 소리에 내심 충격을 받았다. 어쩔 수 없이 전 애인을 정리하지 못하는 것과 아예 양다리를 걸칠 작정으로 결혼을 감행한 것은 엄연히 큰 차이가 있었다.

"기가 막혀, 정말. 나를 위해 그랬대요. 내가 상처받을까 봐, 자기가 이미 가장 큰 상처를 줘놓고는 상처 주지 않으려고 그랬대요. 이런 궤변이 대체 어딨어요? 아! 잠깐만요. 내가 오늘 최유현 씨 부른 이유는 따로 있었지?"

일영은 가방을 뒤지더니 다이아몬드 목걸이 케이스를 꺼내 그의 앞에 쓱 디밀었다.

“이게 뭡니까?”

“쉿, 그거 무지 비싼 거예요. 세인 오빠가 신혼여행 가서 사 온 아주 비싼 다이아 목걸이예요. 신영의 말에 의하면 우리 집 전셋값보다 더 비싸대거든요? 이걸 안 받겠다고 돌려줬더니 날 위해 산 거라며 갖기 싫으면 버리거나 팔아버리래요. 아니, 몇 천만 원짜리를 어떻게 버릴 것이며, 갖다 팔면 그 돈은 누가 가져요? 최유현 씨가 이거 세인 오빠한테 전해주세요. 전 간이 작아서 이런 건 하고 다닐 수도 없구요, 아무리 보석이 좋기로 사랑하는 내 남자가 다른 여자와의 신혼여행 길에서 산 물건을 하고 다닐 만큼 그렇게 멍청하지도, 밝히는 여자도 아니거든요.”

말하다 보니 괜한 설움이 한껏 북받치면서 그녀의 눈에 눈물이 하염없이 차 오르기 시작했다.

“난 세인 오빠를 용서하더라도 절대 이해할 수는 없어요. 혹시 또 모르죠. 나도 오빠처럼 결혼한 다음에 다른 남자와 바람을 피운다면 그땐 한번 이해가 될까요?”

“일영 씨, 많이 취했어요. 우리 어디 가서 바람이나 쐐요.”

유현은 일영을 부축해서 보쌈집을 나왔다. 밤 열 시가 넘은 시간임에도 밖은 열대야로 찌는 듯이 더웠다. 차라리 시원한 카페에 들어가 더위를 식히며 커피를 마시는 편이 훨씬 더 나을 거란 생각이 들어 그는 일영을 근처의 시원한 카페로 이끌었다. 그의 판단이 맞았는지 일영은 얼음이 동동 뜬 냉커피를 마시고 나니 조금은 정신이 드는 모양이었다.

“죄송해요. 아까 제가 너무 취했었죠?”

"하하, 술에 강한 체질이라면서요? 술 석 잔에 너무 빨리 취하더라구요. 빨리 취해서 그런가 깨는 것도 빠르네요."

"계속 고마운 일만 있는 것 같아요. 결혼식장에서도 그렇고, 지금도 그렇구요."

"계속 고마워하세요. 그 마음 기꺼이 받을게요."

"누구한테라도 하소연이 하고 싶었나 봐요. 얘기할 사람은 없는데 속은 터져 나갈 것 같고, 그러니 생각나는 사람이 최유현 씨더라구요. 목걸이도 돌려줘야 하는데 다시는 세인 오빠 얼굴을 보고 싶지도 않았구요."

"잘했어요. 이 목걸이는 주인한테 무사히 전달할게요."

일영은 바래다주겠다는 유현의 제안을 거절하고는 혼자 집으로 향했다. 그는 부득불 데려다 주겠다고 우겼지만, 일영이 생각하기에 애인도 아닌 남자에게 집까지 바래다달라는 것은 상당한 오버였다. 술이 떡이 되도록 취해 인사불성이 되었다면 또 모를까. 하긴 그녀 성격에 다른 사람 앞에서 술에 취해 인사불성이 된다는 것은 거의 있을 수도 없는 일이었다.

일영은 유현에게 목걸이를 넘기고 나니 마음이 한결 홀가분해짐을 느꼈고, 자신의 결심을 확고히 한 것 같아 스스로가 대견하기까지 했다.

'그래, 이제 내 인생에 황세인은 없다. delete, 완전 삭제다.'

언제 그랬느냐는 듯 찌는 듯한 여름은 가고 가을이 한걸음 성큼 다가왔다. 일영은 그동안 눈코 뜰 새 없이 정말 열심히 일에 몰두했다. 거의 하루 네 시간 이상은 자본 적이 없을 정도로 하루 종일 일만 하고, 또 했다. 데이트하는 지난 몇 달간은 언제 세인의 호출이 올지 몰라 늘 단정하게 옷을 입고, 화장도 공들여 했는데 이젠 굳이 그럴 필요가 없었다. 깔끔한 티셔츠 몇 장에 청바지나 면 반바지로 대충 돌아가며 입었고, 머리 또한 짧게 잘라 버린 터라 드라이로 손질할 필요도 없이 감은 즉시 탁탁 털어 말린 다음 젖은 채로 집 밖을 나섰다. 화장은 얼굴이 탈까 봐 자외선 차단제에 메이크업베이스만 바르고 말았다. 어떨 땐 립글로스 정도는 발라줄 때도 있었지만, 어차피 하루 종일 뜨거운 라이트 박스 앞에서만 죽치고 있는 터라 발라봐야 별 티도 나지 않았다.

일이 워낙 많은 시즌이라 회사에서 철야를 요구하는 일도 잦았다. 그럴 때면 새벽 세 시까지 일하고 근처 찜질방에 가서 잠시 눈을 붙인 후 다시 회사에 와서 또 하루 종일 일에 몰두했다.

애니메이션계에는 철야를 밥 먹듯 하다가 라이트 박스 앞에서 머리를 박고 죽은 동화맨의 확인되지 않은 전설이 떠돌곤 했는데, 이렇게 하다가는 그게 전설이 아니라 현실이 되어버릴지도 모른다는 생각이 들 정도였다.

일영은 매수 마감날이 되어 한 달 매수표를 끊었고, 계산을 해보니 정말로 기록적인 매수 경신이라 스스로도 놀라움을 금하지 못했다. 작감조차 혀를 내두르고 심지어 사장님까지 와서 칭찬과 더불어 약간의 보너스까지 따로 찔러주었다. 동료나 선후배 동화맨들한테도 그 소문이 퍼진 모양이었지만 따로 아는 척을 하는 사람들은 없었다. 각자의 매수는 서로가 물어보지 않는 것이 불문율이었다.

"넌 원화할 거 없이 그냥 동화하는 게 낫겠다. 계속 이 길로 나가."

작감은 일영에게 일을 챙겨주며 슬쩍 이렇게 말을 건넸다.

"그래도 원화는 배워야죠."

"뭐 제대로 돈 벌려면 원화를 하는 게 낫지만, 그게 또 보기와는 다르거든. 제대로 자리잡아 일하려면 삼 년 정도는 일을 또다시 배워야 하는데 포기할 수 있겠어?"

"그래야죠. 좋은 감독님만 만날 수 있었으면 좋겠어요."

"워낙에 성실하고 일 잘하니까 너라면 누구라도 잘 챙겨주실 거야. 생각있으면 지금이라도 알아봐 줘?"

"내년에 생각해 보려구요. 올해 돈 좀 모아놓은 다음에요."

"나야 네가 계속 내 옆에 있으면 좋지. 정말 내가 애들 땜에 못 살아. 일도 제대로 못하고, 스케줄 펑크나 내는 주제에 만날 난카트만 준다고 어찌나 투덜거리는지. 승미 있잖아, 걔가 저번에 와서 눈 똑바로 뜨고 뭐라고 하는 줄 아니? 왜 일영이 언니만 쨱카트 밀어주냐고 하대? 나 참, 어이가 없어서. 니들 두 배 이상은 매수를 끊는 아이이기 때문에 쨱도 니들 두 배, 난카트도 니들 두 배는 한다고 딱 잘라 말해 버렸어. 손 빠르고 성실하게 일하면 누가 안 밀어줘? 일영이 너 없는 이 주일 동안 충분히 기회도 많았잖아? 암튼 작감 짓도 정말 할 짓이 못 돼."

"제가 작감님 덕 많이 본 건 사실이죠. 어쨌든 전 돈이 좋아서 그런지 뒷말 듣고 그냥 많이 벌래요."

"그래. 너처럼 초연하게 그냥 자신의 일만 제대로 하면 되는 거
야. 그나저나 마감도 했는데 하루는 좀 쉬어. 지금 준 일은 스케줄
여유있는 거니까."

"네. 안 그래도 오늘은 집에 그냥 들어가려구요."

"이 일도 알고 보면 중독이야. 매수 늘어나는 재미에 빠지다 보
면 노는 시간도 아까워지거든."

"맞아요. 제가 그렇다니까요."

일영은 일을 챙겨 받고는 모처럼 저녁 전에 일찍 퇴근했다. 집
에 가서도 그녀는 일을 손에 놓지 않았는데 그날 받은 일의 트레
스(trace:원화를 깨끗하게 작화지에 옮겨 그리는 것. 동화(動畫)의 전(前)
단계)라도 마치고 나서야 비로소 잠자리에 들곤 했다.

세인과 헤어지고 나니 좋은 점은 일에 더욱더 몰두할 수 있고,
일할 시간도 많아졌다는 점이었다. 그와 사귀는 동안에도 동화실
에서 탑을 놓치지 않을 만큼 많은 양의 일을 해냈지만, 그와 헤어
지고 난 요즘은 거의 손에 모터라도 달은 양 엄청나게 많은 일들
을 해치웠다.

막 전철을 타기 위해 양재역 입구로 들어서려던 일영은 핸드폰
벨이 울리자 얼른 액정을 확인했다. 일영은 미소를 지으며 최유현
의 전화를 반갑게 받았다.

"여보세요."

[오늘도 여전히 바쁘게 일하는 중?]

그동안 유현은 이따금씩 그녀에게 전화를 걸어 안부를 묻곤 했

다. 통화 끝에 어쩌다 시간이 맞으면 만나서 저녁을 같이 먹기도 했는데, 사실 처음에 일영은 이래도 되는 것인가 조금은 꺼려하는 마음도 가지고 있었다. 처음 만나는 사람과는 낯을 가리며 수줍음을 타는 편인데다, 특히 남자와 단둘이서 식사를 한다는 것이 그녀에게는 적잖이 어색한 일이었기 때문이다. 하지만 유현은 마치 막내 여동생을 대하듯 너무도 자연스럽게 일영을 대했고, 그러다 보니 그녀 역시 어느새 긴장을 풀고 편안한 마음을 가지게 되었다. 세인의 친구라는 것이 내심 걸리기도 했지만, 어떻게 보면 세인의 친구이기에 더 편한 마음이 드는 것 같기도 했다. 뭐랄까, 남녀가 단둘이 만날 때면 필연적으로 벌어지곤 하는 이성적인 관심과 호감이 애초부터 배제된 관계이기 때문인 것일까? 적어도 일영의 입장에서는 그랬다.

"아니요. 지금 퇴근하는 길이에요."

[어? 아직 여섯 시밖에 안 됐는데?]

"그러게요. 오늘 매수 마감이기도 하고 바쁜 일도 없어서 일찍 들어가 쉬려구요."

[잘됐다. 그럼 오늘 저녁 같이 먹을래?]

"오빠도 바쁘잖아요."

일영은 어느 순간부터 그를 오빠라 호칭했다. 네 살이나 많은 사람을 유현 씨라 부르기가 좀 민망스럽기도 했고, 그 역시 편하게 부르기를 원해 어쩌다 보니 이렇게 입에 붙어버린 것이다. 유현은 오빠라 불러주는 여동생을 갖는 것이 소원이었다며 은근히 기뻐하고 독려하기까지 했다.

[오늘은 나도 일찍 퇴근할 수 있을 것 같아. 일곱 시면 나갈 수 있을 것 같은데 회사 앞으로 와줄래?]

"알았어요. 오늘은 제가 살게요. 그때 얻어먹은 거 웬수 갚아야죠."

[그런 웬수라면 얼마든지. 역삼역으로 와서 카페에 들어가 있어. 장소를 문자로 보내주면 내가 그리로 바로 갈게.]

"네, 이따 뵐게요."

유현은 참으로 따뜻한 사람이었다. 겉보기에는 무뚝뚝하고, 냉정해 보이고, 차가운 인상이었지만 어떻게 보면 세인보다도 더 자상한 면을 가지고 있었다. 그날의 만남 이후, 그는 거의 사흘에 한 번 꼴로 전화를 하며 안부를 묻고 세인에 대한 근황을 전해주기도 했다. 그는 목걸이를 세인에게 잘 전해주었다는 애기만을 하며, 더 이상의 자세한 말은 없이 부부가 아주 금슬 좋게 잘살고 있더라는 말만을 전했다. 일영이 듣기에는 잔인한 말이었지만, 그녀는 유현의 이 같은 말이 오히려 고마웠다. 세인이 괴로워하고, 힘들어하고, 부인과의 불화가 끊이지 않는다고 전했더라면 그를 잊기가 더욱 힘들었을 것이다. 사실 자신을 차버리고 너무도 잘살고 있다는 남자의 애기를 듣는다는 것은 확실히 껄끄러운 일이었다. 헤어지고 나서 상대의 행복을 빌어주거나 잘되기를 바라는 마음을 가질 수 있다는 것은 일영이 생각하기에 불가능해 보였다. 특히나 버림받은 입장에서 그런 생각을 갖는다는 것은 사치라는 생각마저 들었다.

일영은 역삼역에 도착해 근처 커피 전문점에서 커피를 마시며 방금 서점에서 산 책을 대충 훑어보았다. 노자를 주해한 책으로, 뭔가 심오하고 고매한 사상이 담긴 책을 읽다 보면 소소한 일상의 시련쯤은 잊을 수 있지 않을까 하는 기대를 가지고 산 책이었다.

그녀는 원래 책을 즐겨 읽는 편이었지만, 그렇다고 이처럼 어렵거나 철학적인 책을 좋아하는 건 아니었다. 기분 전환을 위해 가벼운 수필이나 여행기를 읽거나 하루키와 요시모토 바나나 류의 일본 소설, 아니면 역사 대하소설 같은 것을 즐겨 읽곤 했다. 특히 지하철이나 카페 등지에서 시간을 보낼 때의 읽을거리로는 잡지, 만화 같은 것이 단연 제격이었다. 조용한 곳에서 읽어도 집중하기 힘든 어려운 책을 소란스러운 장소에서 소화해 내기란 사실상 힘든 일이었다.

일영은 무심코 펼친 책 속에서 이 같은 구절을 발견하고는 잠시 멍하니 생각에 잠겼다.

〈세상 사람들은 모두 아름답게 보이는 것을 아름다운 것이라 여기고 있지만 그것은 추한 것일 수도 있다. 모두가 선하게 보이는 것을 선한 것이라 여기고 있지만 그것은 선하지 않은 것일 수도 있다. 본시 유와 무는 상대적인 뜻에서 생겨났고, 어려운 것과 쉬운 것도 상대적인 입장에서 이루어지며, 긴 것과 짧은 것도 상대적으로 비교하는 데서 있게 되고, 높은 것과 낮은 것도 상대적인 관념에서 있게 되며, 음악과 소리도 상대적인 소리의 조화의 구별에서 생겨나고, 앞과 뒤도 상대적인 개념의 구별에 불과하다.〉

“뭐 읽고 있어?”

“아! 오셨어요?”

일영은 고개를 들어 유현의 모습을 보고는 가볍게 목례를 했다.

“노자? 이런 걸 다 읽어?”

유현은 일영의 책을 확인하더니 놀랍다는 표정을 지어 보였다.

“제가 평소에 이런 책을 좋아라 하거든요, 라고 말해봐야 안 믿으실 거죠? 저 원래 이런 책 안 읽어요. 머리 아프고 힘들어서 공부하는 것도 싫어했는걸요.”

“그런데 왜?”

“잘 때 읽으면 잠이 잘 올 것 같기도 하고, 곰곰이 읽다 보면 내 고민쯤은 하찮게 느껴지지는 않을까 그런 기대 때문에 한번 사봤어요. 즐겁고 재미난 책들이나 로맨스 소설을 읽어도 봤는데 그건 읽을 때뿐이고 읽고 나면 오히려 더 허무하고 슬퍼지더라구요.”

“나도 대학 다닐 때 교양 과목으로 동양철학을 수강한 적이 있었거든. 그때 노장사상에 대해 리포트를 작성했던 게 기억이 나는데 다 잊어버렸네. 뭐, 하긴 철학도도 아닌데 어떻게 일일이 기억을 하겠어? 내 전공 과목도 아리까리한데.”

“뭘 전공하셨는데요?”

“경영.”

“아!”

“원래는 법대 지망이었는데 점수가 좀 모자랐어. 지금은 오히려 잘됐다고 생각해.”

“전 공부 잘하는 사람들 보면 대단하다고 생각해요. 제 한 살 아래 동생인 신영이도 공부를 잘해서 명문대에 들어갔는데 공부할 때 얼마나 열심히 했는지 몰라요. 입 안은 만날 헐고, 그 건강하던 애가 일주일에 한 번씩은 코피 쏟고, 진짜 피 터지게 공부한다는 게 그런 건가 싶더라고요. 전 죽었다 깨어나도 그렇게 공부는 못하겠고, 머리에 들어오지도 않고 그래서 포기했거든요. 고등학교 졸업하고 학교에 안 나가게 된 게 어찌나 좋던지 남들이 대학은 왜 안 가냐면서 전문대라도 들어가라고 그렇게 말해도 전 싫더라구요."

"누구나 다 공부를 잘하고 좋아할 수는 없으니까. 그리고 넌 지금 네가 좋아하는 일을 하고 있잖아."

"그게 또 이상해요. 학교에서 하루 종일 앉아 공부하는 건 그렇게 좀이 쑤셨는데 지금 하고 있는 일은 정말 하루 24시간을 해도 지겨운 줄을 모르겠거든요."

일영은 스스로 생각해도 우스운지 만면에 가득 미소를 지었다.

"아! 우리 저녁 먹으러 가요. 뭐 사줄까요?"

"뭐 근사한 거라도 사줄 거야?"

"네, 뭐든지요. 돈 모자라면 카드 긁으면 되잖아요."

일영의 호기있는 말에 유현 역시 만면에 미소를 가득 머금었다.

그들은 유현의 차로 이동을 해 유명한 곰탕집에서 저녁을 먹은 후, 근처 카페로 가 간단히 칵테일을 마셨다. 겨우 곰탕이 뭐냐며 일영이 아무리 만류해도 그는 끝끝내 곰탕이 좋다며 그걸 굳이 고집했다.

"저기요."

"응?"

“세인 오빠랑 무슨 일 있었던 건 아니죠?”

“왜 그렇게 생각해?”

“아니, 생각해 보니까 그 목걸이를 유현 오빠를 통해 전해줬다는 게 좀…… 그러니까…….”

“별일없었어.”

“그럼 다행이구요.”

“네 결심만 확고하면 돼. 어차피 다시 볼 사람도 아닌데 그런 것에 일일이 신경 쓰지 마.”

“저야……. 암튼 정말 고마워요.”

일영은 진심으로 그가 고마웠다. 아무리 친한 친구라지만, 그 친구가 버린 여자를 이렇게까지 보살펴 주고 배려해 주고 신경을 써 준다는 것은 확실히 드문 일이었다. 일영은 그의 호의를 순수하게 받아들였고, 사실 순수하게 받아들이지 않을 이유가 전혀 없었다.

유현 같은 잘난 남자가 친구가 버린 여자를 이성으로서의 호감을 가지고 잘해준다는 것은 말도 안 되는 일이었다. 때문에 일영은 그 점에 있어서 추호의 의구심을 가지지 않았고, 그런 점 때문에 그가 특히나 편하게 여겨지는 건지도 몰랐다.

어느새 시간이 흘러 이틀 후면 세인이 최후통첩을 내린 한 달의 기간이 다 하는 날이었다. 이 한 달이 그래도 덜 지독했던 것은 어쩌면 유현의 이 같은 호의와 배려 때문이었을 것이다. 일영은 그녀를 지켜보고 걱정해 주는 유현과 신영을 생각해서라도 세인에 대해 단호히 대처해야겠다고 마음을 굳게 다잡았다.

8

일영을 가까운 전철역에 내려주고 나서 유현은 자신의 집으로 차를 몰았다. 종합병원 원장인 아버지와 전업주부인 어머니, 그리고 친할머니와 함께 사는 그의 집은 도곡동의 한 고급 빌라촌에 위치해 있었다.

원래 그의 집은 한남동이었고, 그곳에 살 때는 세인의 집이 바로 이 분 거리에 불과했다. 지금도 세인의 본가는 한남동 그대로였다. 세인의 부모님은 그의 형 내외와 함께 살고 계셨는데, 형 역시 세인처럼 명문대 출신으로 상당히 유명한 헤드헌터이고 형수는 변호사였다.

세인은 2남 1녀의 막내, 유현 역시 마찬가지로 2남 1녀 중 막내였다. 유현의 형은 분가해 살고 있다는 것이 세인과는 다를 뿐, 각자의 누나도 다들 일찍 결혼해 자식들을 두었다. 두 사람은 여러모로 비슷한 상황이었고, 어떻게 보면 공감대를 형성할 여지가 아주 많은 사이이기도 했다.

유현은 일영에게서 목걸이를 받은 후, 바로 그 다음날 세인과 약속을 잡았다. 근 몇 년간을 그들은 친구들을 대동하지 않고서는 따로 만남을 가진 적이 없었다. 세인은 상당히 의아해했지만, 순순히 그와의 만남에 동의했다.

"무슨 일이야? 신혼인 사람 자꾸 불러내는 거 그것도 민폐다."

세인은 유현의 얼굴을 보자마자 농이랍시고 이렇게 툭 내던졌다. 약속 장소는 세인이 평소 자주 가는 분위기 좋은 단골 재즈 바였다. 바 안에서는 마침 제베타 스틸(Jabetta Steel)의 콜링 유(Calling you)가 오디오를 통해 끈적거리듯 흘러나오고 있었다. 한쪽에서는 재즈 싱어와 연주가들이 공연을 준비하느라 바쁘게 움직이고 있었다.

"내가 키핑해 둔 술 있지?"

평소 안면이 있던 바텐더는 세인의 이 같은 말에 즉시 반 정도 남은 발렌타인 21년산을 들고 왔다.

"너 세게 논다?"

술병을 본 유현은 저도 모르게 삐딱한 어조로 비아냥거렸다. 평소 사람들을 대할 때면 늘 신중을 기하고 단정한 말투를 사용하는 그였지만 세인에게만은 예외였다.

"이 술? 어쩌다 한번 산 거야. 넌 여전히 궁상떨며 사는 거냐? 있는 놈이 너무 아껴도 문젠 거 알지? 가진 놈이 써줘야 경제도 돌아가지."

"굳이 그게 술일 필요는 없잖아?"

"왜 보자고 했냐?"

세인은 전혀 동요하지 않았다. 워낙 평소에 설전이 오가는 사이라 거기에 일일이 발끈할 필요도 없었고 이제는 적응이 되어 별로 신경에 거슬리지도 않았다.

"이거 받아."

유현은 굳이 용건을 끌 필요가 없다는 생각에 가방에서 목걸이 케이스를 꺼내 그에게 내밀었다.

"일영 씨가 전해주래."

"네가 왜 이걸?"

세인은 놀라다 못해 기가 막힌 듯한 표정으로 유현을 노려보았다.

"사실 나, 네 결혼식에 갔었다. 그리고 거기서 일영 씨를 만났었어. 호텔 입구에서 거의 쓰러질 것처럼 비틀거리길래 카페에 데려가 차 사주고 택시 태워 돌려보냈었다. 그날 내가 명함을 주고 필요한 일이 있으면 연락하라고 했는데 어제 연락이 왔어, 이거 너한테 전해주라고."

"하! 참 내."

세인은 허탈하게 실소를 터뜨렸다.

"네가 왜 일영이한테 명함을 줘? 너 아주 웃긴다."

"그러면 일영 씨가 호텔 앞에서 쓰러지는 꼴을 두고 봤어야 했냐?"

"그 얘기가 아니잖아? 도와준 건 고맙지만 그 후에는 신경 꺼야지. 너, 남의 여자한테 작업도 걸 줄 알았냐? 걔, 내가 첫 남잔 거 알지?"

"네가 친구들 앞에서 걸핏하면 떠벌리고 다녔는데 그걸 왜 모르겠냐? 그리고 이제 일영 씨는 남의 여자가 아닌 걸로 아는데?"

"너…….."

"꼭 너같이 생각한다. 넌 남녀 사이에 우정 어린 관계가 존재할 수 있다는 건 전혀 상상도 못하지?"

"상상도 못하는 게 아니라 그런 일은 불가능해. 너 한 몇 년 독수공방하더니 이젠 넘볼 데가 없어서 친구의 여자를 넘보냐?"

"황세인."

"최유현, 너 그렇게 친절한 성격 아니거든? 그렇다고 일영이 성격에 먼저 꼬리 쳤을 리는 없고……. 너 경고하는데 앞으로 일영이한테 접근하지 마라."

"그럴 생각도 없지만 설사 그런다 한들 너와 무슨 상관이지?"

"뭐?"

"너 결혼했어. 결혼한 유부남이라고. 그런데 네가 그런 말 할 자격 있어?"

"나와 일영인 안 끝났어."

"일영 씬 끝냈다고 하고 이게 그 증거야. 네가 어떻게 놀든 나와는 상관없지만 너무하다고 생각지 않냐? 처녀 인생 그렇게 망쳐놓고 이젠 대놓고 첩살이시키겠다고?"

"네가 뭘 안다고 떠들어?"

"난 분명히 전해줬다. 그리고 민폐 끼쳐서 미안하다. 신혼인 사람 불러내서."

　유현은 최후통첩을 날리고는 그에 대한 경멸의 시선을 숨기지 않은 채 그 자리를 박차고 나왔다. 세인과의 대화는 언제나 그렇듯 엇나갔고 그건 어제오늘 일이 아니었다. 한데 유현은 세인의 민감한 반응에 발끈하면서도 무언가 스스로도 석연치 않음을 느꼈다.

　그의 말대로 유현은 그리 친절한 성격이 못 되었다. 오지랖 넓게 친절을 남발하며, 이일저일 다 끼어들고 수습하는 성격은 바로 세인의 성격이지 그의 성격은 결코 아니었다.

　'아니야. 누구라도 일영 씨 같은 상황에 처했더라면 분명 기꺼이 도와줬을 거야. 세인이 그 자식이 대형 사고를 쳤는데 이 정도 동정쯤이야 당연한 일이지.'

　유현은 자신의 행동을 억지로 합리화하려 했고, 자신의 행동이 당연하다고 믿으려 노력했다. 그리고 그것을 증명하기 위해서라도 일영에게 앞으로도 더 신경을 써주어야겠다고 속으로 굳은 다짐을 했다.

　유현은 그 후 생각날 때마다 일영에게 전화해 안부를 묻고, 그녀를 챙겼다. 자연스레 기회를 만들어 저녁을 산 것도 여러 번이었다. 조금은 불편할 수도 있는 관계였고, 일영 또한 워낙 조심스런 성격이라 처음에는 꺼려하는 면을 보이기도 했지만, 의외로 성격이 잘 맞아서인지 만나면 즐겁고 화기애애했다. 얌전하고 조용해 보이기만 하던 일영은 의외로 말도 자분자분 잘했고, 엉뚱한 구석도 없지 않아 있었다. 무엇보다 그녀는 내숭이란 게 없었다.

인간관계에서는 어느 정도 감출 건 감추고 숨길 건 숨겨야 할 때
도 있는 법이다. 한데 그녀에게는 별로 숨기거나 감추고 싶어할
만한 일이 없어 보였고, 또한 보통 사람들이 어느 정도 갖게 마련
인 콤플렉스라는 것도 전혀 발견할 수 없었다. 확실히 겉보기와는
달리 꽤 매력있는 여자였다.

일영이 보낸 지난 한 달보다 오히려 그녀에게 최후통첩을 한 세
인 쪽이 훨씬 더 견디기 힘든 한 달을 보냈다는 건 의심의 여지가
없었다. 세인에게 배신을 당한 건 일영이지만, 그녀는 그를 완전
히 잊어주겠노라 결심하며 한 달간 죽을힘을 다해 일에만 몰두했
고 그것은 어느 정도 성공적이었다. 하지만 세인에게는 오히려 자
신이 말한 기간인 한 달이 마치 족쇄가 되어 그의 목을 조이고 초
조하게 만들었다. 세인은 유현을 통해 돌아온 목걸이로 인해 일영
의 굳은 결심을 알게 되었고, 그와 일영이 모종의 만남을 가졌다
는 것에 내심 분노와 동요를 느꼈다.
　남자라는 동물은 절대로 여자에게 헛된 친절 따위는 남발하지
않는다. 상대에게 무언가 얻고자 하는 일이 있을 때, 그리고 뭔가
얻어갈 수 있을 거란 확신을 가졌을 때 외에는 절대 여자에게 움
직이지 않는다. 아무리 우정입네 그럴듯하게 포장을 해도 다년간
에 걸친 그의 애정사를 되돌아보건대 그건 의심의 여지없는 확고
한 진리였다.
　유현은 확실히 일영에게 호감을 가지고 있었다. 그 공부밖에 모
르는 샌님 같은 녀석이 일부러 그런 수고를 할 정도라면 웬만큼

마음이 동하지 않고서는 불가능한 일이었다. 세인은 불안감을 감출 수가 없었고, 당장이라도 일영을 찾아가 단속을 하고 싶다는 유혹을 뿌리치기가 힘이 들었다. 하지만 세인은 꾹 참았다. 그가 공언한 대로 한 달 후에 일영을 찾아갈 것이고, 그것만이 그녀의 마음을 돌릴 수 있는 유일한 방법이라 굳게 믿었다.

하지만 그는 한 달 내내 우울한 기분을 떨칠 수가 없었다. 그는 소정과 마지못해 이따금씩 잠자리를 가졌고, 귀가 시간도 바쁘다는 핑계로 자꾸만 늦췄다. 소정 역시 마침 전시회 준비로 눈코 뜰 새 없이 바빴기에 별달리 이상하게 생각하는 눈치는 아니었다.

하루하루 시간을 보낸다는 것이 어찌나 공허하고 지루한지 세인은 그가 정한 한 달의 기한이 그의 인생에서 결코 찾아오지 않는 건 아닐까 하는 어이없는 기우에 빠지기도 했다. 결국 느릿느릿 흐르던 시간은 약속된 시간으로 기어이 달려갔고, 그는 내내 흥분된 마음을 감추지 못하며 일영과의 만남을 준비했다. 그는 일영 역시 자신과 같은 마음일 것이라는 확고한 믿음을 가지고 있었다. 그조차도 이렇게 힘든 한 달을 보냈는데 일영은 더하면 더했지 결코 덜하지 않을 것이다. 누가 더 많이 사랑하느냐 재어볼 수는 없지만, 일영이 그를 더 사랑한다는 것은 누가 뭐래도 확신할 수 있었다.

"무슨 좋은 일이라도 있어요?"

아침을 같이 먹으며 소정이 이상하다는 듯 세인을 말끄러미 쳐다보았다. 소정은 바쁜 와중에도 아침을 차리는 일만큼은 게을리

하지 않았다. 집안 청소나 빨래 같은 것은 도우미 아주머니에게 맡기더라도 요리만큼은 제 손으로 했다. 특히 요새같이 바쁠 경우에는 아침이라도 같이 먹어야 얼굴이라도 본다며 정성껏 밥을 짓고 찌개를 끓였다.

"아니, 그래 보여요?"

이렇게 대꾸하는 세인의 표정은 기대감과 설렘으로 한껏 상기되어 있었다.

"요 근래 기분이 영 안 좋아 보였는데 환한 얼굴을 보니 기분이 좋네요."

"날이 선선해졌잖아요. 지난 여름은 지독히 더웠으니까."

"그러게요. 그래도 늘 갤러리 안에만 있어서 그런지 난 잘 모르겠더라구요. 오히려 냉방병 때문에 고생했으니까. 아! 오늘 저녁에 한남동에서 저녁 같이 먹는 거 알고 있죠?"

"저녁?"

"오늘이 형님 생신이시잖아요."

"아차, 그랬지."

세인의 얼굴은 지독히 어두워졌다. 방금 전까지만 해도 콧노래까지 불러가며 즐거워했던 모습이라 그 대조는 유달리 소정의 눈에 깊이 각인되었다.

집안 모임에는 결코 빠질 수가 없었다. 급하고 중요한 일이 있는 경우에야 어쩔 수 없겠지만 세인의 일이라는 것이 부모님의 행동반경 안에 다 드러나 있는 상황이라 마땅히 급조할 만한 변명거리가 생각나지 않았다.

“선물은 내가 준비했어요. 어머님이 살짝 귀띔을 해주시더라고
요.”

“잘했어요.”

“오늘 무슨 바쁜 일 있어요?”

“아니. 그럼 이따 갤러리로 데리러 갈까요?”

“차 가져가는데요 뭐. 한남동에서 봐요.”

소정이 출근하는 것을 보고 난 후 세인은 천천히 집에서 나오며
미리 수소문해서 알아둔 일영의 핸드폰으로 전화를 걸었다. 일영
과의 새로운 시작을 고하는 날이라 그저 대충 넘기고 싶지는 않았
지만, 그렇다고 내일로 미루고 싶지도 않았다. 그랬다가는 하룻밤
사이에 속이 다 너덜너덜해질지도 모른다.

[여보세요.]

일영의 목소리를 듣는 순간 세인은 그만 그 자리에서 걸음을 멈
추었다. 가슴이 철렁 내려앉으며 쉴 새 없이 두근거렸다. 목소리만
으로도 이렇게 가슴이 뛰다니 도무지 믿어지지가 않았다.

[여보세요.]

그녀는 아무 소리도 들리지 않자 다시금 재촉했다. 세인은 그제
야 비로소 떨리는 가슴을 진정시키고 입을 열었다.

“나야.”

수화기 너머에서는 침묵만이 감돌았다.

“점심때 내가 회사 앞으로 갈게.”

[그러지 마세요.]

일영의 목소리는 담담했다.

“일단 만나. 만나서 얘기해.”

[점심은 바쁜 일이 있어서 안 돼요. 점심 먹을 시간도 없어요.]

마감이 걸려 있는 모양이었다. 그럴 경우에는 화장실 갈 시간도 없이 바쁘다는 것을 세인 역시 너무도 잘 알고 있었다.

“저녁은? 저녁은 괜찮아?”

[아홉 시가 넘어야 끝날 것 같아요. 그때라도 괜찮다면 그때 봐요.]

“알았어. 아홉 시에 회사 앞에서 전화할게.”

세인은 저녁 식사 모임에 가야 한다는 사실을 알면서도 무작정 이렇게 말했다. 오늘이 아니면 안 된다. 일영의 목소리를 들으니 그 결심은 더욱더 확고해졌다.

일영은 전화를 끊고 한동안 어쩔 줄을 모른 채 샤프펜슬만 만지작거렸다. 뜨겁게 달궈진 라이트 박스 위에 머리를 박아보기도 하고, 하얀 작화지 위를 찢어져라 펜슬로 그어대기도 했다. 달력을 보니 그가 공언한 대로 오늘이 정확히 한 달 후였다. 며칠 전까지만 해도 날짜를 정확히 기억하고 있었는데, 요새 일하느라 정신이 없어서인지 막상 오늘이 되고 보니 까맣게 잊고 있었다.

오늘 스케줄이 걸린 일이 있기는 하지만, 그건 두어 시간이면 끝날 일이었다. 유부남이 된 그가 이제는 저녁이 아닌 점심때 만나자는 말을 하자, 순간 심술이 나서 일부러 늦은 시간을 말해본 것일 뿐이다. 그러고 보면 남한테 싫은 소리 한번 못한 채 그저 남이 하자는 대로 이끌려 가는 스타일이었는데, 언제 이렇게 내 주장을 내세울 정도로 변해 버린 걸까?

　아니, 이제까지는 굳이 자신의 주장을 내세울 필요가 없었다. 그가 하는 말이 바로 내가 하고 싶은 말이고, 그가 하고자 하는 일이 내가 하고자 하는 일이었으며, 그가 보자고 하는 것이 바로 내가 보고픈 것이었으니까. 하지만 이제는 아니다. 그는 이제 내 것이 아니고, 그가 가는 길은 내가 가야 할 길이 아니었다.

9

세인은 정확히 저녁 아홉 시에 회사 앞에서 전화를 걸었고, 일영은 그의 전화를 받자마자 마음을 진정시키고는 나갈 준비를 차렸다. 그와 헤어질 거라 작심해 놓고는 그의 앞에서 깔끔한 모습을 보여주고 싶은 욕심에 일부러 낮에 목욕탕까지 다녀왔다. 그녀는 목욕탕에서 짧은 머리를 정성껏 드라이로 매만지고 화장도 깔끔하게 다시 했다. 입고 있는 간편한 옷이야 어쩔 수 없었지만, 모습만큼은 결코 추하게 보이고 싶지 않았다.

세인은 컨버터블 차의 지붕을 올린 채 운전석에 앉아 있었고, 그녀의 모습이 눈에 띄자마자 황급히 차에서 내려 그녀를 위해 조수석의 문을 열어주었다. 보통은 조수석의 문을 열어주는 등의 서비스를 하는 경우는 아예 없던 터라 일영은 내심 놀랐다. 차에 오르니 약간은 서늘하게 느껴지는 가을날의 밤공기를 여과없이 만끽할 수 있었다.

"많이 말라 보인다."

그는 시동을 걸어 차를 출발시켰다.

"오빠는 아주 좋아 보이는데요?"

"그래?"

"어디 가까운 곳으로 가요. 집에 빨리 들어가 봐야 해요."

"저녁은 먹었어?"

"먹었어요."

먹지는 않았지만 그녀는 먹었다고 말했다. 안 먹었다 한들 그와 함께 식사를 하며 대화할 기분은 아니었다.

세인은 가까운 카페로 차를 몰았다. 향이 좋은 커피를 앞에 두고 마주 앉은 두 사람은 한동안 아무런 말도 하지 않은 채 차를 홀짝거리며 서로의 눈치만을 살폈다.

"할 말 있으면 하세요."

하는 수 없이 일영이 먼저 침묵을 깼다.

"이번 주 주말에 경주로 놀러가지 않을래? 1박 2일로."

일영은 뜬금없는 그의 이 같은 말에 그만 피식 웃음을 터뜨렸다.

"부인은 어쩌시구요?"

"그건 내가 알아서 할 문제고."

"정말 날 계속 만날 생각이에요?"

"그럼 너, 나와 헤어질 자신 있어?"

“그건 내가 알아서 할 문제구요.”

“재밌다.”

“뭐가요?”

“네가 이렇게 가시처럼 톡톡 쏘는 거. 나 원래 그런 스타일을 좋아했었거든.”

“그럼 그동안 심심해서 나 어떻게 만났어요?”

“그러게. 나도 모르겠다.”

“한 달간 생각해 보라고 했죠? 생각해 봤고 결론은 나 오빠 다시는 안 만나요.”

“적당히 튕기는 건 확실히 매력적으로 보이게는 하지만, 그것도 상황을 봐가면서 해야 하는 거야.”

“오빤 연애 고수니까 확실히 새겨들을게요. 아직은 제가 그런 면에 있어서는 많이 약하니까요.”

“후! 비행기 티켓이며 호텔 예약까지 이미 끝마쳤어. 나흘 후니까 회사 일도 그때까지 지장없이 끝낼 수 있을 거야.”

“여기서 가니 안 가니 더 뭐라 말하진 않을게요. 그날 안 나가면 그뿐이니까.”

“이게 마지막이라면?”

“……”

“이별에도 형식이 필요해. 너도 그때 뜬금없었겠지만 나 역시 그래. 나, 너와 헤어진다는 것은 상상조차 해본 적 없어. 그런데 이런 식으로 허무하게 어떻게 끝내?”

“그래서 한 달간 생각해 보기로 한 거잖아요? 그래서 생각해 봤다구요.”

“마지막으로 여행 가서 다시 한 번 생각해 보자. 이번에도 네가 정 안 되겠다 싶으면 그때 포기할게. 그땐 남자답게 물러서 줄게.”

“나랑 자고 싶어서 그런 거라면 굳이 경주까지 힘들게 갈 필요가 뭐가 있어요? 오빠가 원하는 건 다름 아닌 내 몸뚱어리잖아요. 오빠가 언젠 내 마음이나 생각 따위 헤아려 준 적이나 있어요? 그렇지 않으니 그런 식으로 아무 통고도 없이 결혼해 버렸겠죠. 오빠가 날 바보로 만든 게 아니라, 내가 바보라서 오빠가 그런 막된 행동을 했더라구요. 아무리 곰곰이 생각해 봐도 문제는 나였어요.”

“일영아.”

“솔직히 말해서 그냥 오빠가 하자는 대로 못 이기는 척 따라볼까 그런 생각을 안 한 것도 아니에요. 오빠가 이렇게까지 말하는데, 오빠가 이렇게까지 헤어질 생각이 없다는데 내가 뭐 그리 대단한 여자라고 죽어라 거절할 생각만을 하는 건가 그런 생각까지도 들었고요. 그런데요, 오빠는 유부남이잖아요. 아무리 미래를 꿈꾸지 않고 현재를 즐기며 산다 쳐도 오빤 유부남이에요. 내가 어떻게 할 수 없는 유부남이라구요.”

“그러니까 왜 그딴 청첩장 따위는 봐버린 거냐고? 왜?”

세인의 이 같은 어처구니없는 말에 일영은 그저 실소를 터뜨리는 수밖에 없었다.

“이러지 마. 나도 혼란스러워. 나도 결혼에 네 문제에 여러 가지가 너무 복잡하게 일어나 버려서 지금 정신을 차릴 수가 없어. 지금 분명한 건 결코 너와 헤어질 수는 없다는 것 하나뿐이야. 이기적이라 해도 할 수 없어. 난 네가 내 옆에 남아줄 거란 믿음 하나로 결혼을 선택했어. 내 결혼을 네게 알리고 싶지도 않았지만, 설사 네가 안다 하더라도 내 옆에 지금 이대로의 모습으로 남아줄 줄 알았다고. 네가 나한테 보여준 사랑이 고작 이 정도였니? 그깟 서류에 유부남이라는 딱지 하나 달았다고 사랑이 변해 버릴 만큼 고작 그 정도였어?”

“지금 그걸 말이라고 해요? 사랑이요? 오빠가 사랑이란 말을 떠올릴 자격이라도 있어요? 그래요. 내 사랑은 고작 그 정도일 뿐이니까 가세요, 가시라구요.”

“일영아.”

“지금 내 심정이 어떤지 짐작이나 가요? 오빠가 짐작이라도 해요? 길거리에 오가는 사람들 붙들고 한번 물어봐요. 멀쩡히 너무도 잘 사귀던 애인이 아무 통고도 없이 다른 여자와 결혼이란 걸 해버렸어요. 그것만으로도 기함할 일인데 이젠 아예 대놓고 정부로 삼겠다고 뻔뻔스럽게 나오고 있어요. 내가 이럴 때 어떻게 해야 하는 거예요?”

일영은 기어이 북받치는 감정을 미처 추스르지 못하고 울먹였다. 눈물만은 보이지 않으려 했는데 가슴이 답답하고 터질 듯이 아파 도무지 눈물을 자제할 수가 없었다. 비록 입으로는 그를 거부하고 있지만 마음만은 모든 걸 다 던지고 그냥 그에게로 달려가고만 싶었다. 지난 한 달간 그를 잊겠노라 입술을 깨물며 견뎌왔던 그 시간들이 물거품처럼 허무하게 날아가 버렸다. 역시 세인은 일영을 너무나 잘 알았다. 한 달 만에 그의 모습을 다시 보니 잊겠노라 결심했던 마음이 순식간에 허무하게 무너져 내렸다. 세인이 이겼다. 세인이 이긴 것이다.

세인은 일영 옆으로 건너와 그녀의 떨리는 어깨를 살포시 안아주었다. 근 한 달 만에 맡아보는 그의 향기와 촉감이 한층 더 그녀의 마음을 흔들리게 만들었다.

"미안해, 일영아. 정말 미안해. 내게 만회할 기회를 줘. 너한테 잘할게, 정말로 잘할게."

"싫어요. 오빠가 싫어요. 나한테 왜 이렇게 잔인한 거예요? 왜 이렇게 잔인하게 구는 거냐구요?"

카페 안의 사람들의 시선은 아랑곳하지 않은 채 일영은 하염없이 눈물을 쏟아내었다. 세인은 그런 그녀를 한참을 다독이다가 어딘가로 그녀의 손목을 잡아끌었다. 일영은 눈물콧물 범벅이 되고 하도 울어 머리까지 멍해진 상태로 아무 생각 없이 그의 손에 이끌려 갔다.

정신을 차려보니 그녀는 어느새 세인에게 끌려 근처의 모텔방 안에 들어와 있었다.

세인은 방 안에 들어서자마자 참을 수가 없다는 듯 일영의 입술을 거칠게 탐했다. 그는 짭쪼롬한 눈물맛과 함께 그토록 그리고 그리던 그녀의 단 숨결을 흠뻑 맛보느라 정신이 나가 버릴 지경이었다.

"일영아, 미칠 것 같아. 널 갖고 싶어. 이대로 네 안에 들어가고 싶어."

이미 터질 듯한 욕구가 그를 잠식해 들어갔고, 전희 따위로 시간 낭비를 할 여유조차 없었다. 세인은 일영을 침대 위에 거칠게 눕힌 후 그녀의 청바지 지퍼를 황급히 끌어내렸다. 미처 바지를 다 벗겨낼 겨를도 없이 팬티를 거의 찢다시피 잡아 내린 그는 그녀의 엉덩이를 아프도록 움켜쥐었다.

"싫어요, 이러지 말아요. 하지 말아요."

일영은 애원했지만 이미 이곳까지 따라온 이상 거부의 의사를 밝힌다는 것은 스스로를 기만하는 행동이었다. 마치 애초에 하나였던 것처럼 둘은 순식간에 하나로 엉키어 서로를 격렬하게 탐하기 시작했다.

헤어지자 말하러 간 주제에 목욕탕까지 들러 정성껏 몸단장을 했다는 것은 아마 지금 이 같은 순간을 기대했기 때문일 것이다. 이 남자와 헤어지자 말하러 간 것이 아니라 적당히 버티다 얼렁뚱땅 이 남자의 여인이 되고자 하는 허접한 마음을 품고 이 자리에 나왔던 것이다. 왜 사람은 안 되는 줄 알면서도, 빠져 죽을 줄 알면서도 죽음의 늪으로 서서히 걸어 들어가는 것일까? 왜 이 죽음의 늪은 이토록 향기롭고 아름다우며 죽어도 좋을 만큼 유혹적인 것일까?

아프도록 젖가슴을 그러쥔 세인은 꼿꼿이 선 핑크빛 유두를 함빡 입에 물더니 정신없이 빨아들였다. 일영은 그가 잘근잘근 유두를 깨물며 이빨자국을 내는 것을 느끼며 체념의 신음 소리를 흘렸다. 처음 그를 받아들였을 때만 해도 절대 이 같은 행위를 좋아할 수 없을 것만 같았다. 비록 충분히 전희로 몸을 달구어놓은 후였지만, 그가 처음 여린 살 속으로 침범해 들어왔을 때의 그 온몸이 찢길 듯 아프고 얼얼한 느낌은 결코 좋기만 한 것은 아니었다. 한데 얼마 지나지 않아 일영은 거짓말처럼 그를 받아들이며 쾌감을 느끼기 시작했다. 이 정사 자체를 즐기는 것인지, 아니면 사랑하는 남자와 하나가 된다는 정신적 충만감 때문인지…… 어쩌면 둘 다인지도 모른다.

쾌락의 신음 소리와 이들이 내뿜는 뜨거운 공기로 후끈 달아오르던 방 안의 열기는 세인의 핸드폰 벨소리와 함께 거짓말처럼 순식간에 잦아들었다. 벨소리는 끊임없이 울리고, 또 울렸다.

"전화…… 안 받아요?"

마침내 일영은 이렇게 입을 열었다. 이미 몸은 차갑게 식어버린 후였다.

"괜찮아."

하지만 한 번 멈추었던 벨은 다시금 울려댔고, 세인은 어쩔 수 없다는 듯 몸을 일으키고는 손을 뻗어 핸드폰을 확인했다. 핸드폰 액정을 들여다보는 그의 얼굴이 순식간에 굳어져 버렸다. 그는 잠시 망설이는 듯하다가 일영의 눈을 피한 채 전화를 받아들었다.

"어! 나야."

소정의 전화였다.

"응. 어, 이제 다 끝났어? 아! 지금 잠깐 어디 나와 있느라고. ……응, 곧 들어갈게. 나 없이 수고했어. 그래. 미안해. ……이따 보자."

일영은 그가 통화를 하는 동안, 눈물을 삼키며 침대 위에서 일어나 흩어진 옷들을 주섬주섬 챙겨 입었다. 바로 이런 것이었던 가? 바로 이게 유부남과 사랑을 나누는 여자가 감내해야 할 형벌 인 것인가? 이 남자와 이런 관계를 계속해서 지속시키는 이상, 이 토록 말로 형언할 수 없을 정도의 굴욕적이고 비참한 기분은 결코 피할 길이 없을 것이었다.

"옷은 왜 입어?"

세인은 전화를 끊더니 황급히 이렇게 말했다.

"갈게요."

세인은 일영의 손목을 잡아 자신의 앞에 그녀를 끌어다 놓았다.

"화난 거 알아. 하지만 어쩔 수 없잖아."

"알아요."

"다시 또 시작인 거야?"

"뭘요?"

"다시 또 시작인 거냐고?"

그는 짜증 섞인 표정으로 일영을 다그쳤다. 그 역시 미칠 정도 로 짜증이 치밀었다. 간신히 일영을 설득시켜 몸이 다 녹신거릴 정도의 즐거움을 누리고 있는데, 소정의 느닷없는 전화가 그 짜릿 한 순간을 여지없이 산산조각 내어버렸다. 그는 앞으로 일영과 함 께 있을 때면 꼭 전화를 꺼놓아야겠다고 작정했다. 정말 기분이 더러웠다.

"그만 부인한테 가세요."

"네 기분 아는데, 아주 잘 아는데 어쩔 수가 없잖아. 네가 이해 하는 수밖에 없어."

“그래요. 내가 이해하는 수밖에 없는 거죠. 내가 미쳤어요. 이
게 이런 기분인데 내가 왜 오빠 다시…….”

“김일영, 넌 나를 따라 이 방 안에 들어온 그 순간부터 이미 날
허락한 거야. 이 같은 상황을 전부 다 감내하겠다는 뜻이나 마찬
가지였다고.”

“직접 고마움을 표현할 수는 없지만 오빠 부인한테 정말 감사
드리고 싶어요. 지금 전화해 주지 않았더라면 나 미처 떨어내지
못했을 거예요.”

“김일영.”

“나 못해요. 아니, 나 안 해요. 아무리 오빠를 미칠 듯이 사랑해
도 나 이딴 짓 안 할 거예요. 이렇게 숨어서 오빠와 사랑하는 짓
다시는 안 할 거예요.”

일영은 눈물로 범벅이 된 얼굴로 세인을 뿌리치고는 도망치듯
모텔 객실을 나섰다. 세인은 벌거벗은 터라 그녀의 뒤를 바로 쫓
을 수가 없었다.

“젠장. 젠장. 젠장.”

세인은 급하게 바지에 한쪽 다리를 꿰다가 그만 비틀거리며 침
대 위로 쓰러졌다.

“김일영, 이 나쁜 기집애야. 내가 오늘 집에서 무슨 짓을 하고
널 찾아온 줄 알아? 네가 내 마음을 알아?”

형의 생일로 본가에 들른 세인은 저녁 식사 내내 좌불안석이었
고, 시계만을 쳐다보며 초조한 모습으로 발만 동동 굴렀다. 아홉
시까지 일영에게 가려면 적어도 여덟 시 이십 분에는 나서야만 했

지만 식사 도중 어떤 핑계를 댈 것인가, 어떻게 해야지만 무사히 이 자리를 모면할 수 있을까, 그것만을 생각하고 또 생각하느라 밥은 먹는 둥 마는 둥했다.

결국 되도 않는 일 핑계를 대고 빠져나오기는 했지만, 이런 그의 모습을 가족들은 못내 수상하게 생각하며 탐색하는 듯한 시선을 던졌다. 특히 소정은 여태까지 보지 못했던 세인의 이해할 수 없는 행동에 유달리 촉각을 곤두세우는 눈치였다.

이제 집으로 들어가면 다시금 핑계 거리를 조합해 짜맞추어 소정에게 고해야만 했다. 대체 왜 이딴 짓까지 하며 일영을 만나야만 하는 건지 스스로 생각해도 짜증이 나고 화가 치밀었다. 세인 스스로가 자초한 일이었지만 그는 뻔뻔스럽게도 자신의 잘못은 전혀 인정하려 하지 않고, 오직 흔들리고 있는 일영이나 눈치없이 전화질이나 해대는 소정 두 사람 모두에게 화를 내고 있었다.

10

늦은 시간, 일영은 모텔 앞에서 바로 지나던 택시를 잡아타고 집으로 돌아왔고, 집으로 돌아서자마자 바로 욕실로 들어가 차가운 물에 몸을 맡겼다. 찬 샤워를 하기에는 싸늘한 밤이었지만, 하얀 김이 서릴 정도로 차갑게 몸을 식힌 후에야 비로소 그녀는 제정신을 차릴 수가 있었다.

그녀는 그저 눈물만을 하염없이 흘리고, 또 흘렸다. 지난 한 달 간의 굳은 결심은 세인의 입바른 달콤한 유혹 하나로 여지없이 무너져 내렸다. 어떻게 이렇게까지 어리석을 수 있단 말인가? 어떻게 이렇게까지 바보 같을 수 있단 말인가? 독이 든 사과인 줄 뻔히 알면서도 그 윤기나는 붉은 빛깔과 먹을 때 입 안에서 감도는 달콤새콤한 맛을 다시 느끼고 싶어 그만 한입 깨물고 말았다. 시리도록 달콤한 즙이 입 안 가득 퍼지며 온몸을 희열로 몰아갔고 당장 이 자리에서 죽어도 결코 후회하지 않을 만큼 그 맛에 빠져들어만 갔다.

그 전화만 없었더라면……. 예상했던 일이라고는 하나 실제 닥치니 결코 충격이 덜한 건 아니었다.

격렬하고 짜릿한 사랑을 나누는 와중에도 부인의 전화 한 통화면 아무것도 아닌 게 되어버린다. 그는 다시 부인에게로 돌아가야 하고, 나는 그저 그의 몸뚱어리 한자락 차지하고 있는 비천한 정부일 뿐이다. 비천해도 좋고 밑바닥으로 떨어진들 어떠랴 싶었다. 이성적으로는 그래서는 안 된다 생각하면서도 세인을 다시 보는 그 순간, 아니, 세인의 전화를 받은 그 순간 결심은 허무하게 무너져 내렸고, 이대로 그냥 흐르는 대로 몸을 맡겨보리라는 유혹에 텀벙 빠져들어 버렸다. 부인의 전화에 달뜨던 몸이 순식간에 식어버리지 않았더라면 얼마나 오랜 기간 동안 이 같은 달콤한 지옥에 빠져 허우적거렸을까?

"정신 차려, 김일영. 제발 정신 좀 차려."

누군가가 그녀를 붙잡아 따귀라도 때려줬으면 하는 심정이었다. 욕하고, 때리고, 휘어잡아서 세인에게로 향하고야 마는 이 저주받은 마음을 붙들어 매어줬으면 하는 심정뿐이었다.

누군가가 절실히 필요했다. 누군가의 도움과 질책이 너무나 절실히 필요했다.

전날 밤, 찬물에 너무 오래도록 몸을 방치한 탓인지 일영은 열에 들떠 좀처럼 몸을 가누기가 힘이 들 만큼 심하게 앓았다. 신영은 회사 출근 준비를 서두르느라 그녀의 몸 상태를 미처 눈치채지 못하고는 새벽같이 나가 버린 후였다.

일영은 해열제를 입 안에 털어 넣고는 회사에 출근 못하겠노라 연락을 넣었다. 그리고 한나절 내내 땀을 흠뻑 흘리면서 깊은 잠에 빠져들었다.

꿈속에서까지 세인은 어김없이 그녀의 마음을 잔뜩 설레게 만들었다. 행복했던 그 시절, 그 순간들이 꿈속에서 마치 현실처럼 펼쳐져 그녀의 마음을 애잔하고 서글프게 만들었다. 처음 만나자는 제안을 받고 잠을 이루지 못했던 날, 크리스마스 이브의 잊지 못할 첫 데이트 날, 그와 나눈 달콤한 첫키스의 순간, 사랑한다는 고백을 받으며 한 아름 가득 붉은 장미를 선사받았던 마술 같던 순간들, 그 모든 추억들이 그녀의 꿈속에서 아프도록 잔인하게 재현되었다.

요란스레 울려대는 핸드폰 소리에 잠에서 깨기까지 일영은 이불 속이 다 젖을 만큼 땀을 뻘뻘 흘리고는 푹 앓을 만큼 앓았다. 일영은 시끄러운 핸드폰 벨소리에 격심한 두통을 느끼고는 손을 간신히 뻗어 핸드폰을 집어 들었다. 확인을 해보니 다행히 세인은 아니었다. 그제야 그녀는 안심하고 전화를 받았다.

"유현 오빠."

[전화를 이제야 받는구나. 아까 낮부터 계속했었는데. 그런데 목소리가 왜 이래? 어디 아프니?]

"네, 조금."

일영은 문득 벽에 걸린 시계를 보았고 시계 바늘은 벌써 저녁 여섯 시를 가리키고 있었다.

[세인이 만난 거지? 안 그래도 그럴 것 같아서 계속 전화했었어.]

"오빠."

일영은 저도 모르게 훌쩍거렸다. 그의 전화가 너무도 반가웠고, 그의 이 같은 따뜻한 말이 적잖이 위안이 되었다.

[뭐 좀 먹기는 한 거야? 동생도 없었을 텐데 그냥 온종일 굶은 거지? 안 되겠다. 내가 집 앞으로 갈 테니 주소 좀 알려줘.]

"그러지 말아요. 오빠 바쁘잖아요."

[오늘은 일찍 퇴근할 수 있을 것 같아. 어떻게 가면 되는 거지?]

일영은 겉으로는 마지못한 듯 그에게 주소를 알려주었지만, 내심 그가 와준다니 기쁜 마음을 감출 수가 없었다. 몸이 아파서 그런지 지금은 그 누군가가 너무도 절실히 필요했다.

누구에게도 말할 수 없는 세인과의 관계를 굳이 설명하지 않아도 알아주는 사람이 있다는 것 자체가 그녀에게는 큰 위안이었다. 이 사람이라면 이해해 주고 다잡아줄 것만 같았다. 아니, 그의 이해를 바라지는 않았다. 오히려 경멸하고, 차가운 눈초리로 바라봐 주는 게 어쩌면 더 나을는지도 모른다. 일영은 위안을 받든 비난을 받든 아무한테나 지금의 심정을 죄다 털어놓고 모두 잊어버리고만 싶었다. 가슴 가득 덩어리를 끌어안은 채 힘겹게 살아가느니 부끄럽더라도 다 털어놓고 그 짐을 내려놓고만 싶었다.

최유현은 일영이 일러준 주소를 네비게이션에 입력시킨 후, 그녀의 집 앞으로 차를 몰았다. 사실 그는 일영에겐 그렇게 말했지만 회사에서 일찍 퇴근할 수 있는 상황은 아니었다. 그는 낮부터 일영에게 계속 전화를 걸었는데도 그녀가 좀처럼 받지를 않자 도무지 일이 손에 잡히지 않았고, 그러다가 어제가 바로 세인이 통고한 그 한 달 후라는 것을 상기하고는 더 더욱 좌불안석이 되어 핸드폰만을 붙들고 늘어졌다. 역시 그의 짐작대로 일영은 어제 세인과의 만남으로 인해 열병을 앓고 있었다. 설마 그 나쁜 놈이 정말로 연락을 해올 줄이야……. 일영은 세인에게 흔들렸을까? 사랑이라는 것이 그렇게 쉽게 접어지는 것은 아닐 것이다. 유현 역시 과거에 사랑을 해본 일이 있었고, 사랑이 말처럼 그렇게 쉽게 시작되거나 쉽게 끝낼 수 있는 일이 아님을 너무도 잘 알고 있었다.

유현은 가는 길에 죽 전문점에 들러 일영을 위해 따끈한 죽을 포장했다. 한창 퇴근 시간이었지만 다행히 남부순환도로는 생각만큼 그리 막히지 않아서 가다 서다를 반복하기는 했어도 생각보다 이른 시간에 그녀의 집 앞에 도착할 수 있었다.

그녀의 집 근처 너른 공원에서 두 사람은 나란히 벤치에 자리했다. 눈에 띄게 수척해진 일영은 파리한 안색이었고, 당장이라도 그 자리에서 픽 쓰러질 듯 위태로워 보였지만 그래도 입가에는 가늘게 미소가 감돌고 있었다.

"집에 하루 종일 있었더니 답답해서요. 공기가 너무 시원해요. 그렇죠?"

어스름하니 땅거미가 진 공원에는 산책을 하는 사람들과 가족끼리 나와 공놀이를 하거나 배드민턴을 치는 사람들로 오히려 낮보다 활기에 넘쳤다. 무더웠던 여름은 어느새 물러가 버리고, 열대야에 허덕이던 밤은 이제는 서늘한 바람이 불어 깊어져 가는 가을을 한껏 실감케 했다.

"사람 일이라는 것이 마음먹은 대로 될 수 있다고는 하지만, 마음먹기까지가 정말로 힘든 일이야. 그리고 마음을 먹고 나서 그걸 실행에 옮기는 것 또한 쉬운 일이 아니고."

유현은 이제는 다 식어빠진 종이컵 안의 커피를 한 모금 입에 머금었다.

"흔들리는 건 당연한 거야. 그게 사람인 거야."

"유현 오빠."

"네가 나쁜 게 아니야. 나쁜 건 그 자식이지."

"아니요, 내가 나쁜 거예요."

일영은 억지로 눈물을 삼켰다.

"나 정말 나쁜 년이에요. 날 이해하지 말아요. 차라리 욕하고 비난하는 편이 더 나아요. ……어제 세인 오빠를 따라 모텔까지 들어갔어요. 입으로는 헤어진다 해놓고 오빠가 끌고 가니 그냥 모르는 척 따라 들어갔어요. 안 되는 줄 알면서도 얼굴을 보자마자 순식간에 무너지는 꼴이라니……. 부인 전화만 아니었으면 나 아마 그냥 주저앉았을지도 몰라요. 불륜인 줄 알면서도 어떻게 그럴 수가 있죠?"

세인과 일영이 깊은 관계라는 거야 진즉에 알고 있었지만, 그녀의 입으로 그걸 직접 듣는다는 것은 못내 불편한 일이었다. 하지만 유현은 그 불편한 감정을 억지로 삼키고 흔연스런 표정을 지으려 애써 노력했다. 그리고 그런 비밀스런 이야기까지 다 털어놓을 정도로 그녀가 자신을 전적으로 신뢰한다는 사실만을 기억하려 애썼다.

"아닌 줄 알면 되는 거야. 아닌 줄만 알면."

"오빠, 이런 부탁하면 안 되는 거 알지만, 이렇게까지 폐를 끼친다는 건 정말 뻔뻔한 거지만 나 좀 도와주세요. 내가 세인이 오빠 다시는 안 만나도록 나 좀 도와줘요. 혼자 힘으로 해낼 수 있을 줄 알았는데 아니었어요. 도저히 그럴 수가 없었어요."

"……내가 어떻게 도와주면 되겠니?"

"모르겠어요. 그냥 지금처럼 옆에만 있어주세요. 저 정말 뻔뻔한 건 알아요. 아는데 억지 한번 부려볼래요. 그래도…… 되는 거죠?"

유현은 피식 미소를 지었다. 이미 그녀를 찾아와 이 자리에 앉아 있다는 것 자체가 도와주겠다는 무언의 표시이다. 그러고 보면 참으로 이상하게도 얽혀 버렸다. 남의 일, 그것도 세인의 일이라면 별로 끼어들고 싶지 않았는데 어쩌다 이렇게 되어버린 것일까?

"내가 정신 못 차리고 허우적거리면 따귀라도 한 대 때려주고 미친년이라고 욕도 해주세요. 그래도 정 안 되면 부인에게도 알릴 생각이에요. 그렇게라도 하지 않으면 도저히 못 벗어날 것 같아요."

"부인한테까지? 너 정말 결심 단단히 한 거구나."

"네, 내 힘으로 안 되면 머리채라도 잡혀서 정신 차려야죠. 이렇게라도 결심하니까 속이 시원해요.”

일영은 처연한 미소를 지어 보였다.

우유부단하고, 맺고 끊는 것이 확실한 여자도 아니었지만, 또 지금과 같은 결심이 언제 어떻게 변할지도 모르는 여자였지만 유현은 이런 그녀가 대견하고 기특해 보였다. 스물여섯이라는 나이가 결코 적은 건 아니지만, 그렇다고 유혹에 초연할 정도로 많은 나이도 아니었다. 세인과 함께한다면 쉬운 인생을 살 수도 있었을 것이다. 세인은 비록 경박하기는 해도 한 번 잘해줘야겠다 마음을 먹으면 굉장히 후하게 굴었고, 그의 정부로나마 버틸 수 있다면 그 대가는 부족하지 않게 챙겨줄 터였다. 일영 같은 평범한 여자에게는 사랑은 차치하고라도 그것만으로도 커다란 유혹이었을 것이었다.

“내가 옆에 있어주는 것만으로도 도움이 된다면 기꺼이 도와줄게. 네가 세인이한테 흔들리면 욕도 하고, 그래도 흔들리면 부인에게라도 알려서 꼭 정신 차리게 해줄게. 하지만 넌 이미 지금 그 결심만으로도 충분히 벗어났다고 생각해.”

“그럴까요?”

“그럼, 물론이지.”

일영은 그의 단언에 환하게 이를 드러내며 웃었다.

“이제 바람이 쌀쌀해지네요. 저, 이제 그만 들어가 봐야겠어요.”

일영은 먼저 벤치에서 일어섰다.

아무렇게나 차려입은 간편한 트레이닝복에 화장기 하나 없는

수수한 모습이었지만, 순간 그녀의 모습이 아름답게 빛나 보이는
이유는 대체 무엇 때문인 걸까?

유현과 일영은 어깨를 나란히 하며 그녀가 사는 연립 주택 앞까
지 천천히 걸음을 옮겼다. 그녀의 집 앞까지 가는 좁은 골목길은
주차된 차들과 그 차들 사이를 비집고 오가는 차량들로 복잡하기
짝이 없어 유현은 저도 모르게 잔뜩 신경을 곤두세웠다.

"어머!"

일영은 순간 비명을 질렀다. 정신을 차려보니 그녀는 어느새 유
현의 품 안에 안겨 그의 가슴팍에 얼굴을 파묻고 있었다. 갑자기
맞은편에서 달려오는 차를 본 유현이 그녀를 황급히 자신 쪽으로
잡아당긴 것이다.

"괜찮아?"

"네? 네."

일영은 한동안 놀란 가슴을 쓸어내리다가 그만 화들짝 놀라 그
의 품 안에서 빠져나왔다. 유현 역시 약간은 머쓱한 표정을 지으
며 잡았던 그녀의 팔을 가만히 놓아주었다.

"고, 고마워요."

"흠, 여기 좀 위험하다. 골목도 좁은 데다 오가는 차들도 많고."

유현은 딴 곳을 쳐다보며 이렇게 얼버무렸다. 여자를 안아보는
게 한두 번이 아닌데도 왜 이리 어색하고 기분이 이상한 건지 알
다가도 모를 일이라 그 역시도 난처함을 숨길 수가 없었다.

"네, 좀 그렇죠? 저, 이제 다 왔어요."

"그래? 어딘데?"

"저기 보이는 하얀 집이요."

"집 앞까지 가지 뭐."

"아, 아니에요."

"가. 너 무사히 집까지 들어가는 거 꼭 봐야겠어."

하는 수 없이 일영은 그가 집까지 바래다주는 것을 그냥 내버려 두는 수밖에 없었다. 참으로 다정다감하고 친절한 남자였다. 아무에게나 친절을 남발하는 남자는 애인으로서 그리 바람직하지 않을 수도 있지만, 어차피 그는 내 애인이 아니니까.

"오빠 애인 있어요?"

"갑자기 그건 왜?"

"오빠 애인은 행복하면서도 또 마음이 아플 것 같아서요."

유현은 그녀의 뜬금없는 말에 의아한 표정을 지었다.

"이렇게 다정하고 부드러운 사람이니 행복할 것 같다가도, 아무한테나 이렇게 친절을 베풀기도 하니 마음이 아플 것도 같다구요. 오빠가 내 애인이라면 아마 나 무지 슬플 거예요. 나 말고도 이렇게 잘해주는 사람이 많겠구나 그런 생각하면 질투도 날 거구요."

"……."

유현은 그녀의 말에 약간은 충격을 받았다. 아무나라……. 그는 아무나에게 친절을 남발하는 사람은 결코 아니었기에 새삼 그녀의 말이 생경하게만 들려왔다.

"고마워요. 오빠가 와줘서 한결 마음이 편해졌어요. 죽도 잘 먹을게요. 이 죽 먹고 기운 내서 유현 오빠 보란 듯이 나 꼭 그 사람

잊을 거예요. 그럼 운전 조심하세요."

유현은 일영이 집 안으로 사라지는 것을 우두커니 지켜보면서 그녀가 한 말을 한참이나 곱씹고 되새겨 보았다. 그동안 일영에게 쏟아 부었던 관심과 시간들, 과연 그것이 단지 친절한 성품 탓이라고만 봐야 하는 것일까? 아니, 애초에 그는 아무에게나 친절하지도 않았고, 보통은 남의 일에 상관하지도 않으며, 더더군다나 애인도 아닌 여자를 위해 하던 일까지 작파하고 병문안을 갈 정도로 살가운 성격도 못 되었다. 한데 지금 이것은 무엇을 뜻하는 것일까? 과연 일영은 그에게 어떤 존재이기에 이제껏 하지 않았던 행동들을 무심코 끌어내며 생각지도 못한 혼란을 주는 것일까?

유현의 생각은, 갑자기 누군가에 의해 거칠게 안면을 가격당하고 바닥 위로 맥없이 쓰러질 때까지도 답을 찾지 못하고 계속되었다.

"너, 뭐야?"

유현은 아프다기보다는 얼떨떨한 기분으로 입가의 피를 손으로 쓱 닦으며 상대방을 올려다보았다. 황세인은 분노에 찬 모습으로 숨까지 헐떡이며 유현의 멱살을 다시금 잡아 올렸다.

"이 개자식. 내가 일영이한테 관심 끊으랬지?"

유현은 기가 막혀 피식 실소를 터뜨렸다. 간간이 골목길을 지나는 사람들이 이들을 호기심 어린 시선으로 쳐다보았지만, 이들은 그런 시선 따위는 아랑곳하지 않은 채 서로에게만 집중했다.

"미친놈. 네가 날 쳐?"

"왜? 꼬우면 너도 쳐."

세인은 보란 듯이 그에게 자신의 얼굴을 들이댔다. 반쯤은 샌님 같은 녀석이 설마 치기야 하겠는가라는 생각을 가지고 있었는데, 역시 세인의 예상대로 유현은 그저 툭툭 자리를 털고 일어설 뿐 그에게 반격을 가하지는 않았다. 세인도 그렇지만 유현 역시 태권도 유단자라 완력으로 따지자면 결코 세인에게 밀리는 사람은 아니었다.

"황세인, 너 미쳤냐? 대체 어쩔 작정이야?"

유현은 차분한 어조로 말했다. 이가 얼얼할 정도로 타격이 컸지만 그래도 아픔이 잦아들고 나니 정신이 확 들었다.

"네가 상관할 바가 아니야."

"너한테는 상관하고 싶지 않지만 일영이 일은 도무지 상관을 안 할 수가 없어서 말이야."

"일영이? 하! 언제부터 네가 일영이 이름을 함부로 부르는 거지?"

"너 일영이를 이런 식으로 자꾸 괴롭히면 소정 씨에게 이 일을 알리지 않을 수가 없어. 그래도 상관없어?"

"네가 뭔데 남의 일에 감 놔라 대추 놔라야? 너 일영이 좋아하냐? 넌 친구가 데리고 놀던 여자앨 먹을 맘이 나냐?"

유현은 이 말에 경멸 어린 시선을 세인에게 던졌다.

"그저 데리고 놀던 여자? 고작 그런 여잔데 뭐 하러 목매고 이 추태냐? 다른 장난감 모색해 봐라. 싫다는 여자 추하게 건드리지 말고."

"최유현."

“한 번만 더 이딴 식으로 나오면 그땐 친구고 뭐고 그 허울 좋은 타이틀 반납해 버릴 거다. 소정 씨에게도 알리고 네 부모님께도 네 헛짓거리 다 알릴 거야.”

“그래 봐야 일영이만 고달파져.”

“그렇게 해서라도 널 떼어놓겠다고 하더라. 황세인, 정신 차리고 네 가정에나 충실해. 그렇게 예쁘고 똑똑한 마누라 얻었으면 만족하고 살 일이지 왜 멀쩡한 여자 앞길을 막으려 들어? 그동안 아무리 추잡하게 놀았어도 결혼을 했으면 달라져야지. 이건 경고야.”

유현은 말을 마치더니 가차없이 몸을 돌려 그 자리를 떠났다. 세인은 속절없이 유현의 뒷모습을 바라보며 피가 맺히도록 입술을 세차게 깨물었다.

세인은 유현이 한 번 내뱉은 말은 어김없이 지킨다는 사실을 다년간에 걸친 경험으로 충분히 알고 있었다. 그가 알리겠다면 정말로 알릴 생각인 것이다. 세인은 너무나 쉽게 풀릴 줄 알았던 이 상황이 꼬일 대로 꼬여 버리자 도무지 어찌해야 좋을지 몰랐고 그저 답답하기만 했다. 어제 형님의 생일 모임에서 마치 도망치듯 나와 버린 행동은 이미 소정에게 적지 않은 의혹을 안겨주었다. 게다가 가장 손쉬울 거라 생각했던 일영은 요리조리 빠져나가 버리는 데다 예기치 않은 최유현이라는 복병까지 등장해 버렸다.

이대로 일영을 포기해야만 하는 건가? 포기해야 맞는 것이고, 포기해야만 이 복잡한 상황에서 깔끔하게 빠져나올 수 있다. 인생을 즐기며 복잡한 일에는 의식적으로 몸을 피하던 세인으로서는

이쯤 되면 일영을 포기하고 다른 먹이를 물색하든지, 얌전히 어부
인의 품으로 찾아들어 가 안정을 구가하는 길밖에는 다른 길이 없
었다.

포기? 일영을 포기한다? 세인은 일영의 방 창에서 불빛이 새어
나오는 것을 바라보며 포기라는 단어를 한참이나 되새김질했다.

11

*거*리마다 크리스마스 캐럴이 울려 퍼지고 곳곳마다 나무에 장식이 된 휘황찬란한 꼬마전구들이 그 빛을 발했다. 예전보다는 경기가 죽어 그 분위기가 많이 살지는 않는다지만, 그래도 번화가를 나가보면 크리스마스의 들뜬 분위기를 넘치도록 느낄 수가 있었다.

세인과 모텔에서 그런 식으로 헤어지고 나서 벌써 두 달여의 시간이 흘렀다. 역시 시간이 약이라는 말은 만고의 진리였다. 세인과 헤어지겠다는 굳고도 다부진 결심을 한 일영은 허무하게도 그 후로부터 그에게서 아무런 연락이 없자 허탈한 감정에 휩싸였다. 결심을 미처 시험해 보지도 못한 채 상황은 이대로 허무하게 종료되어 버린 것이다.

결국 세인의 사랑이란 이런 것이다. 결혼한 후에도 부인과는 상관없이 다른 여자를 옆에 두겠다는 허접한 발상을 가진 남자의 사랑이다. 거기에 그 무슨 기대를 할 수 있더란 말인가?

일영의 마음은 처음에는 허탈한 감정과 왠지 모를 배신감으로 점철되었으나 시간이 흐를수록 그래도 잘된 일이라는 생각이 더 앞서게 되었다. 차라리 시험에 들지 않는 편이 더 나은 일인지도 모르고, 그와 같은 찌질한 남자와 실랑이를 한다는 것 또한 분명 시간 낭비에 불과할 터였다.

일영이 힘들 수도 있는 시간을 무난히 보낼 수 있었던 것은 유현의 도움이 절대적이었다. 첫사랑에 그토록 호되게 당했으면 남자라는 존재에 대해 실망감과 허무를 느낄 만도 했지만, 유현을 통해 또다시 기대감을 가질 수 있었다. 세인 같은 남자가 있는 반면 유현 같은 남자도 분명 존재한다. 당분간은 남자라면 진저리가 쳐질 정도로 멀리하고 싶었지만, 그래도 남자에 대한 경계심이나 혐오감을 갖지 않을 수 있었던 건 유현의 도움이 절대적이었다.

유현은 하루에도 몇 번씩 그녀에게 문자를 보냈고, 틈나는 대로 이메일도 보냈다. 이메일의 내용은 밥 먹었어? 내지는 자신의 하루 일과를 그저 일기를 적듯이 덤덤히 쓴 정도였지만, 따뜻한 배려가 충분히 묻어나는 그런 내용들로 채워져 있었다. 일영은 컴퓨터를 사용하는 직업이 아니어서 집으로 돌아온 후에나 그의 메일을 확인할 수 있었고, 어느새인가 그가 보내는 메일을 열어보는 것이 하루 일과의 마무리가 되어가고 있었다.

일영은 세인과 헤어지고 나서 메신저나 미니홈피는 완전히 끊어버린 상태였다. 유현 또한 미니홈피 같은 것은 즐기지 않았고 메신저도 업무상으로만 주로 이용했기에 이들은 이메일이나 핸드폰 문자만으로 의사소통을 했다. 그리고 유현은 통화가 가능한 상황이면 통화를 더 우선시하는 편이었다.

일영도 일이 바빴지만, 유현 역시 회사 일로 항상 눈코 뜰 새 없이 바빴다. 일영과 함께 지낼 수 있는 시간을 만들기 위해 유현은 평소에 적잖은 무리를 하고 있었고, 물론 그녀는 그러한 사실을 전혀 눈치채지 못하고 있었다. 일영은 당연하게도 그가 여유 시간에나 자신을 만나러 오는 줄로만 철석같이 믿고 있었다.

사실상 이 두 사람이 만나면 남들이 데이트라고 할 만한 행동들은 하나도 빠짐없이 하고 있었다. 영화나 뮤지컬을 보고, 분위기 좋은 곳에서 식사를 하고, 같이 술을 마시며 이런저런 속 깊은 대화를 나누기도 했다. 햇볕이 따스하고 화창한 날이면 유현의 차로 교외에 드라이브를 가거나 하루 코스로 속초의 대포항에 가서 싱싱한 회를 먹고 오기도 했다.

하지만 일영은 이것이 데이트라는 자각은 전혀 하지 못하고 있었다. 눈치가 없는 편이 아님에도 그런 자각을 할 수 없었던 이유는 유현이 자신에게 여자로서의 호감을 느낀다는 것을 전혀 상상조차 할 수 없었기 때문이다. 더구나 유현은 그녀가 세인과 깊은 관계였다는 것을 너무도 잘 알고 있는 사람이었다. 그것은 그녀가 다른 남자를 만날 수는 있어도 그 다른 남자가 유현일 수는 없는 절대적인 이유였다. 아무리 순결에 대한 생각이 바뀌고, 자유분방한 사조가 사회 전반에 걸쳐 확대되어 있다 하더라도 친구의 애인이었던 여자에게 이성으로서의 호감을 느낀다는 것은 일영이 생각하기에 상당히 무리가 있는 일이었다.

한창 회사에서 일에 열중하던 일영은 핸드폰에 유현의 이름이 뜨자 입가에 미소를 머금은 채 전화를 받아 들었다.

"오빠."

[급한 일 있다더니 잘 끝내고 있는 거야?]

"네, 조금 있으면 다 끝나요."

[잘됐다. 이따 일곱 시까지 회사 앞으로 데리러 갈 테니 준비하고 있어.]

"오늘 평일이잖아요."

[나도 오늘 일찍 끝나. 밖에 지금 많이 추우니까 미리 나와 있지 말고 내가 전화하면 나와, 알았지?]

"네."

일영은 그의 전화를 끊자마자 서둘러 거울을 보며 얼굴 상태를 점검했다. 내내 라이트 박스의 뜨거운 불빛을 받으며 일하느라 얼굴이 약간 번들거리는 것만을 제외하면 혈색도 좋았고 말끔해 보였다. 그녀는 일을 다 마무리 지은 후 리테이크를 기다리며 화장을 정성 들여 고쳤다. 정장 차림의 유현과 같이 다니다 보면 그녀가 늘 입곤 하는 청바지에 터틀넥 스웨터 차림이 좀 걸리는 건 사실이었다. 하지만 그건 일영의 생각일 뿐 막상 유현은 그런 것에 대해 그다지 연연해하지 않았다. 옷차림에 민감했던 세인을 생각하면 유현의 이런 담백한 태도는 일영에게 꽤나 인상적으로 받아들여졌다. 사실 편한 옷차림을 선호하는 일영으로서는 세인의 취향을 맞추기가 그동안은 어지간히 힘이 들었었다.

유현은 약속 시간에 맞춰 정확히 그녀의 회사 앞에 도착했다. 일영은 그의 당부는 짐짓 모른 척하고 미리 찬바람을 맞으며 그를 기다리고 있었다.

"뭐 하러 나와 있어? 내가 춥다고 했잖아."

"금방 나왔어요. 오빠는 한 번도 약속 시간을 어긴 적이 없잖아요. 근데 춥긴 정말 춥다."

일영은 잽싸게 차에 오르더니 시린 손을 비비며 안전벨트부터 먼저 맸다. 며칠 전부터 갑자기 날이 쌀쌀해지며 한껏 겨울의 시작을 알리고 있었다.

"근데 오늘 진짜 어쩐 일이에요? 연말이라 더 바쁘다면서요?"

"아무리 바빠도 오늘은 시간을 내야지. 다행히 네 일도 그리 바쁘지 않아서 말야."

"며칠 전부터 계속 바쁜 일은 받지 말라고 은근히 압박 줘놓고서?"

"내가 그랬나? 하하."

"근데 어디 가는 거예요?"

"저녁 먹으러."

유현은 능숙하게 차를 몰아 청담동에 위치한 어느 멋진 외관의 레스토랑 앞에 멈추었다. 이층 규모의 레스토랑 외관은 온통 꼬마전구와 트리 장식으로 반짝거렸고, 넓은 주차장에는 고급 승용차들이 즐비하게 주차되어 있었다. 입구를 오가는 사람들 역시 하나

같이 우아한 정장 차림이었고, 보기만 해도 윤기가 자르르 흐르는 모피코트를 입은 여자들의 모습 또한 심심치 않게 눈에 띄었다.

"오빠, 여기서 저녁 먹을 거예요?"

일영은 놀라서 소리쳤다. 세인과는 몇 번 이런 곳에 와본 적이 있지만 유현과는 처음이었고 게다가 옷차림이 이곳과는 전혀 어울리지 않아 난감하기만 했다.

"왜? 싫어?"

"진작 말하죠. 옷도 이런데."

"괜찮아. 깔끔하고 좋은데 뭐."

일영은 청바지와 캐멀 색 모직 반코트를 입고 성기게 뜬 머플러를 목에 두른 지나치게 캐주얼한 차림이었다. 세인은 그녀가 이런 옷차림을 한 경우에는 결코 고급 레스토랑에 데리고 가는 일이 없었고, 실제로 십대들을 제외하고는 이런 옷을 입은 사람은 거의 찾아볼 수가 없었다. 일영은 반드시 정장에 잘 차려입은 사람만이 이런 레스토랑에 들어갈 수 있는 것이라고 철석같이 믿고 있었다.

"그래도 이런 거 입고는 못 들어가잖아요."

"누가 그래? 우리나라는 드레스 코드에 엄격한 레스토랑이 거의 없는 걸로 아는데?"

"그래요? 미국이랑은 다른가?"

유현의 말은 맞았다. 그는 이미 예약을 해둔 상태였고 나비넥타이를 맨 웨이터는 정중히 그들을 창가의 전망 좋은 자리로 안내해 주었다. 청바지 차림이라고 내쫓거나 불친절하게 굴지도 않았다. 하지만 역시 다른 테이블에 앉아 있는 사람들은 하나같이 멋진 옷차림들로 치장을 하고 있었기에 일영은 불편한 감정을 숨길 수가 없었다.

"괜찮아. 충분히 예뻐."

"오빠가 괜찮다면 나도 괜찮아요. 괜히 오빠가 창피할까 봐 그런 거죠 뭐."

"그럴 거라면 미리 얘기했지. 그리고 네가 왜 창피해? 너 같은 미인을 대동할 수 있어서 오히려 영광이지."

"아니, 오늘 립 서비스가 심상치 않은데요? 적응 안 되게 왜 이러세요?"

일영은 저도 모르게 웃음을 터뜨렸다. 이때 웨이터가 초콜릿으로 장식이 된 예쁜 케이크와 아이스 페일에 담긴 샴페인을 가지고 와 테이블 위에 세팅했다. 케이크 위에는 초 서른 개가 보기 좋게 꽂혀 있었다.

"오빠, 설마 오늘 생일인 거예요?"

"응. 축하해 줄 거지?"

"세상에. 그럼 진즉에 말했어야죠. 그랬으면 뭐라도 준비하는 건데."

일영은 너무나 당황해서 어찌할 바를 모를 지경이었다.

"케이크 촛불이나 같이 꺼주면 돼. 그게 나한테는 멋진 생일 선물이야. 이러다 초 다 녹겠다. 빨리 같이 불자. 하나 둘 셋."

일영은 유현이 서두르는 통에 얼른 입을 오므려 같이 촛불을 껐다. 촛불을 끔과 동시에 옆에 서 있던 웨이터가 샴페인을 조심스레 따더니 거품이 일렁이는 액체를 각자의 글라스에 따랐다. 탄산이 보글거리며 올라오는 샴페인을 건배하고 나니 미리 주문해 둔 코스 요리가 차례대로 들어오기 시작했다.

"어? 이건 달팽이? 나 이거 잘 못 먹는데."

세인이 예전에 한 번 사준 적이 있는 에스카르고가 메인 디쉬 전에 나왔는데 일영은 그걸 보며 난색을 표명했다. 집게를 사용해 속살을 빼먹는 게 영 서툴고 힘이 들어 맛을 제대로 음미할 겨를이 없었고, 그 모습을 본 세인이 한숨을 쉬는 모습 또한 잊히지가 않았던 것이다.

"자, 이거 먹어."

유현은 왼손으로 전용 집게를 들어 포크로 능숙하게 속살을 집어내더니 일영의 앞으로 쓱 내밀었다.

"괜찮아요. 제가 먹을게요."

"어서 아 해봐."

"오빠."

"팔 떨어진다."

일영은 하는 수 없이 입을 벌려 달팽이 속살을 가득 머금었다.

"어때?"

"맛있어요."

"내가 빼줄 테니까 넌 가만있어. 자, 다시 아 해봐."

"오빠도 드세요."

"나도 먹을 테니까 어서 아 해."

민망해서 죽을 지경이었지만 일영은 마치 제비 새끼마냥 입을 벌려 그가 주는 달팽이를 계속해서 받아먹었다. 그는 일영이 먹던 포크로 전혀 아무 거리낌 없이 요리를 먹었고, 자신의 입에 들어가는 것보다 일영의 입에 더 많이 요리를 넣어주었다.

"저기, 오빠."

"응?"

"이제 그만 먹을래요. 사람들이 자꾸만 보잖아요."

일영은 아까부터 건너편 테이블의 남자들이 자꾸만 킥킥거리며 자신을 보자 도무지 그 시선을 견뎌낼 수가 없었다.

"사람들이 봐?"

유현은 그녀의 말에 뒤를 돌아보았고 그들을 보자마자 피식 미소를 지었다.

"암튼 저 녀석들."

유현과 눈이 마주친 세 명의 남자들이 약속이나 한 듯 벌떡 자리에서 일어서더니 그들의 테이블로 가까이 다가왔다. 놀라서 어리둥절한 표정을 짓고 있던 일영은 그들이 유현의 친구들임을 이내 눈치챌 수 있었다.

"최유현, 암튼 이럴 줄 알았어. 안녕하세요. 전 유현이 친구, 장진서라고 합니다."

그 외의 두 명의 남자들도 이름을 밝히며 일영에게 정중히 손을 내밀었다. 일영 역시 얼떨결에 그들과 악수를 나누며 자신의 이름을 밝혔다.

"김일영입니다."

"김일영 씨, 반갑습니다. 원래 생일은 죽 같이 보내기로 하고 있었는데 갑자기 이 친구가 만날 수 없다고 하지 뭡니까? 애인이 생

길 경우가 아니면 절대 생일만큼은 양보 못하는 게 우리 불문율이
거든요.”

“대체 여긴 어떻게 알고 온 거야?”

“이 자식아, 미행했다.”

“뭐?”

“그건 아니고 요 앞에 우리끼리 술 마시러 왔다가 네 차 보고 따
라온 거야.”

또 다른 친구가 웃으며 정황을 설명해 주었다.

유현의 친구들은 비록 정장 차림은 아니었으나 하나같이 고급
스런 차림에 훤칠한 용모들을 하고 있었다. 잘생겼다기보다는 깔
끔하고 럭셔리해 보인다는 게 더 맞을 것이다. 그러고 보면 이 일
대의 바나 레스토랑에 들를 때마다 늘 아는 사람들과 마주치는 것
을 보면 이곳이 그들의 활동 무대인 듯싶었다. 과거 세인과 함께
있을 때 유현과 마주쳤던 곳도 바로 이 근처의 고급 레스토랑이었
다. 갑자기 일영은 유현과 마주친 이후부터 세인이 이 근처의 레
스토랑에 그녀를 데리고 온 적이 한 번도 없었다는 사실에까지 생
각이 미쳤다. 세인은 친구들에게 그녀의 존재를 알리기 꺼려했던
것이다.

“암튼 최유현 네가 이런 닭살 짓을 할 줄 누가 알았냐? 일영 씨,
이 자식 연애사를 제가 좀 아는데 이런 공개적인 장소에서 여자
입에 음식 넣어주는 거 죽어도 못하는 물건이거든요?”

“아무렴. 그랬던 적이 없지.”

“햐! 이거 진짜 동네방네 소문 낼 일이다. 근데 우리 합석하면

칼 맞겠지?"

"당근이지. 우리 둘이 오붓하게 있는 거 오랜만이니까 알아서 사라져라."

유현은 그들의 말에 맞장구를 치며 환하게 웃었다. 일영은 그런 그의 태도에 내심 당황했고 그 표정을 숨기지도 못했다. 여자 친구라고 오해를 받아 그를 난처하게 하고 싶지는 않았는데, 유현은 그 사실을 정정할 생각조차 하지 않고 오히려 즐기는 듯했다. 도무지 이해가 되지 않는 상황이었다.

"알았어. 안 그래도 좀 있다 세인이랑 듀크에서 만나기로 했어. 근데 요새 너희 둘 왜 그러냐? 싸웠으면 그렇다고 말이라도 해야 우리가 다리를 놓든지 뭘 해결을 보지."

"안 싸웠어. 언제 그 자식이랑 내가 사이가 좋았던 적이라도 있었냐?"

유현은 세인의 이름이 나오자 조심스런 눈빛으로 일영을 살폈다.

"유현아, 그럼 네 생일은 나중에 시간 내서 같이 보내자. 일영 씨, 즐거운 시간 보내시고 다음에 언제 식사라도 같이해요."

"네, 안녕히 가세요."

그들이 요란스런 인사치레를 마치고 사라지자 테이블에는 한동안 알게 모르게 무거운 침묵만이 감돌았다.

"친구들이 좀 짓궂지?"

"아니에요. 다 좋은 분들 같은데요?"

"어릴 때부터 친하게 지내던 친구들이야. 아무래도 나중에 성장해서 만난 친구들과는 다르다고나 할까?"

"네."

"세인이 이름이 나와서 당황했지?"

"아니요. 그 때문이 아니라…… 왜 애인이 아니라고 하지 않았어요? 입장 곤란했을 텐데."

"입장이 곤란해? 왜?"

"난 오빠 애인이 아니잖아요."

"난 네가 내 애인인 줄 알았는데."

"네?"

유현은 샴페인을 한 모금 마시더니 놀란 일영의 얼굴을 지그시 바라보았다.

"그럼 넌 내가 애인도 아닌 여자와 이런 곳에서 생일을 같이 보낼 정도로 그렇게 한가하고 실없는 놈이라고 생각했던 거냐?"

"……오빠."

"난 네가 알고 있는 줄 알았다. 내색하기가 어색해서 그저 모르는 척하는 거라고 생각했는데 설마 진짜 몰랐던 거냐?"

일영은 너무도 당황한 나머지 손으로 귀 뒤의 머리칼을 잡아 뜯으며 이리저리 시선을 돌렸다.

"너, 나 싫어? 싫은데 만났던 거니?"

"그, 그건 아니지만……."

일영은 말끝을 흐렸다. 심장이 터질 듯이 두방망이질 쳐서 말도 제대로 잇기 힘들 지경이었다.

"그럼 됐어. 그럼 된 거지."

이때 마침 메인 디쉬인 안심 스테이크가 나왔다. 일영은 벌건 육즙을 가득 머금은 스테이크를 잘라 기계적으로 입에 넣었고, 입에서 살살 녹는 그 맛을 제대로 음미하지도 못한 채 이 당황스러운 상황을 어떻게 모면해야 하나 그것만을 생각하고 있었다.

"저기, 오빠."

"응, 말해."

"난 세인 오빠와…… 그러니까……. 오빠도 잘 알잖아요. 암튼 그래도 날……."

"난 모르는 일이야."

"오빠……?"

"나도 제법 과거 복잡해. 너보다는 훨씬 더. 넌 적어도 한 명뿐이었잖아."

"하지만 이건……. 두 사람은 친구잖아요. 그것도 끊을 수 없는 친구, 어찌 됐든 앞으로도 연결이 될 수밖에 없는 친구잖아요."

"네가 날 거부하고 싶으면 이유는 단 한 가지뿐이야. 내가 싫어서 그런 것. 한데 넌 분명히 내가 싫지 않다고 했어. 우리 지난 두 달여간 만나왔지만 난 너와 함께했던 시간들이 즐거웠어. 나만 그런 기분을 느꼈던 거니?"

"저도 물론 즐거웠어요. 하지만……."

"널 좋아해. 아니, 사실은 사랑하는 것 같다. 네가 늘 보고 싶고, 맛있는 걸 먹다 보면 너한테도 먹여주고 싶고, 길을 가다 예쁜 거라도 보면 너한테 사주고 싶고, 좋은 풍경을 보면 너한테 꼭 보여주고 싶다는 생각이 들고, 널 떠올릴 때마다 가슴이 두근거리고,

일하다가도 문득 문득 멍하니 널 떠올리고 있고, 널 만날 시간을 만들기 위해 잠도 자지 않고 미친 듯이 일을 해치워 버리는 괴력을 발휘하고. 이쯤 되면 널 사랑하는 거 맞지?"

"오빠."

"나 거절하지 마. 아직은 날 사랑하지 않아도 좋으니까 거절만은 하지 마. 너, 내가 필요하잖아. 사랑하지는 않아도 나란 존재가 너한테는 필요한 존재잖아."

"오빤 나한테 너무 과분해요. 세인 오빠한테도 그런 식으로 버림받았는데 오빠라고 날……."

일영은 더 이상 말을 잇지 못했다. 세인 못지않은 집안에 학벌과 능력을 지닌 유현이었다. 그를 사랑하고 아니고를 떠나서 일영은 더 이상 세인에게 느꼈던 것과 같은 상처와 모멸을 감내할 수가 없었다. 그와 같은 남자와 사랑에 빠진다는 것이 동화 속의 해피엔딩과 같은 끝을 바라볼 수 없다는 것은 불과 몇 달 전에 충분히 느끼고 깨달은 사실이었다.

"내가 본 너는 네 일에 자부심을 가지고 있고 똑똑하고 영리한 아이야. 난 너와 결혼까지 생각하고 있고 네가 승낙한다면 우리 집에 지금이라도 인사시키고 싶어. 너무 빠른 애기일지도 모르지만 네가 불안하게 여기고 의혹을 갖는 게 싫고, 굳이 시간을 낭비할 필요도 없다고 생각하니까."

"겨, 결혼이요?"

"남녀가 사귄다면 대부분의 사람들은 결혼을 생각하고 만나지. 난 연애 따로 결혼 따로는 이해 못하는 사람이야. 아까는 케이크의 촛불만 같이 꺼준다면 그걸로도 충분히 생일 선물이 될 거라고 했었지만 말을 바꿀게. 적어도 오늘은 거절하지 마.”

일영은 갑작스런 유현의 고백에 정신이 어찔할 정도로 충격을 받았지만, 그가 오늘 생일이라는 사실을 떠올리고는 될 수 있는 한 그의 마음을 기쁘게 해주는 것이 지금 당장 그에게 보답할 수 있는 길이라고 생각했다. 유현이 없었더라면 그녀는 아직도 세인이라는 늪에 허덕이며 암울한 시간을 보내었을 것이다. 그의 말이 맞다. 친구에게 차인 비참한 지경의 여자에게 지속적인 관심을 가지고 보듬어준다는 것은 말도 안 되는 일이었다. 왜 그런 그의 감정을 애써 모른 척해왔던 것일까? 아마 그의 관심을 통해 세인을 잊어보겠노라는 이기적인 감정이 훨씬 더 컸기 때문일 것이다.

하지만 일영은 아직 그 누구도 사랑할 준비가 되어 있지 않았다. 유현을 분명 좋아하기는 하지만 그를 사랑한다고 여겨지지는 않았고, 아직도 그녀의 마음속에는 세인의 잔영이 진하게 드리워져 있었다. 하긴 그녀의 첫사랑이자 모든 것을 다 주어도 아깝지 않으리라 생각했던 그녀의 첫 남자다. 어떻게 그리 쉽게 잊을 수가 있겠는가?

12

재즈 바 듀크에서는 마침 쿼르텟이 스탄 게츠의 'Soul eyes'를 연주하고 있었다. 피아노와 테너 색소폰의 절묘한 조화가 은은하게 bar 안을 휘감아 돌면서 그 연주를 감상하며 담배를 피워대고 술을 마시는 사람들로 하여금 아릿한 감상에 젖어들게 만들었다.

세인은 테이블 하나를 점령하고 앉아 줄담배를 피워대며 양주를 스트레이트로 들이켰다. 술에 별로 강한 편은 아니었지만 근두 달여간 하루가 멀다 하고 술을 가까이 하는 통에 주량이 훨씬 세진 것을 스스로도 느낄 수가 있었다.

사는 게 재미도 없고, 허무하기도 하고, 왜 이러고 사나 싶기도 하고 도무지 즐거움이라고는 찾아볼 수가 없는 하루하루였다. 남들이 부러워하는 아름답고 똑똑한 아내, 신소정과의 생활은 생각만큼 그렇게 만족스럽지 않았다. 섹스도 재미없었고, 같이 외출하는 것 또한 시들하고 흥이 나지 않았다. 비슷한 취미에 대화 또한 잘 통했지만 그저 그뿐으로 그녀에게선 아무런 매력도 느낄 수 없었다. 처음 선을 봤을 때 느꼈던 그녀의 아름다움이 지금은 너무도 공허하기만 했다.

한 번은 잠을 자다가 흐느껴 울기까지 했다. 서럽게 눈물을 쏟으며 계집애처럼 흐느끼는 그를 옆에서 자던 소정이 놀라서 깨워주었다. 꿈속에서 그는 일영과 열정적인 사랑을 나누고 있었는데, 사랑을 나누던 그녀가 먼발치에서 누군가를 발견하더니 환하게 웃으며 그를 버리고 가차없이 떠나가 버렸던 것이다. 비록 꿈속이지만 그녀를 안을 수 있다는 것이 너무나 행복하면서도, 그를 버리고 매정하게 떠나가 버린 일영의 잔영이 그대로 남아 견딜 수 없는 상실감마저 느끼게 만들었다.

"세인 씨, 어디 아파요? 왜 그래요?"

화들짝 놀라 그를 깨우는 소정의 얼굴을 보며 세인은 자신의 눈에서 무력하게 흐르는 눈물을 손등으로 쓱 훔쳤다.

"괜찮아요."

"괜찮기는요. 얼굴이 온통 눈물범벅인데."

"괜찮으니까 자요."

세인은 차가운 목소리로 이렇게 내뱉더니 이부자리를 들추고 일어섰다. 모른 척해주었으면 하는 순간에 저렇게 나서 버리면 좋았던 감정마저 사그라져 버린다는 것을 저 똑똑한 여자는 왜 모르는 것일까?

"세인 씨, 요새 대체 왜 이래요? 나한테 무슨 불만이라도 있는 거예요?"

"그런 거 없어요."

"이제까지는 그러려니 넘겼지만 도저히 안 되겠어요. 매일 늦는 거야 그렇다 치지만 늘 술에 절어 있고, 무슨 얘기라도 할라 치면 퉁명스럽게 상대도 하지 않고. 도무지 왜 이러는 거예요? 갑자기 이러는 데는 무슨 이유가 있을 거 아니에요?"

"그런 거 없다니까!"

세인은 버럭 소리를 질렀다. 가뜩이나 어지러운 꿈자리 때문에 통곡이라도 하고 싶은 심정이었다.

"세인 씨."

"제발 부탁이에요. 나 지금 머리가 깨질 듯이 아파. 그러니까 나중에 얘기해. 응? 제발 부탁이에요."

세인은 침실 문을 거칠게 쾅 닫고는 서둘러 주방으로 나가 찬물을 벌컥벌컥 들이켰다. 짜증이 치밀었고 도무지 가슴에 뭔가가 턱하니 얹힌 듯 답답해서 견딜 수가 없었다. 한 치의 어긋남 없이 화려하게 치장된 이 넓디넓은 신혼집이 마치 감옥과도 같이 그의 목을 옥죄어왔다.

최유현의 협박 아닌 협박에 그는 무기력하게 그 어떠한 행동도 취할 수가 없었다. 일영을 못 견디게 원했지만 그 사실이 소정이나 집안에 알려지는 것은 결코 원치 않았다. 그러기에는 걸리는 일들이 너무나 많았고, 헤쳐 나가야 할 장애물 역시 너무나 많았다. 그런 걸 감수할 상황이었으면 진즉에 일영을 결혼할 여자로 집안에 소개했을 것이다.

세인은 일영에게 전화하기 위해 핸드폰을 들었다 놓았다 하기를 아마 수천 번도 더 넘게 했을 것이었다. 하지만 결국 오늘까지도 그는 단순한 안부전화조차 차마 하지 못했다. 그것은 무언가의 결단을 필요로 하는 일이었기에 그는 아직도 갈피를 잡지 못하고 세월만 무기력하게 흘려보내고 있었다.

세인은 담배를 다시금 한 개비 꺼내 들더니 라이터를 꺼내 불을 붙이고 한 모금 맛있게 빨아들였다. 어두운 바 안에 그가 내뿜는 뿌연 담배 연기가 마치 안개처럼 흩어지더니 희미하게 유선을 그리며 사라져 버렸다.

"짜샤, 벌써 혼자 시작한 거냐?"

어느새 왔는지 친구 세 명이 세인이 앉아 있는 테이블을 거의 동시에 점령하고 앉았다. 장진서는 이미 반 이상 비어버린 양주병을 바라보더니 혀를 끌끌 찼다.

"네가 술을 먹는 게 아니라 이쯤 되면 술이 너를 먹어버리겠다. 아니, 아직 초저녁인데 벌써 이렇게 인사불성이 되어버리면 대체 어쩌자는 거냐?"

"안 취했어. 요샌 이상하게 취하지도 않는다."

그냥 하는 말이 아니라 정말로 그의 정신은 지나치게 말짱했다.

"벌써 혀가 꼬부라졌는데? 야, 근데 너 유현이 자식, 이거 생긴 거 알고 있었냐?"

윤태준이 새끼손가락을 들어 보이며 아까 전 유현과 만났던 일을 꺼내놓기 시작했다.

"딱 유현이 취향이더라. 걔 원래 그렇게 자그마하니 청순가련 형한테 끌리는 타입이잖아. 예전에 그 누구지? 대학교 2학년 때 만났던 그 여자애 분위기가 살짝 풍기던데."

"아! 그 기악과 여대생? 긴 생머리에 눈 크고 목소리도 기어가듯이 가늘던 그 여자애? 근데 알고 보니 엄청 골초에 날라리였잖아. 유현이 그때 엄청 실망했었지."

"솔직히 요새 청순가련이 어딨냐? 청승가증은 있어도."

"맞아, 맞아. 겉모습에 속아넘어갈 일이 아니야. 근데 이번 여자는 첫인상이 나쁘진 않더라."

"수수하면서도 꽤 귀여운 타입이지? 근데 너무 어려 보여서 잘못하다간 원조교제 소리 나오겠더라. 설마 미성년자는 아니겠지?"

"에이, 설마. 그건 그렇고 유현이 그 자식, 에스카르고 속살을 일일이 집어내 입 안에 넣어주는 거 보고 닭살 돋아 죽는 줄 알았다. 여자도 은근슬쩍 받아먹는 걸 보니 확실히 보통 사이는 아니야."

"진짜 돈 주고도 못 볼 구경이었지. 세인이 너도 봤으면 정말 재밌었을 텐데."

세인은 친구들이 떠드는 소리에도 아랑곳하지 않고 그저 무심하게 담배만 피워댔다. 최유현이 애인을 사귄다? 그러거나 말거나 그 자식 일에는 그 어떠한 관심도 두고 싶지 않았고 신경이 쓰이지도 않았다. 일영의 주변에서 얼쩡거리기에 약간 걱정을 한 적도 있지만, 하긴 그런 걱정을 한다는 것 자체가 그가 생각하기에도 지나치게 넘겨짚은 행동이었다. 아무렴 유현 같이 깔끔하고 까다로운 녀석이 친구가 데리고 놀던 여자에게 딴 마음을 품기야 하겠는가?

"……이름이 김일영이라고 했던가? 근데 일영이냐, 이령이냐? 일영이면 완전 숫자 10이잖아."

"하하. 외우기는 쉽겠어."

"지금 뭐라고 했어?"

"응?"

"지금 뭐라고 했냐고!"

갑자기 핏발선 눈으로 소리를 빽 질러대는 세인을 보고 친구들은 다들 어리둥절한 표정을 지었다.

"유현이 애인 이름 말이야?"

"지금 분명 김일영이라고 했어?"

"그, 그런데?"

장진서가 심상치 않은 세인의 표정을 살피며 이같이 대꾸했다.

"김일영이 최유현과 사귄다고? 지금 둘이 애인 사이라고 말하는 거냐?"

"왜? 너도 아는 여자냐?"

세인은 기가 막혀 숨조차 제대로 내쉴 수가 없었다.

'두 사람이 사귄다고? 그 자식 꿍꿍이에 놀아나 맥없이 손을 놓은 사이, 내 여자를 잽싸게 채가 버렸단 말이야?'

세인은 순간 더 생각할 것도 없다는 듯 자리를 박차고 일어나더니 친구들에게 인사도 남기지 않은 채 바를 뛰쳐나갔다. 그는 차갑다 못해 시린 저녁 바람을 맨얼굴에 맞으며 세차게 두근거리는 가슴을 진정시키기 위해 밤거리를 뛰고 또 뛰었다.

이건 있을 수도 없는 일이었다. 혹여 흑심까지야 품을 수는 있어도 두 사람이 사귈 수도 있다는 생각은 차마 해보지 못한 일이었다. 그가 안 되면 유현도 안 되는 일이다. 이건 단순한 질투심 때문만은 아니었다. 일영은 또다시 상처받을 것임이 분명했다.

세인은 온몸이 땀으로 범벅이 되도록 미친 듯이 거리를 뛰다가 헐떡이는 숨을 한참이나 고른 후, 핸드폰을 들어 일 번을 눌렀다. 아직도 그에게 일 번은 다른 누구도 아닌 일영의 번호였다.

"전화 좀 받아. 전화 좀 받으라고."

한참이나 벨이 울렸지만 그녀는 받지 않았고, 다시 한 번 걸었을 때는 아예 꺼져 있었다. 의도적으로 전화를 받지 않는 것이다.

그는 서둘러 지나던 빈 택시를 잡아 일영의 집주소를 댔다. 소정이 알게 되고 집안 사람이 다 알게 되더라도 지금 이 순간만큼은 그녀를 만나지 않고서는 당장이라도 숨이 넘어가 버릴 듯 고통스러워 참을 수가 없었다. 다 죽게 생겼는데 뒷일이 무슨 상관이란 말인가?

"지금 세인이 전화 맞지?"

연신 울려대는 전화를 확인하고는 난감한 표정을 짓는 일영을 보며 유현이 말했다. 일영은 조심스레 핸드폰 파워를 아예 꺼버렸다.

“네.”

“전화할 줄 알았어. 세인이와 만나기로 했다니까 우리 얘기를 안 했을 리가 없지. 아직도 세인이한테 미련이 남아 있니?”

“모르겠어요. 미련이라기보다……. 하지만 그런 게 다 무슨 상관이겠어요? 어차피 그 사람과는 헤어졌고 다시 만날 일도 없을 텐데요.”

“날 이용해.”

“네?”

“실연은 새로운 사랑으로 치유된다는 말 결코 허튼소리가 아니야. 인생에서 사랑이 단 하나뿐일 것 같지? 아니야. 지금은 죽을 것같이 아프게 사랑해도 시간이 흐르고 새로운 사람을 만나게 되면 그 순간에 충실하게 되어 있어. 일영아, 날 사랑해 봐. 세인이를 잊으려 노력하지 말고 그냥 날 사랑하도록 노력해 봐.”

“오빠.”

“사랑이란 게 사실 노력해서 되는 건 아닌데…… 내가 너무 무리한 요구를 하는 건가? 날 만나다가 그래도 안 되겠다 싶으면 그때는 더 이상 매달리지 않을게. 난 싫다는 여자에게 억지로 목맬만큼 개념없는 남자는 아니거든.”

“그건 별로 좋은 일이 아니네요. 만약 그냥 튕겨보는 거라면 어쩌시려고요?”

일영은 짐짓 농담을 늘어놓았다.

“이 나이쯤 되면 여자가 튕기는 건지 정말 싫어서 그런 건지 정도의 분간할 눈치는 생기기 마련이야. 넌 날 분명히 좋아해. 적어도 싫어하지는 않아. 느낌은 거짓을 말할 수 없으니까."

"네, 오빠 말대로 적어도 싫어하지는 않아요. 오늘은 오빠 말대로 거절은 하지 않을게요. 오늘은 오빠 생일이니까."

"그래, 오늘은 내 생일이니까."

약간은 껄끄러울 수도 있는 오늘의 만남은 다행히 화기애애하게 마무리될 수 있었다. 이것이 바로 유현이 가진 장점일 것이다. 배려라는 것조차 자각하지 못할 만큼 배려해 주는 것. 늘 들이마시는 공기와도 같이 꼭 필요한 존재지만 그것을 내세우지 않고 그림자처럼 옆에 있어주는 것. 이제껏 만나왔던 유현은 바로 그런 사람이었다.

일영은 유현의 구애에 퍽 놀랐지만, 섣불리 난처하고 당혹스런 빛을 보이지 않도록 조심했다. 사랑한다고 말할 수는 없지만, 적어도 그를 좋아했다. 그동안 그에게서 받은 엄청난 무형의 도움들을 생각해 본다면, 그의 구애가 아무리 얼토당토않는 일이라 하더라도 심사숙고하는 모습만큼은 보여줘야 한다고 생각했다.

유현은 그녀를 집 앞 골목까지 바래다주겠다며 계속 우겼지만, 일영은 집에 가는 길에 슈퍼에 들러야 한다며 굳이 도로의 육교 앞에서 세워주기를 요구했다. 어떤 예감이었을 것이다. 일영은 세인이 집 앞에서 기다리고 있을 것이라는 강한 예감을 느꼈고, 이 두 사람이 맞부딪치게 되면 충돌을 피할 수 없을 것이라는 것 역시 잘 알고 있었다. 그리고 그녀의 예감은 슬프도록 정확히 적중해 버렸다.

두 달여 만에 만난 세인은 지나치리만큼 말라 있었고, 혈색 또한 그리 좋아 보이지 않았다. 두터운 겨울 코트를 입고 있는데도 마른 몸이 충분히 느껴지리만큼 그는 잔뜩 지치고 핼쑥해 보였다. 자신만만하고 오만하리만치 늘 당당하던 사람이다. 일영은 저도 모르게 마른 한숨을 내쉬었다. 매몰차게 버리고 가버렸으면 그만이지 대체 왜 저런 안쓰러운 모습으로 눈앞에서 얼쩡거리는 건지 마음이 답답하기만 했다.

"오랜만이다."

세인은 피우던 담배를 바닥에 떨어뜨리더니 재빨리 구둣발로 밟아 껐다. 꽤 적지 않은 시간을 기다린 모양인지 그의 주변에는 담배꽁초가 수북하니 산을 이루고 있었다.

"네."

눈빛이 흐릿한 걸 보니 술을 꽤 많이 마시곤 아직도 완전히 깬 상태는 아닌 듯했다.

"전화는 왜 안 받았니? 유현이 눈치 보여서?"

"네."

"아예 당당하게 인정하는 거냐? 지금 둘이 사귄다고?"

"황세인 씨가 상관할 일이 아니라고 생각해요."

일영은 차분히 대꾸했다.

"황세인 씨? 황세인 씨라……. 왜 내가 상관할 일이 아니지? 내 친구 최유현이가 함량 미달의 여자와 만나 끝이 보이는 연애를 하고 있다는데 친구로서 당연히 상관해야지, 안 그래?"

"뭐라구요?"

"왜? 기분 나빠? 함량 미달. 넌 유현이 짝이 되기엔 함량 미달이라고. 이런 말 하긴 그렇지만 유현인 나 같은 한량과는 아주 다르거든. 나조차도 널 어쩔 수 없는데 유현이 그 자식이 너와 결혼이라도 할 수 있을 거라 생각하는 거냐?"

세인은 야비한 미소를 흘리며 일영의 가슴을 후벼 파듯 모진 말들을 뱉어내었다.

"유현 오빠는 결혼을 생각하지 않는 연애는 있을 수 없다고 하더군요. 그 누구와는 너무도 다르죠?"

"뭐? 유현 오빠?"

"그런 함량 미달 같은 말을 쏟아내려고 이곳까지 힘겨운 걸음을 하셨어요? 술에 많이 취했네요. 어서 가주세요."

일영은 세인을 지나치려 했지만 그 순간 그에게 오른쪽 손목을 거칠게 틀어 잡혔다.

"나와는 안 만나도 좋지만 유현이만은 안 돼. 너 또 상처받아. 갈기갈기 찢길 거라고."

"지금 날 걱정해 주는 거예요? 당신 걱정은 필요없어요."

"정신 차려, 김일영. 그 집안은 우리 집보다 더해. 넌 그저 이용만 당하다 버려질 거라고."

"한 번 경험해 본 일이라서 그런지 이번에는 각오도 되어 있고 별로 무섭지도 않거든요? 이 손 어서 놔주세요."

"너 지금 나와 할 짓 못할 짓 다 한 주제에 내 친구랑 붙어먹겠다는 거냐? 너 아주 몹쓸 애구나?"

일영은 그의 이 같은 억지에 상처를 받았다기보다는 어이가 없어 그만 피식 실소를 터뜨렸다.

"왜요? 쓸모없어 내던져 버린 장난감이 다른 주인을 찾았다니까 아까워요? 어떤 사람에게는 소용없는 장난감이 다른 이에게는 무엇보다 소중한 물건이 될 수도 있는 거예요. 유현 오빠는 적어도 당신 같은 저질은 아니에요. 사귀다 마음이 맞지 않고 상황이 맞지 않더라도 유현 오빠라면 적어도 당신처럼 저열한 방식으로 날 쳐내진 않을 거예요. 그러니 쓸데없는 걱정은 하지 마시고 당신 일이나 잘하세요. 자꾸 이런 식으로 나오면 부인에게 알리고 완전히 끝장을 보겠어요."

세인은 다른 무엇도 아닌 그녀의 변해 버린 호칭에 가슴이 타는 듯이 메말라 갔다.

"믿는 구석이 있다 이건가? 네 마음대로 해. 알리든 말든 네 맘대로 하라고. 하지만 넌 그 순간 나한테서 못 벗어날 거야. 이미 다 알려진 마당에 내가 널 포기할 이유가 없잖아?"

"제발 이러지 말아요. 내가 당신을 버린 게 아니라 당신이 날 버린 거예요. 그런데 왜 버림받은 사람처럼 나한테 이러는 거예요? 대체 이러는 이유가 뭐냐고요?"

"나도 몰라. 나도 모르겠어. 그저 내가 너무나 큰 실수를 했다는 것밖에는 더 이상 나도 모르겠어."

일영은 거의 울 듯한 표정으로 세인의 얼굴을 빤히 응시했다. 팔목을 잡은 그의 손길에 아직도 온몸이 떨리고, 그의 말 한 마디 한 마디에 아직도 가슴이 두근거렸다. 찬바람에 여기저기 날리는 흩어진 그의 머리칼을 쓸어 넘겨주고도 싶었고, 수척해진 그의 몸을 끌어안아 따뜻하게 위로해 주고도 싶었다. 그가 던지는 모진 말들이 사실은 그녀에 대한 마음 한자락임을 왜 모르겠는가? 지난 두 달여간의 무관심보다 차라리 자신을 찾아와 입에 담지도 못할 모진 말을 내뱉는 그의 모습이 한결 더 안심이 되고 내심 기쁘기까지 했다. 그렇게 호되게 당해놓고도 그녀는 너무나 속없이 세인의 작은 관심이나마 목이 메도록 고대하고 있었다.

하지만 일영은 결코 자신의 이런 마음을 들키지 않을 것이었다. 흘러가는 마음이야 어떻게 할 수는 없어도, 어떻게 행동해야 하는지 정도는 그녀도 충분히 자각하고 있었다.

"선택을 했으면 책임을 지세요. 버림받은 사람도 이렇게 잘살고 있는데 오빠는 오빠 스스로 선택을 한 거잖아요. 여기 와서 어리광 피울 생각은 하지 말고 부인에게 돌아가세요."

"며칠 있으면 우리 만난 지 일주년인 거 아니?"

12월 23일, 물론 아프도록 기억하고 있었다.

"정말 멋진 일주년을 마련할 생각이었어. 네가 결코 잊지 못할 그런 기념일 말이야. 일영아, 정말 안 되는 거니? 이대로 우리 끝내야 하는 거니?"

차라리 거친 말을 내뱉을 때가 더 나았다. 당장이라도 눈물을 뚝뚝 떨어뜨릴 것 같은 애절한 그의 눈길에 일영은 숨이 턱 막혀옴을 느꼈다.

"경고하겠어요. 다시는 이런 식으로 와서 사람 괴롭히지 말아요. 난 유부남과는 더 이상 할 말이 없어요. 유부남과 사귀면서 험한 꼴 보느니 법적으로 아무 하자 없는 총각과 만나 힘든 일을 겪는 편이 훨씬 나으니까요.”

일영은 단호하게 이렇게 말한 후 세인의 손을 거칠게 쳐냈다. 드디어 그녀가 소원하던 대로 자신의 힘으로 그를 거부할 수 있게 되었다. 굳게 결심한 그녀의 의지를 이제라도 시험해 볼 수 있다는 것은 천만다행한 일이었고, 이제야 비로소 그를 온전히 잊을 수 있겠다라는 자신감 역시 가질 수 있게 되었다.

13

세인의 식구들은 12월 31일을 맞아 집에서 단출한 송년모임을 가졌다. 한남동에 자리한 이층 규모의 저택은 얼마 전에 내린 눈으로 하얗게 뒤덮여, 보기만 해도 한 폭의 그림 같은 풍경을 연출했다. 하얗게 눈 덮인 정원과 꼬마전구들로 장식된 정원수들이 전면 유리창을 통해 비춰져 장관을 이루었고, 식구들은 이 광경을 바라보며 화기애애한 분위기 속에서 다같이 저녁을 들었다.

일층 거실로 모인 식구들은 간단한 술상을 앞에 두고 서로 술잔을 주고받았다. 큰형 내외의 아이들은 일찌감치 이층으로 올려보내 재워놓은 후였다.

"다음 해에는 휴가를 내서 하와이라도 다녀오는 게 어때요? 새 사람도 들어왔는데 진짜 섭섭하네."

어머니인 진 여사의 말에 큰아들인 세준 역시 맞장구를 쳤다.

“그럴 게 아니라 돌아오는 설에 같이 나가는 게 어떠세요? 요새는 밖에 나가서 차례를 모시는 집도 많다고 하던데요.”

“그건 안 될 말이다. 어디서 배워먹지 못하게스리.”

아버지 황 회장이 혀를 끌끌 차며 나무라듯 세준을 바라보았지만, 그는 아랑곳하지 않았다.

“어차피 차례는 큰 집에서 모시잖아요. 그때 아니면 길게 휴가 내기도 힘들어서요. 이 사람 로펌도 요새 많이 바빠서 주말에도 내내 일에만 치어 있고 도무지 시간을 낼 틈이 없잖아요. 게다가 제수씨 미술관도 어디 좀 바쁩니까? 그러고 보면 우리 중에 그나마 시간이 남는 사람은 우리 세인이밖에 없네?”

형의 약간은 비꼬는 어조에도 세인은 듣는 둥 마는 둥 무표정하게 가만히 술잔만 기울이고 있었다. 오히려 듣는 소정이 더 신경에 거슬릴 지경이었다.

“그래요. 세준이 말대로 이번 설은 식구들 전부 같이 한번 나가요. 그때 아니면 언제 시간을 내보겠어요?”

“그래도 그렇지.”

하지만 이렇게 말하는 황 회장의 어투는 이미 반쯤은 넘어간 듯 나긋나긋해진 상태였다. 집안에서의 발언권이 거의 진 여사에게 넘어가 있는 상황이라 이런 일은 그리 드물지 않았다.

“세인이네도 어서 빨리 아이가 들어섰으면 좋겠는데. 아직은 안 가질 계획인 거지?”

“네, 어머님. 내년 여름쯤이 적당할 것 같아서요.”

소정의 대답에 진 여사도 그리 반대하는 입장은 아니라 고개를 가벼이 끄덕였다.

"그래. 신혼이란 것도 즐겨야지. 내년 여름이면 적당할 거야. 그전에 둘이 여행도 다니고 단둘만이 있는 시간을 많이 가지도록 해. 아이가 생기면 정말 힘들어지니까."

"맞아요, 어머님. 어머님이 봐주셔서 저야 편하고 좋지만 아이를 떨어뜨리고 어디 놀러간다는 건 영 마음에 걸리고 불편하더라구요."

변호사인 형수는 시원시원한 이목구비를 가졌지만 결코 미인이라 볼 수는 없었다. 하지만 세준과의 금슬은 그런대로 좋은 편이었고, 시부모님과 합가해서 사는 것 역시 그다지 불편함을 느끼지 못하고 살고 있었다. 워낙 변호사라는 직업을 가진 것만으로도 떠받들어 주는 데다 집안일이며 온갖 궂은일은 일절 시키는 법이 없었고, 육아 또한 진 여사가 완전히 도맡아 해주기 때문이다. 속에다 담아두는 법이 없이 그때 그때 하고 싶은 말을 내뱉는 뒤끝없는 성격도 한몫했다. 진 여사 역시 그런 성격이라 어쩔 때는 심하게 부딪칠 때도 있었지만, 오히려 한바탕 서로의 얘기들을 가감없이 털어놓고 나면 언제 그랬느냐는 듯 아무렇지도 않게 풀어졌다. 소정은 편하고 사려 깊은 시댁을 만난 것을 실로 행운으로 여겨야만 했다.

"글쎄, 유현이 말이다. 세인이 넌 무슨 얘기 들은 거 없니?"

"유현이가 왜요, 어머니?"

무심하게 앉아 술만 들이켜고 있는 세인을 쓱 보면서 세준이 반문했다.

"세상에 진현이 엄마 기함하게 생겼더라. 유현이가 며칠 전에 결혼하고 싶은 여자가 있다며 말을 꺼내는데 어디 하나 볼 거 없는 여자더란다. 집안 보잘것없는 거야 그렇다 치지만 고졸이라는 거야. 아니, 요새 고졸이 어딨니? 하다못해 전문대라도 나오는 시절인데."

"고졸은 좀 그러네요. 유현이는 그렇다 쳐도 진현이나 진현이 와이프 다 의사고 시아버지 자리까지 의사에 어머니는 명문대 출신인데 어디 그런 집안에 낄 수나 있겠어요?"

"어머, 세준 씨. 그런 전근대적인 발언을 하면 안 되지. 요새 고졸 운운하며 무시했다가 난리난다니까? 고졸 대통령을 둘이나 배출한 나라에서 그러면 되겠어?"

"DJ와 노통이 어디 보통 고졸인가? DJ야 명문상고 출신에 박식한 건 세상이 다 알고, 고졸에 사시 합격한다는 건 대졸 사시 합격보다 더 대단한 일이잖아. 그 두 사람이야 여건이 안 돼서 그렇지 최고학부 들어갈 실력이라는 건 모르는 사람들이 없는 거고 그런 사람들과 비교할 수는 없지."

"그게 또 그런가?"

"아니, 애들은 지금 그게 중요하니? 문제의 요지는 진현이 엄마가 고졸 며느리를 보게 생겼다는 말이다."

진 여사와 유현의 엄마, 박 여사는 학창 시절부터 은근한 경쟁의식을 가지고 있었고, 그것은 후에 자식들의 성공과 며느리의 조건까지 대물림되어 끝없이 서로를 의식하고 비교해 왔다. 그러기에 무엇 하나 나무랄 데 없는 두 며느리를 얻은 진 여사 쪽에서야 박 여사의 고졸 며느리 사건은 그야말로 성사 여부를 떠나서 흥미진진한 일이 아닐 수 없었다. 물론 이 일은 박 여사에게 직접 들은 것은 아니고 이 두 사람과 절친한 또 다른 친구 성 여사로부터 전해 들은 이야기였다.

"진현이 아줌마 골치 좀 아프시겠다. 물론 허락하지는 않으시겠죠?"

"그건 모르지. 마음이야 그러고 싶지 않겠지만 그 집안에서는 유현이한테 끔벅하는 편이잖아. 맏아들도 아니고 차남이라 유현이가 우기면 내 생각에는 들어줄 듯도 해. 왜, 유현이 아버지가 좋게 말하면 트인 사람이잖아."

"속물 기질은 없으신 분이죠."

유현의 아버지, 최 원장은 자신의 이름을 내건 큰 종합병원을 운영하면서 또한 사회사업가로도 꽤 명망있는 분이었다.

"어떻게 보면 고졸 며느리를 본다는 게 사회적인 신망도를 더 높일 수 있는 계기가 될 수도 있겠군요. 뭐, 맏며느리 의사로 봤으면 됐지 굳이 차남까지 그럴 필요가 있나요? 게다가 유현이 그 자식 꽤 신중한 놈이라 어설프게 여자를 데리고 올 리도 없구요. 결혼할 여자라고 말 꺼낸 건 이번이 처음이잖아요."

"그러니 말이야. 성 여사의 말에 의하면 허락이 아니라 아주 통보더란다. 개가 어릴 때부터 은근히 고집이 있었지. 얌전하게 있는 듯 없는 듯하다가도 결정적일 때는 자기 뜻대로 해내는 아이였잖아. 집에서 그렇게 의대를 가라고 압박을 줬는데도 성적까지 일부러 떨어뜨려 가며 문과로 진학한 거 봐라.”

“만만치 않은 녀석이죠. 세인이 넌 정말 모르는 일이냐?”

세준은 슬쩍 세인에게 시선을 주며 이렇게 물었지만 그는 그저 멍하니 앞만 바라보며 술잔만을 깨질 듯이 쥐고 있었다. 얼굴이 사색이 되어 몸을 바들바들 떨고 있는 세인의 모습에 세준을 비롯한 가족들은 놀란 표정을 지었다.

“세인아, 너 왜 그래? 어디 아픈 거니?”

“세인 씨.”

세인은 자리를 박차고 일어나더니 한동안은 말없이 안절부절못한 모습만을 보이다가 가까스로 쥐어짜듯 입을 열었다.

“몸이 안 좋아요. 집에 가서 쉬어야겠어요.”

“오늘은 자고 가기로 했잖아?”

진 여사의 만류에도 세인은 요지부동이었다.

“소정 씬 여기 있고 싶으면 있어요. 난 갈 테니까.”

“세인이가 영 상태가 좋지 않은 모양이다. 둘째야, 너도 어서 일어나라. 세인이 취했는데 운전할 수도 없고 네가 데려가야지.”

“네, 어머님.”

한남동 집에서 동부이촌동 집까지 도착하는 데는 보통은 십여 분도 채 걸리지 않았지만, 연말이라 그런지 다른 때보다도 훨씬 더 많은 시간을 소요한 후에야 겨우 집에 도착할 수 있었다. 세인은 조수석에 몸을 파묻은 채, 내내 아무 말 없이 차창 밖만을 응시했다. 뭐라 말을 붙이고 싶어도 온몸 전체에 벽이라도 두른 듯 그는 철저히 자신만의 세계에서 나올 줄을 몰랐다. 소정은 이런 그의 모습에 속이 부글부글 끓었지만 꾹 참고 운전에만 열중했다.

집에 들어서자마자 외투를 벗은 소정은 먼저 방으로 들어가려던 세인을 가만히 붙들었다.

"우리 얘기 좀 해요."

"나중에 해요. 지금은 좀 피곤해."

"나중에, 나중에. 대체 그 나중은 언제 오는 거죠? 지금 이게 우리가 사는 거예요? 우리가 부부 맞냐고요."

소정의 다그침에 세인은 눈을 감고 관자놀이를 지그시 누르며 숨을 골랐다. 아까 마신 술기운이 점차 깨기 시작하면서 머리가 깨질 듯이 아파왔다. 도무지 참기 힘든 두통이라 도저히 소정까지 상대할 여력이 남아나지 않았다.

"부부 맞냐고? 헤어지면 그만인 게 부부 사이 아닌가? 제발 아픈 사람 붙들고 자꾸 이렇게 징징거리지 말아요."

"뭐라구요?"

결혼 반년 동안 단 한 번도 이런 식의 거친 말을 들어본 적은 없는 터라 소정은 큰 충격을 받았다. 비록 그동안 데면데면하게 살아왔을지언정 그들은 늘 예의를 지켰다. 비록 두 살의 나이 차가 있었지만 서로 아직까지 존댓말을 사용했고, 화가 나는 일이 있어도 큰 소리를 내는 경우가 없도록 서로가 신경을 썼다.

그 때문에 술에 절은 세인이 휘청거리는 걸음으로 새벽이 다 지나서야 귀가를 하는 일이 비일비재해도 소정은 꾹 참으며 별다른 타박을 늘어놓지는 않았다. 생각 같아서는 한 번쯤 뒤집어엎고 싶은 마음이 굴뚝같았지만 왜 이러는 거냐, 대체 문제가 뭐냐, 다만 좋은 말로 설득하고 물어볼 뿐이었다. 물론 이런 미온적인 태도를 취해서야 상대에게 먹힐 리가 없었다. 세인은 소정의 말은 듣는 둥 마는 둥 그저 조용히 술을 먹고 들어와 아무 말 없이 잠이 들어 버렸고, 그녀 혼자만 도무지 어떻게 해볼 도리가 없이 열을 내는 형국이었다.

어쨌든 소정은 오늘만큼은 이대로 두고 볼 수 없다는 생각에 마음을 굳건히 먹었다. 언제부터인가 변해 버린 세인, 그전에는 그래도 감추고 숨기려는 노력이라도 기울였지만 얼마 전부터는 아예 대놓고 방황을 하면서 자신만의 동굴로 들어가 버렸다. 아무리 사랑해서 한 결혼이 아니라지만 결혼의 서약은 신성한 것이었다. 이런 식으로 아무렇지도 않게 치부되고, 상대에 대한 배려없이 무조건 자기만의 세계에 빠져 상대를 등한시하라고 여러 사람 앞에서 결혼 서약을 한 것은 아니었다.

"이제까지 참을 만큼 참았어요. 하지만 오늘만큼은 도저히 이대로 넘기지 못하겠어요. 새해를 앞두고 이런 칙칙한 기분 계속 끌고 가고 싶지 않으니까요. 문제가 뭐예요? 혹시 여자 있어요?"

세인은 이 말에 소정을 물끄러미 쳐다보았다. 그의 이 같은 반응은 상당히 미묘한 느낌을 주었고, 그저 되는 대로 내뱉었던 여자 있느냐는 말이 사실인지도 모른다는 의혹을 주기에 충분했다.

"그런가 보네요. 여자라……."

소정은 생각보다 담담한 기분으로 이렇게 읊조렸다. 아마 그전부터 밖으로 나돌기만 하는 그를 보며 내심 의심을 했던 것 같다.

늘 굳게 비밀번호로 잠겨 있는 그의 핸드폰만을 봐도 그런 의혹을 가지는 것이 결코 무리가 아니었지만, 애써 쿨하게 그 사실을 외면해 왔었다.

"여자가 있고 없고가 그렇게 중요한가? 어차피 우리가 헤어질 건 아니잖아요."

"아까는 헤어지면 그만이라고 하지 않았나요?"

"그건 내 희망사항일 뿐 실제 우리 이혼이 어디 가능이나 하겠어요?"

"마음이 안 맞아 못살게 되면 이혼하는 거지 그게 뭐가 그리 대수라구요? 결혼은 조건 맞춰서 하고 연애는 마음 맞는 다른 여자와 하겠다는 심보였던 거예요? 그게 말이 돼요?"

"더 이상 얘기하고 싶지 않아요."

"내가 아는 결혼은 적어도 이런 게 아니에요. 한 가정을 이루었으면, 그 가정을 지키며 서로에게 충실하는 것이 바로 결혼이라구요. 그런데 지금 당신 모습을 봐요. 당신의 지금 모습이 한 가정의 가장이라고 말할 수 있어요? 어떻게 이렇게 무책임할 수가 있어요?"

"제발 그만 좀 해. 젠장."

세인은 평정을 잃고는 아무렇게나 던져 두었던 코트를 다시 집어 들더니 현관문을 거칠게 열어젖히고 휙 나가 버렸다. 소정이 미처 붙잡을 겨를도 없이 그의 행동은 지나치게 재빨랐다.

소정은 휑한 거실에서 혼자 우두커니 서서 입술만을 깨물었다. 도대체 무엇이 잘못된 것일까? 어디서부터 잘못된 것일까? 열렬히 사랑하지도 않은, 그저 호감을 느끼고 괜찮은 조건이라 여겨서 선택한 이 결혼은 처음부터 잘못된 것이었던가? 선을 보고 조건에 맞춰 결혼한 주변 사람들을 많이 보았고, 그들의 행복한 결혼 생활 역시 충분히 확인했었다. 오히려 조건이 기우는데도 사랑 하나만을 보고 결혼한 사람들의 경우 몇 달에서 몇 년이 지나지 않아 파경을 맞는 경우를 더 많이 보았다. 결혼해서 살을 부딪치고 산다는 것은 확실히 연애와는 차원이 다른 일이었다. 한 침대에서 한 이불을 덮고 잠을 자고 단내 나는 입 냄새를 견디며 아침에 같이 눈을 뜬다는 것, 그것은 섹스 이상의 큰 의미가 있는 행위였다.

소정은 세인에게서 열정적인 사랑을 느끼지는 못했지만, 인생의 동반자로서의 확신과 신뢰만큼은 가지고 있었다. 그 두 사람은 누가 봐도 잘 어울리는 커플이었고, 모든 면에서 완벽하리만치 서로에게 필요한 사람들이었다. 그녀는 세인에게 여자가 있다면 결코 묵과할 수도 없고, 묵과해서도 안 된다고 생각했다. 결혼을 한 이상 깰 생각이 없다면 그 서약만큼은 지켜야 하고, 결혼 생활에 위기가 올 정도로 흔들린다면 그 원인을 제거해야만 했다.

휘청거리는 걸음으로 집을 뛰쳐나온 세인에게는 막상 갈 만한 곳이 없었다. 그는 세밑을 보내기 위한 사람들의 활기찬 모습들을 멍한 눈길로 일별하며 정처없이 거리를 떠돌아 다녔다.

최유현, 그 자식이 이렇게까지 자신의 발목을 잡을 줄은 몰랐다. 어렸을 때부터 그랬다. 사람들의 주목을 받은 건 늘 세인이었고 유현은 어떻게 보면 아주 조용한 아이에 불과했지만, 정작 중요한 일에서 주목을 받고 힘을 발휘하는 건 얄미운 최유현 그 자식이었다.

그는 마치 사소한 것들은 세인에게 양보할 수 있다는 식으로 의연하게 굴다가도 막상 자신이 원하는 것을 발견하면 인정사정없이 그것을 낚아챘다. 어린 시절 편을 갈라 놀 때부터 시작해 중학교 학생회장 선거 때도 그러했고, 대학에 들어간 후 고교 동문회 모임에서도 그랬다. 아무런 관심도 없다는 듯 조용히 굴다가 갑작스레 등장해 세인에게 거의 넘어올 뻔한 회장 자리를 채간 것이 어디 한두 번이었던가? 어머니의 친구 분들에게도 늘 예의 바르고 똑똑하며 사려 깊은 아이로 보였고, 자유분방하며 제멋대로인 세인의 옆에 있을 때면 한층 더 자신의 미덕을 발휘해 돋보였던 놈이었다.

단지 느낌일 뿐 그 어떠한 증거도 없는 일이었지만, 세인은 늘 유현에게 피해의식을 가지고 있었고, 무얼 해도 비교되는 상황에 미칠 듯 분노하곤 했다. 자존심을 생각해 어쩔 수 없이 그것을 억눌렀을 뿐이고, 그런 일로 자존심을 상해한다는 것 자체가 더 자존심이 상해 미처 드러내지 않았을 뿐이었다.

일영은 유현이 좋아할 만한 여자가 결코 아니었다. 얼굴 모습은 다른 친구들이 말하던 대로 유현의 타입일지는 몰라도 단언컨대 세인과 사귀지 않았더라면, 아니, 세인이 일영에게 집착을 보이지 않았더라면 그는 결코 그녀를 거들떠도 보지 않았을 것이다. 그 바보 같고 순진한 계집애는 그것도 모르고 또다시 남자에게 속고, 종내는 배신당해 처참히 버려질 것이 분명했다.

세인은 무의식적으로 핸드폰을 들어 유현의 단축번호를 눌렀다. 그의 번호는 일영에 이어 이 번이었다. 별로 친하지도 않는 자식인데 왜 그의 번호가 이 번이어야 하는 건지 순간 피식 헛웃음이 흘렀다. 가족도 아니고, 아내도 아니고 최유현의 번호가 이 번이다. 아무리 옮기기가 번거롭고 무심했다 하더라도 그 자식이 이 번이어야 할 하등의 이유가 없었다. 번호를 제일 끝자리로 옮겨버려야겠다고 꿍얼거리던 차에 유현의 목소리가 수화기 너머를 통해 선명히 들려오자 잔뜩 굳은 표정을 지으며 전화에 집중했다.

[웬일이냐?]

"웬일은. 새해 전날이라 인사차 한 거다."

물론 그렇게 말하는 세인의 목소리에는 벼린 듯 잔뜩 날이 서려 있었다.

[그래? 고맙다. 너도 새해 복 많이 받아라.]

세인의 날 서린 목소리에도 유현은 아랑곳하지 않은 채 덤덤하게 대꾸했다.

"네 덕분에 아주 보람찬 새해를 보낼 것 같다. 그나저나 일영이와는 언제 그렇게 진전이 된 거냐? 집안에도 다 말했다면서?"

[그저께 일인데 소식도 정말 빠르군. 하긴 네 집이나 우리 집이나 서로 수저가 어디에 놓여 있는지조차 다 아는 사이이니……. 안 그래도 너와 할 얘기도 있었는데 시간 되면 언제 한번 보자.]

"무슨 얘기?"

[일영이 문제로 할 얘기가 있어.]

"얼굴까지 볼 거 있나? 웬만하면 지금 전화로 하지?"

계속해서 삐딱하게만 나가는 세인의 반응에도 유현은 평정을 잃지도 않았고 말려들지도 않았다.

[뭐, 그럼 그러든지. 나 일영이와 결혼까지 생각하고 있다. 그러니 네가 그전에 일영이와 사귀었다는 얘기는 집안에 하지 말아줬으면 해서 말이다. 네가 사귀는 동안 보안을 아주 잘 유지해 준 덕분에 당사자인 너만 입 다물어주면 별로 신경 쓰일 일은 없을 것 같아서. 하긴 너 역시 알려져 봐야 소정 씨 보기에도 그렇고 이득될 것이 없겠지만 혹시나 하는 노파심에서 말이다.]

세인은 한참이나 뭔가를 생각하더니 드디어 입을 열었다.

"너한테 물어볼 게 있다."

[말해봐.]

"일영이가 왜 좋은 거냐? 왜 하필 일영이인 거냐?"

[그럼 넌 일영이가 왜 좋았니? 솔직히 내가 알기로 네가 좋아할 여자 타입은 아니었잖아?]

"내가 먼저 물었어."

[나도 모르겠고 이제 와 그게 무슨 의미가 있는지 모르겠다.]

"최유현, 가슴에 손을 얹고 잘 생각해 봐라. 내가 일영이를 못 놓고 있기 때문에 끌리는 건 아닌지, 사실은 날 물 먹이고 싶어서 그러는 건 아닌지 가슴에 손을 얹고 잘 생각해 보란 말이다."

[무슨 헛소리냐? 내가 왜 널 물 먹이고 싶어하는데?]

"그건 나도 모르지."

[그동안 너와 나 사이가 그렇게 단순치만은 않았다는 건 서로가 잘 알고 있는 사실이긴 하지만, 그렇다고 해서 단순히 사귀는 것도 아닌 평생의 동반자를 선택하는 일인데 그게 너에 대한 일말의

사감으로 결정한다는 것이 말이 된다고 생각하냐? 황세인, 그렇게 생각했다면 넌 정말 날 모르는 거야.]

"너에 대해 별로 알고 싶지 않거든? 그렇다면 일영이를 정말로 좋아하고 기어이 결혼까지 해야겠다는 거냐? 집에서 허락받을 수 있을 거라 생각하는 거냐고?"

[물론 쉽지는 않을 테지만 해보지도 않고 포기하지는 않을 거다.]

"허락이 떨어진 건 아니란 얘기군. 하긴 그럴 리가 없지."

[집안의 허락보다 일영이의 허락을 받는 게 더 문제니까. 난 상관없지만 일영인 너와의 관계 때문에 아직도 힘들어하거든. 워낙 순진한 여자잖아.]

"순진한 여자라서 애인의 친구와 붙어먹냐?"

[말 함부로 하는 버릇 좀 고쳐라. 물론 난 그게 네 진심이 아니란 걸 잘 알지만 말이다.]

"뭐?"

[바보 같은 놈. 너한테 마지막으로 기회를 줄게. 지금이라도 이혼하고 일영이를 받아들이겠다면 기꺼이 그녀를 포기하지.]

"……."

[아직은 일영이의 마음이 너에게 가 있으니까 그녀를 위해 얼마든지 포기할 수 있어. 하지만 네가 그럴 생각이 없다면 난 내 생각대로 그녀를 가질 거다. 자, 잘 생각해 봐. 새해가 밝기 전까지 생각할 시간을 줄게.]

"네가 뭐라고 내게 시간 운운하는 거냐!"

세인은 거리를 오가는 사람들이 화들짝 놀랄 만큼 떠나가라 소리를 버럭 내질렀다.

"도대체 너란 자식을 이해할 수 없어. 일영이를 놔줘. 나한테 상처받은 것만으로도 이미 힘들 대로 힘든 여자야. 네 가족들이 일영이를 할퀴고 함부로 대하는 거 도저히 봐줄 수가 없어. 그 여잔 그렇게 취급되어서는 안 되는 여자라고."

[그게 네 진심이냐? 네 가족들이 일영이를 할퀴고 함부로 대하는 것을 두고 볼 수가 없어 차라리 놔버리는 것을 택한 거란 말이군. 한데 일영이의 입장에 대해서 생각해 봤냐? 일영이는 네 가족에게 당했을 모욕보다 세인이 너한테 버림받은 모욕을 더 견디기 힘들어했을 거라는 걸. 그런 생각으로 사랑이란 걸 하고, 뭐가 중요하고 중요치 않은가도 분간 못하는 인간이 바로 너란 인간이다. 가질 수 없다면 그냥 놔버리고 네 갈 길 가라. 어차피 너와 나 사이가 딱 끊어버릴 수 있는 관계는 아니라 내내 불편하겠지만, 일영이에게 앞으로 깍듯이 대해줬으면 좋겠다. 쉽지는 않겠지만 너도 이성이란 게 있는 인간이라면 뭘 어떻게 행동해야 하는지 정도는 잘 알고 있겠지.]

"최유현."

[이만 끊자.]

세인은 끊어져 버린 핸드폰을 손에 든 채 한동안 망연자실한 표정으로 칼바람이 몰아치는 도로 한복판에 우두커니 서 있었다.

김일영, 최유현, 김일영, 최유현, 신소정……

이들의 이름이 번갈아가며 그의 복잡한 머릿속을 헤집고 떠돌아다니기 시작했다.

[……한데 일영이의 입장에 대해서 생각해 봤냐? 일영이는 네 가족에게 당했을 모욕보다 세인이 너한테 버림받은 모욕을 더 견디기 힘들어했을 거라는 걸.]

새해를 가족과 함께 보내기 위해 인천의 본가로 내려간 일영과 신영은 부모님과 TV를 통해 온갖 연말 시상식들을 보고 제야의 종소리까지 들은 후 새벽녘에야 비로소 잠이 들었다. 원래는 각방을 썼지만 분가를 하고 난 후 신영이가 쓰던 방을 옷 방과 기타 창고용으로 쓰게 되는 바람에 이 둘은 일영이 쓰던 방에 이부자리를 펴고 같이 자리에 누웠다.

"언냐, 너 남자 생겼지?"

"뭐?"

일영은 화들짝 놀라 옆에 누워 자신을 빤히 쳐다보는 신영을 응시했다.

"좀 됐지, 아마? 너 남자 차에서 내리는 거 봤어. 난 덩치가 황세인이랑 똑같길래 다시 만나는 줄 알고 깜짝 놀랐는데 아니더라? 흠, 생긴 건 그 인간보다 좀 딸리긴 해도 그만하면 평균은 넘더라. 오히려 더 진실성있어 보이고 더 낫다는 생각도 들고."

"너 자세히도 봤다?"

"그럼, 내가 자세히 봐야지. 너 그러고 보면 꽤 능력있어. 그 남자는 대체 어디서 물은 거냐?"

"그런 거 아니야."

“그런 거 아니긴. 남자가 널 보는 눈이 아주 애틋하더만. 헤어지기 전에 네 목도리까지 다시 둘러주고. 아니, 집에 곧 들어갈 사람 뭐 하러 목도리는 다시 고쳐 매주냐? 다 어떻게든 한번 터치해 보고 싶어 그러는 수작이지.”

“황세인 친구야.”

“뭐?”

신영은 소리를 버럭 지르며 자리에서 벌떡 일어나 몸을 일으켰다.

“아니, 황세인 친구가 왜 널? 그럼 두 사람이 사귀었던 거 다 안다는 얘기잖아?”

“응.”

일영은 힘없이 대꾸했다.

“그럼 너랑 황세인이랑 그런…… 사이란 것도 알아?”

“응.”

“미쳤어, 미쳤어. 하긴 친구 사이라는데 다 알았겠지. 남자들은 여자들과는 달라서 그런 거 자랑스레 떠벌리고 다니곤 하니까. 뭐 하는 남자야? 차는 별로 좋은 거 아니던데 그래도 황세인 친구면 아주 못한 집안은 아니지?”

“아버지가 병원장이래. 형도 의사, 형수도 의사. 그 사람은 00 그룹 경제연구소에 다니고.”

“황세인보다 더한 집안이구만.”

신영은 더 이상 말을 잇지 못했다.

“아무 사이 아니야. 아무 사이로 만들지도 않을 거고.”

"아깝긴 하지만 그게 현명한 태도야. 뭐 하나 걸맞는 게 없잖아. 그러니 이 바보야, 내가 공부 좀 하랬지? 집안 이런 거야 어쩔 수 없다 쳐도 네가 좀 잘나고 똑똑했어 봐. 어떻게 네 능력으로라도 들이댈 수 있었잖아?"

"맞아. 신영이 너라면 가능했을 거야, 그치?"

"사실은 나도 안 되지. 뭐, 대학이야 좋은 데 나왔어도 그런 집 안에 들어가려면 사 자 직업 정도는 가져야 집안 평범한 게 감춰 지지. 이게 바로 결혼의 현실이야. 아무리 인정하고 싶지 않아도 결혼시장엔 나름의 룰이 있는 거라고."

"나도 사랑만으로 모든 게 다 용서되는 게 아니라는 것쯤은 알 아. 내가 만화를 너무 많이 본 거야. 걱정 마, 신영아. 그 남자와도 이제 안 만날 거야. 내 주제에 무슨 남자? 일이나 해서 돈이나 악 착같이 벌 거야. 그런 의미에서 우리 적금이나 하나 더 붓자."

"너나 부어. 난 왜 걸고 넘어져?"

"무조건 적금부터 넣고 남은 돈으로 생활해야 해. 그래야 돈이 모인다니까."

"아, 몰라. 너야 거지꼴로 하고 다녀도 괜찮은 직업이지만 난 달 라. 옷도 제대로 입어주고 화장도 해줘야 하고 머리도 해야 하고 꾸밈비 장난 아니게 든단 말야. 회사에서 내가 젤 구린 거 알아?"

"기집애. 넌 시장표를 입어도 명품처럼 소화하는 애잖아."

"남자가 인생에 다가 아니더라. 열심히 살다 보면 남자는 저절 로 따라오게 되어 있어. 끌려 다니지 말고 끌려오게끔 열심히 사 는 거야. 그깟 남자가 다 뭐라고. 그리고 언니야, 너 알고 보면 정

말 현명해. 내가 말로는 안 된다 안 된다 했지만 사실 그렇게 끊어
내는 거 쉬운 거 아니거든. 나 예전에 그 자식 말이야. 언니 앞에
서는 막 센 척했지만 사실은 아직도 그 자식이 전화 오면 흔들리
지 않을 자신이 없어. 나쁜 놈인 거 아는데도 그렇다. 머리로는 아
니라 하는데 소식 전해오는 것만 들어도 가슴이 철렁 내려앉아.
물론 결혼해서 지글거리며 산다는 소리 들으니 꼬솜한 건 사실이
지만 그건 그거고.”

“너도 그랬어?”

“나라고 뭐 별수있니? 그놈의 정이 뭔지. 하긴 지가 감히 나한
테 연락은 못하지. 두 연놈들을 아주 개망신 주고 밟아버렸는데
쪽팔려서라도 어디 하겠어?”

신영은 도로 이부자리에 눕더니 허공을 바라보며 한숨을 내쉬
었다. 일영도 왠지 모를 착잡한 마음에 덩달아 한숨을 쉬었다.

어쩌다 일이 이렇게 꼬이게 된 건지 그녀도 좀처럼 갈피를 잡을
수가 없었다. 유현에게서 그렇게 느닷없는 프러포즈를 받게 된
후, 일영은 매일을 그에 관한 생각으로 잠을 이룰 수가 없었다.

목걸이를 전해달라고 부탁하고 나서 다시는 유현을 볼 일이 없
을 줄로만 알았다. 다시 볼 일이 뭐가 있겠는가? 그럴 만한 사이도
아니고, 그럴 만한 용건도 없는 사이였다. 하지만 그가 막상 자연
스럽게 연락을 취해왔을 때, 어쩌다 보니 그가 이끄는 대로 만남
을 갖게 되었다. 영화를 보자면 영화를 보고, 바람을 쐬러 가자고
하면 별말없이 따랐다. 밥을 먹자고 하고 술을 마시자고 할 때도
대부분 거부하지 않았다. 세인에게 그렇게 상처를 받고 난 후인지

라 역설적으로 사람이 더 그리웠던 것 같았고, 다정다감한 유현과 있으면 그 시간이 즐겁고 행복했다.

유현은, 뭐랄까? 일영 그 자체를 존중해 주었다. 만남을 이끄는 것은 그였지만 디테일한 부분들은 대부분 그녀의 의향대로 진행되었다. 일영은 보통 친구들을 만나도 늘 그네들이 원하는 것을 덩달아 따라가기 마련이었고, 세인과의 경우에도 예외는 아니었다. 한데 유현은 늘 일영에게 맞춰주었다. 먹고 싶은 것부터 가고 싶은 곳까지 자연스럽게 그녀의 취향을 파악해 그대로 맞춰주었다. 솔직히 그것만으로도 감동이었다.

되짚어 생각해 보면 그의 프러포즈는 결코 느닷없는 것이 아니었다. 그의 눈빛, 표정, 은근하리만큼 조심스러웠던 스킨십. 어깨에 슬쩍 손을 올리거나 극장에 나란히 앉아 무릎을 맞대고 영화를 봤던 일도 떠올랐고, 그녀의 입가에 묻은 소스를 손으로 쓱 닦아 준 후 그걸 자신의 입에 넣어 기분을 이상하게 만들었던 일도 있었다. 남자를 모르는 것도 아니면서 어쩌면 그렇게 맹하게 굴었던 것일까? 분명 그는 처음부터 이성으로서의 호감을 가지고 접근했건만 일영은 그걸 애써 외면해 왔다. 절대로 그럴 리가 없을 거라는 나름의 방어막을 쳐놓은 후, 그의 이성적 관심을 편한 대로 즐기기까지 했다.

일영은 그의 프러포즈까지 받은 이상, 더 이상은 이런 관계를 모르는 척 그냥 넘겨 버리는 것이 불가능하다는 것을 깨달았다. 세인의 일이 걸리지 않더라도 이루어지기 힘든 사이였다. 자기 그릇 이상의 상대를 욕심낸다는 것은 오히려 독이 된다는 것을 이미 아프도록 경험해 보지 않았던가?

　새로운 한 해가 시작되었다. 겨울이면 으레 피할 수 없는 전형적 비수기가 닥쳐오면서 회사 일도 많이 줄었다. 일영은 그럴 때면 한가롭게 집에서 집안일을 하거나 인터넷을 하거나 책을 읽으며 시간을 보냈다. 유현은 그 후로도 매일 전화나 문자를 보내왔는데, 그럴 때마다 비록 친절하게 받아주기는 했으나 일영은 이미 마음으로는 모종의 굳은 결심을 다지고 있었다.
　주말이 되어 드디어 바쁜 일을 끝마친 유현이 직접 일영의 집 앞으로 그녀를 데리러 왔다.
　집 앞에 차를 세워놓고 추운데도 밖으로 나와 자신을 기다리는 유현의 모습을 보는 순간 갑자기 일영의 가슴은 철렁 내려앉았다. 하얀 치열을 드러내며 환하게 웃는 유현의 모습이 새삼 다시 보였고, 그의 얼굴이 저렇게 잘생기고 멋있었던가 새롭게 그녀의 눈에 가득 박혀왔다.
　참으로 이상한 일이었다. 그동안 가랑비에 옷이 젖듯 그의 존재가 서서히 가슴 안으로 스며들어 왔었나 보다. 그의 관심과 배려를 고맙게만 생각했지 그를 남자로 본 적은 없다고 생각했었는데, 막상 그에게 헤어지자는 말을 하려는 순간 왜 그를 이대로 놓고 싶지 않다는 생각이 드는 걸까? 아직도 세인에 대한 마음을 다 접지 않은 상황인데도 새로운 사람이 마음속에 들어올 수도 있는 것일까? 한 마음에 두 사람을 다 담을 수는 없다고 생각했는데 왜 이리 마음이 찬바람이 횡하니 부는 듯 허탈한 것일까?

"무지 오랜만이다, 그렇지?"

유현은 환한 얼굴로 일영의 어깨 위에 손을 올리더니 그녀를 조수석으로 안내해 문을 여닫아주었다. 그는 여느 때와 다름없이 그녀의 안전벨트까지 세심하게 매준 후, 차에 시동을 걸어 어디론가 출발시켰다.

"영화 보는 건 싫다고 했지? 우리 오랜만에 근교로 드라이브나 가자."

"저 가까운 데서 간단히 차나 마셔요. 요 앞에 카페가 있거든요?"

"왜?"

"할 말이 있어요."

"표정을 보니 심각해 보이네. 그만 만나자고 할 생각인 거지?"

일영은 눈을 한껏 치뜨고는 운전을 하고 있는 유현의 옆모습을 쳐다보았다.

"모르겠다. 네 표정만 봐도 네가 무슨 생각을 하고 있는지 다 알아버려. 참 내, 난 집에다 네 얘기 이미 다 해버렸단 말이다."

"제 얘기를요?"

일영은 더 더욱 놀랐다.

"네 마음을 잡는 순서가 먼저이긴 하겠지만 네 마음을 잡기 위해서 미리 집에다 알린 거야. 넌 내심 세인이와 내가 별다를 게 없다고 생각하고 있잖아. 난 세인이처럼 널 그늘 속에 가둬두고 만날 생각은 추호도 없어."

"말한다 한들 달라질 건 없겠지만 그래도 고마워요. 이 말만은 꼭 하고 싶어요."

일영은 희미한 미소를 지어 보였다. 진심으로 그가 고마웠다. 세인에게 받은 상처가 지나치게 컸던 모양이다. 유현이 자신의 존재를 집안에 알렸다는 사실만으로도 무언가를 보상받은 것 같은 기분이 들었다.

"물론 쉽지는 않을 거야. 어쩌면 네가 우리 집안에 들어온다는 것이 네게 견딜 수 없는 희생이 될 수도 있어. 하지만 우리 둘의 마음이 맞는다면 난 네가 충분히 극복할 수 있으리라는 믿음이 있어. 내가 아는 너는 결코 세인이 생각하는 것처럼 약한 여자가 아니야. 물론 겉보기에는 약하고 여릿해 보일지도 모르지만 왜 난 네가 더없이 강해만 보이는지 모르겠다."

처음에 유현도 일영이 우유부단하고 심약한 여자라고만 생각했었다. 하지만 그건 그의 오판일지도 모른다는 생각이 그녀를 알면 알수록 자꾸만 강하게 들었다. 사랑이라는 것에 눈멀게 되면 아무리 강한 사람일지라도 그 늪에서 쉽사리 헤어나오지 못하게 된다.

일영이 처음에 중심을 잡지 못하고 흔들리는 모습을 보인 건 사실이지만, 그 정도의 방황도 없이 극복이 가능한 상황은 분명코 아니었다. 일단 세인을 끊어내기로 작심한 그녀의 모습은 생각 외로 냉정하고 단호해 보였고, 사실 그 노력만으로도 높이 평가해 주고 싶었다.

"네 말대로 가까운 곳에 가서 차나 마시자. 얘기는 거기서 하고."

$$14$$

근처의 카페로 장소를 옮긴 그들은 향이 그윽한 커피를 앞에 둔 채 한동안은 어색한 침묵으로 시간을 흘려보냈다.

한참 시간이 흘러 커피의 모락모락 하던 김이 서서히 잦아들 즈음 일영은 비로소 침묵을 깼다.

"오빠가 그동안 잘해주신 거 정말 고맙게 생각해요. 세인 오빠와 그렇게 되고 그나마 이렇게 빨리 안정을 찾을 수 있었던 건 다 유현 오빠 덕분이에요. 하지만 그렇다고 오빠에게 갈 수는 없어요. 아시잖아요, 그러면 안 되는 거."

"난 모르겠는데."

유현은 진지하게 대꾸했다.

"세인 오빠는 내 첫 남자예요."

비록 유현도 이미 알고 있는 사실이긴 하지만 막상 자신의 입으로 이 같은 말을 꺼내려니 쉽지만은 않았다. 일영은 다시금 마음을 다잡고 나직한 어조로 자신의 뜻을 조심스레 피력했다.

"이제 와 그걸 후회하는 건 아니에요. 어차피 결말을 생각하고 벌인 일도 아니었고, 순결이란 것에 스스로 집착하고 싶지도 않았구요. 하지만 오빠는 친구와 깊은 관계에 있던 여자를 받아들일 수 있겠어요? 물론 지금은 상관없다고 할 거예요. 하지만 앞으로는요? 앞으로도 평생 그럴 수 있겠어요? 세인 오빠를 영영 안 보고 살 수도 없는데 그럴 수 있겠냐구요?"

"나도 여자 경험이 없지 않아. 서로 그건 마찬가지다. 그리고 네가 아직 순진해서 뭘 모르고 하는 소린데 이런 경우가 그리 드문 건 아니야. 학교에 다니다 보면 별의별 일이 다 있어. 학기마다 커플이 됐다 헤어지고, 친구의 친구를 사귀기도 하고, 양다리를 걸치기도 하고, 바람을 피우기도 하고……. 친구의 친구를 사랑하고, 잘못된 만남이 있고, 그런 게 노래 가사로까지 나온다는 것은 그만큼 비일비재하다는 소리야. 휴, 결국엔 넌 별로 나에게 관심이 없다는 얘기겠지. 나에게 마음이 있다면 그런 장애물쯤이야 아무 상관도 없을 테니까."

"오빠."

"일영아, 그냥 날 따라와 주면 안 되겠니? 사랑은 나중에 해도 되니 그냥 나를 믿고 따라와 주면 안 되겠어?"

"나한테 왜 이러세요? 난 정말……."

"지금 네가 선뜻 마음을 결정하기가 쉽지 않으리란 걸 잘 알아.

하지만 그런 되도 않은 이유로 열 수 있는 마음을 일부러 닫으려 하진 말란 말야. 정말 내게 일말의 감정도 없었던 거니? 그런데 이제까지 만나자면 만나고, 나오라면 나왔던 거야?"

"그건……."

"넌 분명히 내게 마음이 있어. 그건 너도 인정할 거고 이런 논쟁은 무의미하다고 생각한다. 우리 이 문제로는 더 이상 말하지 말자."

"세인 오빠 문제가 아니더라도 우린 걸리는 게 너무 많잖아요? 난 오빠의 배필이 되기에 턱없이 모자라요. 오빠도 아까 말했었죠? 집안에서 인정받는다는 게 결코 쉽지는 않을 것이고, 견딜 수 없는 희생이 될 수도 있으리란 것을요. 난 힘들고 싶지 않아요. 너무 벅찬 오빠 집안에 들어가 죄인처럼 숙이고 살고 싶지는 않단 말이에요."

"그럼 세인이와는 결혼이 가능할 거라 생각하고 만났던 거냐?"

"……."

"넌 세인이가 처음이잖아. 너 같은 여자가 순결을 상대에게 내줬을 땐 어지간히 마음이 있지 않고서는 불가능한 일이었을 거야. 그럼 넌 결혼도 생각지 않은 상대에게 네 가장 소중한 것을 줬단 말이니?"

"그땐 몰랐어요. 난 사랑만 하면 세인 오빠와의 결혼이 가능할 줄 내심 기대했었다구요."

일영의 눈에서 저도 모르게 굵은 눈물방울이 마치 이슬처럼 또르르 굴러 떨어졌다.

"적어도 이런 식으로 해보지도 않고 내쳐질 줄은 몰랐어요. 안 되면 헤어지면 그뿐인 남녀 사이라지만 이런 식으로 버림받을 줄은 몰랐다구요. 사랑한다 생각했던 사람도 이랬는데 유현 오빠를 내가 어떻게 믿을 수 있죠? 난 자신없어요. 설사 결혼에 성공해도 행복하지 못할 거예요. 세인 오빠도 그걸 알기에 날 놓은 거예요. 비열한 사람인 건 확실하지만 상황판단만은 정확하게 한 거예요."

"문제는 역시 네 마음이군. 나와의 앞날을 위해서는 조금의 희생도 아깝다는 얘기야, 그렇지?"

"……."

"난 나 싫다는 사람 억지로 붙들 마음도 없고 이제까지 그래 오지도 않았어. 네가 굳이 싫다면 나도 억지로 그럴 마음은 없다."

유현은 피식 미소를 흘리더니 알 수 없는 눈빛으로 일영을 빤히 응시했다. 일영은 그의 말에 순간 가슴이 철렁함을 느꼈고 그가 쉽게 포기하려 하는 것에 마음과는 달리 내심 섭섭함을 느끼지 않을 수 없었다. 참 알 수 없는 게 사람의 마음이다. 그럼 싫다는데 붙잡아주기를 원했단 말인가? 어차피 헤어져야 하고 붙잡는다 한들 달라질 건 없으면서 대체 뭘 기대하고 있었던 건가?

"한데 나, 너 포기 못하겠다. 싫어도 할 수 없어. 넌 나한테 이미 찍혔거든."

"오빠."

"나가자."

그는 갑자기 자리에서 벌떡 일어서더니 지갑을 꺼내 찻값을 대충 테이블 위에 던져 놓은 후 일영의 손목을 잡아끌었다. 그녀는 미처 거부할 틈도 없이 그에게 끌려 카페를 나와 그의 차에 마치 짐짝처럼 실렸다.

유현은 그녀를 조수석에 태우더니 자신도 운전석으로 올라탔다. 하지만 그는 시동을 켜 차를 출발시키기는커녕 멍한 얼굴로 앉아 있는 일영의 얼굴을 양손으로 감싸더니 재빨리 입술을 덮쳐버렸다. 너무도 순식간에 벌어진 일이라 일영은 그의 말캉거리는 부드러운 입술과 촉촉한 혀를 느끼면서도 이게 무엇인지 미처 자각을 하지 못할 지경이었다.

"읍."

일영은 그의 양 손목을 붙들고 떨쳐 내려 했으나 당연하게도 그의 손은 붙박이인 듯 꼼짝도 하지 않았다. 유현은 일영의 저항을 제압이라도 하듯 처음에는 강렬하고 저돌적으로 몰아붙였지만, 점점 그녀의 저항이 미약해지면서 순순히 입을 벌려 그를 맞아들이기 시작하자 깜짝 놀랄 만큼 부드럽게 그녀의 입술을 혀로 쓸며 터치했다. 처음의 강렬한 자극 후의 부드러움은 놀랄 만큼 그 대조를 이루었는데, 마치 솜사탕처럼 느껴지는 그의 입술과 혀가 살짝 살짝 그녀의 입술을 감싸는 그 느낌이라는 것은 이제껏 일영이 미처 느껴보지 못했던 짜릿함이라 가슴이 저도 모르게 세차게 쿵쾅거렸다. 세인과의 키스도 이 이상 더 좋을 수 없을 것이라 생각했었는데 그게 아니었다. 유일한 남자였고, 앞으로도 세인 이외에는 그 누구도 자신을 만족시켜 줄 사람은 없으리라 생각했는데 그게 얼마나 헛된 망상이었는지 유현이 여실히 깨닫게 해주었다.

그는 혀로 새털처럼 부드럽게 그녀의 입술을 쓸더니 갑작스레 숨이 막힐 듯 그녀의 입술을 정신없이 빨아들이기 시작했다. 숨이 다 막혀 버릴 정도로 혀와 혀가 뒤엉키면서 마치 삼켜 버릴 듯 정신을 쏙 빼놓는 그의 공격에 일영은 온몸을 그만 축 늘어뜨리고는 하나마나 한 저항이었지만 그나마도 포기해 버렸다. 도무지 정신을 차릴 수가 없었다. 너무나 창피하게도 키스만으로도 이미 속옷이 다 젖어버릴 정도라 스스로도 믿어지지가 않았다. 세인과의 정사 때도 이 정도까지는 아니었다.

차 안에는 이들이 내뿜는 열기로 바깥의 찬 공기와는 대조적으로 후끈 달아올랐다. 차창은 바깥과의 온도 차이로 인해 뿌옇게 김이 서려 이들의 모습을 자연스럽게 바깥과 차단시켜 주었다. 어두운 지하 주차장이라 지나는 사람들이 거의 없다는 게 실로 다행한 일이 아닐 수 없었다.

긴 키스를 끝내고 난 후, 일영은 자신이 헐떡이며 밭은 신음 소리를 내고 있다는 사실을 깨닫고는 가뜩이나 달아오른 볼을 한층 더 붉혔다. 유현 역시 열기에 잔뜩 들뜬 얕은 신음 소리를 내며 일영을 하염없이 바라보았다.

"이대로 널 갖고 싶은데, 그건 안 되겠지?"

그는 손끝으로 살짝 일영의 볼을 쓸더니 몸을 좌석에 바로 하고는 시동을 걸어 차를 출발시켰다. 일영은 숨 막히는 상황에서 벗어난 것만으로도 안도하며 떨리는 손으로 안전벨트를 맸다.

유현은 일영의 집 앞으로 차를 몰았고 그동안 두 사람은 아무런 말도 나누지 않았다. 일영의 콩닥거리는 심장은 아직도 진정되지 않은 상태였고, 겉으로는 태연해 보이는 유현 역시 핸들을 잡고 있는 손이 가늘게 떨리고 있었다.

일영의 집 앞에 차를 세운 후 비로소 유현은 기나긴 침묵을 깼다.

"모든 결정을 다 스스로 내릴 필요는 없어. 지금처럼 선택하기 힘들 때는 차라리 가만히 흐르는 대로 놓아두거나 다른 이에게 선택을 일임하는 것도 나쁘지 않아. ……내일 점심시간에 맞춰서 데리러 올게."

일영은 그의 애기는 듣는 중 마는 둥 서둘러 안전벨트를 끄른 후 차에서 도망치듯 내렸다. 화끈거리는 얼굴과 쉴 새 없이 두근거리는 심장 때문에 그의 얼굴을 제대로 쳐다볼 수조차 없었다. 헤어지기 위해 만난 것인데 오히려 만나고 나니 헤어질 수 없게 되어버렸다.

일영은 서둘러 빌라 계단을 올라간 후, 떨리는 손으로 열쇠를 찾아 간신히 현관문을 열었다. 그녀는 집에 들어선 후에도 한참이나 현관문에 기대어 자리를 뜰 줄을 몰랐다. 그녀는 짙은 키스로 인해 부어오른 입술을 가만히 만지작거렸다.

유현이란 남자는 그저 은은한 촛불 같은 남자인 줄 알았다. 강렬하게 확 타오르는 모닥불 같은 남자는 절대 될 수 없지만, 그래도 가까이 있어 주변을 환하게 밝혀줄 따뜻하고 다정한 남자라고만 생각했다. 세인이라는 한 남자의 정열적이면서도 강렬한 사랑을 넘치도록 느꼈던 일영에게는 그의 이 같은 사랑은 뜨뜻미지근하고 싱겁게 여겨졌던 것도 사실이었다.

한데 유현에게 이런 면이 있는 줄은 정말 예상하지 못했다. 그의 느닷없는 키스나 그가 상상했던 것 이상으로 키스를 잘한다는 사실 때문만은 아니었다. 헤어지자고 하면 한참을 설득하며 붙들 거라 생각했다. 일영의 마음을 조심스레 살펴가며 이제까지처럼 자신의 마음을 차분히 설명하는 시간을 가질 거라 생각했다. 조금 은 신파를 섞어 애절하고 슬픈 모습으로 사랑을 호소할 것이라 생 각했다.

"한데 나, 너 포기 못하겠다. 싫어도 할 수 없어. 넌 나한테 이미 찍혔거든."

유현 같은 남자가 이런 말을 할 줄은 몰랐다. 세인 같은 남자나 할 법한 대사를 유현 같이 바른생활이 몸에 배이고 모든 것을 정 석대로만 해나갈 것 같은 남자가 구사할 줄은 정말로 몰랐고, 그 러기에 그가 한 이 말에 일영의 마음은 격심하게 동요되었다.

"어떡해, 어떡하지?"

결국 일영은 이 생각 저 생각, 설레는 마음에 잠을 뒤척이며 새 벽녘이 다 되어서야 비로소 눈을 붙일 수 있었다.

새벽부터 눈이 소담스레 내려 사방을 하얀 눈 천지로 만들었다. 일요일이었지만 유현은 평상시와 다름없이 새벽 여섯 시에 일어 나 일단 방 안 창문부터 활짝 열어젖혔다. 차갑다 못해 시린 겨울 바람이 창을 통해 세차게 들이닥쳤지만 유현은 추운 줄도 모르고 그 차디찬 공기를 한껏 들이마셨다. 언젠가는 공기 좋은 서울 근

교의 전원에서 그림 같은 전원주택을 지어 한가로이 살고 싶었다. 비록 서울에서 나고 자랐지만 탁한 서울의 공기는 적응될 수 있는 성질의 것이 결코 아니었다.

식당에서 어머니가 아침을 준비하는 소리가 어렴풋이 들려왔다. 청소를 비롯한 기타 집안일을 도와주는 도우미가 있기는 하지만, 음식만큼은 대부분 어머니가 직접 준비했다. 어머니는 환갑이 가까운 나이임에도 아흔이 다 되는 할머니의 삼시세끼를 정성 들여 차리고 시중드는 일을 게을리 하지 않았다. 하지만 그 일이 어지간히 힘이 들었는지 당신은 절대 며느리와 같이 사는 일은 없을 거라며 형네 부부를 처음부터 분가시켰다. 유현 역시 결혼하면 분가를 시킬 예정이었다.

아침 일곱 시면 어김없이 정확히 아침 식사가 차려졌다. 다들 이른 아침이 습관화가 되어 있었고, 아침을 하루 중 가장 성대하게 제대로 차려 먹었다. 저녁 시간은 아무래도 각자의 일정 때문에 같이할 시간이 그리 많지 않아 어느새 아침 정찬이 이들 가족의 의례적인 일상이 되어버렸다.

"할머니는요?"

유현은 가벼운 실내복 차림으로 식당에 들어서며 먼저 할머니부터 찾았다. 부모님은 벌써부터 식탁 앞에 앉아 계셨다.

"벌써 일어나서 드셨다."

최 원장의 이 같은 말에 유현은 한번 씩 웃더니 의자를 당겨 앉았다. 새벽잠이 거의 없는 할머니는 이따금 이른 시간에 일어나 혼자 먼저 식사를 차려 드시곤 했다. 주로 전날 삶아놓은 고구마나 감자, 아니면 누룽지 끓인 것 등으로 간단하게 식사를 하고는 새벽기도에 전념하셨는데, 독실한 불교 신자인 할머니는 새벽 기도와 독경을 빼놓는 법이 없으셨다.

"저 어머니, 아버지, 그때 말씀 드렸던 저와 결혼할 여자 말이에요."

유현은 수저를 미처 들기도 전에 먼저 말하고자 하는 용건부터 꺼냈다. 박 여사는 이 소리에 흠칫 놀란 표정을 지으며 그를 바라보았고, 그건 최 원장도 마찬가지였다.

"오늘 점심때 데리고 오겠습니다. 식사는 그렇고 간단히 다과나 준비해 주세요."

"유현아."

"일단 보신 후 판단하세요. 물론 선입견이 있어 제대로 된 판단을 내리실지 의문이지만 그래도 아무것도 모른 채 보시면 서로가 당황할 테니까요."

"너 지금."

박 여사는 기가 막힌 듯 혀를 끌끌 찼다.

"네 형수처럼 의사 자리 데려오라는 것도 아닌데 이건 너무 심하다고 생각지 않니? 내가 어지간하면 네 의사를 존중해 주고 싶지만 참 내."

"결혼 상대자를 학벌이나 직업으로 골라야 하는 줄은 몰랐습니다."

"그런 뜻이 아니다."

유현의 날카로운 대구에 이번에는 보다 못한 최 원장이 나섰다.

"학벌이나 직업으로 골라야 하는 건 아니지만 그걸 전적으로 무시할 수만은 없다는 얘기를 하려는 거야. 나 역시 고졸이라 해서 지식적으로나 교양 면으로 떨어진다고 생각지는 않는다. 사실 기본적으로 고등학교만 졸업해도 별 무리가 없는 건 사실이야. 하지만 결혼이라는 건 어느 정도 상대와 수준이 맞아야만 하는 거다. 두 사람 사이에 아무런 문제가 없다 쳐도 주변 사람이나 상황이 지나치게 차이가 난다면 그것 자체만으로도 갈등의 소지가 있고 그건 부부관계에도 악영향을 미친다. 멀리 갈 것도 없이 네 외가 쪽 연호를 봐라. 처음에는 죽고 못살 것같이 그랬는데도 막상 결혼하고 나니 어떻던? 결국 온갖 추태를 다 부리고는 갈라서지 않았냐?"

큰 이모의 아들 박연호의 이야기는 친척들 사이에서는 이미 어지간히 알려진 사건이었다. 명문대를 나와 해외 유학까지 다녀오고 지금은 국립대 교수로 재직 중인 박연호는 천상 학자 타입이었다. 공부만 알던 그는 이십대 중반에 고등학교 때 친구의 여동생과 우연한 만남을 가지게 되었고, 곧 사랑에 빠져 집안의 반대를 무릅쓰고 결혼에 골인했다. 집안도 찢어지게 가난할 뿐 아니라 고졸에 하는 일도 변변치 않아 여러 아르바이트나 전전하던 여자였지만, 모습만은 눈이 휘둥그레질 정도로 미인인 여자였다. 한데 불행히도 몸가짐이며 예의 등등 어느 것 하나 배운 것 없이 자란 여자라 큰 이모는 첫 인사를 받고는 그만 청심환을 털어먹고 자리보전을 했을 정도였다.

자식이기는 부모 없다 해서 두 사람은 어찌 어찌 결혼을 하고

두 아이를 낳았는데, 늘 공부만 파던 남자와 사치스럽고 놀기 좋
아하는 여자의 결합은 결코 순탄치가 않았다. 더구나 교수 사회는
사모들끼리의 서열이나 역할이 꽤나 엄격하면서 체계가 잡혀 있
었고, 그들 사이의 알력이나 신경전 또한 실로 대단했다. 학벌로
일단 알게 모르게 무시를 당하고, 거기에 행실 또한 그들의 요구
하는 선에 따라주지 못하니 그것만으로도 이들 부부의 갈등 요소
는 커질 수밖에 없었다.

"그 형수는 학벌이나 집안 때문이 아니라 원래 스스로가 좀 모
자란 스타일이었잖아요. 일영인 다릅니다. 아무려면 제가 영 아닌
여자를 데리고 와서 선을 보이겠습니까? 제가 그렇게 감상적이고
비이성적일 거라 생각하셨습니까? 전 십대 청소년일 때도 친구들
을 골라 사귀었을 정도예요. 보고 판단하세요. 저 역시 일영이가
부모님 앞에서 어떤 모습을 보이느냐에 따라서 확실히 결정을 내
릴 생각이라 부모님께 꼭 선을 보여야겠습니다."

"우리 눈에 드는 건 아예 안중에도 없고 그 여자가 어떻게 행동
하는가를 관찰하기 위해 우리를 이용하겠다는 얘기구나."

최 원장은 기가 막혀 너털웃음을 터뜨렸다.

"그래서 마음에 들지 않게 행동하면 그땐 헤어지겠다는 거냐?"

"그건 모르겠습니다. 하지만 적지 않게 고민을 하겠죠. 그렇다
고 일부러 도발시키는 건 반칙입니다. 형수님이 처음 인사를 드리
러 왔을 때처럼 대해주세요. 별달리 홀대를 하지 않는데도 부모님
앞에서 주눅이 들어 있거나 쭈뼛거리며 자신의 의견도 제대로 말
하지 못하는 여자라면 부모님이 뭐라 말씀하시지 않아도 제가 알

아서 생각을 달리할 겁니다."

부모님은 잠시간 생각에 빠져 있는 듯하더니 서로의 눈빛을 교환하며 뜻을 확인하고는 유현에게 바로 답을 주었다.

"좋다. 일단 보는 거야 상관없겠지. 하지만 이것을 허락이라 생각하지는 말아라. 여보, 점심 준비하구려. 제대로 판단하려면 차만 마셔가지고는 안 되지."

"감사합니다, 아버지."

유현은 씩 회심의 미소를 지었다. 일단 만나보겠다는 것만으로도 일의 반은 성사가 된 것과 다름없었다.

15

일영은 어젯밤의 키스의 여운에서 채 깨어나기도 전에 어제 공언한 대로 유현이 집 앞으로 들이닥치자 좀처럼 정신을 추스를 수가 없었다. 그녀는 너무 당황하다 보니 생각을 할 여유조차 없이 그에게 휘둘리게 되었고 정신을 수습했을 때는 이미 그의 차 안에 다소곳이 앉아 있었다.

잠을 설쳐 푸석해진 얼굴이라 신경이 쓰였고 그러다 보니 그 급한 와중에도 다른 때보다 더 공들여 화장을 하고 옷도 예전에 세인을 만났을 때처럼 신경을 써서 입었다. 이제껏 유현을 만날 때면 그리 옷차림에 신경을 쓰지 않았는데 오늘따라 저도 모르게 단정하게 보이는 블랙의 울 반코트 밑에 모직 스커트와 여성스럽게 보이는 터틀넥 스웨터를 받쳐 입었다.

유현은 이런 일영의 옷차림에 반색을 하는 기색이 뚜렷했지만, 별다른 말은 하지 않은 채 그냥 차를 출발시켰다. 오히려 일영이 안절부절못하며 그의 눈치를 살폈다. 왠지 그에게 잘 보이고 싶다는 무의식적인 마음이 들킨 것 같아 머리를 쥐어뜯고 싶을 만큼 후회막급이었다.

"어디…… 가는 거예요?"

일영의 조심스런 물음에 유현은 흔연스럽게 대꾸했다.

"우리 집."

"네?"

일영은 저도 모르게 깜짝 놀라 조심성없이 소리를 빽 질렀다.

"있는 그대로의 모습을 보일 셈이라 미리 얘기하지 않았던 건데 너와 난 확실히 인연은 인연인가 보다. 청바지 차림이라도 상관없었지만 아무래도 지금 모습이 어른들 뵙기에는 훨씬 낫겠지. 아주 예쁘고 우아해 보여. 요란하게 꾸민 것 같지 않으면서도 차분하고 단정해 보이고 말이야."

"오빠, 이건……."

"나와 결혼할 생각도 없다면서 우리 부모님께 잘 보일 필요는 없잖아? 그냥 잘 아는 사람 집에 초대받았다고 생각해."

"어떻게 그래요? 이게 말이 된다고 생각해요? 입장을 바꿔놓고 생각해 보라고요."

일영의 항의에도 그는 아랑곳하지 않았다.

"입장 바꿔놓고 생각해도 난 괜찮은데?"

"오빠."

"널 힘들게 하지는 않으실 테니 부담스럽더라도 우리 부모님 꼭 만나줘. 그리고 이 자리는 부모님께 널 선보이는 자리가 아니라 네게 내 부모님을 선보이는 자리야. 나와 결혼해도 결코 힘들지 않다는 것을 보여주고 싶어서 그런 거니까 걱정 말고 평소처럼 행동하면 돼."

"아무리 그래도 그렇지, 아무 결정도 하지 않았는데 부모님께 인사부터 드린다는 건, 순서가 틀려도 너무 틀렸잖아요?"

"네가 마음을 결정하지 못하니까 순서를 바꿀 수밖에. 내가 어제도 말했지만 결정하기 힘들 때는 가만히 남이 하자는 대로 따르는 것도 나쁘지 않다니까?"

장난스레 눈을 찡긋거리며 말하는 유현을 보니 도무지 그의 억지를 마냥 타박만은 할 수 없어 일영은 입술을 깨물었다. 왜 이렇게 자신은 우유부단하고 남에게 끌려 다니기만 하는 것일까? 당장이라도 차를 멈추라 하고 뛰쳐나가고 싶은 생각이 간절했지만, 그조차 할 수가 없었다. 대체 뭐가 무서워서? 이 사람에게 뭘 기대해서?

눈발이 간간이 날리는 영하 칠팔 도를 웃도는 칼날같이 추운 날씨였다. 타워팰리스가 보이는 도곡역을 지나 한 이 분 정도 달렸을까? 유현의 차는 한 고급 빌라 앞에 멈추었는데 정문 바로 옆 수위실 안에 앉아 있던 수위가 유현을 보자 목례를 하더니 신속하게 육중한 자동 철문을 열어주었다. 유현은 차를 빌라 안의 주차장에 세우더니 차 밖으로 재빨리 나가 일영을 위해 조수석의 문을 열어주었다. 보통 때라면 그가 열어주기 전에 바로 나왔겠지만 하도 정신이 없어 일영은 그가 문을 열어줄 때까지 멍하니 자리에 앉아 있었다.

"여기 일층이야. 할머니도 그렇고 어머니도 정원을 가꾸는 걸 좋아하셔서 일층에는 바로 개인 정원이 딸려 있는데 지금은 볼 게 없지만 봄이 되면 아주 그럴듯해."

일영이 지금 사는 집도 무슨 무슨 빌라라는 명칭으로 불리지만, 그건 연립주택과도 같은 개념이고 이곳 빌라는 말 그대로 고급 빌라였다. 잘 지어진 대형 개인 주택 같은 느낌이었는데, 빌라 앞에 놓인 가로등 길이나 벤치, 연못 등은 보기만 해도 운치있고 아름다웠다. 이 빌라 안의 고즈넉하고 고요한 분위기는 바깥 도시의 번잡함과는 유달리 대조되는 듯 느껴졌다. 평상시에는 차량도 많고 오가는 사람도 많은 도곡역 주변에 이런 딴 세상이 존재하다니 일영은 유현과의 차이를, 그리고 세인과의 차이를 실제 눈으로 확인하는 기분이 들어 조금은 착잡한 심정이 들었다.

"집이 아주 좋아요."

"겉에만 보고 좋은 줄 어떻게 알아?"

"겉에만 봐도 이렇게 좋은걸요?"

"들어가자."

역시 집 안은 일영의 예상을 뛰어넘을 정도였다. 넓을 거라고는 예상했지만 거실로 들어서자마자 보이는 그 너비에 그녀의 입은 딱 벌어졌다. 마치 인테리어 잡지, TV에나 나옴직한 클래식한 가구와 장식들은 안주인의 고상한 취미를 반영하듯 한 치의 오차도 없이 완벽해 보였다. 이렇게 넓은 집인데도 먼지 하나, 잡티 하나 눈에 띄지 않을 만큼 깨끗했고, 유리나 창문들도 윤기나게 닦여 있었다. 일영이 사는 그 작은 집도 하루만 청소를 게을리 하면 이내 지저분해 보이는데 이런 큰 집은 대체 어떻게 건사하기에 이렇게 반짝거리는 것인지 순간 생뚱맞게도 그런 것이 궁금해졌다. 물론 이런 집이 결코 안주인 손 하나만을 타는 건 아니라는 것을 그녀도 잘 알고 있었다. 딱 견적을 보니 입주 아줌마에 출퇴근 도우미까지 불러줘야 가능한 살림이었다.

"어서 와요."

구두를 벗고 들어가니 옥색 한복 저고리를 곱게 차려입은 노할머니 한 분과 회색 카디건 차림을 한 환갑 전후의 아버님, 그리고 역시 같은 연배로 보이지만 세련되고 우아해 보이는 홈드레스 차림의 어머님이 덤덤한 표정으로 일영을 맞아주었다.

"처음 뵙겠습니다. 김일영입니다."

일영은 떨리는 마음을 간신히 다잡고는 공손히 인사를 드렸다. 어찌 됐든 여기까지 따라왔으니 이미 엎질러진 물이었다.

"코트 벗고 이리 와 앉아요."

일영은 권하는 대로 조심스레 코트를 벗은 후 다소곳이 스커트를 정리하며 소파에 앉았다. 유현 역시 코트를 벗고는 그녀의 옆에 바짝 다가가 앉았다.

"아주 곱구먼."

연세에 비해 쩌렁쩌렁한 목소리로 할머니가 먼저 입을 열었다. 의외로 일영을 보는 시선이 따뜻해서 그녀는 긴장을 그래도 약간은 늦출 수가 있었다.

"감사합니다."

"우리 막내가 갑자기 여자를 데리고 온다 해서 내 아주 기대가 컸는데 아주 참해. 그래, 부모님은 무슨 일을 하시는고?"

"아버님은 회사에 다니시다가 일 년 전에 정년퇴임하셨고, 어머니는 전업주부십니다."

"무슨 일을 하셨는가?"

최 원장이 바로 다음 질문을 이었다.

"세화전기라는 곳에 전무로 계시다 퇴직하셨습니다. 영업관리 일을 하신 걸로 알고 있습니다."

"세화전기 임원진이라면 현호그룹 명퇴자들이 주로 가는 곳으로 알고 있는데?"

"네, 십여 년 전에 현호그룹 구조본에 계시다 명퇴하고 세화로 가셨습니다."

대기업인 현호그룹의 구조조정본부에 있었다는 말에 최 원장과 박 여사, 심지어 유현까지 놀란 표정을 지었다. 최고 엘리트들만 모였다는 곳이 바로 그 현호그룹 구조본이었기 때문이다.

"그럼 아버님이 어느 대학을……?"

"서울대 상대를 나오셨습니다."

"그래? 흠흠. 그럼 어머님은?"

"어머니도 같은 대학 영문과를 나오셨습니다."

평범한 집안에 고졸 아가씨라 해서 집안도 그럴 줄 알았는데 생각과는 다른 대답이 나오자 다들 어안이 벙벙한 표정이었다. 일영은 속으로 살짝 한숨을 내쉬었다. 명문대를 나온 부모님과 여동생을 두었는데 너는 왜 그러느냐는 얘기는 이미 질리도록 들어와 귀에 못이 박힐 지경이었다.

"그래, 형제는?"

"한 살 아래 여동생이 있습니다."

"그럼 이미 취업을 했겠군. 여동생은 무슨 일을 하나?"

"OO그룹 마케팅실에서 근무하고 있습니다. 이제 이 년 차구요."

"흠, 들어가기 힘든 곳인데. 그럼 부모님과 같은 대학을 나왔겠구먼."

"네."

"역시. 그럼 집안이 다들…… 그러니까?"

"네, 양가 사촌들을 포함해서 저만 대학에 들어가지 못했습니다."

별로 하고 싶지는 않은 얘기였지만 일영은 명문대 대학 교수인 외삼촌과 세무서 과장인 큰아버지, 메이저 신문사 국장인 작은아버지, 그리고 명문 의대와 법대 등에 들어간 사촌들 학벌까지 줄줄이 차분하게 늘어놓았다.

"집안에서 기대가 아주 컸을 텐데 어째서 진학을 하지 않은 건가? 대학에 가지 못할 형편도 아니었을 텐데?"

이미 최 원장의 어투는 상당히 호의적으로 바뀌어 있었다.

"저 개인적으로 공부에 별 흥미를 느끼지 못했고 따로 하고 싶은 일이 있었기 때문에 더 더욱 신경을 쓰지 않았습니다. 부모님께서도 억지로 공부하라고 하신 적이 없으시구요."

"그래도 욕심이 많으셨을 게야."

"단지 학벌만을 위해 등록금을 낭비하는 것은 오히려 불필요한 일이라고 하셨습니다. 제가 하는 일이 굳이 학벌이 필요치 않은 일이기도 하구요. 물론 공부를 더 잘했더라면 개인적으로 좋았을 거라고 생각합니다만 후회는 없습니다."

몇 번 집안에 대한 것을 더 물어보더니 최 원장은 식사를 하자며 자리에서 일어섰다. 어른들과 식사를 한다는 것은 상당히 불편한 일이었지만, 어차피 맛을 느끼기 위한 자리가 아니었다. 그래도 일영은 차분하게 밥과 국을 남기지 않고 깨끗이 비웠다.

두어 시간 유현의 집에 머물다 나온 일영은 일단 집 밖으로 나오자마자 저도 모르게 비틀거렸다. 신경이 완전히 녹초가 되어버린 데다 긴장이 확 풀린 탓이었다.

"일영아, 괜찮아?"

"네."

"일단 차에 타자."

유현은 일영을 부축하더니 차의 조수석에 태웠다. 일영은 한참을 두근거리는 가슴을 진정하고 숨을 골랐다.

"오빠 정말 나쁜 사람이에요. 정말 나쁜 사람이라구요."

"그런데 일영이 너 왜 집안 얘기는 하지 않은 거니?"

"집안 얘기 뭐요?"

"아버지, 어머니 하시는 일이나 집안 분위기에 대해서."

"뭐, 굳이 할 기회도 없었고 그게 중요하다고 생각지는 않아서……."

일영은 말꼬리를 흐렸다.

"세인이도 네 집안 얘기 알고 있어?"

"아니요. 말할 기회가 없었어요. 아빠야 퇴직하셨고 기껏해야 연금생활자인데요 뭐."

"구조본에 다니셨을 정도면 상당히 연봉이 많았을 텐데 참 소박하게 생활하신 모양이야."

"연봉이 많아요? 그냥 먹고살기에 지장이 없을 정도였는데요."

"학벌 좋은 부모님에 친척들이 다들 한다 하는 대학 출신들인데 괜찮았어?"

유현은 씩 웃더니 일영을 다정한 눈으로 가만히 응시했다. 생각해 보면 일영은 보기보다 똑똑했고 별로 주눅이 들어 보인다거나 자신의 학력에 대해 부끄러워하거나 저어하는 기미를 보인 적이 없었다.

"뭐, 그래 봐야 가족이잖아요."

"그래. 그렇지. 그래 봐야 가족이지 뭐. 하하."

유현은 저도 모르게 환한 기분으로 시원하게 웃어 젖혔다. 예상 외의 보너스나 선물을 받은 기분이었다. 일영의 부모님이 허드렛일을 하시는 분이라 해도 상관없었고, 어느 정도 그럴 수도 있다는 것을 충분히 각오하고 있었다. 그녀가 부모님 보시기에 비록 부족해 보이더라도 그가 보기에는 넘쳐 보였고 그거면 충분했다. 단 하나 걱정이라면 학벌 좋고 집안 좋은 형수나 누나에게 붙여놓았을 때 괜찮을까, 거기에 상처나 받지 않을까 하는 점이었는데 이쯤 되면 걱정할 일은 하나도 없었다. 이미 그 점에 있어서는 단련이 될 만큼 된 여자가 아닌가?

"오빠 집이 도곡역에서 무지 가까웠군요. 여기 예전에 자주 왔었는데."

"그랬어?"

"회사도 가까운 편이고 외삼촌이 타워팰리스에 사시거든요. 한때 집 구경하느라 좀 들락거렸어요. 워낙 타워팰리스가 유명하잖아요."

"그런데 부모님은 왜 널 그런 허름한 빌라에 두신 거니?"

"우리 부모님은 부자 아니에요. 인천에 삼십여 평짜리 아파트에서 사시는걸요. 그냥 먹고살 정도지 큰아버지 댁이나 외삼촌댁처럼 그렇게 잘살지 않아요. 난 우리 큰아버지가 이 세상에서 제일 잘사는 줄 알았더니 오늘 오빠 집 보고 놀랐어요. 백 평은 넘죠? 우리 큰아버지 집은 그래 봐야 팔십 평 정돈데. 타워팰리스에 사는 외삼촌 집도 육십 평이 채 안 될 거예요."

"참 미스터리다. 혹시 무슨 보증 서서 잘못되거나 그런 적이라도 있으셨던 거야?"

"와! 어떻게 알았어요? 뭐, 그렇게 큰일은 아니었지만 몇 년 전에 한 번 그랬던 적은 있어요. 엄마가 그때 무지 속상해하셨죠."

유현은 더 이상 묻지 않았다. 일영의 소박한 모습을 보니 한때 잘살았다 몰락한 것이 아니라 원래부터 그렇게 자라온 듯싶었다. 아버지의 연봉이 어느 정도인 줄도 모르고 살았던 것이 오히려 더 나았을 것이다. 유현이 생각하기에 일영의 부모님은 사치를 모르는 소박한 성품이라 재산을 모아두기만 했거나 중간에 어려운 일이 몇 번 생겨 그걸 막느라 지금처럼 살든지 둘 중의 하나였다.

16

부모님의 반대쯤이야 충분히 예상했고, 그걸 극복하는데도 꽤 많이 힘들 것이라는 것 또한 유현은 잘 알고 있었다. 그는 부모님이 반대하는 마음을 갖고 계시더라도 일영에게는 적어도 예의를 갖춰 대해주기를 원했고 다행히 그의 작전은 무사히 성공했다. 반대와 온갖 힘든 일은 그가 막아낼 것이다. 가뜩이나 마음이 흔들리고 있는 일영에게 그런 짐까지 지워 도망가게 만들 생각은 추호도 없었다.

내친김에 일영의 집안 얘기들을 더 자세히 들을 수 있었던 유현은 대충 그녀의 집안 분위기를 나름대로 파악할 수 있었다. 일영의 아버지는 명문대를 나오고 대기업에서 일할 정도로 촉망받았던 사람인 건 확실하지만 그리 성공적인 사회생활을 하신 분은 아닌 것 같았다.

따로 모아둔 재산이 있는 것 같지는 않고 그저 살고 있는 아파트 한 채에 약간의 예금과 연금으로 남한테 손 안 벌리고 노후를 안정적으로 보낼 수 있는 수준 정도로만 보였다.

아무리 명문대를 나와도 그들 모두가 다 성공적인 인생을 사는 건 아니다. 주류사회에 진입할 수 있는 기본 요건은 될지언정 그 이후는 다 자기 노력이나 능력 여하에 따라 인생이 판이하게 달라졌다.

유현의 대학 선배나 동기들 중에서도 네임 밸류에 걸맞지 않은 행보를 보이는 사람들이 적잖이 있었고, 그런 사람들일수록 심한 열패감에 휩싸여 망가지면 더욱 처절히 망가졌다. 일영의 부모님은 연금생활을 하며 여행 같은 취미생활을 즐기고 여유있게 산다 했으니 어쩌면 가장 현명한 길을 택한 건지도 모르는 일이었다. 주변 사람들의 시선과 기대에 휩싸이지 않고 자신들만의 즐거움을 찾는다는 것은 보통의 내공을 가지고서는 행할 수 있는 일이 결코 아니었다.

일영을 바래다준 후 집으로 돌아온 유현은 당연한 얘기지만 즉시 부모님의 호출을 받았다.

"오늘 무리없이 일영이를 대해주신 것 감사드립니다."

유현은 먼저 이렇게 서두를 꺼내며 고마움을 표시했다.

"아무려면 우리가 막되어먹은 사람도 아니고 남의 집 귀한 딸을 막 대하기야 했겠느냐? 아니면 아닌 게지."

최 원장은 불편한 듯 찌푸린 기색으로 이렇게 입을 열었다. 일영이 영 마음에 차지 않은 것이다.

"일영이가 마음에 들지 않으셨습니까? 모습이나 몸가짐 같은 것 말입니다."

"뭐 그래도 집안이 배운 집안이라 그런지 행동거지는 무난하더구나. 모습도 조신하고 참하게 생긴 것이 음전해 보이기도 하고."

"다행이네요."

"하지만 그 아이 여동생 정도라면 어떻게 양보를 해볼 수도 있겠지만 그 아이는 안 되겠다. 아무리 부모나 형제자매들이 배웠다 한들 그게 그 아이와 무슨 상관이냐? 오히려 오죽하면 다들 한다 하는 집안사람들 중에 혼자만 고졸이겠느냐? 그리고 그 아버지도 그렇다. 현호 구조본 출신이면서 오죽 못났으면 여태 그러고 사는 건지."

최 원장은 혀를 끌끌 찼다.

"그리고 학창 시절에 공부를 잘했다는 것은 단순히 성적만을 보는 것이 아니야. 그 사람의 성실도를 가늠하는 척도이기도 하다. 학생이면 공부에 충실하고 성실히 임했어야지. 그 아이는 본인 입으로도 공부를 싫어했다고 하지 않았니?"

"모든 사람이 다 공부를 잘할 수는 없는 겁니다. 그리고 일영인 공부 이외의 다른 면에 있어서는 조금도 떨어지는 사람이 아니구요. 아버지, 어머니도 보셔서 아실 겁니다."

"뭐 가족들이 다들 머리가 좋으니 기본 머리가 떨어지는 건 아니겠지. 그래서 더 마음에 들지 않는다는 소리야. 유현아, 전에도 애기했지만 결혼은 현실이고 집안 간의 결합이다. 일영이 집안이 지적 수준으로 볼 때는 오히려 우리 집안을 능가하는 것도 사실이지만 어찌 됐든 사는 게 다른 사람들이야. 더구나 그 아이 본인도 뭐 하나 내세울 게 없는 아이잖니? 너 그 아이 데리고 어디 동창 모임이라도 변변히 다닐 수 있겠어?”

박 여사가 은근한 태도로 유현을 설득하기 시작했다.

“제가 아침에 말씀드렸죠? 일영이가 부모님께 어떤 태도를 보이느냐에 따라 제 마음을 결정 짓겠다구요. 전 일영이가 마음에 들었습니다. 태도나 매너는 분명 나무랄 데 없었습니다. 그건 두 분도 인정하실 겁니다.”

최 원장과 박 여사 역시 그 부분은 어디 하나 흠잡을 수가 없어 아무 말도 할 수가 없었다.

“전 어차피 그 여자가 아니면 아무도 눈에 들어오지 않습니다. 무조건 반대만 하시지 말고 조금 더 두고 봐주세요. 그리고 어머니, 괜히 일영이 포기시킨다고 따로 만나거나 그러는 일은 없으셨으면 합니다. 물론 어머니가 그런 편법을 쓰실 만큼 속물적인 분이 아니라는 건 너무나 잘 압니다만 만약 그러신다면 전 무척 실망할 겁니다.”

“유현아.”

“저 이제까지 두 분 실망시켜 드린 적 한 번도 없었습니다. 그리고 저 나름대로 욕심도 많은 놈입니다. 아무렴 제가 그렇게까지 보는 눈이 없겠습니까? 다른 일도 아니고 제 인생을 좌지우지 할 결혼 문제인데도요?”

“예전에는 실망시킨 적이 없는 자식이었기에 지금 네가 이러는 게 더욱더 실망스럽구나. 뭐 지금 현재는 그 아이한테 푹 빠져 버렸으니 더 이상 말해봐야 우이독경일 것이고, 아무리 며느리는 모자란 집에서 들여야 한다지만 난 도저히 받아들일 수가 없다. 그렇게 알아라.”

“아버지.”

“아이가 문제라니까, 그 아이가. 정 결혼하고 싶으면 수능 다시 쳐서 번듯한 대학이라도 들어가게 하던가. 나이 서른 넘어 대학 다시 들어가는 사람들도 요샌 그리 드문 것도 아니니까.”

“그건 너무 억지십니다. 결혼이 무슨 학력 테스트장입니까?”

“그러니 헤어지란 말이다. 부부간에도 지적 수준이 맞아야 하는 거야. 그 아이가 네 형수나 누나와 과연 어울릴 수 있을 거라 생각하는 거냐?”

“충분히 어울릴 수 있다는 것을 이번에 확실히 알았습니다. 아버지 같으신 분이 학벌로 사람을 차별하시다니 좀 충격이군요.”

유현의 비난하는 어조에도 최 원장은 아랑곳하지 않았다.

“다른 사람이라면 상관하지 않겠다만 내 가족으로 들어올 사람인데 어느 정도 내가 정해놓은 기준에 맞춰야겠다는 것이 결코 무리라고 생각지는 않는다. 그리고 난 차별하는 게 당연하다고 생각한다. 열심히 공부해 명문대에 들어간 사람들과 자기 관리가 철저하지 못해 들어가지 못한 사람들을 같은 레벨에 놓고 본다면, 누가 열심히 노력을 하며 살겠느냐? 누가 뭐래도 내 기준은 그렇다. 그리고 너도 알다시피 난 어려운 환경에서도 내 힘으로 노력하고 공부해서 지금 이 자리에 왔다. 의사라고 해서 다들 나처럼 병원을 소유하고 적지 않은 재산을 일구고 그렇게 나름대로 성공할 수 있을 거라 생각하는 거냐? 내 나이에도 동네에서 작은 의원을 경영하거나 그도 아니면 페이 닥터로 일하는 사람들이 부지기수야. 난 내 며느리만큼은 내 조건에 흡족하지 않으면 받아들일 수 없다. 그렇게 알고 있어."

최 원장은 더 이상의 논쟁은 원하지 않는다는 듯 자리에서 벌떡 일어나 서재로 휙 들어가 버렸다. 유현은 덤덤한 표정으로 아직 자리에 남아 있었고 박 여사는 그런 그를 안타까운 듯 바라보았다.

"유현아, 이건 네가 건드릴 문제가 아니야. 워낙 연호 문제 때문에 생각이 많아진 것도 있고 이건 내가 결혼 생활을 해봐서 아는 거야. 생활수준이 다르면 정말 살기 힘들다. 네 형수네 사돈도 뭐 잘살기는 하다만 그래도 우리와 차이가 지는 건 사실이잖니? 그러다 보니 사돈 간에 왕래하는 것도 서로가 불편하고 그동안 네게는 얘기하지 않았지만 여러모로 신경이 쓰이는 일이 많았다. 생각보다 그 아이가 단아한 건 마음에 들지만 이 일은 네가 고집 부린다고 될 일이 아니야. 어쨌든 좀 더 시간을 두고 생각해 보자. 응?"

"……."

세인은 오늘도 전날의 숙취로 인한 불쾌감을 느끼며 간신히 눈을 떴다. 게슴츠레한 눈으로 언뜻 벽시계를 확인하니 아니나 다를까, 벌써 오전 열 시가 넘어 있었다. 요 근래에는 늘 이런 상태였다. 찌르는 듯한 두통이나 속으로부터 넘어오는 신물로 인해 구역질이 나는 것도 이젠 익숙해질 대로 익숙해졌다.

방문이 조심스레 열리더니 소정이 쟁반에 황금색의 액체가 담긴 컵을 받쳐 들고 모습을 드러냈다. 아무리 정신이 없는 와중이라도 오늘이 평일인 것쯤은 잘 알고 있었기에 이 시간에 아직 출근을 하지 않은 소정을 보고는 세인은 놀란 표정을 지었다.

"일어났어요? 안 그래도 일어날 때가 된 것 같아서 꿀물 타왔는데."

소정은 유리컵을 그에게 내밀었다. 세인은 얼떨떨한 정신으로 컵을 받아 꿀물을 조심스레 목 안으로 넘겼다. 그나마 몇 모금이라도 마시고 나니 쓰린 속이 조금은 진정되는 기분이었다.

"출근은 왜?"

"정신이 좀 나면 씻고 와요. 북어국 끓여놨으니 속 좀 달래요."

세인은 소정의 담담하면서도 아무렇지 않은 태도에 약간은 어리둥절하면서도 내심 뜨끔했다. 요 근래 술에 취해 새벽에 들어오거나 외박을 일삼는 일이 자주 있던 터라 언제고 갈등이 또 한 번은 터질 것이라 생각했지만, 이런 식으로 차분하게 나오니 오히려 긴장이 되었다. 참 소정을 보면 차갑다고 해야 할까? 지나치게 이성적이라고 해야 할까? 별로 그녀에 대해서는 알고 싶다는 생각을 가져본 적은 없지만, 확실히 보통 여자들과는 다르다는 것 정도는 충분히 느낄 수 있었다.

세인은 안방에 딸린 욕실로 들어가 샤워를 마치고 머리를 타월로 말리며 주방으로 향했다. 벌써 식탁 위에는 김이 모락모락 나는 북어국에 갓 지은 듯 윤기나는 밥이 정갈하게 차려져 있었다.

"드세요."

"……고마워요."

세인은 밥에는 손대지 않고 북어국만을 그저 먹는 둥 마는 둥 수저로 휘저어댔다. 속이 쓰려 별로 생각도 없었고 자신을 빤히 바라보고 있는 소정의 눈빛이 못내 신경이 쓰이기도 했다.

"할 말 있으면 해요. 그러고 싶어서 출근도 안 하고 있는 거 아닌가?"

"맞아요. 오늘은 뭔가 결판을 내야지 싶어서요. 바람이 난 건 맞는 것 같은데 그렇다고 여자를 만나 돌아다니는 것도 아닌 것 같고, 지금 뭐 하자는 짓인 건지 확실히 얘기 좀 해요."

소정은 말하는 내용과는 판이하게 안색 하나 바꾸지 않은 채 차분한 어조로 세인을 물끄러미 쳐다보았다. 그녀의 눈빛이 어찌나 서늘하고 결연해 보이는지 세인은 이제는 이 같은 미적거림을 끝낼 때가 왔다는 것을 직감하지 않을 수 없었다.

"내 뒷조사라도 한 모양이지?"

"필요하다면 해야죠. 어떤 여자인지 알아야 나도 어떻게 대응하게 될지 알 수 있을 테니까요."

"알고 보니 무서운 여자군."

"남편이 외도한다 선언하고 가정을 등한시하는데 이 정도도 안 하는 여자가 있을까요? 그걸 무섭다고 표현하다니 적반하장도 이쯤 되면 대책이 없는 거죠."

"뭘 원해요?"

소정은 세인의 이 같은 말에 어이가 없다는 듯 피식 웃었다.

"그러는 당신은 뭘 원하는데요?"

"소정 씨가 원하는 대로 해요."

그것이 세인의 솔직한 심정이었다. 이제는 될 대로 되라는 심정이 더 강했고 이젠 모든 일이 시들하기만 했다.

"이럴 거면서 나와 결혼은 왜 한 거죠?"

"그건 나도 묻고 싶네. 나와 결혼한 이유가 뭐예요? 그 짧은 기간에 사랑을 느껴서 결혼한 건 아닐 테고."

"난 짝사랑 같은 것에 취미없어요. 감정이란 상대적인 건데 세인 씨나 나나 피장파장이죠."

"그건 소정 씨 말이 맞아. 우린 사랑이 아니라 서로 필요에 의해 결혼했지. 꽤 나쁘지 않은 파트너라고 생각했어요. 만족스럽기도 했고."

"그런데 왜 이래요? 사랑해서 결혼한 것도 아니고 세인 씨 말마따나 서로 필요에 의해서 결혼한 건데 왜 이러냐구요. 그 필요가 사라진 것도 아니잖아요. 사랑하는 사이야 사랑이 식어버리면 헤어질 이유가 되지만 우리 같은 경우는 필요조건이 아직도 건재하잖아요."

"그래, 당신 말이 맞아요. 필요조건은 아직도 건재한데 내가 왜 이러는지 모르겠어요. 아마 결혼에 대한 필요조건 자체가 달라졌기 때문일지도……. 조건이 사라져서가 아니라 내가 걸었던 조건 자체가 달라져 버린 거예요."

"결혼이 장난인 줄 알아요? 그래서 그 조건이 달라져서 이렇게 무책임하게 행동하고 있다는 거예요? 그건 당신 사정이죠. 결혼했으면, 그리고 그 결혼을 자신이 선택했으면 적어도 책임은 질 줄 아는 태도를 보여야죠."

"맞아요. 그건 확실히 잘못된 행동이었어요. 어떡할까? 이혼할까요?"

"하! 그걸 나한테 물어보면 어떡해요?"

"원한다면 이혼해요."

"내가 원하지 않으면요?"

"그럼 이대로 사는 거고."

"이대로라……. 이대로 아무 대화도 없이 늘 술에 취해 늦게 귀가하거나 외박을 하고, 부부관계라고 할 것도 없는 허울뿐인 관계를 유지하면서 이대로 살자구요?"

"후."

"그렇게 죽고 못사는 여자 놔두고 왜 나와 결혼한 거예요?"

"죽고 못사는 여자 같은 건 없어요. 여자가 다 똑같지 그런 거에 목매는 등신 같은 남자도 있나?"

"잠꼬대로 그렇게 여자 이름을 불러대면서 죽고 못사는 여자가 없어요?"

"뭐?"

"아주 가관이더군요. 이령? 그 이령이란 여자, 이름도 외우겠어요. 당신 같은 남자가 그렇게 순애보적일 수도 있다는 게 아주 신선하긴 했지만 그렇다고 그걸 용납할 생각은 없어요. 난 이혼은 할 수 없어요. 내 인생에 그런 오점을 남기고 싶지도 않고 내가 선택한 결혼이니 최대한 충실할 생각이에요. 당신, 누가 등 떠밀어 결혼한 거 아니잖아요. 그러니 자신의 선택에 책임을 지세요. 그 여자 이름을 잠꼬대로 불러대는 거야 어쩌겠어요? 무의식적으로 하는 행동인데. 하지만 나와의 결혼 생활만큼은 충실해 줘요. 술 냄새 피우면서 매일 늦게 들어오거나 외박하는 일은 적어도 만들지 말라는 얘기예요. 나 몰래 바람피우는 거야 어쩔 수 없겠지만 내 눈에 띄거나 이런 식으로 내 신경을 건드리지는 말아요. 그게 적어도 같이 사는 사람에 대한 예의라고 생각해요."

"아주 아량이 넓군요. 들키지만 않으면 바람을 피워도 좋다?"

"지금으로썬 그 능력에 의심이 가지만요. 나 출근해야 하니까 이따 저녁에 맨정신으로 봐요. 할 얘기가 있으면 그때 더 하던가."

소정은 냉정한 얼굴로 가차없이 자리에서 일어나더니 휙 나가 버렸다. 그녀의 뒷모습을 쓴웃음을 지으며 바라보던 세인은 의자 등받이에 몸을 기대며 후 하고 길게 한숨을 내쉬었다.

소정의 최후통첩보다 더 충격적인 것은 자신이 일영의 이름을 잠꼬대로 불러제낀다는 것이었다. 아무 생각도 하고 싶지 않아 밤마다 술에 절어 살았는데 그게 아무런 소용이 없었던 모양이다. 꿈자리에까지 찾아드는 여자를 어떻게 내칠 수 있겠는가? 현실에서야 의지대로 할 수 있을지 몰라도 무의식의 세계인 꿈에서까지는 도무지 어찌해 볼 도리가 없었다.

일영이 보고 싶었다. 그녀의 단정한 얼굴과 조곤조곤 말하는 부드러운 음성이 그리웠다. 그녀의 가녀린 하얀 손을 깍지 끼고 잡으며 거리를 활보하고 싶었고, 촉촉한 붉은 입술을 숨이 막힐 정도로 훔쳐 버리고 싶었고, 새털처럼 나긋나긋한 그녀의 알몸에 얼굴을 묻고 편안히 잠들고 싶었다. 그는 자신이 무슨 짓을 한 건지 시간이 흐르면 흐를수록 더욱더 뼈에 시리도록 절감했다. 이건 누가 뭐래도 자업자득이었다.

17

갑작스럽게 유현의 부모님께 인사까지 드리게 된 일영의 마음은 복잡하기만 했다. 세인이 자신을 창피하게 생각하고 꽁꽁 숨겨두려고만 했던 것에 비하면 유현의 이 같은 행동은 어떻게 보면 감동이었다. 하지만 기분은 생각보다 그리 개운하지 않았는데, 오히려 세인의 비열한 행동을 어느 정도 이해할 수 있을 것만 같아 어떤 면에서는 당혹스러운 일이기도 했다. 비록 유현의 부모님들은 예의에 어긋남 없이 친절히 대해주셨으나 그들이 자신을 받아들이지는 않을 것이라는 건 눈빛만으로도 금세 알아챌 수 있었다. 친절한 응대와는 너무나도 상반된, 딱 선을 그은 차가운 눈빛이 내내 일영의 마음을 심란하게 만들었다.

역시 차이나는 사람들과는 엮여서는 안 되는 거였다. 그런 것은 소설이나 드라마에서나 가능한 일이지 유현의 집 분위기만으로도 어찌나 숨이 막히던지 그런 곳에서는 단 한순간도 살 수 없을 것 같았고, 그런 사람들과 가족의 연으로 묶인다는 것 역시 불가능한 일로 여겨졌다.

생각해 보면 이제 스물여섯인데 꼭 결혼을 그렇게 서둘러 생각해야만 하는 건가 하는 회의도 느껴졌다. 학교 때 친구들도 그렇지만 사회에서 만난 친구들 중에서도 결혼한 사람은 아무도 없었다. 특히 같이 애니메이션을 하는 사람들 중에는 서른이 넘어서도 독신인 사람들이 많았고 오히려 결혼한 사람들은 희귀한 축에 속했다. 거의 결혼 적령기를 서른다섯으로 봐도 무방할 정도라 일영의 경우는 빨라도 너무 빨랐다.

겨울이고 비수기라 여름처럼 그렇게 일이 많지는 않았지만 그렇다고 일이 완전히 끊긴 것은 아니라 일영은 될 수 있는 한 매일 출근을 해서 그날그날 실적을 올렸다. 아무래도 동화실에서 톱을 달리는 위치라 남들보다는 많은 배려를 받고 있었고 일도 우선적으로 배분이 되었다. 이 일로 불만을 갖는 사람들이 있다는 것은 알고 있지만 그건 일영이 어떻게 할 수 없는 문제였다. 욕을 먹는다 해서 자신에게 주어진 일을 양보할 생각은 없었고, 보통은 순하고 얌전한 그녀지만 일 문제에 있어서 만큼은 굉장히 욕심이 많았고 부지런했다.

오후 아홉 시가 넘어서까지 야근을 하던 그녀에게 유현이 갑자기 만나자며 전화를 걸어왔다. 오늘이 금요일이니 그의 부모님께 인사를 드리고 나서 닷새가 흐른 후였다.

유현이 세워놓은 차에 무심코 올라탄 일영은 마침 그녀의 뒤를 따라 나오던 안면만 있는 동화실 직원들이 수군덕거리며 자신을 힐끔거리고 있다는 것을 깨달았다. 그들의 표정을 보니 결코 호의적이랄 수 없었고 무슨 얘기들을 하고 있는지 분위기만으로도 가히 짐작이 갔다. 작년 여름까지만 해도 눈에 확 띄는 스포츠카를 소유한 남자 친구를 보란 듯이 거느리고 다니다가 거의 바통 터치를 하듯 바로 다른 남자의 차가 회사 앞에 수시로 와서 기다리고 있으니 소문이 안 날래야 안 날 수가 없었다.

"일영아, 뭐 보고 있어?"

유현이 차를 출발시키더니 멍하니 창밖만을 바라보고 있는 일영을 힐긋거렸다.

"아니에요. 바쁜데 어떻게 왔어요?"

"요샌 안 바쁘다고 해서 집에 갔을 줄 알았는데 회사에 있어서 다행이야. 저녁은 먹은 거야?"

"그럼요. 시간이 몇 신데."

"예전엔 바쁜 게 좋았는데 지금은 회사를 때려치우고 싶은 심정이야. 남들은 바쁜 와중에도 할 거 다 할 수 있다지만 난 그게 왜 이리 힘든지 모르겠다."

며칠간 그는 눈코 뜰 새 없이 바빴던지 뻔질나게 하던 전화 대신 문자 몇 번만을 보냈을 뿐이었다. 시기상 부모님께 인사를 드리고 난 후인지라 그는 이걸 상당히 미안하게 생각했는데, 미안함을 담은 그 문자 내용이 어찌나 절절하던지 일영이 오히려 그럴 필요까진 없다고 다독여 주어야만 했다. 오늘 그가 늦은 시간이나

마 찾아온 것도 굉장히 무리를 한 것임을 일영은 충분히 짐작할
수 있었다.

"내일 저녁에 시간있지? 없어도 내줘야 해."

"네?"

"유학 간 친구가 잠시 다니러 왔거든. 어릴 때부터 알고 지내는
친구인데 내일 환영 파티를 하기로 했어. 그때 레스토랑에서 봤던
친구들도 다 올 거야."

"그럼……."

"세인이도 올 거야. 파트너 동반이니까 와이프도 같이 오겠지."

일영의 얼굴이 순간 딱딱하게 굳어졌다.

"물론 힘든 자리지만 꼭 넘어야 할 산이야."

당신과 사귀지 않는다면 굳이 넘지 않아도 될 산이겠죠. 일영은
이 같은 말을 속으로 삼켰다.

"일곱 시부터 시작인데 좀 늦게 가도 상관은 없어. 바 하나 빌려
서 우리끼리 하는 거니까 옷은 별로 신경 쓰지 않아도 돼. 뭐 청바
지에 터틀넥 같은 건 좀 그렇겠지만 말야. 먼저 우리 집에 왔을 때
입었던 옷 정도면 무난할 거야. 나도 거기에 맞출게."

일영은 유현의 이런 점이 마음에 들었다. 괜히 자신의 친구들에
게 책잡힌다며 옷을 사주네 어쩌네 호들갑을 떨었더라면 기분이
적잖이 상했을지도 모른다. 하긴 부모님께 선보일 때조차 있는 그
대로의 모습을 보였으니 친구들 앞에서야 더 말할 나위도 없다.
세인은 그녀를 옆에 끼고 다니는 내내 옷차림을 눈여겨보며 신경
을 썼고 옷을 입은 상태를 보며 데이트 여부를 결정하기까지 했

다. 지금 생각해 보면 상당히 모욕적인 일이었는데, 그때 당시는 너무나 순진하게도 오히려 그에게 미안하다는 생각을 더 많이 가졌었다. 옷이 초라해 창피하다며 데이트를 취소하는 남자에게 미안함을 가지다니 지금이라면 상상조차 하지 못할 비굴한 태도였다. 그러니 그렇게 헌신짝처럼 비참하게 버려진 것인지도 모른다.

"너무 몰아붙이려는 것 같아요. 부모님께 인사드리고 친구들에게 선보이고. 사실 그게 중요한 건 아니잖아요."

"친구들에게 보이고 싶어서라기보다 내일 모임은 빠질 수 없고 너는 만나고 싶고, 두 가지를 한꺼번에 해결하고 싶었을 뿐이야. 세인이가 신경 쓰이는 거니? 아니면 내 파트너로 간다는 게 싫은 거니?"

둘 다요. 일영은 다시금 말을 삼켰다. 하지만 그녀는 생각과는 달리 거절의 말을 섣불리 꺼내지는 않았다. 이성적으로 생각해 보면 거절하는 것이 맞는데도 묘하게 이 만남은 그녀의 마음을 잡아끌었다. 세인에게 유현과 파트너가 된 다정한 모습을 보여주고 싶다는 유치한 발상이 미치도록 유혹적이었고, 너 아니어도 이렇게 잘나간다는 것을 보여주고 싶다는 유아기적 발상 또한 못내 끓어올랐다. 물론 이건 양날의 칼이었다. 세인에게 당당한 모습을 보여줄 수 있다는 장점에 반해, 대신 세인과 그의 와이프의 다정한 모습 또한 두 눈으로 똑똑히 확인할 수밖에 없다는 단점이 더불어 존재하는 일이었다.

일영은 이 장점과 단점을 저울질했고 기어이 저울은 장점이 더 크다는 쪽으로 기울었다. 단점 또한 먼발치로 아리따운 신부의 모

습으로만 확인했던 신소정의 모습을 가까이 봄으로써 세인에게
그나마 남아 있던 미련을 송두리째 던져 버릴 수 있을 거라는 기
대감으로 상쇄되었다. 생각하면 할수록 유현의 제안은 거절할 수
없는 유혹적인 제안으로 느껴지기 시작했다.

유현은 일영의 시시각각 변하는 표정을 룸미러를 통해 바라보
며 은근한 미소를 지었다. 그녀를 근 반년간 지켜보고 겪어온 유
현은 그녀의 표정이나 눈빛만을 봐도 어떤 생각을 가지고 있는지
이제는 어렴풋이 짐작할 수 있었다. 겉과 속이 지나치리만큼 일치
하는 여자라는 게 일영의 매력 중의 하나인지도 모른다.

"오빠도 신경 쓰이고 힘들 텐데 괜찮겠어요?"

역시 짐작했던 대로 긍정의 말이 그녀의 입에서 조심스레 흘러
나왔다.

"괜찮지 않으면 애초에 말도 꺼내지 않았을 거야. 내일 회사 안
나가지? 시간 맞춰 데리러 갈게."

세인은 자신의 차를 멀찍이 주차시켜 놓고 일영의 집 앞에서 추
위에 떨며 그녀를 하염없이 기다렸다. 느닷없이 아침에 소정의 최
후통첩을 듣고 나니 정신이 확 나는 느낌이었다. 술 생각은 저만
치 사라져 버렸고 그러다 보니 오히려 일영이 보고 싶다는 생각만
이 머릿속에 달라붙어 떨어지지가 않았다. 이젠 소정이 알아버렸
으니 이판사판이라고나 해야 할까? 그는 아무 생각 없이, 그리고
아무 거리낌 없이 오랜만에 일영의 집 앞을 서성거렸다. 한 시간
이 흐르고, 두 시간이 흐르고, 일영의 동생 신영이 집으로 들어가

는 모습까지 확인했지만, 그녀의 모습은 좀처럼 보이지 않았다. 보통은 차로 이동하기에 그는 얇은 세무 코트 하나만을 걸친 채였다. 차디찬 칼바람이 얼굴을 베어낼 듯했고 얇은 겉옷은 맹추위를 조금도 막아주지 못했다. 하지만 그는 얼굴이 퍼렇게 변하고, 손이 곱을 정도로 얼어버려도 기다림을 멈추지 않았다. 마치 그 자신에게 주는 벌처럼 그는 그렇게 일영을 추운 골목길에서 하염없이 기다렸다.

너무 추워서 감각이 사라지고 감정 또한 굳어버린 탓일까? 그가 상상했던 가장 최악의 상황이 눈앞에 펼쳐졌는데도 세인은 의외로 담담한 표정을 지은 채, 일영과 유현의 모습을 먼발치에서 가만히 응시했다.

유현은 차에서 내려 일영의 조수석 문을 열어주었고, 그녀는 당연한 듯 그의 봉사를 받았다. 일영의 옷매무새까지 세심하게 고쳐 매주는 유현의 얼굴에는 그녀를 향한 숨길 수 없는 사랑이 넘치도록 흐르고 있었다.

세인은 가슴 한 편에 느껴지는 강렬한 통증으로 그만 눈을 감아버렸다. 유현은 세인과는 달리 이제껏 여자들을 골라 사귀었다. 그때그때 충동에 따라 여자를 만나는 세인에 비해 유현은 상당히 신중하게 여자를 만났고, 대부분 그와 비슷한 조건의 여자들뿐이었다. 당장에 결혼하더라도 결격사유가 없는 여자로, 유현 자신이 연애 자체를 결혼으로 가기 위한 중간 단계로 보았기에 웬만한 여자들과는 섣불리 시작조차 하려하지 않았다.

그런 유현이 볼 것 없는 조건을 가진, 심지어 친구와 깊은 관계였던 여자와 결혼을 생각하고 그걸 집안에 공표하기까지 했다. 웬만큼 사랑하지 않고서는 불가능한 일이었고, 일영에 대한 마음이 상상 이상으로 깊다는 것을 아프지만 인정하지 않을 수 없었다.

'저 자식 진심인 거야. 근데 왜 하필 일영이야? 왜 하필 그녀냐고.'

일영은 추운데도 서둘러 집으로 돌아가기는커녕, 유현의 차가 시야에서 사라질 때까지 끝까지 지켜본 연후에야 비로소 몸을 돌렸다. 아마 그녀가 그냥 서둘러 집으로 돌아가 버렸더라면 세인도 어쩔 수 없이 발걸음을 돌렸을지도 모른다. 하지만 씁쓸하게도 일영의 이 같은 행동 때문에 그는 그녀 앞에 자연스레 모습을 드러낼 수 있었다.

일영은 세인을 보고는 심장이 떨어져 나갈 만치 놀랐지만 아무 말도 하지 않았다. 아니, 입이 딱 붙어버린 듯 좀처럼 떨어지지가 않았다. 어차피 내일이면 그를 보리라 생각했지만, 오늘의 만남은 너무 급작스러운 일이었다.

"이제 오니?"

일영의 눈에 차갑게 얼어 굳어버린 그의 얼굴이 확연히 들어왔다. 유현과 함께 있는 모습을 분명히 봤을 텐데도 그는 오히려 억지로 미소 띤 얼굴을 지어 보이고 있었다. 다른 때 같았으면 미친 듯 화를 내고, 온갖 성질을 피웠을 텐데 마치 버림받은 강아지처럼 축 늘어져 일영을 처연하게 바라보고 있었다.

"여긴…… 어쩐 일이에요?"

“늦은 건 아는데 어디 가서 따뜻한 커피 한 잔 마시지 않을래?”

“이 근처에는 마땅한 곳이 없어요.”

그냥 가달라는 뜻으로 얘기한 것이지만 세인은 그렇게 받아들이지 않았다.

“차 가져왔어. 신림역 근처로 가면 되잖아.”

“차도 있는데 왜 밖에서 기다려요?”

“네가 내 차를 보면 피할까 봐.”

일영은 기가 막혀 혀를 끌끌 찼다. 오들오들 떨며 손을 비비는 그의 모습을 보니 꽤 오래 기다린 것 같았다.

“늦었는데 그만 가주세요.”

“부탁이야, 일영아. 너무 추워서 그래. 그게 안 되겠으면 차 안에서라도 잠깐 같이 있어줘, 응? 편의점에 가서 커피 사 올 테니까.”

“대체 왜 이러는 거예요?”

“잠깐이면 돼.”

애처롭게 부탁하는 세인의 모습이 생소해서였을까? 아니면 추위를 무릅쓰고 기다린 그의 정성을 모른 척할 수가 없어서였을까? 이도 저도 아니면 그저 세인과 함께 있고 싶어서였을까? 일영은 자신의 마음을 도무지 알 길이 없었지만, 결국엔 그의 차에 올라탔다. 세인은 직접 그녀를 위해 조수석의 문을 열어준 뒤 차의 시동을 걸어 히터를 틀었다. 그리고 난 후에야 바로 옆에 위치한 편의점에 가서 뜨거운 원두커피 두 잔을 사 와 그중 하나를 그녀에게 건네주었다.

"진짜 커피 맛있다. 이제껏 마셨던 커피 중에서 단연 최고야."

그는 정말로 맛있게 커피를 마셨다. 추운 곳에 있다가 따뜻한 차 안으로 들어오니 몸이 확 풀리는 모양이었다. 종이컵을 든 그의 손이 사시나무 떨리듯 했고 커피를 마시는 입술도 가늘게 떨리고 있었다.

"왜 자꾸 오는 거예요?"

일영은 커피에는 입도 대지 않은 채 다그치듯 말문을 열었다.

"너 유현이 좋아하니?"

"대답하고 싶지 않아요."

"유현인 나보다 더 안 돼. 내가 어떤 마음으로 널 놓은 건데……. 이혼하고 오면 나 받아줄 수 있니? 이혼남이니까 부모님께 허락받을 수 있을지도 몰라."

"누구 부모님한테요? 오빠 부모님? 우리 부모님?"

일영은 냉소적인 표정으로 세인을 응시했다.

"우리 부모님이 반대할 거란 생각은 조금도 들지 않는 모양이죠? 멀쩡한 딸을 아무리 돈이 많아도 이혼남에게 순순히 줄 거라 생각했어요? 우리 집이 그렇게 우스워요?"

"그런 뜻이 아니라……."

세인은 당황해서 더 이상 말을 잇지 못했다. 정말로 그런 뜻은 아니었지만, 일영이 그렇게 받아들일 수도 있었다는 것에 아차 싶은 마음이 들었다.

"이래서 오빠는 안 돼요."

일영은 피식 웃더니 차 문을 열고 내리려 했다. 하지만 세인은

느닷없이 그녀의 손목을 잡아끌더니 온몸 전체를 강하게 끌어안
고는 자신의 입술을 그녀의 입술에 다짜고짜 밀어붙였다. 얼마 만
에 맛보는 그녀의 입술인지……. 세인은 정신없이 그녀의 촉촉한
입술을 벌려 한입 가득 달디단 과실을 맛보듯 혀를 굴리고 흡입했
다.

일영은 느닷없는 그의 키스에 저항하고 몸부림쳤지만 굶주린
듯 달려드는 그의 강한 힘 앞에서는 도무지 어찌해 볼 도리가 없
었다.

"가만있어, 제발. 제발 부탁이야."

일영의 입술을 물어뜯듯이 빨던 세인은 그녀의 저항에 마음이
적잖이 상했다. 실로 오랜만에 맛보는 그녀의 입술이 눈물이 날만
큼 달콤해 정신이 아득할 지경인데 그녀의 저항은 자신을 마치 치
한처럼 느끼게 만들었고, 왜 이렇게까지 상황이 악화되었을까 하
는 점까지 생각이 미치게 되었다.

"이러지 말아요. 이러지 말라구요."

일영은 그의 애절한 호소에 마음이 흔들릴 뻔했지만 단호하게
그를 뿌리쳤다. 사실상 그녀의 힘으로 뿌리쳤다기보다 그가 놔주
었다는 편이 더 맞을 것이었다. 일영은 세인의 낙담한 표정에도
불구하고 잔인하리만큼 자신의 입술을 벅벅 손으로 문질러댔다.

"유현 오빠와 결혼할 거예요. 저번 주 일요일 날 부모님도 만났
고, 내일 유현 오빠 친구 모임에도 참석할 거예요. 다행히도 황세
인 씨는 날 당신 쪽 사람 그 누구에게도 소개시켜 준 적이 없었죠.
정말 고맙게 생각해요. 유현 오빠야 너무도 우연히 마주치는 바람

에 마지못해 소개받은 건데, 그 덕을 이렇게나 톡톡히 볼 줄 누가 알았겠어요?"

"지, 지금 뭐라고 한 거냐? 누굴 만나?"

"유현 오빠 부모님이요."

"미쳤군."

"당신 머릿속에서야 이혼남이 되어야 그나마 어떻게 해볼 수 있다는 생각이 드는 모양인데 유현 오빠는 그런 거 상관하지 않던데요? 부모님도 좋은 분들이시더군요. 따뜻하게 맞아주셨고 다정하게 대해주셨어요."

세인은 말문이 막혔는지 그저 황당하다는 표정만을 지었다.

"내일 모임에 황세인 씨도 온다면서요? 이젠 이러는 거 지겨워요. 부인과 다정하게 참석해 주세요. 이젠 이딴 복잡한 짓 그만둘 때도 됐잖아요? 언제까지 이렇게 답답하게 굴 거예요?"

"내일 모임에 유현이와 함께 오겠다고? 너 제정신이야? 네가 그들 사이에 껴서 대체 뭘 하려고? 장식품이라도 될 생각이야?"

"날 바보라고 생각하면서 도대체 난 왜 만난 거예요? 아무렴 사람들 사이에 끼어서 말 한마디 제대로 못하는 바보인 줄 알았어요? 당신 친구들이 어떤데요? 무슨 금테라도 둘렀어요? 그렇죠, 난 그저 데리고 놀기 좋은 섹스 파트너에 지나지 않았어요. 그런 줄도 모르고 들떠서 좋아했다니…… 몸 다 녹았죠? 이제 그만 어부인 곁으로 돌아가세요. 말 한마디 못하는 바보한테는 그만 신경 끊으시고요."

18

일영은 세인의 차에 내려 미친 듯이 집까지 뛰었다. 차고 시린 바람이 얼굴을 아프도록 때렸지만 아무것도 느껴지지 않았다. 세인과 만나는 동안 느꼈던 그의 배려나 보살핌이 사실은 그녀를 아무 생각 없는 장식 인형쯤으로 생각해서일 뿐이었다는 것을 너무나 절실히 깨달았다. 하긴 스스로의 잘못도 크다. 그저 세인에게 취해서 아무 정신 없이 이끌려만 다녔고 그의 이 같은 무시를 깨닫지조차 못하고 살았다.

신영이 늘 옆에서 부르짖던 말이 있었다. 신영인 머리도 좋았지만 욕심도 많아서 코피 터져라 머리 싸매고 공부하며 스스로를 들볶는 스타일이었는데, 늘 일영의 무욕(無慾)적 성격을 못마땅하게 생각하곤 했다.

"제발 공부 좀 해. 네가 생각하기에 미적분 하나 잘 푸는 게 별 거 아닌 거 같지? 하나 쓸데없는 거 같지? 이런 게 하나하나가 쌓여서 네 미래를 만들어가는 거야. 평등 사회? 웃기지 말라 그래. 같은 잘못을 해도 공부 잘하는 애가 땡땡이치는 건 잠깐 머리 식히는 거고 공부 못하는 애가 그러는 건 구제불능에 꼴통 취급받는 게 현실이야. 공부 잘하는 애가 무시당하는 거 봤니? 우리 집, 친가나 외가보다 못살아도 왜 동등한 대접을 받고 있는 건데? 어떨 때 널 보면 생각이 없어 보이다가도 또 너무 통달해서 그런 거 같기도 하고 내가 헷갈린다, 헷갈려. 아니, 김미나 의대 들어간 거 그렇게 해맑게 축하하고 싶디? 어릴 때부터 그렇게 비교당하고 컸으면 나 같으면 혀 깨물고 죽어버리겠다."

김미나는 일영과 동갑나기 고종사촌으로 사실상 자랄 때부터 너무 차이가 나 비교 대상도 되지 못했다. 뭐 엇비슷하기라도 해야 혀를 깨물거나 시샘을 하거나 할 텐데 그럴 만한 여지도 없었고, 오히려 신영 쪽이 투쟁의식을 불태우며 시샘하던 대상이었다.

"난 의사 관심없는데?"

일영의 천연덕스러운 대꾸에 신영은 머리를 쥐어뜯으며 아예 이를 갈았다.

"앓느니 죽지. 너처럼 너무 욕심이 없어도 세상 살기 힘들어진다. 사람들이 다 너 같은 마음인 줄 아니? 하긴 무던한 성격이니 우리 집안에서 살아남는 거지. 자신의 가치는 스스로 만드는 거야. 네 스스로 자부심을 느끼는 것도 중요하지만 남들 보기에도 자부심이 느껴질 정도의 스펙은 갖춰줘야 그 자부심이 빛나는 거라고. 몰라, 네 인생이니까 알아서 해."

예전엔 신영의 이 같은 말이 도무지 이해가 가지 않았었다. 사람마다 추구하는 가치가 다르고, 담을 수 있는 그릇이 다르고, 원하는 것이 다르기에 누구와도 비교해 본 적 없이 스스로에게 만족하며 살아왔다. 잘되는 사람들에게 사심없이 축하해 주고, 잘 안 되는 사람들 역시 사심없이 위로해 주었다.

내가 하고자 하는 일에만 성실하면 됐지 다른 사람들의 시선이나 평가가 뭐가 그리 중요한가 생각하며 한길만 보며 살아왔다. 한데 지금은 신영의 말뜻이 어렴풋이나마 이런 것이었든가 이해가 되기 시작했다. 다른 누구도 아닌 사랑하는 연인이 자신을 창피하게 여기고 있었다. 친구들 사이에서 장식품으로 전락하는 꼴을 보이기 싫어서 그동안 아무에게도 소개시키지 않았던 것이라 말하고 있었다. 친구들에게조차 보일 수 없는 여자였으니 가족은 더 말할 나위도 없다. 몇 달간을 마치 간이라도 빼줄 듯이 귀애하며 애정을 쏟았으면서도 그 마음 한 편에는 창피하다는 생각을 숨겨두고 만나왔던 것이다. 이건 여자로서, 아니, 인간으로서 받을 수 있는 최대한의 모욕이었다.

한겨울이었지만 어제와는 달리 햇살이 다사로우면서 날씨도 적잖이 온화하게 풀려 있었다. 일영은 다른 어느 때보다도 옷장 앞에서 많은 시간을 보내며 어떤 옷을 골라야 할까 심각하게 고민하고 있었다.

자신의 옷장에서는 마음에 드는 옷이 없어 신영의 옷장까지 넘보는 지경에 이르렀다. 두 사람은 키 차이가 약간은 났지만 사이즈는 같아서 옷을 바꿔 입는데 별문제는 없었다. 하지만 서로 옷을 빌려 입는 일은 거의 없었는데 그건 바로 취향 차이 때문이었다. 단정하면서도 편안한 캐주얼을 즐겨 입는 일영에 비해 신영은 다소 파격적인 옷들도 즐겨 입었다. 회사에 다니면서 정장류를 많이 구입하기 전에는 끈만 달린 손바닥만한 톱이나 초미니 스커트도 마다않고 입고 다녔다. 물론 이 두 가지를 같이 매치하는 우를 범하지는 않았다. 노출도 적당히 해야 본인도 즐겁고 남들 보기에도 부담없다는 것이 신영의 평소 지론이었다.

다행히 신영의 옷장에는 출근용의 점잖고 깔끔한 정장들도 다수 걸려 있었다. 평상시라면 눈길도 주지 않았을 옷이지만 오늘은 날이 날이니만치 신경을 쓰지 않을 수 없었다. 일영은 한참 옷을 뒤적이다 결국 블랙의 슈트를 골랐고 단조로움을 막기 위해 그 안에 받쳐 입을 블라우스로는 화려한 색상을 골랐다.

세인과 헤어지고 나서 긴 머리를 단발로 잘랐는데 그 머리가 지금은 어깨를 덮을 만큼 자라 있었다. 일영은 머리를 올백으로 단아하게 빗어 넘겨 고무줄로 고정하고 헤어밴드로 마무리했다. 보통은 검은색 스타킹을 선호하지만 특별히 신영의 서랍을 뒤져 다이아 무늬의 과감한 스타킹으로 포인트를 줬다. 일영은 자신의 모습을 전신거울로 비춰보며 만족스런 미소를 지었다. 화장도 잘되었고 깨끗하고 잘생긴 이마를 드러낸 헤어스타일도 단정해 보였다. 이 정도면 신경을 엄청나게 쓴 것 같지도 않으면서도 유현의 옆에 서기에 부족함이 없는 모습일 거라 나름대로 자평을 했다.

구두와 핸드백까지 신영의 것으로 맞춰서 든 후 귀 뒤와 손목에 살짝 향수를 뿌린 일영은 마침 유현이 아래에 와 있다는 전화를 받고 서둘러 집을 나섰다.

역시 차 밖으로 나와 기다리고 있던 유현은 일영의 모습을 보고는 깜짝 놀란 표정을 지었다.

"세상에, 난 다른 사람이 나온 줄 알았어. 진짜 예쁘다."

"괜찮아요? 오빠도 멋있어요."

유현이 이렇게나 잘생겼다는 것을 왜 그동안 자각하지 못했을까 싶을 정도로 그는 굉장히 멋져 보였다. 회사에 출퇴근할 때 입는 일순 딱딱해 보이는 옷이 아닌, 캐주얼한 회색 정장에 검은색 넥타이를 맨 그의 모습은 마치 모델 같았다. 오직 유현만이 그녀의 눈에 들어왔고, 나중에 세인을 만날 수도 있다는 껄끄러운 생각 따위는 전혀 떠오르지 않을 정도로 온전히 그에게 몰입했다.

"올백이 잘 어울린다. 그거 웬만한 미인이 아니면 소화하기 힘든 스타일인데. 심은하나 고현정 같은 배우들이나 어울리는 줄 알았어."

"자꾸 그러면 놀리는 것 같잖아요."

"놀리다니. 우리 모임에 가지 말까? 친구들이 보고 채가면 어떡하지? 이제 와 하는 얘기지만 세인이가 왜 널 그렇게 꽁꽁 숨겨놨는지 이해가 가. 너 은근히 눈길을 잡아끄는 스타일이거든. 차라리 눈부신 미인이면 이해가 가는데 그것도 아니고 그냥 은근히 생각나는 스타일이야. 이런, 춥다. 얼른 타."

유현은 일영을 위해 조수석의 문을 열어주고는 서둘러 운전석으로 향했다.

"마음 편히 가져. 내가 옆에 있으니까."

"네."

"친구들이 혹 짓궂은 질문 같은 거 해도 너무 신경 쓰지 마. 그리고 내 친구들이라고 너무 정중하게 대할 필요는 없어. 상대에 따라 맞추면 되는 거야."

돌려서 얘기하지만 그가 말하는 것이 무슨 뜻인지 일영은 금방 알아들었다. 아무래도 그들 기준에 맞는 사람은 아니니 뭔가 껄끄러운 일이 벌어질 수도 있다는 암시였고, 그런 것에는 단호하게 대처하라는 주문이기도 했다.

"오빠 창피하지 않아요?"

"뭐가?"

"아무래도 오빠 주변 사람들에 비하면 내가 많이……."

"너 스스로는 그렇게 생각하지 않잖아."

"물론 나야 그렇지만."

"네가 너 자신을 자랑스럽게 생각하는데 누가 널 창피하게 생각해? 연인끼리 서로를 창피하게 생각한다는 건 있을 수도 없는 일이야."

유현의 단호한 말을 들으니 어젯밤 세인에게 들었던 말들이 한층 더 상처가 되어 남았다. 어째서 그런 남자를 사랑해 버린 걸까? 헤어지더라도 유현 같은 남자와 사귀다 헤어졌더라면 이렇게까지 참담한 심정을 느끼는 일은 없었을 터인데.

토요일 저녁이라 그런지 압구정동의 갤러리아 백화점 근처는 물샐틈도 없이 꽉꽉 막혀 차가 옴짝달싹하지 못해 가다 서다를 반복했다. 꽤 지루한 시간이 되어야 맞겠지만, 유현은 힘들어하거나 짜증 내는 기색없이 재미난 화젯거리를 쉼없이 끌어내어 일영을 웃게 만들었다.

차는 드디어 인파와 차들을 헤치고 골목길을 돌아 들어가 한 빌딩 앞에 멈추었다. 그곳 지하에 위치한 bar가 바로 이날의 약속 장소였다.

담배 연기가 자욱한 실내에 들어가니 이미 적지 않은 사람들이 도착해 삼삼오오 모여 담소를 나누고 있었다. 바나 테이블을 차지하고 앉아 있는 사람들도 있었고, 몇몇은 서서 애기를 나누거나 흥겨운 보사노바 리듬에 맞춰 커플들끼리 춤을 추기도 했다. 세련되게 성장한 젊은 남녀들의 모습은 일영의 눈에 마치 딴 세상 사람들처럼 비춰졌다. 그냥 영업을 하는 바에 들어갔더라면 이런 기분을 느끼지는 않았을 것이다. 보기만 해도 고급스러워 보이는 바를 아예 전세 내어 즐기는 사람들이라니 그걸 자연스럽게 받아들이기란 아무리 일영이라도 그리 쉬울 것 같지 않았다.

"어, 유현이 왔냐? 안녕하세요. 얼마 전에 뵀었었죠? 장진서입니다."

"안녕하세요."

레스토랑에서 봤던 유현의 친구였다. 그는 그때와 다름없이 서글서글한 태도로 일영을 맞아주었다.

"이거 전 유현이가 다른 여자 분을 모시고 온 줄 알았습니다. 그

때도 미인이라 생각했지만 지금은 아주 눈이 부시네요."

"짜식, 넉살은. 유라 씨는 같이 안 왔어?"

"물론 같이 왔지. 지금 소정 씨랑 태희 씨와 얘기 중이야. 여자들끼리 무슨 할 얘기들이 그리 많은지. 일영 씨도 이리 오세요. 소개시켜 드릴게요."

그는 몸을 돌려 여자들이 삼삼오오 모여 앉아 칵테일을 마시고 있는 테이블로 일영을 안내했다. 같이 따라가던 유현은 중간에 친구들에게 잡혀 인사를 나누느라 정신이 없었다.

일영이 다가가자 여자들의 호기심 어린 시선이 그녀에게로 일제히 쏠렸다.

"잠깐 실례하겠습니다. 이쪽은 최유현 군과 동행이신 김일영 씨입니다. 물론 말처럼 그냥 동행이 아니라는 건 잘 아시죠?"

장진서의 넉살좋은 소개에 여자들은 한층 더 놀란 표정으로 일영을 맞았다.

"최유현 씨 애인 생겼다는 소식은 들었는데 이렇게 만나서 반가워요. 우리 무지 궁금해했잖아요."

한 여자가 반색을 하며 일영에게 손을 내밀었다. 그리 미인이라 볼 수는 없었지만 세련된 태도나 옷차림이 호감을 주는 여자였다.

"김일영이라고 합니다."

일영은 그녀의 옆에 서 있는 낯익은 여자를 발견하고는 떨떠름한 기분을 감출 수가 없었다. 신소정, 결혼식의 먼발치에서 봤을 때와는 비교도 되지 않을 만큼 특출난 미인이었다. 늘씬한 키와 조막만한 얼굴, 이지적으로 생긴 깎아놓은 듯한 윤곽, 이 바 안에

서도 가장 돋보이는 미모의 소유자였다. 같은 여자가 봐도 숨이
막히도록 매력적이고 아름다운 여자. 내가 남자라도 선택하지 않
을 수밖에 없는 그런 여자. 일영은 이제껏 그 누구와도 비교하며
살아오지는 않았지만 지금 이 순간만큼은 그 가치관이 어이없이
허물어져 버림을 느끼고는 저도 모르게 입술을 깨물었다.

"김일영 씨라고요?"

의외로 신소정은 그녀의 이름을 듣더니 약간은 놀란 표정을 지
어 보였다. 괜히 일영이 뜨끔해질 만큼 심상치 않은 반응이었다.

"아! 이름이 어딘가 익숙해서 그만. 난 신소정이라고 해요. 반가
워요. 최유현 씨 참 좋은 사람이죠? 난 유현 씨 친구 와이프예요.
어릴 때부터 어머님들끼리 친한 사이었다고 하더군요. 마침 저기
두 사람이 같이 있네요. 바로 유현 씨 옆에 있는 사람이 제 남편이
에요."

일영은 자연스레 시선을 돌려 마주 보고 서 있는 유현과 세인을
바라보았다. 두 사람이 나란히 서 있는 모습을 보니 정말 똑같은
키에 똑같은 덩치가 마치 쌍둥이 같았다. 옷 입은 스타일이나 얼
굴 모습, 그리고 몸에서 풍기는 분위기는 판이하게 달랐지만, 그
두 사람은 이상하게도 언뜻언뜻 비슷하다는 느낌을 주었다.

바에는 계속해서 사람들이 들어왔고 그때마다 떠들썩한 환영
인사가 이어졌다. 하지만 대략 백여 명 가까이 되는 사람들이 북
적이다 보니 나중에는 누가 누구랄 것도 없이 개인적으로 인사를
주고받았고, 각자가 자연스레 그룹을 이뤄 테이블을 차지하고 앉
았다.

옆에 서 있던 장진서는 언제 다녀왔는지 일영에게 붉은 와인이 담긴 글라스를 권했다. 이들이 앉은 팔 인용 테이블에는 어느 순간 네 명의 여자와 네 명의 남자가 합석을 하게 되었다.

"내 약혼녀와 인사는 한 거야?"

유현은 일영의 어깨에 쓱 팔을 두르더니 보란 듯이 소파에 나란히 앉았다. 그들 맞은편에는 약간은 어색한 분위기를 풍기고 있는 황세인과 신소정 커플이 앉아 있었다.

"약혼? 두 사람 약혼했어?"

호들갑스럽게 반응하는 장진서의 말소리가 마치 먼 우주 건너편에서 들려오는 양 현실감이 느껴지지 않았다. 단지 싸늘하게 자신을 바라보고 있는 황세인의 시선만이 일영의 마음을 불편하면서도 옥죄게 만들었다.

"어머, 단순한 애인 사이가 아니었네요. 축하드려요."

장진서 옆에 앉아 있던 민유라까지 덩달아 축하 인사를 건넸다. 또 다른 커플 역시 축하 인사를 아끼지 않았다.

"직업이 뭔지 물어봐도 될까요?"

위스키 스트레이트를 한 모금 마시고 난 세인이 나직한 목소리로 축하 분위기에 약간의 찬물을 끼얹었다. 특별히 이상하거나 실례되는 질문은 아니었으나 그의 어투에서 풍기는 뉘앙스가 다른 사람들이 확연히 눈치챌 수 있을 정도로 비아냥거리는 느낌을 주었던 것이다.

"애니메이터."

유현은 일순 세인을 차갑게 노려보았지만 이내 흔연스럽고 느긋하게 대꾸했다.

"어머, 애니메이터요? 멋있다. 어떤 종류의 애니메이터인 거죠? 그것도 꽤 다양하던데. 뭐 컴퓨터 애니메이터도 있고……."

민유라는 자연스럽게 호기심을 내비쳤다. 물론 그게 정말로 궁금해서가 아니라 대화를 이끌어 나가기 위한 제스처라는 것쯤은 일영도 잘 알고 있었다.

"컴퓨터를 다루는 일은 아니고 실제 만화영화를 그리는 일을 하고 있어요. 셀 애니메이션이라고 하는데 일일이 움직이는 동작들을 그려주는 거예요."

"와! 미술 전공하셨어요?"

"아니요."

"어머, 그럼 전공도 아닌데 그런 일을 하세요? 재능이 뛰어나신가 보다. 그럼 뭘 전공하다 그쪽 길을 선택하신 거죠?"

"고등학교 졸업하고 바로 이 일을 시작해서 전공이랄 게 없네요. 뭐 애니메이션 학과들이 있기는 하지만 알아보니 굳이 나오지 않더라도 일을 시작하는 데는 지장이 없더라구요."

갑자기 테이블 안의 분위기가 싸늘해졌다. 다들 믿을 수가 없다는 시선으로 유현을 바라보았고 워낙 갑작스럽고 예상치 못한 일이었는지 침묵은 생각보다 오래 좌중을 휩싸고 돌았다.

"뭐 대학 나오는 게 그렇게 중요한가? 안 그래요?"

오히려 침묵을 깬 건 놀랍게도 세인이었다.

"요새 일부러 안 가는 사람들도 있고 뭐 대신 유학을 다녀오는 사람들도 있고 그렇잖아요? 한데 부모님은 무슨 일을 하시죠? 유현이 같은 남자 만나기가 그리 쉬운 일은 아닌데 따로 우연히 만났을 것 같지는 않고."

세인은 학벌이 딸리는 대신 집안이 대단한 모양이라고 대놓고 비꼬고 있었다. 일영은 생각보다 그의 이 같은 도발에 담담하기만 했다. 예상치 못했던 일도 아니었고 이런 일로 그녀 스스로의 자존심이 다쳐지지도 않았다.

"그냥 우연히 만난 사이예요. 우연히 아는 분과 식사를 하다가 알게 되었는데 지금도 그분께는 진심으로 감사드리고 싶어요."

세인은 움찔해서 일영을 강렬하게 노려보았다.

"저희 부모님은 그냥 평범한 분들이세요. 유현 오빠 집안에 비한다면 많이 부족하죠."

"부족하긴. 아버님, 어머님이 우리 대학 선배님이시더라고. 여동생도 우리 동문이고. 알고 보니 아버님이 현호 구조본에 계시다 퇴직하셨잖아. 초창기 멤버셨는데 그때 현호 구조본 출신이라면 거의 전설이지?"

"세상에, 그럼 대단하지. 아직도 현호 내 최고 엘리트들만 모인 곳이 구조본이잖아."

분위기는 어느새 거짓말처럼 봄눈 녹듯이 풀렸다. 이 난감한 상황에서 벗어나고 싶어 다들 오버하는 건지는 몰라도 일영의 고졸 신분은 오히려 새롭고 신선하게 받아들여졌다. 심지어 장진서는 서태지 등을 운운하며 자신의 재능을 살리기 위해 대학에 의미를 두지 않고 하고자 하는 일에 일찌감치 뛰어든 일영이 마치 이 시대의 새로운 패러다임인 양 추켜세우기까지 했다.

"부모님이 그렇게 깨어 있기가 드문데……. 어떻게 대학에 안 갈 수 있었어요? 그런 부모님이라면 기대가 컸을 텐데요?"

이제껏 침묵을 지키고 있던 신소정이 정말로 궁금하다는 듯 일영에게 물었다. 전혀 비꼬는 기색없이 순수하게 궁금한 것을 질문하는 기색이라 일영이 딱히 불쾌하게 받아들일 이유가 없었고, 유현의 부모님에게도 받았던 질문이라 그리 당황스럽지도 않았다.

"공부를 못했어요. 잘했다면 들어갔겠죠."

일영의 천연덕스러운 대꾸에 좌중에는 왁자지껄 폭소가 터져 나왔다.

"어머, 진짜 솔직하시다. 이런 면에 유현 씨가 반했나 봐요. 나도 공부 진짜 못하고 하기도 싫었는데 하도 집안에서 과외다 뭐다 붙여가며 닦달을 해대는 통에 차라리 죽는 것보다 낫다 싶어 공부했잖아요. 뭐 사실 딱히 하고 싶은 것도 없으니 학벌이라도 따야지 뭐 별수있나요? 일영 씨, 진짜 멋있다."

민유라는 정말로 감탄한 듯했다.

"언제 우리 남자들 빼고 저녁이나 같이 먹어요. 연락처는 나중에 진서 씨 통해서 물어볼게요."

"그래요."

19

이때 마침 오늘의 주인공이 마이크를 들고 무대에 서서 귀국 인사를 했고 사람들은 아낌없이 환호를 보내주었다. 일영은 사람들의 시선이 무대로 쏠려 있는 틈을 타 화장실에 가기 위해 살짝 자리에서 일어섰다.

볼일을 보고 화장을 고치고 나온 일영의 손목을 누군가가 잽싸게 잡아채더니 어딘가로 다급히 끌고 들어갔다. 순식간의 일이라 미처 저항할 틈도 없었다. 주방 옆에 위치한 작은 창고 안에서 세인과 일영은 서로의 숨소리를 가감없이 느낄 수 있을 정도로 밀착된 자세로 서 있었다.

"이젠 거짓말까지 하니? 그거 너답지 않잖아?"

세인의 입에서 술 냄새가 확 끼쳐 왔다. 예전에는 그것조차 향

기로웠는데 마음이 떠나니 몸도 떠나는 것일까? 그의 숨소리가 역
하고 구역질이 날 것만 같이 견디기 힘들고 혐오스러웠다.

“뭐가 거짓말인데요?”

“네 아버지가 현호 구조본 출신이라고? 게다가 우리 선배?”

“우리 아빠 상대 나오셨고 엄마는 같은 학교 영문학과 나오셨
어요. 현호 구조본에 계셨던 것도 맞구요.”

“뭐?”

“그게 그렇게 중요해요? 우리 부모님 학벌이나 직업이 그렇게
중요한 일이냐구요. 지금 얼마나 우스운 줄 알아요? 댁이 그렇게
자랑스레 여기는 저 친구들의 모습을 봐요. 한 편의 연극을 보는
것 같더군요. 나를 창피하게 생각하는 게 맞는 건지, 아니면 내가
당신 친구들을 창피하게 생각해야 하는 건지 상당히 헷갈려요.”

“……”

“신소정 씨, 실제로 보니 정말 미인이고 대단한 여자 분이시더
군요. 날 버린 게 이해가 가요. 씁쓸하지만 나라도 그 여자를 택하
겠어요.”

“입 다물어, 김일영.”

세인은 이를 갈며 일영의 턱을 손으로 거칠게 잡아 올렸다.

“최유현의 약혼녀? 꿈 깨. 내가 그 꼴을 가만히 두고 볼 거라 생
각해?”

“마음대로 해요. 같이 자폭하고 싶으면.”

“네가 이런 여자인 줄 진즉에 알았어야 했는데.”

“알았다 한들 달라질 게 있어요? 어차피 난 당신한테는 친구들

에게조차 소개시켜 줄 수 없는 창피한 여자인데?"

"그 뜻이 아니야. 내 말은 그 뜻이 아니었다고."

세인은 발을 동동 구르다시피 했다.

"이거 놔줘요. 유현 오빠 기다리니까."

"유현인 안 돼. 유현인 안 된다고."

"그럼 다른 남자는 돼요?"

세인은 그만 입을 다물었다. 다른 남자? 유현을 떨어낸다 해도 언젠가 그녀에게 또 다른 남자가 생길 것이다. 그 남자를 떨어내고 나면 또 다른 남자가, 그리고 그 남자 다음에 또 다른 남자가 생기고 결국 악순환이 되어버릴 것이다. 일영을 합법적으로 소유하지 않은 이상 그 고리는 끊임없이 이어지리라.

일영은 멍한 표정을 짓고 있는 세인의 손을 거칠게 뿌리치고는 그를 남겨두고 창고 밖을 나섰다. 어둠침침한 복도를 따라 돌아 황급히 걸어 나가는 일영의 눈앞에 하필이면 화장실 입구에 오롯이 서 있는 신소정의 모습이 들어왔다. 괜히 죄지은 사람마냥 일영의 심장은 덜컥 내려앉았다. 저도 모르게 그녀는 소정의 시선을 피해 얼굴을 돌리고는 가던 걸음을 더욱 재촉했다. 신소정의 얼굴에 의아한 빛이 스친 것을 알면서도 태연을 가장할 수가 없어 못내 당혹스러웠다. 하지만 지칠 대로 지친 신경을 추스르는 것만으로도 과부하가 걸릴 지경이었다.

다행히 유현이 복도 끝에서 그녀를 기다리고 있었다.

"일영아, 우리 이만 가자."

"그래도 돼요?"

일영은 저도 모르게 반색을 했다.

"인사도 했고 살짝 빠져나가면 돼."

일영은 안도의 숨을 내쉬며 서둘러 그의 뒤를 따라 바를 나섰다. 밖에는 어느새 예기치 않은 하얀 눈이 소담스레 펑펑 쏟아지고 있었다. 이번 겨울은 지난해와는 달리 겨울 가뭄이 걱정없을 만큼 자주 눈이 내렸다. 포근한 눈이 바닥 위에 살포시 쌓이는 모습을 바라보며 일영은 어린아이처럼 탄성을 내질렀다.

"와! 눈이다."

"이거 그냥 집으로 들어가기는 억울한데? 어디 교외라도 나갈까?"

"벌써 열 시가 다 돼가는데."

"자유로 쪽이면 그렇게 오래 안 걸려. 눈이 와서 많이 막힐까?"

"그럴 거 같아요."

"그래도 가자. 어차피 내일은 일요일이잖아, 응? 드라이브도 하고 맛있는 것도 먹고."

"좋아요."

일영은 미소를 지으며 고개를 끄덕였다. 숨 막힐 듯한 긴장감이 사라지고 나니 왠지 마음이 허탈하고 허무하기까지 해서 그녀 역시 이대로 집에 들어가고 싶지가 않았다.

여자의 육감이란 어쩌면 이렇게도 어김없는 것일까? 소정은 일영을 처음 볼 때부터 이상하게도 눈에 밟혔고 이름을 듣고 나서부터는 말도 안 된다 생각하면서도 뻗어나가는 상상의 나래를 도무지 붙잡을 수가 없었다. 이령, 일영, 세인이 밤마다 잠꼬대로 불러 대는 바로 그 이름. 어떻게 잊을 수가 있겠는가? 그녀는 한 번 의심이 들기 시작하자 저도 모르게 세인을 유심히 관찰하게 되었고, 처음에는 조심하는가 싶더니 술에 취할수록 김일영에게 눈을 떼지 못하는 그의 모습을 보고는 가슴이 철렁 내려앉았다. 세인과 눈이 마주칠 때마다 눈을 내리깔고는 약간은 난처한 표정을 짓고 있는 그녀의 모습 역시 심상치 않았고, 최유현이 세인을 도전적인 눈으로 바라보며 김일영을 감싸고 도는 모습 또한 소정의 의심을 점차 확신으로 만들었다.

오늘의 주인공이 일어나 인사말을 하며 좌중의 시선을 모을 무렵, 일영은 그 소란스러운 와중에 잠시 자리를 비웠고 그 모습을 노골적으로 지켜보던 세인이 조심성없이 그녀의 뒤를 재빨리 따라나섰다. 소정은 무의식적으로 세인의 뒤를 따랐고, 그가 화장실에서 나오는 일영의 손목을 낚아채 으슥한 곳으로 향하는 것을 믿을 수 없는 심정으로 똑똑히 목격했다. 그가 마음에 두고 있는 여자가 친구의 여자라니, 그것도 빼어난 미모도 특출난 능력도 없는 그저 그런 평범한 여자였다니 눈으로 보고도 믿어지지가 않았고, 기가 막혀 말문을 열 수조차 없었다.

최유현의 에스코트를 받으며 슬쩍 바를 빠져나가는 김일영의 뒷모습을 빤히 쳐다보던 소정은 언뜻 뒤를 돌아보는 최유현과 우연히 시선이 마주쳤다. 뭐라 설명할 수 없는 그 기묘한 눈빛을 보고, 소정은 그가 이미 황세인과 김일영의 사이를 다 알고 있다는 사실을 깨달았다. 이 지저분한 다각관계를 오직 자신만이 이제야 알게 된 것이다.

격동하는 마음을 간신히 다잡은 소정은 일단 테이블로 돌아갔다. 누구에게든 흐트러진 모습을 보여준 적이 없는 그녀지만 이같이 충격적인 사실을 알고 나서는 좀처럼 마음을 다잡기가 힘들었다.

"유현이 커플 먼저 갔더라."

"응. 데이트 할 시간이 없다면서 이해해 달래. 완전히 정신 못 차리던데?"

테이블로 돌아가니 마침 그들에 대한 화제로 대화의 꽃을 피우고 있었다. 세인이 자리에 보이지 않아 두리번거리니 저만치 바에 홀로 앉아 술을 마시고 있었다.

"눈이 꽤 높은 녀석인데 의외야. 뭐 그 정도면 보통은 넘는 미모긴 한데 대학도 안 나오고 차림새를 봐도 부잣집 딸 같지는 않고 집안에서 허락이 가능하겠어?"

"어림도 없지. 한데 유현이 같이 진중한 녀석이 약혼녀라고 저렇게 소개하는데 아무 대책 없이 그러는 것 같지는 않고 말야."

"들고 있는 백 보니까 발리 카피더라? 그거 몇 푼이나 한다고 짝퉁을 들고 다니는지 몰라."

같이 있던 한 여자가 이렇게 이죽거렸다. 겉으로는 일영을 친절하게 대해주었던 여자인데 뒤로는 이렇게 비아냥거리는 모습을 보니 소정이 보기에도 별로 좋아 보이지는 않았다. 하지만 민유라는 정말로 일영에게 호감을 가졌던 모양인지 이내 조심스레 반박을 했다.

“그래도 내가 보기에는 참하고 괜찮아 보이던데요? 소신있어 보이고 태도도 나무랄 데 없구요.”

“뭐 그러니까 유현이가 찍었겠지. 유현이 원래 어릴 때부터 욕심이 많았잖아. 대놓고 그랬던 적은 없지만 은근히 최고 아니면 상대 안 하던 녀석이야.”

장진서 역시 일영에게 호감을 가진 터라 애인인 민유라의 말에 동조를 해주었다.

“근데 소정 씨, 세인이가 아까부터 과음을 하던데 저렇게 둬도 괜찮겠어요?”

“안 그래도 이만 집으로 데리고 가고 싶은데 장진서 씨가 좀 도와주실래요?”

“그러세요. 세인이가 원래 저렇게 음주를 즐기던 놈은 아닌데, 참.”

술에 취해 흐느적거리는 세인을 차에 간신히 태우고 나니 허무하게도 그는 술기운에 금방 곯아떨어져 버렸다. 소정은 눈발이 날리는 도로를 조심스레 운전하며 오늘 알게 된 충격적인 사실을 어떻게 해결해야 할 것인지 고민에 빠졌다. 저 만신창이가 되어버린 한심한 남자를 상대로 진실을 제대로 파악하기는 힘들 것이다.

차츰 시간이 흐르니 그녀의 마음은 이성적으로 흘렀고 일단은 정확한 사실을 아는 것이 급선무라는 생각이 들었다. 최유현과 사귀는 여자를 세인이 일방적으로 좋아하는 건지, 아니면 이미 두 사람 사이가 심상치 않은 건지, 왜 최유현은 그 사실을 알면서도 저렇게 태연하게 구는 건지 확실히 알아야만 했다. 친구의 여자이기에 어쩔 수 없이 포기하고 자신과 결혼할 수밖에 없었다는 것이 소정의 판단이었지만, 그것은 정확히 알아봐야만 할 일이었다. 세인이란 남자를 그다지 잘 알지는 못하지만 그와 선을 보고 한 달간의 데이트를 거쳐 결혼을 하는 동안, 세인에게서는 그 어떠한 고뇌의 모습이나 힘들어하는 모습은 찾아볼 수가 없었다. 그는 늘 경쾌하고 활달했으며 웃음이 많은 남자였다. 친구의 여자를 연모하다가 어쩔 수 없이 다른 여자를 선택해 결혼을 할 수밖에 없었다는 시나리오는 생각하면 할수록 납득이 가지 않았다.

눈이 펑펑 내리는 자유로를 한참을 달려 통일전망대 근처를 돌아 이 분 정도 구불거리는 길을 돌아 들어가니 그림 같은 카페촌이 형성되어 있었다. 이미 자유로를 달리면서 일영의 답답하던 마음은 적잖이 시원해졌지만, 프로방스라는 곳에 유현이 차를 세우자 그녀의 눈은 한층 더 화등잔만하니 휘둥그레졌다. 보기만 해도 그림 속에서 툭 튀어나온 듯한 예쁜 건물들이 몇 채 서 있었고, 건물 전체와 나무들은 꼬마전구로 장식이 되어 눈부시게 반짝거렸다. 눈이 많이 오는 데도 주말이어서 그런지 주차장에는 차들로 꽉 들어차 있었고, 가족과 연인들로 대낮처럼 붐비고 있었다. 그곳에는 레스토랑과 카페 겸 베이커리, 샤브샤브 집, 그리고 예쁜 인형들과 소품, 가구들을 파는 상점까지 있어서 사람들의 눈길을 한눈에 잡아끌었다.

"어머, 너무 예쁘다."

일영의 걸음은 저도 모르게 먼저 상점으로 향했다. 그곳에 전시되어 있는 예쁜 그릇들이나 인형들, 생활소품들은 각기 색상별로 정리되어 그녀의 시선을 정신없이 빼앗았다.

"너 인형 좋아하니?"

"네. 이쁘잖아요. 근데 너무 비싸서."

일영은 큼지막한 곰 인형 하나를 만지기에도 아깝다는 듯 슬쩍 건드리더니 얼른 손을 뗐다. 세인 앞에서는 지나가는 말이라도 무얼 보고 예쁘다고 말하지 못했다. 몇 번 무심결에 그랬다가 대책 없이 가격은 생각지도 않고 선물하는 통에 은근히 부담스러웠기 때문이다. 특히나 그와 잠자리를 하고 난 후에는 더 더욱 그런 행동이 조심스러웠다. 마치 잠자리의 대가인 것처럼 스스로가 위축되어 버렸기 때문인데, 지금 와서 생각해 보면 그게 과연 연인으로서의 태도였는지 의문스러웠다. 스스로가 생각하기에도 그와 연인이 된다는 것이 적잖이 부자연스럽게 여겨졌던 모양이다.

"저 오빠, 나 이거 사주세요."

"어?"

"사주기 싫어요?"

"하하. 그럴 리가 있어? 생각 같아서는 이곳에 있는 물건을 통째로라도 다 사주고 싶은데?"

"이거 하나면 충분해요. 밤에 끌어안고 자야지."

"그렇다면 더 사줘야지. 나라고 생각해 주면 더 고맙고."

유현은 흔쾌히 인형 값을 지불했고 인형을 한 아름 안고 좋아하는 일영의 모습을 흐뭇하게 바라보았다. 그들은 상점을 돌아본 후 바로 상점 옆에 위치한 카페에서 홍차와 조각 케이크를 먹으며 창밖을 통해 소담스레 내리는 함박눈을 감상했다.

"아까 세인이 따로 만났었지?"

유현은 홍차를 한 모금 마시더니 일영을 가만히 바라보았다.

"아무래도 소정 씨가 눈치를 챈 것 같아. 아까 너 잠시 자리 비웠을 때 세인이가 바로 따라나가고 그 다음에 소정 씨가 따라나갔었거든."

"그래서 빨리 나가자고 한 거군요."

"어차피 건너야 할 강이라고 생각했지만 세인이가 그런 식으로 흐트러질 줄은 나도 몰랐어. 아무래도 세인이 녀석, 가벼운 마음은 아닌 것 같다. 그렇게 주변에 감정을 질질 흘리고 다닐 만큼 허술한 놈은 아닌데."

"세인 씨와의 사이가 알려지면 오빠와도 힘들 거예요."

일영은 허탈한 심정으로 옆에 놓인 곰 인형을 무의식적으로 만지작거렸다.

"확실히 처지가 곤란해질 거야. 부모님들끼리도 아는 사이라서 더 더욱 허락받기 힘들 것이고. 그래서 말인데 어차피 너와 세인이가 사귀었다는 것은 아무도 몰라. 너도 친구들한테 말한 적 없지?"

"네."

참으로 이상한 일이었다. 처음으로 만난 근사한 남자 친구이기에 친구들에게 자랑할 법도 한데 아무에게도 그의 모습을 선보인 적도, 누구인지 자랑한 적도 없었다. 회사 앞에서도 그는 늘 선팅

이 잘된 차 안 운전석에만 앉아 있었고 한 번도 컨버터블의 지붕을 열어보인 적이 없었다.

"원래 우리 둘이 사귀던 사이였는데 세인이가 중간에 끼어든 것으로 하자. 이게 가장 무난하고 세인의 입장에서도 나을 거야. 사귀던 여자를 버려두고 다른 조건 좋은 여자와 정략적으로 결혼했다는 소리를 듣는 것보다, 차라리 이룰 수 없는 사랑에 애처로워하는 편이 훨씬 더 나으니까."

"그 사람이 그렇게 놔둘까요?"

"솔직하게 떠벌려도 상관없어. 우리만 그렇게 밀고 나가면 돼."

20

깨질 듯한 두통과 갈증을 느끼며 잠에서 깬 세인은 몸을 일으켜 침대 옆 협탁 위에 놓인 스탠드의 불을 밝혔다. 언뜻 시계를 보니 바늘이 새벽 네 시를 가리키고 있었다. 그는 물을 마시기 위해 침대를 빠져나와 거실 쪽 방문을 열었는데, 놀랍게도 거실에는 불이 환하게 밝혀져 있었다. 잠에서 덜 깨어 흐릿한 그의 시야에, 다리를 끌어안은 채 몸을 웅크리고 소파 위에 앉아 있는 소정의 모습이 차츰 명확하게 들어오기 시작했다.

"안 자고 뭐 해요?"

"굳이 날 데려간 이유가 뭐예요? 그 여자가 보고 싶어서예요, 아니면 보여주고 싶어서예요?"

소정은 고개를 들더니 서늘한 눈빛으로 세인을 응시했다.

"무슨 소리예요?"

"난 그저께 아침에 내가 한 얘기 때문에 그래도 당신이 어떻게 든 잘해보려는 마음을 가진 줄 알았어요. 소 닭 보듯 데면데면하게 굴던 사람이 갑자기 친구 모임에 데려간다기에……. 하! 그런데 어떻게 친구의 여자한테 흑심을 품어요? 그것도 유부남이, 지금 제정신이에요?"

"도대체 무슨 말을 하는 거지?"

"두 사람이 같이 있는 거 내 눈으로 직접 봤어요."

"뭐?"

"그 여자 손 붙들고 나가는 거 내 눈으로 똑똑히 봤다구요."

"최유현 여자 아니야. 내 여자야."

"뭐라구요?"

"원래 내 여자였다고. 그 자식 여자가 아니라 내가 사귀던 여자였어."

세인은 저도 모르게 감정이 격해져 뒷일은 생각지 않고 이렇게 외쳤다.

보란 듯이 다정한 모습을 연출하고 있는 일영과 유현을 본다는 것은 생각 이상으로 고통스러운 일이었다. 몸매의 곡선이 아름답게 드러나는 정장 차림에 우아하게 올백을 한 헤어스타일은 그가 평상시 이상적으로 여기던 모습이었다. 하지만 일영은 몸에 붙는 정장 차림을 싫어했고, 그나마 그가 강요하다시피 해 세미 정장에 근접한 옷들을 그와의 데이트 시에만 억지로 입었다. 평소 아무 예고도 없이 불시에 만나러 가면 그녀는 청바지에 티셔츠 차림의 간편한 옷을 입고 있었다. 언제 만나러 갈지 모르니 긴장 좀 하고 있으라고 핀잔을 주면 그때뿐이었다. 그녀는 늘 책상 앞에 앉아 있어야 하는 일인데다가 연필 가루가 날려 예쁜 옷을 입고 있으면 일하기에 불편하다며 난색을 표하곤 했다.

유현과 나란히 온 일영의 모습은 이제까지 그가 봤던 모습 중에서 가장 아름다웠다. 그 바 안에서 가장 아름답고 멋진 여자를 아내로 맞은 그였지만, 그의 눈에는 일영의 모습만이 들어왔다. 그녀의 이제까지는 보지 못했던 당당하면서도 우아한 모습에 차마 눈을 떼기조차 힘들었다. 그녀는 수줍음이 많고 조용한 성품이었다. 저마다 개성 강하고 기가 센 사람들 틈에 끼어 입도 제대로 못 뗄 줄 알았는데 그런 걱정이 무색하게도 그녀는 자연스레 분위기에 녹아들어 갔다. 왜 그동안 그녀를 그토록 과소평가했던 것일까? 세인은 자신의 판단 미스에 머리를 쥐어뜯었고, 새삼 유현과 함께 있는 일영의 모습에 생소함마저 느꼈다.

그녀를 사랑하는 마음은 예나 지금이나 변함없지만, 그러고 보면 그녀에 대해 아는 것이 거의 없었다. 화분에 심어놓은 작은 장미에게 물을 주고, 벌레를 잡아주고, 비료를 주고, 햇빛을 쪼여주듯 그렇게 그녀를 품 안에 넣어놓고 돌보며 예뻐하기만 했지, 실상 그녀가 무얼 원하고 무얼 좋아하고 무슨 생각을 하고 있는지는 전혀 염두에 두지 않았었다. 정성 들여 잘 가꿔놓은 꽃을 완상하며 기뻐하기만 했을 뿐, 그 꽃의 감정은 전혀 생각지도 않았다.

"당신이 원래 사귀던 여자가 왜 최유현 씨한테 간 거죠? 그 여자가 당신을 버리고 유현 씨한테 갔다는 말이에요? 그럼 그 여자한테 버림받아서 홧김에 나와 결혼이라도 한 거예요? 아니지, 그건 말이 안 되지. 여자한테 버림받아 홧김에 결혼했다고 하기엔 당신 행동은 너무나 자연스러웠으니까.”

“지금 그게 뭐가 그리 중요하죠?”

“내가 그저께 아침에 분명히 그랬죠? 여자를 만나든 어쩌든 내 눈에 띄게 하지만 말라구요. 스스로 선택해 결혼했으면 거기에 충실하라구요. 다른 여자 만나지 말라는 것도 아니고 내 눈에 띄지 않도록 조심하라는 얘긴데, 보란 듯이 날 데리고 가서 딴 여자 손목 끌고 가 몰래 만나고 도대체 생각이란 게 있는 사람이에요?”

“나 생각 같은 거 없는 사람이에요. 그런 거 있는 놈이었으면 당신과 애초에 결혼하지도 않았어.”

“뭐라구요?”

“당신한테 들키지만 않으면 되는 건가? 그러면 아무 문제 없는 거야? 알았어요. 이제부터 조심하지.”

“세인 씨.”

“소정 씨한테는 미안하게 생각해요. 이 결혼, 하는 게 아니었는데 하고 나서야 알았어. 내가 정말 내 발등을 찍었다는 것을. 이혼하고 싶지는 않다고 그랬죠? 한데 다시 생각해 봐요. 어차피 다 알게 된 이상 이젠 숨기는 거 싫어졌어. 우리 이혼해요.”

“이혼이요? 난 못해요. 내 인생에 이혼이란 건 없어요.”

“그럼 이대로 이렇게 살자고요?”

“왜 그랬어요? 왜 다른 여자를 사랑하는데 나와 결혼한 거예요? 어떻게 이럴 수가 있어요? 어떻게 사람 인생 하나를 이딴 식으로 망쳐 버리느냐구요? 지금 당신이 무슨 짓을 한 건지 알아요? 당신 세 사람이 어떻게 얽혀 있는지 그딴 건 궁금하지도 않아요. 왜 당신들 인생에 날 끼워 넣어 사람을 이렇게 비참하게 만드냐고요?"

"미안해. 정말 미안해요."

"미안해 한 마디면 다 해결되는 줄 알아요? 지금 그 여자, 최유현 씨 애인이에요. 대체 어쩔 작정이에요?"

"다시 찾을 거야."

"당신 유부남이에요."

"알아요."

"난 이혼해 줄 생각이 없고 당신은 그 여자 도로 찾겠다고 하고. 그럼 대체 이 상황이 뭐가 되는 거죠?"

소정은 흥분했던 마음을 가라앉히고 차분한 어조로 입을 열었다. 하도 어이가 없고 기막힌 상황이라 그런지 오히려 비현실적이라는 느낌이 들 지경이었다.

"내 잘못이야. 내가 모든 걸 망쳐 버렸어. 내가…… 내가 내 발등을 찍었어."

세인은 흐르는 눈물을 어쩌지 못하고 오열을 터뜨렸다. 창피한 것도 모르고 소정의 앞에서 눈물을 흘리다니 스스로가 생각해도 가슴을 쥐어뜯고 싶을 정도였지만, 도무지 제어할 수가 없었다.

"술이 아직 덜 깨서 그래. 술이 아직……."

"아주 가지가지 하네요. 그 여자 절대 가만두지 않을 거예요. 그런 줄 알아요."

"그러지 마. 그 여잔 건드리지 말아요."

"건드리지 말라구요? 내 결혼 생활은 이렇게 엉망이 되어버렸는데 건드리지 말라구요?"

"가만 안 둬. 그 여자한테 뭐라고 하기만 해."

눈물로 범벅이 된 그의 눈이 마치 먹이를 노리는 표범처럼 위험하게 빛났지만, 소정은 그저 코웃음만을 흘릴 뿐이었다.

"미쳤군요, 정말 미쳤어."

"뭐라 해도 좋아요. 우리 선에서 해결 봐. 그 여자까지 걸고 넘어질 거 없잖아?"

"가서 잠이나 주무세요. 이래라저래라 하지 말고."

"신소정."

소정은 냉소를 흘리며 몸을 벌떡 일으켰다.

"나쁜 놈, 너 같은 쓰레기를 선택한 내 안목이 저주스러워."

결혼한 후 처음으로 두 사람은 각방을 썼다. 그동안은 냉랭한 관계를 유지하긴 했어도 의식적으로 각방만은 쓰지 않았는데, 이렇게 된 이상 한 침대 위에 같이 눕는다는 것은 서로를 기만하는 일이었다.

소정은 손님방의 작은 싱글 침대 위에 몸을 누이고는 이불을 뒤집어쓴 채 오열했다. 세인을 사랑해서 결혼한 건 아니었지만, 그래도 평생 함께해도 좋을 사람이라는 나름의 판단을 내린 후 그를 남편으로 맞았다. 남자들, 특히 잘난 남자들일수록 여자들의 유혹은 많았고 친정어머니조차 남자가 큰일을 하려면 사소한 일쯤은 눈감아줄 줄도 알아야 한다고 하셨다.

소정은 그 말에 코웃음을 쳤지만 현실이 그렇게 녹록치 않다는 것쯤은 주변 사람들의 경우를 봐도 충분히 알 수 있었다. 불타는 사랑으로 결혼했어도 외도를 하는 게 남자라는 존재들이다. 하지만 적어도 결혼한 지 반년도 지나지 않아 이런 일을 당하게 될 줄은 꿈에도 몰랐다. 아니, 엄밀히 말해 처음 한두 달을 제외하고는 세인은 결혼 생활을 유지시키고자 하는 그 어떠한 노력도 기울이지 않았다.

결혼 생활이라는 것이 혼자만 노력한다고 되는 일은 아니었다. 같이 손을 맞잡고 헤쳐 나가도 힘들기만 한 게 결혼이라는 것인데, 혼자서만 아등바등 이끌어나가야 하다니 맥이 빠지고 비참했다.

소정의 인생은 늘 순탄했다. 좋은 집안에서 태어나 부모님의 사랑을 받으며 화목한 환경에서 자랐고, 용모 또한 눈에 띄게 아름다워 모든 이들의 관심과 대우를 받았다. 엄청나게 공부를 잘하지는 않았어도 노력하는 만큼 성적을 낼 정도의 머리는 가지고 있어 원하는 대학에 별 어려움 없이 입학했고, 열심히 학점관리를 해 누가 봐도 빠지지 않을 만한 성적증명서를 꾸렸다. 몇 번의 연애도 경험해 봤는데 매번 그녀가 먼저 결별선언을 한 터라 사랑으로 마음 졸여본 적도 없었다. 그녀는 남자에게 버림받고 거부당한다는 것이 어떤 기분인지 단 한 번도 느껴본 적이 없어 지금 이 같은 상황이 도무지 납득이 가지 않았다. 단지 사귀는 사이도 아닌, 만인 앞에서 결혼서약을 한 남편의 배신이었다. 그녀는 인생에서 가장 중요한 결혼이 실패작이라는 것을 도저히 인정할 수도, 용납할 수도 없었다.

소정은 뜬눈으로 밤을 새우며 이대로 자신의 결혼 생활을 망쳐 버릴 수는 없다고 굳은 결의를 다졌다. 그러려면 정확한 진실을 알아야만 했다. 김일영이라는 여자와 황세인의 관계, 그리고 최유현과의 관계까지도……

어제 내린 눈이 도로를 하얗게 뒤덮고 있었다. 기온이 뚝 떨어져 그 눈들은 고스란히 빙판이 되었고, 사람들은 종종걸음을 치고는 미끄러운 눈길을 조심스레 오고 갔다.

소정은 전면이 유리로 된 카페에 앉아 따끈한 커피를 마시며 최유현을 기다렸다. 밤을 꼬박 새운 터라 견딜 수 없는 피로감이 몰려들었지만, 한시라도 미룰 수는 없었다.

세인 역시 새벽에 언쟁을 벌인 후로는 잠을 이루지 못했는지 빈 술병을 여기저기 방 안에 남겨놓고는 그녀가 집을 나서는 그 순간까지도 깊은 잠에 곯아떨어져 있었다.

최유현은 정확한 약속 시간에 맞춰 유리문을 열고는 카페 안에 들어와 곧장 소정에게로 다가왔다. 소정 역시 그를 발견하자마자 자리에서 일어나 그를 정중하게 맞았다.

"갑자기 뵙자고 해서 결례는 아닌가 모르겠어요."

"아닙니다. 저도 한 번은 따로 뵙고 싶었습니다."

유현은 주문을 받으러 온 종업원에게 간단히 커피를 주문했다. 커피가 나올 때까지 이들은 의례적인 날씨 얘기나 교통 얘기 등으로 간간이 대화를 이어 나갔다.

"김일영 씨와 제 남편의 관계에 대해서 다 알고 계시죠?"

소정은 드디어 용건을 꺼냈다.

"어떤 관계를 말하는 겁니까?"

"다 들었어요. 어제 제 눈으로 직접 본 것도 있구요."

"어디서부터 어디까지 들었는지는 모르겠지만 그런 것에 너무 연연해하지 마세요. 일영인 지금 제 약혼녀니까요."

소정은 피식 웃으며 커피 잔에 입술을 갖다 댔다.

"최유현 씨 이제 보니 보통 분이 아니시네요. 유도심문에는 넘어가지 않겠다? 처음에는 유현 씨 애인을 남편이 속된 말로 집적거린 건 줄로만 알았는데 그게 아니더군요. 원래 일영 씨와 세인 씨, 서로 사귀던 사이라면서요?"

"사귀던 사이인데 내가 빼앗았다고 하던가요?"

"그렇게 생각할 수도 없는 것이 그건 시기적으로 맞지가 않아서요. 두 분 사귄 지 얼마 안 됐다면서요? 우리가 결혼한 건 지난 여름이니 결론적으로 유현 씨가 빼앗은 건 아니라는 얘긴데……. 그렇다고 일영 씨가 세인 씨를 버렸다고도 볼 수 없는 것이 그러기에는 결혼 당시 세인 씨 모습을 생각한다면 납득이 가지 않구요. 아시다시피 세인 씨는 감정을 숨길 줄 모르는 사람이잖아요. 여자에게 채였으면 아마 굉장히 자존심 상해하며 방황했을 거예요, 지금처럼."

소정의 만나자는 전화를 받았을 때 유현은 철저히 그녀를 속일 작정을 하고 나왔다. 세인이 친구의 여자에게 연정을 품은 것으로 몰아가려 했고 그 편이 진실을 아는 것보다 나을 것이라 생각했던 것이다. 하지만 소정은 생각보다 훨씬 머리가 좋았고 상황판단이 빨랐다.

"어젯밤 내내 생각해 봤어요. 그렇다면 세인 씨가 왜 나와 결혼했을까? 일영 씨 스펙을 보니 대충 감이 잡히더군요. 집안에서 분명 허락할 리 없었을 테니까요. 하지만 단지 그것 때문만은 아니었겠죠. 결혼은 해야겠고 일영 씨에 대한 마음은 점점 시들해져가고 그 와중에 날 만난 거예요. 나는 그 사람에게 새로운 여자였고, 사랑까지는 아니더라도 그땐 분명히 세인 씨가 내게 호감을 가지고 매력을 느꼈었으니까요. 그렇다면 이건 내 잘못인가요? 전 애인을 완전히 잊을 수 있도록 확실히 잡았어야 했는데 나한테 그런 능력이 없어서 세인 씨가 전 애인을 다시금 찾게 된 건가요?"

역시 세인이 아무리 무모하다 할지라도 자신의 치부를 드러내 보일 리는 만무했다. 조건 좋은 여자와 결혼하기 위해 사귀던 여자를 버리는 것 정도가 아닌, 애초부터 양다리를 걸칠 셈이었다는 것을 안다면, 아무리 신소정 그녀라도 만정이 떨어질 것이다. 한데 유현은 이 같은 사실을 밝혀 소정이 세인을 떠나게 되는 것을 원치 않았다. 지금 세인이 이혼을 하게 된다면 일영은 십중팔구 그에게로 가게 될 것이다. 유현은 아직 그녀에 대한 자신이 없었고, 설사 자신있다 하더라도 순진하고 보수적인 일영에게 첫 남자는 꽤나 절대적이기에 세인의 손짓을 결코 무시하지 못할 거라는 것을 뼈저리게 깨닫고 있었다.

"어찌 됐든 지금 두 사람은 아무 사이도 아니고 앞으로도 아닐 겁니다. 전 소정 씨가 이 같은 일로 흔들리지 않기를 바랍니다. 결혼이란 건 그렇게 함부로 깰 수 있는 게 아니지 않습니까? 세인이가 지금 현재 어떤 마음이든 달라지는 건 아무것도 없어요."

"그럼 김일영 씨는 지금 어떤 마음이죠? 솔직히 손바닥도 마주쳐야 소리가 나는 법인데 세인 씨가 혼자서만 저러는 건 아니라고 생각해요."

"일영이가 왜 유부남인 세인이에게 여지를 주겠습니까? 세인이보다 잘났다고는 할 수 없지만 아무 걸림돌 없는 총각인 저를 옆에 두고 말입니다. 소정 씨, 이런 말씀드리기는 좀 면구하지만 나와 세인의 사이는 그리 간단치가 않아요. 알게 모르게 경쟁의식이랄지, 아니면 그걸 애증이라고 표현해야 할지……. 어릴 때부터 내내 비교당하면서 같이 자란 탓인지 말로 표현하기 힘든 그런 무언가가 우리 둘 사이에 존재하고 있어요. 세인인 일영이에게 미련이 남아서가 아니라 그녀가 저와 사귄다는 소리를 듣고 심술을 부리고 있는 겁니다. 유치하다고 할 수도 있겠지만 영 이해하지 못할 일도 아니지요."

"……."

"두 사람이 사귀었던 건 사실이지만 세인이가 소정 씨를 만나면서부터 그 관계는 정리된 상황입니다. 우연찮게 힘들어하는 일영이 옆을 지키다 저와 사귀게 된 것이구요. 어차피 소정 씨까지 다 알게 된 마당이니 이 자리에서 부탁을 드리겠습니다. 이 사실을 아무에게도 말하지 말아주세요. 특히 부모님 귀에는 절대 들어가지 않도록 꼭 부탁드리겠습니다. 아시다시피 세인이 부모님과 저희 부모님은 친분이 두터우신데, 만약 두 사람이 사귀었다는 사실을 아신다면 저희 부모님, 절대 일영일 받아들이지 못하실 겁니다. 전 일영이를 놓치고 싶지 않아요. 소정 씨나 저나 이해관계가 일치한다고 생각합니다.”

“……유현 씨는 두 사람의 관계를 알면서도 아무렇지 않나요?”

“전혀 아무렇지도 않다면 거짓말이겠죠. 하지만 상관없어요. 상관없게 만들 거구요.”

“정말 김일영 씨를 사랑하시는군요.”

“그러지 않았다면 굳이 친구가 사귀었던 여자를 만나지는 않겠죠.”

유현은 씩 미소를 지어 보였다.

‘김일영이 대체 얼마나 대단한 여자이길래 세인 씨뿐 아니라 이 잘난 남자까지 푹 빠지게 만든 걸까? 뭐 하나 볼 거 없는 여자던데 참 이상한 일이야. 하긴 원래 그런 평범한 여자들이 더 남자를 잘 후려낸다고 하니까. 하긴 내가 지금 남 말할 처지인가? 이런 자리에 나와 남편의 여자 뒤나 캐고 있는 내 모습이 정말 추해. 추하고 짜증나.’

소정은 밤마다 술에 취해 일영의 이름을 잠꼬대로 불러대는 세인의 모습과 지금 그녀 앞에 앉아 있는 유현의 모습을 차례대로 떠올리며 착잡한 마음을 가눌 길이 없었다. 별것도 아닌 여자 때문에 자신의 인생이 이토록이나 엉클어지고 복잡해지다니 견딜 수없이 자존심 상하고 불쾌했다.

21

최유현과의 착잡한 만남을 끝내고 집으로 돌아온 소정은 세인이 트렁크에 옷이며 소지품들을 챙기고 있는 모습을 발견하고 굳은 표정을 지었다. 새벽까지 과음을 한 탓인지 세인의 얼굴은 푸석하고 파리했지만, 그렇다고 자신이 무슨 행동을 하고 있는지 모르는 것 같지는 않았다.

"뭐 하는 짓이에요?"

"당분간 호텔에 가 있을게요."

"별거하자는 얘기예요?"

"우리가 같이 있는 건 서로를 속이는 일이니까."

"유책 사유가 있는 배우자는 이혼을 요구할 수 없어요. 형수님한테 물어보세요."

"그깟 서류 따위는 상관없어요."

"당신이 나가면 양가 집안에 이 사실을 알리지 않을 수가 없어요. 난 당신도 없는데 시댁에 의무를 다할 생각은 추호도 없으니까요."

"마음대로 해."

세인은 무심한 태도로 싸던 짐을 마저 싼 후 겉옷을 입었다.

"그 여자한테 갈 셈이에요? 그 여잔 이제 당신 따위는 다 잊었는데도?"

평정을 유지해 오던 소정은 그가 당장이라도 집을 빠져나가려는 모습에 놀라 저도 모르게 다급히 그를 붙잡았다.

"이젠 최유현 씨 여자예요. 헤어지면 그만이지 대체 왜 이래요? 엎질러진 물을 다시 주워 담을 수는 없어요."

"내 마음은 이미 다른 여자한테 가 있는데, 그런데도 이런 나와 함께 살 수 있겠어? 소정 씨 같은 여자가 단지 남들의 이목 때문에 그런 결혼을 참고 견딜 수 있겠어요?"

"그런데 왜 나와 결혼한 거예요? 그렇게 죽고 못사는 여자 놔두고 애초에 왜 나와 결혼한 거냐고? 누굴 바보로 알아? 네 맘대로 결혼하고 싶으면 하고, 헤어지고 싶으면 헤어지고, 결혼이 무슨 장난인 줄 알아?"

"소정 씨."

그녀답지 않게 악을 쓰며 절규하는 모습에 세인은 순간 아연한 표정을 지으며 가던 걸음을 멈추었다.

"너, 나 우습게 봤어. 집을 나가든 말든 네 맘이지만 일단 여기서 나가는 그 순간, 난 두 사람 절대 가만 안 놔둘 거야. 사람 인생 하나 이렇게 어이없이 망가뜨려 놓고 니들끼리 희희낙락 잘 먹고 잘살게 놔둘 것 같아?"

"오히려 그 편이 보기 좋군. 이게 정상인 거지."

세인은 만사를 다 포기한 듯한 공허한 눈빛을 지으며, 소정의 흥분한 모습을 지그시 바라보았다.

"당신한테는 무슨 말을 해도 용서받을 수 없다는 거 잘 알아요. 용서해 달라는 말을 하는 것조차 뻔뻔한 행동이라는 것도. 한데 그 여자 때문만은 아니라는 걸 당신이 알아줬으면 좋겠어요. 우리 둘은 맞지 않아. 그건 서로가 너무 잘 아는 사실이잖아요?"

"웃기지 마. 그 여자만 없었어도 넌 감히 이 결혼을 깰 생각 따 윈 하지 않았을 거야. 부모님, 아니, 어머님이 지금 이런 당신 모 습을 용납하리라 생각해? 당신 바지사장이잖아? 수중에 돈 가진 거 있어?"

"그건 당신이 걱정할 일이 아니야."

세인은 불쾌한 표정으로 쏘아붙였다.

"뭐 당분간은 버틸 정도로 꿍쳐 둔 돈이야 있겠지. 당신도 머리 란 게 있는 사람일 테니까. 한데 그러고 나서는? 당신 나이에 다시 직장에 들어갈 생각도 아닐 테고, 설사 들어간다 쳐도 남들 부리 는 일만 하던 사람이 제대로 적응할 수 있겠어? 게다가 쓰던 가락 이 있으니 검소한 생활은 몸에 맞지 않을 텐데 대체 어쩔 셈이야? 당신은 그렇다 쳐. 어머님이 이 사실을 알게 되면 그 여자 머리채 가 남아나지 않을 텐데 그 꼴을 보고 견딜 수 있겠어?"

"그런 상황이 벌어지게 되면 그땐 절대 너 용서 안 해."

"뭐? 용서?"

소정은 어이가 없는지 아예 마음 놓고 웃어버렸다.

"아직도 상황판단이 그렇게 안 돼? 용서는 내가 해야지 네 몫이 아니야. 어디서 감히 용서 운운해? 나가지 마. 일단 집에 있어. 내가 생각을 끝내고 어떤 식으로든 결론을 내릴 때까지 네가 먼저 행동하지 마."

"당신이 내리는 결론에 따라 내가 움직여야 한다는 말인가?"

세인은 허탈한 미소를 지으며 대꾸했다.

"그럼 사람 인생을 이렇게까지 망쳐 놓은 주제에 그 정도도 못 하겠다고? 당신이 좋아서 붙잡는 거 아니니까 착각하지 마. 나한테도 생각할 시간이 필요하고 그 정도는 줘야 한다고 생각해. 선택해. 지금 나가서 일을 엉망으로 만들어 버리든가, 아니면 시일을 두고 생각이란 걸 한 다음에 현명하게 이 상황을 마무리 짓든가."

한동안 이들 사이에는 무거운 침묵만이 감돌았다. 세인이 망설이고 고민하는 것은 당연한 일이었다. 소정의 말대로 그가 집을 무턱대고 나가 버리는 것은 아무 도움도 되지 않는 일이었다. 하지만 그의 입에서는 의외의 말이 튀어나왔다.

"당신 말이 옳다는 건 알아요. 당신 말대로 하는 게 좋다는 것도 알고 있고. 하지만 난 지금 아무런 이성적인 판단을 할 수가 없어요. 아까 전의 말은 취소할게. 어떤 상황이 벌어져도 당신을 원망하는 일은 없을 거예요. 다 내가 자초한 일이고 대가를 치러야만 하는 일이니까.”

충동적인 생각으로 짐을 싸긴 했지만 그는 소정의 지적에 저도 모르게 머리가 차갑게 식어버렸고, 이대로 집을 나선다는 것은 자해행위와 다름없다는 것 또한 충분히 인지하고 있었다. 하지만 그렇다고 이대로 소정과의 관계를 지속시킬 자신도 없었다. 사실 그는 소정의 마음 따위에는 아무런 관심도 없었고, 오직 일영과 유현을 이대로 붙여놓을 수 없다는 위기의식으로 온 정신이 팔려 있다시피 했다. 당장이라도 미쳐 버릴 것만 같고, 숨이 턱 막혀 죽어 버릴 것만 같은 사람에게 이성적인 판단을 요구한다는 것은 사실상 무리였다.

“당신 진짜 미쳤어.”

소정의 눈에서는 저도 모르게 한줄기의 눈물방울이 또르르 굴러 떨어졌다. 세인 앞에서 눈물을 보이고 싶지는 않았지만 그녀의 의지 밖의 일이었다.

“이혼서류 보내줄게.”

소정은 세인이 짐을 챙겨 집 밖으로 나가는 모습을 망연자실 바라보며 그저 입술만을 깨물었다. 단 며칠 만에 벌어진 일치고는 너무나 충격적이고 쏜살같이 벌어진 일이라 도무지 믿기지도 않았고, 용납이 되지도 않았다. 그녀는 힘없이 침대 위에 걸터앉아 하염없이 눈물을 쏟아냈다. 아무리 통곡하고 오열해도 이 아픈 가슴과 깊은 열패감은 도무지 지워지지 않을 것만 같았다.

“윗집에 누가 이사 오나 봐.”

일요일 아침, 식탁에서 마주 보고 앉아 밥을 먹던 일영과 신영은 덜컹거리는 소음에 자연스레 귀를 쫑긋 세웠다.

"누군지 몰라도 이 추운 날 이사하기 힘들겠다."

신영은 먹던 수저를 던져놓고는 창가로 가서 부지런히 짐을 내리는 이삿짐 차량을 눈으로 직접 확인했다.

"잘됐네. 한 두어 달 비어 있었잖아."

윗집은 계약 기간 전에 아이 아빠가 갑작스레 지방으로 발령이 나는 바람에 황급히 집을 뺀 상황이었다. 이사철이 아닌데다 근처에 새 빌라나 연립이 많이 지어진 터라 생각보다 집을 보러 오는 사람들이 없어서 안 그래도 집주인이 애를 태우고 있던 차였다.

"다행히 애 딸린 부부는 아닌 것 같아. 짐이며 가구들을 보니 애들 물건은 안 보이네. 먼젓번 윗집 살던 애들 진짜 골치 아팠잖아. 어쩌면 그렇게 시도 때도 없이 쿵쾅거리냐?"

"애들이 다 그렇지 뭐. 넌 그래도 집에 거의 없었잖아."

"집에 거의 없는 내가 학을 뗄 정도면 말 다한 거지 뭐. 암튼 신혼부부라도 애는 나중에 가질 신혼부부였음 좋겠어. 이번에도 또 애들한테 걸리면 그땐 이사 가는 거다."

"그래."

"근데 너 요새 반찬이 좀 부실하다? 아니, 넌 언니가 돼 가지고 동생 돈만 갈취하고 반찬은 고작 이런 영양가없는 푸성귀뿐이냐?"

신영은 잔뜩 못마땅하다는 표정을 지으며 젓가락으로 무쳐 놓은 시금치를 휘휘 뒤적거렸다.

"삼치라도 사다 굽든지 메추리알 가득 넣어 쇠고기 장조림이라도 해놓든지. 진짜 며칠째 똑같은 반찬인 거 아냐?"

"원래 나물 무치는 게 더 손이 많이 가는 거야. 그리고 너 다이어트 한다며? 생각해서 해줬더니 웬 고기타령?"

"요새 기운없어 죽겠어. 새 프로젝트 맡았는데 새로 온 실장이란 놈이 어찌나 까탈스러운지 고기라도 먹고 기운 내야 해. 아주 날 못 잡아먹어 난리라니까."

"그 실장이란 사람은 왜 너만 가지고 그런다니? 혹시 너한테 무슨 딴맘 먹고 있는 거 아니냐?"

"소설 쓰고 있네. 인생은 만화가 아니랍니다. 티격태격 싸우다 정드는 게 말이 된다고 생각하냐? 난 지금 그 인간 얼굴만 떠올려도 지금 먹는 이 콩나물 대가리가 올라와."

"잘생겼다며? 처음에 왔을 때는 너도 무지 좋아했잖아."

"다 그게 겉포장에 홀려서 그런 거고, 나도 어지간히 인물 따지지만 사람이 잘생겼다고 다 용서가 되는 게 아니더라. 대체 왜 일요일인데도 회사에 나가야 하는 거냐고. 주 오 일제? 진짜 즐이다."

신영은 밥을 꾸역꾸역 우겨넣으며 속사포처럼 실장이란 사람의 험담을 늘어놓더니 서둘러 출근 준비를 하고는 휙 하니 나가 버렸다. 일영은 신영이 나간 후 모처럼 창문을 활짝 열어 환기를 시키고는 청소며 빨래 등 밀린 집안일들을 하기 시작했다. 유현은 며칠 전, 일주일 일정으로 일본에 출장을 간 상황이라 오늘은 모처럼 집에서 푹 쉴 생각이었다.

청소를 마치고 빨래까지 널어놓은 뒤 일영은 신영이 한 말도 있고 해서 장을 보기 위해 외투를 걸치고는 집을 나섰다. 아직도 이삿짐은 계속해서 들어오고 있는 상황이었는데, 언뜻 보니 가구나 가전들이 전부 새것들뿐이었고, 그나마 이런 작고 허름한 빌라에는 어울리지 않는 고가품들이 대부분이었다. 일영은 고개를 갸웃거리며 천천히 계단을 내려갔다.

그동안은 포근한 날씨가 계속되다 어젯밤부터 갑자기 한파가 불어닥치기 시작해 가까운 슈퍼에 다녀오는 것만으로도 일영의 온몸은 꽁꽁 얼어버릴 지경이었다. 그녀는 장갑도 끼지 않은 손으로 장바구니를 들고는 종종걸음을 치며 빌라 정문 앞으로 황급히 발걸음을 재촉했다. 혹한 탓으로 얼굴도 들지 않은 채 빌라 현관으로 들어서던 일영은 계단을 막 내려오던 한 남자와 얼결에 부딪치고는 반사적으로 사과의 말을 우물거렸다.

"죄송합니다."

"추운데 어딜 갔다 오는 거야?"

일영은 낯익은 목소리에 놀란 얼굴로 고개를 들었다. 청바지에 털스웨터 차림을 한 세인이 입가에 미소를 머금은 채 일영의 앞에 거짓말처럼 우뚝 서 있었다.

"뭐 사 가지고 오는 거야? 점심은 아직 안 먹었지?"

"여, 여긴 어쩐 일로……."

일영은 너무나 당황해 저도 모르게 말까지 더듬었다.

"어쩐 일은, 나 너네 윗집으로 이사 왔어. 앞으로는 이웃사촌이네. 잘 부탁해."

"네?"

세인은 일영의 경악하는 표정을 지그시 바라보며 여전히 유연한 미소를 지었다.

그는 소정과 함께 살던 신혼집에서 나오자마자 마치 정해진 수순처럼 일영의 집 주변에 살 곳을 알아보았다. 그는 집의 상태와는 상관없이 일영의 집에서 얼마나 가까운가를 집 선택의 우선순위로 정했고, 너무나 운이 좋게도 몇 달 간 비워져 있던 윗집으로 바로 입주를 할 수 있었다. 그가 이제껏 살아본 적이 없는 작고 허름한 공간이긴 해도, 도배며 장판을 새로 하고 가구를 들이니 그런대로 사는데 불편함이 없어 보이고 깨끗했다. 무엇보다 바로 아래층에 일영이 산다는 점이 더없이 마음에 들었다.

이미 소정은 그가 집을 나가자마자 행동을 개시했고 벌써 집안은 풍비박산이 나버렸다. 세인은 집안에서 아예 쫓겨나다시피 했고 경영하던 피자 레스토랑 역시 발도 들이밀 수 없었다. 죄를 뉘우치고 소정에게 빌지 않는 한 절대 집안에 발도 들이밀지 말라는 부모님의 엄명이 떨어졌고, 형이나 형수, 누나나 매형까지 그를 차갑게 외면했다. 하긴 부모님의 뜻을 거역하면서까지 그에게 손을 내밀어줄 만큼 그렇게 동기간의 정이 두텁지도 않았고, 어떻게 보면 그가 눈 밖에 나서 제거되는 편이 그들에게도 더 나은 일이 될 것이었다. 아무리 형제 간이라지만 자신의 몫이 늘어날 기회가 생겼는데 그 기회를 일부러 걷어차고 싶지는 않을 것이라 생각하니 사실 씁쓸하긴 했지만, 그렇다고 원망하고 싶지도 않았다. 어차피 그런 대우를 받을 만큼의 행동을 보이고 산 그 자신의 탓도

컸다.

그는 수중에 가진 돈이 그리 많지는 않았다. 대부분 땅이나 주식으로 묶여 있어 당장은 현금화하기 곤란했고 부모님이 개설해 주신 통장과 카드는 이미 정지된 후였다. 그래도 그 나이 또래의 다른 남자들보다는 여건이 좋은 편이라 가진 돈을 잘 운용한다면 아쉬운 대로 사는 것은 그리 어렵지 않을 것이었다. 단, 비싼 스포츠카를 유지한다거나 여태까지처럼 기십만 원이 넘는 양주를 마시며 사교 생활을 누린다는 것은 불가능했다. 그는 자신의 애마인 BMW를 평소 그걸 탐내던 친구에게 적절한 가격에 넘겨 버리고는 밋밋해 보이기까지 한 국산 중형차로 바꿔 버렸다. 확실히 그가 몰던 차에 비하면 어린애 장난감처럼 손맛조차 느끼기 힘들었지만, 가격의 차이를 생각한다면 너무 큰 기대는 사실상 무리였다.

소정에게는 한남동의 집을 내어줄 생각이었다. 그 정도면 위자료로 적절하다 생각했고 설사 당장은 이혼이 불가능하더라도 그녀 이름으로 명의 이전을 해줄 참이었다. 돈 몇 푼으로 그의 잘못이 보상되지는 않겠지만 그가 그나마 할 수 있는 최대한의 성의 표시였다.

세인은 요 며칠 자신의 충동적인 행동이 얼마나 삶에 활력을 불어넣어 주는지에 대해 놀라움을 금할 수가 없었다. 하루하루 무기력하게 술이나 퍼마시고 흐느적거리는 게 전부였는데 집을 나오면서부터는 언제 그랬느냐는 듯 술은 생각도 나지 않았다. 집을 정하고, 차를 팔고, 가지고 있는 재산을 정리하고, 앞으로 어떤 일을 하며 어떤 삶을 살아야 할지 청사진을 세우고……. 그 모든 것이 어찌나 신바람나고 즐겁든지 어쩌면 일영이 아니었더라면 이런 즐거움을 누리지는 못했을 거라며 새삼 감사하는 마음까지 새록새록 피어올랐다.

"어떻게 그런……. 그럼 부인은요?"

"이혼할 거야. 집안에도 다 알렸어."

"상대가 나, 나라는 것도요?"

일영의 얼굴이 백지장도 이보다는 하얗다 싶을 정도로 창백하게 질려 버렸다. 순간 싸늘한 표정을 짓고 있는 유현의 부모님 얼굴이 그녀의 뇌리를 스치고 지나갔다.

세인은 그녀의 마음을 감지하고는 나직하게 한숨을 내쉬었다.

"추운데 집으로 들어가 얘기하자."

22

얼떨결에 그의 집까지 따라 올라간 일영은 무선 주전자에 생수를 넣은 후 인스턴트 커피를 끓여주는 세인의 모습을 멍한 표정으로 바라만 보았다. 이삿짐센터 직원들은 세인의 지시에 따라 착착 가구며 짐들을 옮겼고, 도우미로 보이는 한 아주머니는 부지런히 새 박스에 담긴 그릇이며 주방용품들을 싱크대와 찬장 위에 보기 좋게 진열을 하고 있었다.

"좀 소란스럽지? 곧 끝날 거야. 아! 일영아, 이 그림은 어디다 걸까?"

"네?"

"여기가 낫겠지? 집이 작아서 마땅히 걸 만한 데가 없다."

혼자 살기에 십오 평짜리 집이 결코 작은 것이 아님에도 세인에게는 답답하게 느껴지는 모양이었다. 그는 사람을 불러 못질을 시키고는 액자가 보기 좋게 걸릴 때까지 이리저리 참견을 하며 지시를 내렸다. 포장이사라 그런지 말 그대로 완벽하게 정리까지 해주었고, 세인은 그저 시키기만 할 뿐 손 하나 까딱하지 않았다. 아무리 그러려고 부른 사람들이지만 일영이 보기에는 좀 심하다 싶을 정도였고 얼굴이 살짝 뜨거워지기까지 했다. 누구는 일하느라 정신이 없는데 누구는 막 비닐을 뜯은 새 가죽 소파에 앉아 커피나 마시고 앉아 있으니 민망하지 않을 수 없었다.

"저 나중에 이사 다 끝나고 나면 얘기해요."

"잠깐만, 일영아. 곧 점심시간이야. 아저씨, 다들 가서 점심이나 드시고 오세요."

세인은 일어나려는 일영을 도로 주저앉히더니 지갑에서 수표 한 장을 꺼내 한창 일하고 있는 직원 중 한 사람에게 쓱 건네주었다.

"저 이러시지 않아도 됩니다. 식대는 다 포함이 되어 있고 이런 건 안 받기로 되어 있거든요."

"그래요? 그래도 가져가세요."

세인은 직원의 만류에도 불구하고, 자연스레 그의 가슴 쪽 주머니에 수표를 꽂아주고는 얘기가 다 끝났다는 듯 가보라는 제스처를 취해 보였다. 약간은 쭈뼛거리던 그 직원은 다른 직원들과 눈빛을 살짝 교환하더니 고맙다는 인사를 남기고는 우르르 나가 버렸다.

"이젠 좀 조용하지? 우리 점심은 이따 아저씨들 오면 먹으러 나가자."

"도대체 무슨 생각인 거예요?"

"생각은 무슨. 내가 하는 일이 다 그렇지 뭐. 이혼하기로 통보를 하긴 했는데 그리 쉬울 것 같지는 않고, 이혼하느라 시간 뺏기는 동안, 네가 유현이와 붙어 지내는 꼴은 두고 볼 수 없고. 이 방법 밖에는 없더라고."

그는 일영의 옆에 앉더니 습관적으로 담배를 꺼내 입에 물었다.

"아! 너 담배 연기 싫어하지?"

"피우세요."

"미안. 지금만 피울게."

흔연스런 어투와는 달리 세인은 확실히 긴장을 하고 있었다. 그는 담배에 불을 붙여 한 모금 맛있게 빨아들인 후 일영의 반대편으로 담배 연기를 훅하니 내뿜었다.

"이러면 무슨 상황이 달라져요? 이제 와서 대체 왜 이러는 거예요?"

"그러게, 내가 너무 안이하게 생각했던 거지. 결혼 생활은 결혼 생활대로 누리고 너는 너대로 만나고, 그게 가능할 거라 생각했다니 확실히 그때 돌았었나 봐. 네가 내 제안을 거절하지 않았더라도 아마 양다리는 힘들었을 거야. 결혼이란 게 그렇게 간단한 것이 아니더라고. 조건 따져 결혼하면 아무 문제도 없을 줄 알았는데 부부간에는 그것만으로는 채울 수 없는 무언가가 있더라. 결혼은 사랑하는 사람과 해야 하는 거야. 상황에 떠밀려서 하거나, 조건에 맞춰 하는 게 아니라 일단 사랑하는 사람과 해야 하는 거야."

"오빠는 날 너무 비참하게 만들었어요. 이제 와 이런다고 해서 오빠한테 돌아가지는 않을 거예요."

"억지로 널 붙잡을 생각은 없어. 어차피 정식으로 이혼하려면 얼마나 걸릴는지도 알 수 없으니까. 한데 일영아, 너 유현이 사랑하는 거 아니지? 그냥 마음이 허할 때 옆에 있어준 사람이라 잠시 끌리는 것뿐이지? 유현이를 억지로 만나지 말라고는 하지 않을게. 나한테는 지금 그럴 자격이 없으니까. 단, 나도 네 상대로서 기회를 줘. 유현이도 만나고 나도 만나. 그리고 둘 중에 한 사람을 고르면 돼."

"뭐라구요? 유현 오빠가 그걸 용납할 거라 생각해요?"

"용납하지 못할 것 같으면 떨어져 나가면 그뿐이야."

"이건 아니에요. 이건 아니라고 생각해요. 소정 씨한테 돌아가세요. 다른 여자 인생까지 망치지 말고 결혼을 했으면 가정에 충실하세요."

"내가 당장 죽을 것 같은데 어쩌라고? 가정에 충실하고 싶어도 내가 지금 죽을 것 같단 말이야."

세인은 순간 평정을 잃고는 이제껏 자제력을 발휘해 왔던 것이 무색하리만치 버럭 소리를 질렀다.

"미안, 소리 질러서 미안해. 내가 잘못했어. 그러는 게 아니었어. 난 지금 네 용서가 필요해. 날 받아들이지 않아도 좋으니 일단 용서만이라도 해줘, 응?"

"받아들이지도 않을 거고 용서하지도 않을 거예요. 어떻게 용서가 돼요? 오빠가 한 짓을 생각해 보라구요. 솔직히 말할게요. 나 아직은 유현 오빠를 완전히 사랑하는 건 아니지만 앞으로 사랑하게 될 것만 같아요. 결혼하게 되면 그 사람과 하고 싶구요."

"넌 유현이와 결혼 못해. 결혼해도 불행해진다고. 몇 번을 말해야 알아들어?"

"그럼 오빠와 결혼하면 괜찮구요?"

"나 쉬운 마음으로 여기 온 거 아니야. 내 집, 내 부모, 내 형제, 내 아내, 다 버리고 왔어. 아무렴 그런 각오도 없이 다시 너한테 온 줄 아니?"

"그래서 나보고 어쩌라구요? 내가 언제 그 모든 걸 버리고 오랬나요? 유현 오빠와 내 앞길 가로막지 말아요. 만약 조금이라도 방해하면 그땐 정말 용서 안 해요."

"일영아."

"내 주변을 맴돌든 말든 마음대로 해요. 진짜 갈수록 정 떨어지는 거 알아요? 어떻게 사람이 이렇게 이기적이고 제멋대로일 수 있는 거죠? 이렇게 다시 올 거였으면서 왜 사람을 그렇게까지 비참하게 버린 거예요? 아직도 자신이 무슨 잘못을 했는지도 모르죠? 오빠 이기심 때문에 도대체 몇 명의 인생이 꼬여 버린 거냐구요."

"사람은 누구나 실수를 할 수 있어. 그리고 난 애초부터 널 버릴 생각 같은 건 단 한시도 해본 적이 없어. 결혼이 힘들 거라 지레 걱정했던 게 내 잘못이라면 잘못이지 널 비참하게 버렸다는 말은 인정할 수 없어."

"해도 해도 같은 말만 반복될 뿐이군요. 그게 버린 건데 버린 게 아니라고 우기면 내가 도대체 어떻게 말해야 할지 도무지 알 수가 없어요.”

일영은 안타까운 표정을 지으며 연민에 찬 눈빛으로 세인을 응시했다. 도대체 이 대책없는 남자를 어찌해야 좋을는지 답답하기도 하고, 어이없기도 하고, 가슴이 미어질 것만 같았다. 기껏 마음을 정리하고 이제는 좀 덤덤해졌다 싶었는데, 앞으로 세인과 아래윗집에 살며 또 어떤 풍파가 일어날지 감히 상상조차 할 수가 없었다.

당연한 얘기지만 세인의 이사는 여러 사람들에게 나름의 파장을 몰고 왔다. 지친 몸으로 퇴근하던 신영은 일영이 미처 알려주기도 전에 집 앞에서 막 슈퍼에 다녀오던 세인과 떡하니 마주침으로서 나름의 신고식을 치렀다. 다혈질의 신영은 세인을 붙들어놓고 속사포처럼 말을 쏟아내며 그를 강력하게 비난했지만, 웃는 얼굴에 침 뱉지는 못한다고 그저 실실거릴 뿐인 그에게 더 이상의 비난은 소용없는 격이었다.

“진짜 그 인간, 그렇게 느물거리고 똥배짱인 줄은 몰랐어. 아니, 그렇게 막무가내로 나올 만큼 네가 좋으면서 버리긴 왜 버리냐? 버스 떠나고 나니 그제야 정신이 든다든? 너 행동 똑바로 해. 아래윗집 살다보면 자꾸 부딪칠 텐데 그러다 간통죄로 걸리면 삼대를 걸쳐 망신인 거야. 그거 합의 안 해주면 무조건 철창신세니까 행여나 집에 들이지도 말고 가지도 마, 알았어?”

신영은 한참을 열을 내며 구시렁거렸다. 그녀는 세인과 실랑이를 벌이다 올라와서인지 추운 날임에도 목도리를 거칠게 내동댕이치며 목에 흐르는 땀을 수건으로 벅벅 닦아댔다.

"회사든 집이든 도움되는 인간들이 없어요. 애써 PT 준비한 거 그 실장이란 놈이 확 뭉개 버리더니 아예 집에 들어갈 생각을 말란다. 목요일이 D-day인데 난 죽었어. 너, 나 없는 사이에 황세인 그 인간이랑 사고 치면 정말 날 두 번 죽이는 거야. 제발 내 앞길 막지 말고 생각이란 것 좀 하고 살아. 부탁이다, 응?"

신영은 일영의 대답은 들을 필요도 없다는 듯 두통으로 머리가 깨질 것 같다며 몇 마디 더 구시렁거리더니 휙 자신의 방으로 들어가 버렸다. 아마 바쁘고 버거운 일만 없었으면 일영의 일에 다른 누구보다도 촉각을 곤두세웠겠지만, 어지간히 힘든 모양인지 그 후에 신영은 세인의 얘기는 일절 입에 올리지도 않았다. 하긴 참견하고 나서봐야 연애사라는 것이 본인 이외에는 그 누구도 해결사가 되어줄 수는 없는 일이니까.

일영은 귀국하자마자 바로 전화를 한 유현에게 이 사실을 알려줘야만 한다는 것이 못내 당혹스러웠지만, 그래도 지금 이 순간을 놓치면 더 말하기 곤란해질 것 같기도 하고 쓸 데 없는 오해를 사고 싶지도 않아 떨어지지 않는 입을 간신히 열었다.

"저기 세인 오빠 말인데요."

[왜?]

"저기…… 그러니까."

[윗집으로 이사 왔다는 말 하려는 거면 말 안 해도 돼.]

"네?"

일영은 깜짝 놀라 그만 저도 모르게 핸드폰을 놓칠 뻔했다. 회사 복도에 나와 조심스레 전화를 받던 일영은 복도를 지나는 다른 사람들의 의아한 시선에 난처한 표정을 지으며 얼른 목소리를 다시 가다듬었다.

"그걸 어떻게 아세요?"

[출장 가기 전에 연락이 왔었어. 집 계약했다고.]

"……."

[만나서 얘기하자. 나 일단 회사에 들어가 봐야 하거든. 일곱 시까지 회사 앞으로 갈게.]

일영은 유현의 말에 황당함을 감출 수가 없었다. 세인은 이사하고 온 뒤부터 시도 때도 없이 온갖 핑계를 대며 그녀의 집 벨을 눌렀다. 오전 여덟 시부터 밤 열두 시가 넘어서까지 때와 시간을 가리지도 않았다. 마침 신영이 철야근무를 하느라 집에 없을 때라 그것을 안 세인은 아무런 눈치도 보지 않았는데, 물론 일영은 현관문을 굳게 잠그고 아무런 응대도 하지 않았다. 사람의 집착이란 확실히 받아들이는 사람 입장에서는 질리게 하는 면이 있는 모양이다.

세인에게 품을 수밖에 없었던 첫사랑의 애틋함과 안타까운 연정은 어느새 희미해지고, 그동안 눈에 씌었던 콩꺼풀이 한 겹 벗겨지는 듯한 느낌마저 들었다. 어떻게 보면 일영을 버리고 조건을 선택한 그의 행동은 그래도 이해할 수 있는 행동이었다. 한데 아무 대책 없이 무작정 가정을 버리고, 사랑하는 여자의 집 근처에 이사를 와 막무가내로 엉겨붙는다는 것은 도무지 이해가 되지 않았다. 그럴 정도로 사랑을 받고 있다는 것에 대해 어느 정도 으쓱한 마음이나 승리감 같은 것이라도 들어야 마땅할 텐데, 그보다 그의 무책임한 행동이 미덥지 않았고 눈살을 찌푸리게 만들었다.

"세인이에게 신경 쓰지 마. 그만큼 궁지에 몰렸다는 뜻이고 최후의 발악이니까. 어떤 사람 같은 경우는 끝을 알면서도 가보지 않으면 직성이 풀리지 않는 사람이 있어. 세인이가 그런 경우의 사람이지."

유현은 김이 모락모락 나는 원두커피를 맛있게 한 모금 마시더니 대수롭지 않다는 표정으로 일영을 위로하듯 바라보았다. 그는 격무에 시달린 탓인지 약간 피곤해 보였지만 그것도 안색만으로 눈치챘을 뿐 행동은 여전히 평소와 같이 생기가 넘쳤다.

"아니면 세인이에게 다시 가고 싶은 거니?"

"그건 아니에요."

일영은 다급히 대꾸했다.

"내 마음은 이미 그 사람한테서 거둔 지 오래예요. 사람 마음 참 이상하죠? 이사까지 올 정도로 지극정성인 것을 보면 감동해야 하는데 오히려 그 반대니 말이에요."

일영은 살짝 한숨을 내쉬었다.

"내가 어떻게 해야 하죠? 그 사람이 하는 행동을 보면 너무 위태로워 보여요."

"이런 일은 그저 앞으로 진행시켜 가는 길밖에 없어. 계속해서 미적거려봐야 혼란만 올 뿐이야. 일영아, 너 오늘밤 나와 같이 있지 않을래?”

“네?”

일영은 그가 말하는 같이 있을래? 란 말의 의미가 단순한 것이 아니라는 것을 눈치채고는 순간 얼굴에 저도 모르게 홍조를 띄웠다.

“그게 무, 무슨 말이에요?”

“결혼식까지 못 참아서가 아니라……. 아니, 못 참아서 그럴지도 모르지. 세인이에게 확실한 네 결심을 보여줄 수도 있고, 나도 너에게서 확신을 얻고 싶고, 너 역시 나와 같이 있음으로 해서 한 점이라도 남아 있을지 모르는 세인에 대한 미련을 완전히 접을 수 있고.”

“저, 그건.”

“하긴 남자들은 다 똑같아. 온갖 감언이설로 여자를 그럴듯하게 꼬시려고 물불을 가리지 않지.”

유현은 실없이 피식 웃었다.

“그런 것 때문이 아니에요. 같이 자도 헤어질 사람은 헤어지는 걸요. 그게 확신이 될 수는 없다고 생각해요. 게다가 지금의 세인 씨 같아서는 내가 유현 오빠와 잤다고 해도 포기할 것 같지 않아요. 그 사람도 결국은 다른 여자와 잤는데 내게 뭐랄 자격 같은 건 없잖아요.”

유현은 순간 들고 있던 커피 잔을 접시 위에 가만히 올려놓았다. 사실 남자의 시커먼 속마음으로는 이래저래 이유를 댈 것도 없이 확 일영을 침대 위로 잡아끌었으면 하는 마음뿐이었고, 잘하면 그녀가 넘어와 줄 것 같다는 기대감도 있었다. 사실 벌써 만남을 가진 지 반년이 넘었고 마음을 밝힌 것도 두 달이 가까워 오는데 여태 키스만 한 번 해봤을 뿐으로 그 이상의 진전이 없어 답답하던 차였다. 숙맥도 아니고 남자에 대해서 알 것 다 아는 여자인데 왜 이리 접근하기가 힘든지, 어떨 때는 세인이 어떻게 일영을 넘겼을까 하는 그런 저열한 의문마저 품었던 적이 있었다. 어쨌든 지금 일영의 대답은 상당히 정곡을 찔러 뜨끔하기까지 했다. 그녀 말대로 같이 자는 게 확신이 될 수는 없었다. 그만큼 가까워질 수는 있어도 언제 변할지 모르는 게 남녀 사이니 사실 여자 쪽에서야 조심해서 나쁠 건 없었다.

"그렇다고 세인 씨와 절대 헤어지지 않을 거란 확신을 가지고 잔 건 아니에요. 그냥 그때는 내 감정에 충실하고 싶었고 그걸로 그 사람을 붙들어두고 싶지도 않았어요. 요새 보면 같이 잤다고 목매는 사람도 없고, 그걸로 매이는 사람도 없잖아요."

"결국은 나와 자고 싶지 않다는 얘기네."

"그 사람과 자고 나서 내가 그렇게 쿨한 여자가 아니라는 걸 알았어요. 확실히 한 번 자고 나니 생각만큼 당당할 수가 없더라구요. 버림받으면 내 인생이 끝날 것 같아 속으로 전전긍긍하기도 했고, 그러고 나니 아무래도 그 사람에 대한 기대감이나 집착도 커졌구요. 임신 걱정 때문에 매번 생리 때마다 노심초사하는 것도 스트레스였어요. 유현 오빠가 타이밍을 잘못 잡았어요. 그 사람보다 먼저 만났더라면 이렇게 몸 사리는 일은 없었을 거예요."

"하하, 제대로 한 방 먹었다. 너와 자려면 빨리 결혼을 진행시켜

야겠는데?"

"그런 뜻이 아닌데."

일영은 난처한 표정을 지으며 손사래를 쳤지만 유현은 아랑곳하지 않고 계속해서 크게 웃었다.

"네가 우리 집 재산에 별로 관심이 없다는 것을 전제로 한다면 우리 부모님 허락을 굳이 받아낼 필요는 없어. 난 막내아들이라 여러모로 자유로운 편이고, 안정된 직장에서 그런대로 인정받으며 살고 있고, 당장 작으나마 집 한 채 마련할 능력 정도는 충분하거든."

"오빠 능력만으로도 과분해요. 한데 문제는 그게 아니잖아요. 부모님 반대하는 결혼 같은 거 저 싫어요. 결혼이란 게 두 사람만 행복하다고 해서 되는 것도 아니구요."

"마음으로는 반대해도 막상 결혼한다고 나서면 그걸 가지고 뭐라 하실 분들은 아니야. 단지 네가 좀 대하기 불편하겠지. 한데 내 생각에 넌 의외로 구박이나 냉대에 강할 거 같아서 별로 걱정이 안 되는데 내가 잘못 생각하는 건가?"

"구박이나 냉대에 강한 사람이 있기는 해요? 뭐 그럴 만한 일을 당한 적이 없어서 잘은 모르겠어요."

집으로 인사 왔을 때의 부모님 행동이 바로 구박에 냉대였는데도 그것을 그다지 자각하지 못하고 있는 일영의 모습을 보니 유현은 새삼 안도감이 밀려들었다.

23

세인의 느닷없는 이혼 선언과 가출로 인해 한남동 본가는 거의 초상집 분위기였다. 세인은 막내아들로 이제껏 귀여움을 독차지한 데다가 단 한 번도 어른들의 뜻에 어긋나는 행동을 한 적이 없었기에 그 충격은 한층 더 크게 다가왔다. 막내라 좀 더 관대하게 대한 면도 있지만, 세인 자체가 워낙 이제껏 별달리 속 썩이는 일 없이 누구에게나 자랑할 만한 엘리트 코스를 밟아가며 황회장 부부의 자부심에 마무리를 해주었었다. 유학을 다녀온 후 레스토랑을 맡기고 나서는 사치를 부리고 노는 데 더 신경을 쓴다는 것은 알고 있었지만, 그렇다고 딱히 뭐라 할 정도로 과도한 행동을 보였던 건 아니라 별다른 꾸중을 해본 적도 없었다. 좋은 혼담이 나와 진행시켰을 때도 세인은 아무런 이의 제기없이 고분고분 부모의 말을 따라주었다. 결정적인 부분에 있어서 만큼은 부모 뜻에 한 치도 어긋남 없이 살아왔기에 어느 정도의 실수나 방종은 충분히 넘어가 줄 수 있었다.

한데 이번의 사안은 커도 너무 컸다. 데리고 노는 여자가 끊이지 않는다는 것쯤이야 새삼 놀랄 일도 아니었지만, 그런 여자 때문에 금지옥엽 며느리를 내치고 박대하며, 급기야는 가출까지 해 버렸다는 것은 그냥 넘어갈 수 있는 문제가 아니었다.

진 여사는 머리까지 싸매고 드러누워 끙끙 앓았고, 황 회장은 그 옆에서 아무 말 없이 독한 궐련만 뻐끔뻐끔 피워댔다. 평상시의 진 여사라면 안방에서 담배 연기를 뿜어대는 것에 질색을 했겠지만, 지금은 그걸 가지고 뭐라 할 정신도 없어 그저 내버려 두었다.

"이를 어쩌면 좋아. 우리 세인이가 이럴 리가 없어. 걔가 어떤 아이인데 이런 황당한 짓을 저질러? 보통 여우 같은 년이 아니니까 이러지. 우리 아이가 이럴 리가 없어요."

"그만 일어나요. 지금 그러고 누워 있다고 뭐 상황이 달라져?"

"이게 대체 무슨 망신이야? 소정이도 소정이지만 사돈이 이 사실을 알아봐요. 여보, 세인이 좀 어떻게 해봐. 이렇게 넋 놓고 있지 말고, 응?"

"돈만 쓸 줄 아는 맹탕인 줄 알았더니 어느새 한몫 챙겨서 저렇게 독립해 나가 버렸는데 뭘 가지고 닦달을 해? 인연 끊자 해도 눈 하나 깜박 안 하고, 돈줄을 끊으려 해도 약발이 안 먹히잖아."

황 회장은 어이가 없는지 담배 연기를 후하고 내뱉으며 혀를 끌끌 찼다. 아들이지만 참으로 약삭빠른 놈이었다. 그동안 비위 살살 구슬려 가며 야금야금 얻어간 돈으로 저 한몸, 치장하고 즐기는 데만 쓴 줄 알았더니 그게 아니었다. 세금 때문에 몇 가지 부동산들은 세인의 명의로 해놓긴 했으나 그것은 그가 손대지 못하게 묶어두었던 터였다. 한데 알고 보니 세인은 주식에 알짜 부동산 투자로 제법 알부자가 되어 있었다. 하지만 집을 나가자마자 애지중지 아끼던 차를 팔아버리고 싼 동네에 코딱지만한 집을 얻은 것을 보면 당장은 현금화하기 힘들거나 그럴 생각이 없어 보였다.

"세인이 그놈이 뒤통수를 쳐도 이렇게 칠 줄은 몰랐어. 아니, 바람을 피웠음 피웠지 지 처와 갈라서긴 왜 갈라서? 소정이만한 아이가 어딨다고 지가 굴러온 복을 차대냐고? 아주 보통 여우한테 홀린 게 아니야. 내 그년을 찾아가 요절을 내야 하는데. 아우, 머리야."

"다행히 소정이 그 아이가 생각이 깊어서 사돈들은 아직 모르고 계시니 빨리 뒷수습을 해야 할 텐데 말이야."

"내가 지금 소정이 볼 낯이 없어요. 이 일이 수습돼도 걱정이지. 가뜩이나 깔끔한 아이인데 이걸로 우리 세인이 약점 잡아 냉대하면 그 꼴은 또 어떻게 봐요?"

"지금 그게 문제야? 일단 세인이 잡아와 무릎 꿇리고 이혼 말은 꺼내지도 못하게 만들어야 할 거 아냐? 소정이가 이 일로 이혼 소송이라도 하면 우린 꼼짝없이 당하게 돼 있다고."

"아니, 최고 법무법인에 다니는 변호사 며느리가 있는데 우리가 왜 당해요?"

"그럼 그쪽은 사람 없어?"

진 여사는 그만 입을 다물고 다시금 끙끙 앓기 시작했다. 어떻게든 그런 상황만큼은 막아야 했다.

일영은 유현의 차에서 내린 후 그의 차가 시야에서 사라질 때까지 꼼짝도 하지 않았다. 밤 열한 시가 넘은 시각이라 그런지 바람이 한층 더 차갑게 느껴졌다. 그녀는 오들오들 떨리는 몸을 추스르고는 몸을 돌려 집 앞으로 걸어갔다. 그리고 바로 주택 앞 정문에서 싸늘한 표정으로 그녀를 노려보는 소정의 모습을 발견하고는 그만 멈칫했다.

그야말로 순식간의 일이었다. 소정은 성큼성큼 걸어오는가 싶더니 일영을 거의 바닥에 쓰러뜨리기라도 할 듯 딱 소리가 나게 따귀를 때렸다. 어찌나 아픈지 일영은 거의 숨도 쉬지 못할 정도의 충격을 받아 비틀거렸다. 일영은 이제껏 단 한 번도 따귀라는 것을 맞아본 적이 없던 터라, 아픈 것도 아픈 거지만 혼이 빠질 듯 놀라 한동안은 정신을 차릴 수가 없었다.

"나한테 맞은 게 억울해?"

"……아, 아니에요."

일영은 숨을 가다듬으며 북풍한설처럼 차가운 소정의 얼굴을 조심스레 올려다보았다. 화를 내는 게 너무도 당연했다. 따귀 한 대쯤은 이 여자가 겪고 있을 참담한 심정에 비한다면 실로 아무것도 아니었다.

"아니라고? 결국 인정한다는 얘기야?"

"미안합니다. 소정 씨한테는 너무나 미안하게 생각해요."

"하, 나쁜 년. 미안하다고? 지금 나한테 미안하다고 했어?"

"전 세인 오빠, 아니, 세인 씨와 이미 헤어졌어요. 그것만큼은 자신할 수 있지만 일이 이렇게 된 건 정말 사과드리고 싶어요."

"너 아주 보통이 아니구나? 하긴 그러니 세인 씨 뿐 아니라 유현 씨까지 그렇게 빠져들었겠지. 세인 씨 여기로 이사 왔더라? 너희 같이 사니?"

"아니에요. 정말 아니에요."

일영은 황급히 손사래를 쳤다.

"어찌 됐든 너나 세인 씨 절대 가만두지 않을 테니까 각오해. 이 정도 각오쯤은 충분히 하고 일을 벌였겠지."

"세인 씨가 이사 온 것은 유현 씨도 알고 있어요. 저와는 관계없는 일이고 유현 씨도 난감해하고 있어요."

"뭐?"

"소정 씨, 집으로 올라가서 제 얘기 좀 들어주세요. 여기 있으면 세인 씨가 볼지도 모르고 날도 추우니까 들어가서 얘기해요."

"너랑 한가하게 얼굴 맞대고 얘기나 하려고 온 거 아니야."

소정은 매몰차게 대꾸했다. 사실은 일영이 너무도 순순히 잘못을 인정하고 머리를 조아리는 바람에 어느 정도 분이 풀린 상태였다. 세인이 바로 일영의 윗집으로 이사했다는 사실을 아는 그 순간 눈이 홱 돌아버려 정신없이 이곳까지 달려와 따귀를 때려 버렸지만, 사실 그녀는 이렇게까지 독한 스타일은 아니었다.

바람피우는 남편을 둔 여자들을 보면 하나같이 남편은 그대로 두고 상대 여자만을 잡는데, 소정은 원래 그 같은 행동을 비웃곤 했다. 솔직히 말해 그 상대 여자가 무슨 상관이 있겠는가? 같이 사는 남자를 잡아야지 상대 여자를 잡는다는 것은 그녀가 생각하기에 추하기 짝이 없고 미련한 행동이었다. 말마따나 내게 의리를 지켜야 할 사람은 내 남편이지 상대 여자가 아니었다. 한데 막상 자신 앞에 이런 일이 닥치니 평소 경멸하던 그러한 행동이 너무나 자연스레 나와 버렸고, 소정은 사실 조금은 창피하다는 생각까지 들었다. 물론 이러한 생각을 일영이 눈치채게 할 생각은 추호도 없었다.

"부탁이에요. 앞으로 어떻게 해야 할지도 상의하고 싶고 진심으로 사과도 드리고 싶어요. 동생이랑 같이 살고는 있지만, 오늘은 아마 안 들어오거나 많이 늦을 거예요. 그러니까 올라가서 얘기해요."

소정은 작지만 깔끔하고 아기자기하게 꾸며져 있는 일영의 집 거실에 앉아 향이 좋은 원두커피를 대접받았다. 하루 종일 비어 있던 집이라 들어서자마자 한기가 느껴졌지만, 보일러를 틀자 이내 훈훈한 온기가 감돌았다. 소정은 얼떨결에 일영을 따라 집까지 들어온 것에 대해 사실 후회하고 있었다. 남편의 전 애인이자 지금도 못 잊어 진행 중인 여자와 마주 보고 앉아 사이좋게 대화를 나눈다는 것은 확실히 코미디였다.

"할 말 있으면 해요."

소정은 한층 누그러진 어조로 이제는 반말이 아닌 존대어를 사용했다.

“정말 죄송합니다. 소정 씨 마음 아프게 한 것 사과드리겠어요. 정말 죄송합니다.”

일영은 고개를 푹 수그린 채 다시 한 번 그녀에게 사과의 말을 꺼냈다.

“그렇게 죄송한 걸 보니 일영 씨도 어느 정도 세인 씨한테 감정이 남아 있다는 걸 인정하는 모양이죠?”

“그래서가 아니에요. 그건 아닙니다.”

“하고 싶은 말이 뭐예요?”

“세인 씨가 지금 이러는 건 제 의사와는 전혀 관계없는 일이에요. 아시다시피 전 지금 유현 씨와 사귀고 있는 입장이구요.”

“일영 씨 정말 대단한 사람이에요. 어떻게 전 애인의 친구와 사귈 생각을 다 한 거죠? 혹시 의도적인 건 아닌가요?”

“의도적으로 접근하려 해도 유현 씨가 그렇게 녹록한 사람은 아니잖아요.”

“세인 씨에게 버림받고 나니 복수하고 싶다는 생각이 들 수도 있죠.”

“그런 생각이 들어 접근하고 싶어도 그건 불가능한 일이었어요. 사실 세인 씨는 절 친구들에게 단 한 번도 정식으로 소개한 적이 없어요. 유현 씨는 그야말로 우연히 마주쳐서 인사만 나눴을 뿐으로 그 덕분에 인연이 이어져 올 수 있었던 거예요.”

“소개를 시킨 적이 없다구요?”

“제 처지가 소개시킬 만한 처지가 아니었으니까요. 세인 씨는

절 그저 데리고 노는 여자로만 생각했고 결혼 상대로는 단 한 번
도 생각해 본 적이 없는 사람이에요. 그러니 소정 씨를 만나고 나
서 절 그렇게 버릴 수 있었던 거예요."

일영은 유현의 충고를 받아들여 세인이 사실은 양다리를 걸칠
속셈이었다는 것은 말하지 않았다. 세인을 그녀 자신으로부터 떼
어놓기 위해서라기보다 이들의 결혼을 지켜주고 싶은 마음이 더
컸다. 확실히 세인에게 어울리는 여자는 바로 이 여자였다. 씁쓸
하지만 그의 선택은 올바른 것이었다.

"그런데 왜 이제 와서 세인 씨가 저러는 거죠? 일영 씨가 무슨
여지를 주었기 때문에 이렇게 대범한 짓을 벌이는 것 아닌가요?"

"그렇지 않아요. 아마 심술이 나서 그러는 걸 거예요. 먹자니 별
로고 남 주자니 아깝고, 더구나 그 상대가 유현 씨라니 황당하고
어이가 없어서 그러는 거예요. 분명 저러다 말 거예요."

"일영 씨, 정말 몰라서 그러는 거예요, 아니면 알면서도 눈 가리
고 아웅해 보겠다고 이러는 거예요?"

"네?"

"먹자니 별로고 남 주자니 아까운 여자 때문에 모든 걸 버리고
가출을 했다구요? 세인 씨가 지금 집안에다 어떤 평지풍파를 일으
키고 가출을 했는지 정말 모르는 거예요? 세인 씨, 차까지 팔고 평
범한 국산 중형차로 바꿨어요. 그게 어떤 의미인지 알죠?"

일영은 너무나 놀라 순간 얼어버릴 듯 아무 말도 할 수가 없었
다. 세인은 지금 몰고 있는 BMW 컨버터블을 그야말로 애인 이상
으로 애지중지 아꼈고, 차에 대한 욕심도 끝이 없었다. 국산 차는

아예 차 취급도 하지 않을 정도였다.

"진짜 세인 씨와 끝낸 거예요? 확실히 하세요. 유현 씨와 결혼 말까지 오가고 있는데 이런 식으로 흐지부지할 생각은 말구요."

"정말 지금은 아무 사이도 아니고 저도 지금 난감한 상황이에요. 유현 씨는 자꾸 결혼 애길 꺼내는데 세인 씨는 지금 이렇게 나오고 저도 지금 어떻게 해야 좋을지 모르겠어요."

"하, 그럼 지금 세인 씨 혼자 저러고 있다는 말이로군요. 떡 줄 사람은 생각지도 않고 있는데 혼자 삽질한다? 참 할 말이 없네요."

소정은 허탈한 심정이 되어 코웃음을 쳤다. 두 사람은 한동안 침묵을 지켰고, 이들의 심연 같은 침묵은 요란한 현관 벨소리로 인해 순간 깨어졌다. 일영은 하얗게 질린 얼굴로 안절부절못한 채 소정의 눈치만을 보고 있었고, 소정 역시 그녀의 표정을 통해 벨을 누른 사람이 세인이라는 사실을 직감적으로 깨달았다. 벨을 눌러도 반응이 없자 세인은 급기야 현관문을 요란스레 두드리기 시작했다.

"부탁이야, 일영아. 안에 있는 거 다 알아. 얘기 좀 해. 잠깐이면 돼."

소정은 그의 이 같은 애절한 목소리에 그만 울고 싶은 심정이 되어 입술을 아프도록 깨물었다. 남편이 다른 여자의 집 앞에서 처량하게 문을 두드리며 한 번만 만나달라고 통사정을 하는 모습을 목격한다는 것은 확실히 기분이 더러운 일이었다. 이건 사람이 당할 수 있는 최악의 상황이었다.

“문 열어요. 나 때문에 그래요?”

소정은 거의 이를 갈다시피 하며 쥐어짜듯 이렇게 내뱉었다.

“아니에요. 원래 열어주지 않았어요.”

“이렇게 밤늦은 시간에 동네 시끄럽게 하는 데도요?”

“망신이라도 하는 수 없죠. 상대해 주다보면 일이 어떻게 될지 모르고 여동생도 집안에 들이면 가만 안 있겠다고 난리를 쳐서……”

일영은 안절부절못하는 모습으로 비굴하리만큼 소정의 눈치를 계속 살폈다. 그 모습을 보니 소정의 마음은 한층 더 갑갑해졌다.

“여동생이 참 똑똑하군요.”

“네. 저와는 비교도 할 수 없는 아이예요.”

일영의 자조 섞인 대꾸에 소정은 더 이상 뭐라고 할 수가 없었다. 계속해서 비꼬고 긁어대는 데도 그녀는 연신 머리를 조아리고 죄인처럼 앉아 용서를 빌고 있었다. 그런 사람을 앞에 두고 말을 더 섞어봐야 기운만 빠질 뿐이었다. 차라리 뻔뻔스럽게 나왔더라면 머리채라도 신나게 잡아 화풀이라도 했을 텐데, 그저 허탈한 한숨만이 힘없이 배어나왔다.

“일영아, 부탁이야. 제발 열어줘. 이렇게 피하기만 한다고 해결되는 일이 아니잖아. 문 열어줄 때까지 계속해서 두드릴 거야. 너 인천 본가로 들어가도 거기까지 쫓아갈 거고, 유현이한테 가도 멈추지 않을 거야. 열어줘, 제발.”

세인의 애절한 울부짖음에 오히려 소정이 참기 힘든 지경에까지 이르렀다. 저 소리를 들으며 외면하는 것도 어지간히 독하지 않으면 힘든 일이라는 생각마저 들 정도였다. 소정은 더 생각할 것도 없다는 듯 벌떡 자리에서 일어나 현관문을 확 열어젖혔다. 덤덤한 소정의 얼굴과 경악한 표정을 짓고 있는 세인, 그리고 거실 소파에 앉아 바들바들 떨며 이 모습을 지켜보고 있는 일영. 이 세 사람이 눈빛이 서로 어지럽게 교차하며 긴장된 순간을 만들고 있었다.

24

먼저 침묵을 깬 사람은 황세인이었다.

"당신이 여긴 어쩐 일이지?"

세인은 언제 놀랐냐는 듯 이내 평정을 되찾았다. 사실 워낙 변명의 여지가 없는 상황이다 보니 오히려 그는 소정을 불청객 취급하며 뻔뻔하게 굴었다.

"어쩐 일이냐구요? 지금 그건 내가 해야 할 대사 아닌가요?"

소정은 분을 억지로 누르며 이를 악물었다. 적어도 남편의 여자 앞에서 추한 모습까진 보이고 싶지 않았다. 세인이 밑바닥을 보여 줬다 해서 그녀까지 같은 인간이 될 필요는 없었다.

"왜 당신이 지금 일영이 집에 와 있는 거냐고. 할 얘기가 있으면 나와 하기로 했잖아요."

세인의 당당한 모습에 소정은 기가 막혀 코웃음을 쳤다.

"지금 그게 나한테 할 소리예요? 이런 경우를 적반하장이라고 하죠."

"나와요. 나와서 얘기하자고."

"나 지금 일영 씨와 얘기 안 끝났어요. 불청객은 당신이라구요."

소정은 하마터면 눈물을 왈칵 쏟아낼 뻔했다. 이 같은 상황이 못 견디게 싫었다. 어쩌다 이런 지저분한 상황에 놓이게 된 건지 도무지 믿어지지도 않았고 현실 같지도 않았다.

"그만 하세요."

참다못한 일영이 이런 두 사람의 실랑이에 드디어 끼어들었다. 안절부절못하며 두 사람의 눈치만 살피던 일영은 소정에 대한 미안함은 미안함이고, 이들 부부 사이의 일은 이들만의 문제라는 것을 자각하며 마음을 굳게 다잡았다. 소정의 입장이 참담할 것이라는 것은 십분 이해가 갔지만 일영의 입장이 그녀의 심정을 헤아려 줄 만치 여유있는 건 아니었다. 사실 굳이 따지자면 일영도 피해자였다.

"신소정 씨, 미안합니다. 정말 미안해요. 제 본의는 아니었지만 두 분 사이에 제가 물의를 일으켜서…… 너무 죄송해요. 신소정 씨한테는 나중에라도 용서를 빌 테니 오늘은 돌아가 주세요."

"네가 왜 소정 씨한테 죄송한 거야?"

세인은 눈치없이 버럭 소리를 질렀다. 아니, 눈치가 없어서가 아니라 이제는 와이프인 소정에 대한 기본적 배려도 아예 염두에 두지 않은 처사였다.

"부탁드릴게요. 지금은 황세인 씨와 나가주세요, 네?"

소정은 일영의 애원 섞인 부탁을 참담한 표정으로 바라보았다. 그리고는 아무 말 없이 코트와 핸드백을 집어 들고는 현관에 서 있는 세인을 지나쳐 또각거리는 구두 소리와 함께 현관문을 박차고 나섰다.

"황세인 씨도 나가요. 어서요."

"일영아."

"당신 부인이잖아요."

"헤어질 거야. 헤어지려고 집까지 나왔잖아."

"아직 헤어진 건 아니잖아요. 아직 법적으로 당신 부인이잖아요. 내가 우습죠? 결혼은 조건 좋고 누가 봐도 잘난 여자인 소정 씨 같은 여자와 하고 나는 그저 숨겨놓고 재미나 보려고 했으니 우습겠죠. 요샌 일부러 돈 많은 유부남과 사귄다는 정신 나간 여자들도 비일비재하다고 하니 양다리 걸치는 것쯤이야 대수롭지 않게 생각했을 거예요. 그런데 왜 그런 우스운 여자 하나 가지고 이 난리냐구요. 저 잘난 여자와 결혼했으면 그냥 가정에나 충실할 것이지 왜 사람 가지고 노냐구요? 내가 장난감이에요? 대학도 못 나오고 집안도 그저 그러니 세컨드로 살라 해도 얼씨구나 좋다, 버리지만 말아다오 하며 덥석 안길 줄 알았어요?"

"……미안하다."

세인은 한참 후에야 읊조리듯 말했다.

"미안한 줄 알면 꺼져요."

"일영아."

"날 얼마나 우습게 봤으면……. 하긴 내 잘못이죠. 우습게 보인 내가 잘못이지 함부로 행동하는 당신이 잘못이겠어요? 나 유현 오빠와 무슨 일이 있더라도 결혼할 거예요. 당신이 이혼을 하든 안 하든 난 결혼해요."

"웃기지 마. 내가 그렇게 둘 줄 알아? 난 이미 다 버렸어. 저 여자도, 집안도 다 버리고 너 하나 잡으려고 맨몸으로 나왔다고."

"내가 왜 모든 걸 다 버리고 나온 당신 같은 남자한테 다시 가야만 하는 건데요?"

"뭐?"

"조건 좋고 날 지극히 사랑하는 남자가 있는데 왜 한 번 결혼까지 한 빈털터리 남자에게 내가 가야만 하는 거냐구요?"

세인은 일영의 선연한 눈빛에 그만 뜨끔해 입을 다물었다.

"대체 나한테 왜 이러는 거예요? 내가 원할 때는 이러지 않더니 왜 원하지 않을 때는 와서 내 마음을 흩어놓는 거냐구요? 당신 이혼할 생각 없는 거 다 알아요. 내가 바본 줄 알아요? 소정 씨가 맘먹고 이혼 안 해주면 당신 이혼 못해요. 집 나와 여자 집 근처에 집까지 얻은 유책 배우자에게 이혼할 권리가 있는 줄 알아요? 그럴 권리가 없다는 건 바보라도 다 아는 일이라구요."

"난 정말 너 없으면 안 돼. 이혼할 때까지 참고 어떻게든 버텨보려고 했는데 내가 죽겠는 걸 어떡해? 가슴이 먹먹하고 숨조차 쉴 수 없을 만큼 고통스러운데 그런 생각 같은 거 할 여유가 어딨어? 일영아, 미안해. 두고두고 나 옆에 두고 원망하고 미워해도 좋아.

그러니까 제발 나 좀 받아줘. 나, 네 첫 남자잖아. 너, 나 사랑하잖
아.”

 눈물까지 글썽이며 애원하는 세인의 모습에 일영은 고통스러운
듯 눈을 감았다. 당장이라도 통곡할 듯이 목이 메어 말조차 제대
로 잇지 못하는 그를 보는 것은 일영에게도 쉬운 일이 아니었다.
그에 대한 마음이 사막처럼 무미건조하게 변해 버린다면 얼마나
좋을까? 그의 들썩이는 어깨를 안아주고 그의 볼을 적시며 흘러내
리는 저 눈물을 닦아만 주고 싶었다. 거짓된 악어의 눈물일지라도
그의 눈에서 흘러내리는 저 눈물만큼은 그냥 모르는 척할 수가 없
었다. 아직은 그와의 추억이 너무도 선명했다. 첫사랑, 첫 남자,
첫 데이트. 그와는 처음으로 함께했던 순간들이 너무도 많았다.
처음이라는 것이 주는 의미, 그리고 처음이라는 것이 주는 마법과
도 같은 벅찬 순간들. 세인을 사랑해서 그 순간을 잊지 못하는 것
인지, 아니면 처음이라는 것이 주는 의미 때문에 그를 쉽사리 놓
지 못하는 것인지 일영은 도무지 갈피를 잡을 수가 없었다.

 ‘저 손을 그냥 잡아버릴까? 이 남자, 부인 앞에서까지 단호하게
내 편을 들어준 남자잖아. 그렇게 아끼는 차까지 팔아버렸는데,
모든 걸 버리고 내 곁으로 힘들게 다시 온 사람인데.’

 부유하게 살던 사람이 이런 허름한 연립주택에 일부러 이사까
지 온 것을 보고는 이미 일영은 그의 정성에 내심 마음이 흔들렸
었다. 신소정의 앞에서는 흔들리는 모습을 보일 줄 알았는데 대놓
고 자신의 편을 드는 것을 보고는 묘한 승리감마저 느꼈다. 신소
정에게는 미안하다 고개를 조아렸지만, 내 남자를 빼앗아간 연적

에게 동정심을 느낄 정도로 여유있고 착한 마음을 가진 건 아니었다. 그녀의 잘못은 아니지만, 그녀만 아니었어도 세인은 결혼을 선택하지 않았을 것이기에……. 지나치게 아름답고, 지나치게 이성적이고, 지나치게 우아한 그 여자를 마주 대하고 보니 세인이 흔들릴 수밖에 없었다는 것을 아프지만 인정하지 않을 수 없었다.

그러한 여자를 아내로 맞은 남자가 다시금 보잘것없는 내게 돌아오려 한다. 버릴 수 없고, 놓칠 수 없는 부와 명예 때문에 헌신짝 버리듯 날 버린 남자가 뼈아픈 후회를 하고 이제는 모든 것을 버린다고 한다. 일영은 흔들렸다. 아주 많이 흔들렸다.

갑자기 유현의 모습이 떠오른 건 그때였다. 세인의 눈물에 흔들리던 그녀가 그의 손을 막 잡기 위해 다가서려던 순간, 유현의 미소 띤 다정한 얼굴이 불현듯 눈앞에 거짓말처럼 선명히 떠올랐다.

최유현, 황세인의 친구. 황세인에게 처절히 버림받은 나를 보듬어 안아 치유해 준 사람. 세인의 손을 잡는다는 것은 그 남자를 버리겠다는 뜻이다. 뜨겁고 열정적이지는 않아도 늘 옆에 있어준 따뜻한 사람. 그 사람이 곁에 없었더라면 과연 어떤 시간을 보냈었을까? 내가 황세인에게 일면 당당할 수 있었던 것이 과연 나 혼자만의 힘이었을까?

사랑을 받는다는 것은 사람을 강하게도 자신만만하게도 만든다. 내가 지금 당당히 황세인 앞에 서 있을 수 있는 것은, 황세인이 자신의 모든 것을 버리고 저렇게 애달아 날 원하고 있는 것은 어쩌면 최유현 때문인지도 모른다. 최유현이라는 잘난 남자의 사랑을 받고 있기에 나라는 여자는 좀 더 탐나는 여자, 갖고 싶은 여자가 되어버린 것이다. 그렇다면 최유현은? 최유현은 나를 왜 좋아하는 거지? 친구와 잠자리까지 한 여자를 일부러 집에까지 데리고 가 결혼 상대로 소개시킨 남자. 버림받은 친구의 여자를 비난하고 눈총을 주기는커녕 보듬어 안아주고 사랑을 준 남자. 그는 그 어떠한 여자라도 마음만 먹는다면 손에 넣을 수 있는 너무도 괜찮은 남자였다. 한데 그런 남자가 별 마음에도 없는 여자를 위해 과연 그런 행동을 할 수 있었겠는가? 진짜 사랑은 무엇일까? 과연 이 두 남자 중에 나를 진정으로 사랑하는 남자는 누구인가? 그리고 내가 사랑하는 남자는……?

“가세요.”

“일영아.”

“죽을 것처럼 힘들고 못살 것 같아도 죽을 건 아니잖아요. 그냥 그렇게 사세요.”

“너, 너 어떻게 그런 식으로…….”

“죽을 것 같아도 살아지더라구요. 육교를 건너다 보면 아래로 뛰어내리고 싶고, 밤에 잠이 들면 그대로 깨어나고 싶지 않을 정도로 힘들었지만 다 살아지더라구요. 더구나 당신에겐 아름다운 부인도 있잖아요. 상처는 금세 아물 거예요. 더구나 본인이 자초한 상처이니 더 잘 아물 거예요.”

일영은 나직한 목소리로 단호하게 입을 열었다. 아무리 결심을 하고 마음을 다 잡아도, 막상 세인의 얼굴을 마주 대하고 나면 어김없이 흔들리곤 했다. 매번 어쩌면 그렇게 한결같이 마음이 흔들리고 갈피를 잡을 수가 없는 것인지……. 하지만 이것은 세인에 대한 사랑 때문만은 아니었다. 그저 첫사랑에 대한 추억 때문일 뿐, 그 이상도 그 이하도 아니라는 것을 일영은 비로소 자각할 수 있었다. 처음이라는 마법 같은 주문에서 이제는 깨어날 때가 온 것이다.

일영은 폭포수처럼 볼을 타고 흘러내리는 눈물을 미처 닦을 생각도 하지 않은 채, 세인의 지치고 초조한 얼굴을 가만히 응시했다.

"오빠가 나한테 저지른 배신은 결코 잊을 수 없을 거예요. 그리고 언제 또 내게 그런 식으로 뒤통수를 칠지 몰라 늘 불안해하면서 살게 될 거예요."

"난 널 배신한 적이 없었어. 난 널 사랑하지 않은 적이 없다고."

"나도 보통 여자예요. 남자와 합법적으로 사랑하고 당당하게 남들에게 내보일 수 있는 그런 사랑을 원하는 보통 여자라구요."

"그래서 유현이한테 가겠다고? 유현이는 우리 사이를 너무나 잘 아는 놈이야. 지금은 괜찮다고 하겠지. 그까짓 거 과거의 일이니 별거 아니라고 하겠지. 하지만 과연 그럴까? 유현이와 나는 안 볼 수가 없는 사이고, 안 보더라도 서로의 소식을 손금 보듯 훤히 알 수밖에 없는 사이야. 후에 마음이 변해서 과거 일을 물고늘어지지 않으리란 보장 있어? 남자란 그렇게 마음 좋고 착한 동물이 아니야. 알아, 이 등신 같은 여자야? 차라리 유현이 말고 다른 남자를 만나란 말이야."

"후에 유현이 오빠가 과거 일을 가지고 날 괴롭힌다 해도 난 그걸 감수할 거예요."

“뭐?”

“그럴 만큼 나쁜 남자가 아니라는 것을 믿지만, 혹시나 마음이 변해서 그 일 가지고 날 질책한다면 난 그걸 감수할 거라구요. 다른 남자가 과거 일로 날 다그친다면 그건 용납할 수 없어도 유현 오빠가 그러는 것은 충분히 감수하고 이해할 수 있어요. 유현 오빠는 그럴 만한 자격이 충분하니까.”

“돌았군.”

“이제는 알 것 같아요. 불타는 듯 강렬한 것만이 사랑인 줄 알았는데 그게 아니었어요. 화톳불처럼 활활 타오르는 사랑에 당장은 혹하고 끌려도 은근한 온기를 주는 온돌 같은 사랑을 이기지 못한다는 것을요. 유현 오빠의 사랑은 사랑이 아닌 줄 알았어요. 너무나 은근해서 그게 오히려 더 불꽃 같은 사랑인 줄은 깨닫지 못했어요.”

“네가 어떻게 나한테 이럴 수 있니? 일영이 네가 어떻게……”

세인은 망연자실한 표정으로 순간 비틀거렸다. 이제껏 느끼지 못했던 일영의 단호한 태도에 그는 서늘하리만치 불길한 예감에 빠져들었다. 누울 자리를 보고 다리를 뻗는다고 했던가? 세인이 그런 말도 안 되는 결혼을 감행하며 일영을 곁에 두려 했던 것도, 일영이 뜻대로 되지 않자 집까지 나와 이렇게 막무가내식의 구애를 감행하는 것도 다 그녀가 자신을 사랑한다는 것을 전제로 한 일이었다. 일영 같은 여자가 감히 첫 남자를 버리는 짓은 할 수 있을 리 없었다. 그가 알고 있는 일영은 절대 그런 식으로 모질고 매몰찬 여자가 아니었다.

세인은 이 모든 것이 최유현의 개입 때문이라는 것을 통감하며 바득바득 이를 갈았다. 최유현, 그 자식만 아니었어도 이렇게까지 일이 꼬이는 일은 없었을 것이다. 설사 그녀의 마음이 얼음처럼 차갑게 굳어버렸다 해도 적어도 이런 식으로까지 최후통첩을 날리는 일은 없었을 것이다.

"내 방법이 잘못되었다 한들 너에 대한 내 마음만큼은 결코 변한 적이 없었다. 한데 넌 이런 나를 이해해 줄 생각은 하지 못하고 오히려 날 배신했어. 그것도 내 친구와 눈이 맞아서. 김일영, 나한테 오지 않아도 유현이한테는 못 가. 난 이판사판이다. 네가 다른 남자의 품에 안기는 꼴은 절대 두고 보지 않겠어."

"고작 이게 나한테 할 수 있는 말이에요? 지금 그걸 말이라고 해요?"

일영은 세인의 광기 어린 눈빛에 그만 질려 눈을 한껏 치떴다.

"내가 언제 말 되는 행동 하고 살았어? 널 두고 다른 여자와 결혼하려 할 만치 생각없는 놈이야, 나는."

"황세인 씨."

"난 이런 막나가는 놈이라고. 제멋대로고, 내가 가지고 싶은 건 어떻게든 다 가져야 하고, 포기를 모르고. 넌 그런 놈을 사랑한 거야. 그런 놈을 사랑한 대가는 치러야지. 두고 봐, 유현이와는 결혼 못해. 그런 줄 알아."

일영의 집 현관문을 나서자마자 세인은 계단 위의 벽에 기대어 서 있는 소정을 발견하고는 저도 모르게 움찔했다. 이제는 완전히 냉정을 되찾은 소정은 오싹하리만치 서늘한 눈으로 세인을 응시하고 있었다.

"얘기하자고 해서 기다리고 있었어요."

"……따라와."

세인은 일영의 집 바로 위인 자신의 집으로 걸음을 옮겼다. 소정은 말없이 그의 뒤를 따랐다.

"작지만 그래도 살 만하게 꾸몄네요."

"커피?"

"아니요. 마셨어요."

세인은 미리 뽑아두었던 원두커피를 자신의 머그잔에 따르더니 거실에 놓인 소파 위에 가만히 걸터앉았다. 소정 역시 잠시 집 안을 둘러보더니 그의 옆에 적당한 거리를 두고 나란히 다리를 꼬고 앉았다.

"당신이란 사람 대단해요. 모든 걸 버리고 사랑을 찾겠다? 이렇게 나올 거면 진즉에 저 여자와 결혼하겠다 나설 것이지 그 빌어먹을 용기는 왜 이제야 나온 거죠?"

"지난 얘기 더 하면 뭐 하겠어? 나 역시 머리를 쥐어뜯을 만큼 후회하고 있어요."

"두 사람이야 그렇다 쳐요. 문제는 당신의 그 헛발짓한 선택 때문에 나라는 멀쩡한 인생 하나까지 망가져 버렸다는 건데……. 여자한테 이혼 경력이 얼마나 치명적인 건지 당신 모르지 않겠죠? 나, 당신만 아니었어도 더 나은 조건의 더 나은 사람, 얼마든지 만날 수 있었어요. 한데 이제 내 값은 어이없이 폭락해 버렸네요. 이혼녀 딱지, 아니면 소박맞은 가련한 여인네가 될 팔자라니……. 당신의 그 어이없는 행동 하나 때문에 지금 몇 명의 인생이 엉클어졌는지 난 당신이 그걸 제대로 알고나 있는 건지 궁금해요.”

“알고 있어도 어차피 마찬가지예요. 난 남의 인생보다 지금 내 인생이 더 급박하니까. 일단 내가 먼저 살고 봐야겠으니까.”

“뻔뻔하지만 차라리 이편이 나은 것도 같네요. 아예 마음을 정리하기 쉽게 만들어주니까. 괜히 내 생각해 주는 척 눈물을 질질 짜며 애원했더라면 더 꼴 보기 싫었을 거예요. 김일영 씨는 그래도 내게 사과를 하더군요. 본인 마음도 아팠을 텐데, 어떻게 보면 그 여자도 피해자였을 텐데 그래도 내게 사과를 하더라구요.”

소정은 쓴웃음을 지었다. 착한 여자는 질색이다. 진심으로 사죄하는 일영의 모습이 거짓으로 보이지 않았기에 소정의 기분은 더더욱 씁쓸했다.

“이미 미쳐 버린 사람에게 더 이상 뭐라 말해봐야 내 입만 아프고 내 기운만 쓰는 일이 되겠죠. 당분간 별거하는 것으로 해요. 아니, 이미 그렇게 되어버린 건가?”

“내가 분명 이혼 서류를 보냈을 텐데요?”

“누구 좋으라고 합의를 해줘요? 당신이라면 순순히 그렇게 해줄 건가요?”

“그러고 보니 아니군. 나라도 순순히 합의해 주진 않겠지.”

세인은 의외로 재빨리 그 사실을 인정했다. 방금 전 일영에게 부렸던 억지를 생각해 보니 그런 일을 당했더라면 소정과 같은 평정을 유지하며 냉정한 모습을 보이는 것조차 힘이 들었을 것이다.

그러고 보면 신소정은 참으로 대단한 여자였다. 일영에게 빠지지 않았더라면 분명 이 여자를 아내로 맞이한 것을 두고두고 감사히 생각하며 만족한 결혼 생활을 했을지도 모른다.

"별거의 원인이 내가 아닌 당신이니 뒷수습은 전부 당신이 알아서 해요. 시댁에 대한 의무도 접을 겁니다. 이런 일로 불려가서 시달리지 않도록 당신이 제대로 처리해요. 한남동 집은 내 명의로 돌릴 거예요. 생활비도 다달이 넉넉하게 보내요. 소박맞은 여자가 경제적으로까지 궁핍해서야 어디 억울해서 살겠어요?"

"그러지. 하지만 이혼을 해준다면 더 넉넉하게 위자료를 챙겨 줄 생각이에요."

"그 빌어먹을 돈은 나도 먹고살 만큼 있어요. 알잖아요?"

"그럼 언제 이혼을 해준다는 거지?"

"그건 전적으로 내 맘이에요. 나한테 다른 남자가 생기길 기다려 보든지. 혹시 알아요, 죽고 못사는 남자가 생겨서 내가 먼저 이혼을 요구할지?"

"이혼하지 않고선 일영이에게 다가갈 수 없어요."

"휴, 그건 당신 사정이죠. 당신 애정 행각을 위해서 내가 편의까지 봐줘야 하는 건가요? 그나마 순순히 별거라도 해줄 때 가만히 있어요. 내 친정 식구들한테까지 시달려야 직성이 풀리겠어요? 당신 장인어른이나 처남들이 그렇게 만만해 보여요?"

"이렇게 끈다고 해서 서로에게 좋을 게 없어서 하는 소리지 다른 뜻은 없어요."

"이혼 도장 찍으면 당신은 좋을지 몰라도 나한텐 좋을 거 없어요. 그 애절한 사랑 어디 한번 맘껏 해보라구요.”

　일영과 세인이 사는 허름한 빌라 건물을 빠져나오며 소정은 뭐라 표현할 수 없는 미묘한 표정으로 한동안 그곳을 가만히 응시했다.

　참으로 초라한 동네였다. 빛바랜 붉은 벽돌담은 여기저기 깨져 있고 보기 흉한 전선주들은 줄지어 골목길에 늘어서 있었다. 울퉁불퉁한 콘크리트 바닥이나 보도블록 역시 진즉부터 보수가 필요해 보였지만, 여러 해 동안 손대지 않은 듯 낡고 바랬다. 예산이 남아돌아 걸핏하면 보도블록을 뒤엎어 새로 까는 동네가 있는가 하면 막상 이렇게 필요한데도 손을 못 대는 동네도 있었다. 부유하게만 살아왔던 소정은 아무리 사랑이 좋다 한들 이런 동네에까지 쫓아 들어간 세인이 영 이해가 가지 않았고, 역설적으로 그러기에 그의 사랑이 대단하다는 것을 인정하지 않을 수 없었다.

　어쨌든 마지막 자존심으로 별거를 제안했지만 그 제안을 한다는 것은 생각보다 쉬운 일이 아니었다. 차에 올라타 시동을 걸어 출발시키려 했지만 자꾸만 눈앞이 흐릿해져 도저히 운전을 할 수가 없었다. 여자 팔자 뒤웅박 팔자라며 남자 하나 만나는 것에 따라 인생이 달라진다는 말을 예전에는 우습게만 들었다. 여자 본인의 능력 하나만으로도 충분하다 생각했고 남자가 바람나는 것은 여자에게도 일부분의 책임이 있다고 입바른 소리를 해대기도 했다. 한데 그렇게 따져 보니 황세인이 바람이 나 저렇게 허우적거린다는 것은 그녀 자신에게도 책임이 있다는 소리였다. 부부로 사는 동안 그를 확 휘어잡을 만한 매력을 발휘하지 못했기 때문에 그가 전 애인을 잊지 못하는 거라고 그녀 스스로가 자인하는 꼴이었다.

"아니야. 이게 왜 내 잘못이야? 어떻게 이게 내 잘못이냐고? 아니야, 이건 내 잘못이야. 결혼 상대자를 너무 쉽게 선택한 것, 부모님이나 주변 사람들 말만 믿고 내 인생을 너무 섣불리 선택한 것, 넌 이 남자 별로 사랑한 것도 아니었잖아? 그저 결혼할 때가 되고 누가 봐도 괜찮은 신랑감이라 선택했을 뿐이지 사랑해서 한 선택은 아니었어. 차라리 사랑한 남자라면 덜 억울할 텐데, 덜 후회스러웠을 텐데……."

소정은 차 안에서 원없이 울고 흐느꼈다. 공부, 일, 인간관계, 그녀는 그 모든 것이 노력 여하에 따라 달라진다 믿었고 실제로 그러했다. 하지만 결혼 문제에 있어서만큼은 그녀의 노력만으로는 불가항력이라는 것을 인정하지 않을 수 없었다. 노력으로 사람의 마음이 바뀔 수 있는 것일까? 그것은 불가능했다. 사람을 사랑한다는 것이 인력으로 가능한 일이라면 이 세상의 모든 불륜은 없을 것이고 사랑의 비극 따위는 존재하지 않을 것이니까.

기나긴 밤이 지나고 드디어 어스름한 여명이 밝아오기 시작했다. 일영은 밤새 잠을 이루지 못하고 뒤척이다 그대로 새벽을 맞았다. 머리가 터져 버린다는 것이 바로 이런 것일까? 어디론가 도망이라도 가고 싶었고 이제는 세인을 비롯해 유현에게서도 벗어나고만 싶었다. 차라리 세인에게서 무참히 버림받았을 때가 훨씬 더 나았다. 그때는 그저 괴로워하기만 하면 될 뿐이었으니까.

지금처럼 선택을 강요당하고 다른 여자에게 미안한 마음을 품으며 안절부절못하는 것은 그때보다 수십 수만 배 더 고통스러웠다. 일영이 그 어떠한 선택을 하든 누구 하나는 상처를 입어야 했다. 그녀의 선택이 그녀 자신뿐 아니라 세 사람의 인생을 좌지우지하는 막강한 힘을 발휘하게 되는 지경에까지 이른 것이다. 그녀로서는 도저히 감당하기 힘들고 벅찬 상황이었다.

잠 한숨 자지 못하고 출근 준비를 하기 위해 화장대 앞에 앉은 일영은 푸석푸석한 얼굴을 바라보며 한숨을 내쉬었다. 파운데이션이 죄다 들떠 보기 흉할 정도라 그녀는 하는 수 없이 도로 세수를 하고는 립글로스만을 발랐다. 며칠쯤 밤을 새는 것이야 일하면서도 다반사로 겪는지라 그다지 고통스럽지는 않았지만, 이대로 아무 생각 없이 잠만 자거나 그냥 어디론가 떠나고만 싶었다.

하지만 일영의 발걸음은 어김없이 회사로 향했다. 참 방황이라는 것도 아무나 할 짓이 아니었다. 이런 복잡한 일을 당하면서도 먹고살기 위해 일은 해야 했다. 이미 방황의 시기는 예전 세인에게 버림받았을 때 넘치도록 써먹었다. 그것도 한 번이니 양해를 받았지 또 그때처럼 일을 죄다 반납하고 며칠 잠적해 버린다면 그동안 힘들게 쌓아왔던 신뢰는 물거품처럼 사라질 것이다.

일영은 이제 자신이 누구를 사랑하는지조차 헷갈리기 시작했다. 유현을 사랑한다 생각하면서도 세인의 앞에 서면 그 마음이 흔들렸다. 그리고 세인의 앞에서도 어쩔 때는 유현을 생각했다. 한 마음에는 한 남자만이 들어 있어야 함에도 일영의 마음속에는 두 남자가 있었다. 어제 일로 그녀가 깨달은 것은 바로 그 점이었다.

유현을 선택하겠다고 세인의 앞에서는 호기있게 말했지만 그것이 쉽지 않다는 것은 일영 본인도 잘 알고 있었다. 유현의 부모님이 점잖게 대해주시긴 했지만 그것이 허락을 뜻하는 것이 아니라는 것 역시 잘 알고 있었다. 세인이든 유현이든 그녀가 넘볼 남자들이 아닌 것은 명백했다. 넘볼 남자들이 아니기에 이렇게 힘이 드는 것이다.

흔들리는 지하철 안에서 일영은 묵묵히 생각에 잠겼다. 어제의 일부터 거슬러 올라가 유현을 만나게 된 것, 그리고 세인과 헤어지게 된 것, 세인과 사랑을 나누게 된 것, 그리고 처음 세인을 만나게 된 것…….

'세인 오빠가 날 버렸을 때 그때 끝냈어야 했어. 유현 오빠에게까지 손을 뻗치다니 어쩌면 이렇게 뻔뻔할까?'

'아니야. 내가 손을 뻗친 게 아니잖아. 유현 오빠가 먼저 손을 내밀었다구.'

'손을 내밀었다고 그 손을 덥석 잡는 게 아니었어. 남녀 사이에 우정이라니 얼마나 우스운 일이야? 그 사람을 얼마나 안다고? 위로받고 싶었으면 세인 오빠와는 전혀 상관없는 사람이어야 했어. 이건 전적으로 네 잘못이고 네가 자초한 일이야.'

'하지만 그땐 아무 생각이 없었어. 지푸라기라도 있으면 잡고 싶은 심정이었다구. 너무…… 힘들었어.'

'처음의 도움만 받고 끊었으면 될 일이야. 너 스스로도 유현 오

빠의 관심을 내심 즐기고 있었잖아?'

'유현 오빠의 관심이 없었더라면 나 아직까지도 허우적거렸을 거야. 세인 오빠를 놓지 못하고 정말 숨겨진 여자가 되어 부끄러운 인생을 살았을 거야.'

'너 이제 어떡할래? 세인 오빠가 저렇게 나오는데 정말 유현 오빠한테 갈 수 있어? 당장은 몰라도 분명 힘들어할 거야. 이 사실이 주변에 알려지기라도 한다면 더 더욱 행복해질 수 없어.'

'그래. 나도…… 알아. 나도 안다구.'

답이 하나뿐이라는 것을 일영은 서서히 깨달아갔다. 두 남자 중에 하나를 선택한다는 것은 있을 수 없는 일이다. 처음부터 답은 하나였다.

유현은 하루 종일 불길한 예감에 사로잡혔다. 아니, 이 예감은 세인이 일영의 윗집으로 이사할 것이라 통보하고는 바로 실행에 옮긴 다음부터 내내 그를 은근히 사로잡았다. 좋지 않은 일은 한꺼번에 터지는 것일까? 며칠 걸리지는 않았지만 일본 출장이 있었고 그 틈에 혹시 일영이 흔들리지 않을까 그는 내심 조마조마한 마음으로 귀국 날짜만을 손꼽아 기다렸다.

다행히 귀국 후 만난 일영의 모습에서 별다른 변화를 발견할 수 없었지만, 그는 그녀의 태도에서 세인에 대한 약간의 미련을 느낄 수 있었다. 그녀가 잠자리를 조심스레 거부하는 모습에서 그 점을 느낄 수 있었는데 그건 단순히 거절을 당했기 때문만은 아니었다. 거절당하는 것은 당연한 일이다. 하지만 거절하는 그녀의 방법이 너무나 사무적이고 무미건조해서 나중에 그녀와 헤어지고 집으로 가는 길 내내 유현은 못내 섭섭하고 허전한 마음에 시달려야 했다. 이것은 좀처럼 설명하기 힘든 감정이라 유현 자신도 자신이 느끼는 감정을 확신할 수가 없었다.

더구나 일영과 만나고 난 후 집으로 돌아간 유현은 부모님의 여전한 반대에 봉착해야만 했다. 산 너머 산이었다.

"유현아, 얘기 좀 하자."

최 원장은 늦은 시간임에도 유현을 붙들어 서재로 호출했다. 평상시라면 오후 열 시 이전에는 어김없이 잠자리에 들었지만 오늘은 무언가 작정한 듯한 모습으로 자정 무렵까지 그를 기다리고 계셨다. 옷도 갈아입지 못한 채 서재로 불려 들어간 유현은 최 원장의 굳은 표정을 마주 대하고는 손을 아프도록 꼭 그러쥐었다. 어지간한 유현도 극도의 정신적 피로감으로 순간 짜증이 치밀 지경이었다.

"정 그 아이와 결혼을 해야겠냐?"

"일영이는 제가 예상했던 것 이상으로 만족스럽게 행동했습니다. 아버님도 그것만은 인정하실 겁니다."

"한 번 봐가지고 어떻게 알겠니?"

"한 번이면 보통 파악되기 마련입니다."

"반대해도 강행하겠다는 거냐? 집에서 쫓겨나고 네 모든 권리를 박탈당한다 해도? 그 여자가 가족들을 대신할 정도로 그렇게 너한테 가치있는 여자냐? 부모는 수족과 같고 여자는 의복과 같다고 했다."

"아버지, 물론 그 여자가 부모님과 형, 누나를 대신할 수는 없습니다. 저한테 가족은 그 여자와는 별개로 소중한 존재니까요."

유현은 침을 꼴깍 삼키며 자신의 뜻을 최 원장에게 확고히 하기 위해 다시금 마음을 다잡았다.

"부모님은 절 낳으시고 길러주신 분으로 수족 이상 가는 존재이십니다. 핏줄로 연결되어 있고 절대 끊을 수 없는 분들이시죠. 여자는 의복 같다는 말에도 동의합니다. 여자들은 많고 언제든 갈아입을 수도 있습니다. 한데 아버지, 김일영이라는 옷은 오직 한 벌뿐이고 전 그 옷 이외의 다른 옷은 필요치 않습니다. 부모님은 제 수족과 같아 절대 끊어질 수 없지만 일영인 지금 놓치면 절대 다시 잡을 수 없습니다."

"취향은 변하는 법이다. 지금은 그 옷만 눈에 보일지 몰라도 시간이 흐르면 몸에 맞지 않고 유행에도 뒤진 옷이라는 것을 깨닫게 될 게야."

"아버지는 어머니와 평생을 해로하셨습니다. 한데 어머니가 평생 아버지께 맞는 옷이셨습니까? 제가 알기로 꼭 그렇지만은 않았습니다."

최 원장은 유현이 말하는 의미를 충분히 알아채고는 헛기침을 했다.

"부부란 게 원래 다 그런 것이다. 맞지 않은 부분이 있으면 맞춰서 살아가는 게 부부지. 그리고 그 당시에는 부모님들이 정해주시는 혼처에 따라 군말없이 살았다."

"예전의 덕목을 지금 현대에 강요하실 수는 없죠. 어쨌든 나중에 사랑이 식고 취향이 바뀐다 해도 결혼이라는 옷을 입으면 거기에 충실할 것입니다. 그러기 위해선 제가 원해서 선택한 여자가 필요합니다.”

“아주 결심이 단단히 선 모양이구나. 그렇다면 시간을 가져. 일 년간 두고 볼 테니 그때까지도 네 마음이 변하지 않는다면 그때 다시 생각해 보도록 하지.”

“전 당장 결혼하기를 원합니다.”

“그 정도 양보도 못하는 거냐? 네 나이도 그렇고, 그 아이 나이도 그렇고 일 년 정도야 충분히 기다릴 수 있는 나이 아니냐?”

유현은 답답하기만 했다. 최 원장의 말이 결코 무리가 아님에도 그 말에 순순히 따를 수 없는 자신의 입장이 안타깝기만 했다. 다른 때 같았으면 일 년은 그리 긴 시간이 아닐는지도 모르지만 지금 같은 상황에서 일 년은 영겁과도 같았다. 그 일 년이라는 시간은 그 어떠한 일이든지 충분히 벌어질 수 있는 시간이었다.

하지만 유현은 하고 싶은 말을 꾹꾹 눌러 담은 채 황망히 서재를 나왔다. 일영의 마음이 어떻게 변할지 몰라 그 시간까지 기다릴 수 없다고 하면 그 얼마나 꼴이 우습겠는가? 아니, 꼴이 우스워지는 것 정도야 문제가 아니다. 멀쩡한 아들이 당신들 보기에 별 것 아닌 여자의 마음 한자락을 못 잡아 전전긍긍하고 있다는 사실을 안다면, 오히려 일영에게 안 좋은 선입견을 배가시킬 뿐이라는 것을 잘 알고 있었다.

유현 역시 일영처럼 거의 잠을 이루지 못하고는 잔뜩 물먹은 솜처럼 피곤에 절은 상태로 회사에 출근했다. 영양제와 각성제를 입

안에 털어 넣으며 눈코 뜰 새 없이 바쁜 업무에 시달리던 그는 오후 일곱 시가 넘어서야 비로소 한숨을 돌릴 수 있었다. 점심도 도시락으로 때우고 바쁘게 일한 터였다. 아직도 퇴근하려면 한두 시간은 더 있어야 했지만, 일단 유현은 숨을 돌린 김에 일영에게 바로 전화를 걸었다.

"아직 회사니?"

[아니요. 집으로 가는 길이에요.]

수화기 너머에서 들리는 일영의 목소리가 확연하리만큼 힘없이 느껴졌다.

"어디 아파?"

[아니요.]

"이따가 집 앞으로 갈게."

[그러지 마세요.]

"잠깐 얼굴이나 보자. 한 아홉 시쯤이면 도착할 수 있을 거야."

[출장 다녀오고 피곤할 텐데 일찍 들어가 쉬어요. 주말에 만나면 되잖아요.]

"무슨 일 있는 건 아니지?"

[그럴 일이 뭐가 있겠어요. 전철 오네요. 그럼 끊어요.]

유현은 일영의 사무적인 어투에서 뭔가 심상치 않은 기운을 느꼈다. 굳이 육감이라 하지 않아도 이제까지와는 다른 그녀의 어투는 그를 불안하게 만들었다. 설마 세인이 모든 것을 버리고 코앞으로 이사까지 한 것이 그녀의 마음을 흔들리게 만든 것일까?

'정말 힘들다, 힘들어. 사랑이란 게 이렇게 힘든 것이었나? 이

나이에 이렇게 소모적인 감정에 휘말리게 될 줄 누가 알았겠어. 다 그만두고 싶어. 이렇게 힘든 게 사랑이라면 다 그만두고 싶어.'

유현은 저도 모르게 허탈한 심정을 누르지 못하고 속으로 중얼 거렸다.

서른이라는 나이에 걸맞게 연애 경험쯤이야 남들만큼은 가지고 있었지만, 그렇다고 아주 불타게 사랑하고 애달아 전전긍긍할 만한 연애를 경험해 보지는 않았다. 그러고 보니 특별히 애를 쓰지 않아도 여자 친구가 궁해본 적은 없었던 것 같다. 은근히 추파를 던지는 여자들도 적지 않았고, 그 스스로가 마음에 들어 먼저 접근할 경우에도 작업에 실패해 본 적은 없는 등 참으로 순탄한 연애만을 해왔었다.

이런저런 이유로 사귀다 헤어지는 일을 반복하면서도 유현은 사귀는 동안만큼은 상대 여자에게 충실했고, 적어도 바람을 피우는 등의 결격 사유로 헤어진 적은 없었다. 그저 사귀다 보니 마음이 식고 각자 맞지 않는 부분들이 드러나서 누가 먼저랄 것도 없이 헤어졌을 뿐으로 늘 지나간 여자들은 그에게는 좋은 추억으로 남아 있었다.

한데 일영과는 사귄다고 말할 수 있을 만큼 오랜 시간을 만난 것도 아니고 스킨십 또한 고작 키스 한 번뿐이었지만, 만약 그녀와 어떤 이유로든 헤어진다면 결코 좋은 기억이 될 것 같지가 않았다. 어떻게 좋은 기억일 수 있겠는가? 만약 그녀가 이대로 세인에게로 돌아가 버린다면? 원래 유현의 성격대로라면 신사적으로 그들을 축복해야 마땅하겠지만 유현은 전혀 그럴 마음이 없었다.

아니, 오히려 분에 못 이겨 추한 모습을 보이게 될는지도 모른다.

유현은 퇴근하자마자 바로 차를 일영의 집 앞으로 돌렸다. 어떻게 만나게 됐든 그녀의 과거가 어찌 됐든 일영을 이대로 손놓고 뺏길 수는 없었다. 일영과 헤어지고 난 후의 자신의 모습을 상상하자 왠지 모를 공포심마저 앞섰다.

25

터벅터벅 지친 발걸음을 하고는 집으로 돌아간 일영은 샤워
를 막 마치고 나온 신영과 정확히 맞닥뜨렸다. 며칠 밤을 새며
PT 준비에 열성을 다하던 신영은 어지간히 지친 모습을 하고는
당장이라도 쓰러질 듯 반쯤은 제정신이 아니게 보였다.

"왔냐? 별일은 없었어?"

신영은 건성으로 이렇게 물었다. 대답을 듣고자 하는 의도가 아
닌 거의 인사말 수준으로 그녀의 신경은 온통 어떻게 하면 침대와
하나가 될 것인가에만 쏠려 있었다.

"아주 많은 일이 있었지."

일영은 힘없이 대꾸했다. 이 심각한 고민을 털어놓을 사람이 한
살 아래의 여동생뿐이라니 스스로가 한심하게 여겨졌다. 이럴 때

시시콜콜 모든 것을 털어놓을 친한 동성 친구 하나 없다니…….
하긴 친구에게 어떻게 이런 일을 털어놓을 수 있겠는가? 아무리
곱씹어 생각해 봐도 이건 스스로에게 침 뱉는 행동이었다. 당사자
니 고민이랍시고 하고 있지만 이게 만약 남의 얘기였다면? 잘난
두 남자 사이에 끼어서 갈팡질팡하는 보잘것없는 여자의 배부른
고민 따위를 그 누가 이해해 줄 수 있을 것이며 그 누구에게 이해
를 바라겠는가? 더구나 한 남자는 그녀 때문에 멀쩡한 와이프마저
팽개쳐 두고 바로 윗집으로 이사까지 왔다. 완전히 결정타였다.

"뭐야? 그새 일이라도 터졌어?"

"응."

"몰라. 일 터졌어도 나중에 얘기해. 나 지금 죽을 거 같아."

"밥은 먹었어?"

"회사에서 대충 때웠어. 지금은 잠이 더 급해."

신영은 그녀의 앞을 휙 지나치더니 자신의 방으로 들어가 문까
지 걸어 잠갔다. 일영은 한숨을 내쉬었다. 결국엔 혼자서 해결해
야만 했다. 신영에게 무슨 해법을 찾으려 한 건 아니지만 적어도
모든 것을 털어놓으면서 자신의 생각을 정리할 시간을 가지고 싶
었는데…….

일영은 샤워를 마치고 대충 남은 밥으로 시장기만을 잠재웠다.
불현듯 갑자기 술 생각이 간절해졌다. 보통은 혼자 술을 마시는
경우는 없었고, 세인에게 버림받았을 때조차 술에 의지해 그 순간
을 이겨내 보려는 생각은 단 한 번도 가진 적이 없었다. 한데 지금
은 그 빌어먹을 술기운이라도 빌리지 않고서는 도저히 못 배길 것

만 같았다.

일영은 신영이 깨지 않도록 조심스레 외투를 입고 현관문을 열었다. 그리고 현관 앞 계단에 서서 카디건 하나만을 걸친 채 하염없이 앉아 있는 세인의 모습을 발견하고는 흠칫 놀라 걸음을 멈췄다.

"여기서 뭐 해요?"

"그냥."

세인은 뭐라 말할 길 없는 처연한 미소를 지으며 일영의 얼굴을 빤히 올려다보았다.

"이 자리에 앉아서 혹시 네가 나오지나 않을까 요행을 바라고 있었는데 정말 나오네. 하느님이 내 기도를 들어주셨나?"

"잠깐 뭐 사러 나가는 것뿐이에요."

"같이 가줄까?"

"싫어요."

일영은 매몰차게 대꾸했다. 그리고는 스스로도 그 사실에 놀라 헛웃음을 흘렸다. 언제부터 세인에게 싫다는 소리를 이렇게 서슴없이 할 수 있게 되었는지……

"그래, 그럼 다녀와."

"날이 추운데 그렇게 찬 곳에 계속 앉아 있으면 감기 걸려요."

"나 걱정해 주는 거야?"

"동네 사람 보기에 이상하잖아요."

"어제 소정 씨와 어떻게 됐는지 궁금하지 않아?"

"아니요."

“전혀?”

“전혀. 부부 사이의 일을 제삼자가 알아서 뭐 하게요?”

“별거에 동의했어. 당장 이혼할 수는 없지만 그 정도만으로도 성공한 거지.”

일영은 별다른 대꾸 없이 그를 남겨두고는 계단을 자박자박 내려갔다. 머리가 깨질 듯이 아파왔다. 별거? 그녀가 우려했던 일이 그예 벌어지고야 말았다. 이제는 누가 피해자고, 누가 가해자인지조차 불분명해졌다. 신소정은 본인도 모르게 일영에게는 가해자였고, 지금 일영은 본의 아니게 신소정에게 가해자가 되어버렸다. 황세인이라는 남자의 잘못된 선택이 두 여자의 인생을 엉클어놓았고, 이제는 잘잘못을 따지기조차 힘이 들 만큼 최악의 상황으로까지 내몰리고 말았다.

일영은 소주를 두 병이나 사들고는 근처 약국에 들러 두통약까지 사들였다. 관자놀이를 아프도록 누르며 걸음을 재촉하던 일영은 빌라 정문 앞에서 유현이 초조한 모습으로 핸드폰을 든 채 서성이는 모습을 발견하고는 그만 울고 싶은 심정이 되어버렸다. 머리는 과부하가 걸려 마치 바람을 잔뜩 넣은 풍선처럼 당장이라도 터져 버릴 듯했고, 언제 입술을 깨물었는지 비릿한 피 맛이 혀끝에 감돌았다. 모든 것이 최악이었다.

“전화를 안 받길래 그냥 올라가려고 했어. 핸드폰 두고 나온 거니?”

“네.”

일영은 저도 모르게 굳은 표정으로 퉁명스럽게 대꾸했다. 순간 유현은 상처받은 듯한 표정을 지었고 그걸 본 일영은 그만 견딜 수 없는 죄책감에 빠져들었다. 이 남자가 무슨 잘못이 있다고 이러는 건지 스스로가 순간 혐오스러워졌다.

"머리가 아직 젖었구나. 날도 추운데 감기 걸리겠어."

유현은 무심코 일영이 들고 있는 검은 비닐봉투를 보고는 놀란 표정을 지었다.

"웬 소주야? 너 술 잘 안 마시잖아."

"그냥…… 잠이 안 와서요. 오지 말랬는데 왜 왔어요? 힘들 텐데."

일영은 완전히 누그러진 어조로 유현에게 가볍게 미소를 지어 보였다. 거기에 고무되었는지 그는 이제야 환한 표정을 지었다.

"보고 싶어서."

"차 가져왔어요?"

"응."

"그럼 차에 가요. 옷차림이 이래서 어디 들어가지는 못할 것 같고 차 안에서 커피나 마셔요."

"그래."

유현의 차는 한 이십여 미터 떨어진 주택가 주변에 주차되어 있었다. 밤이면 이 일대가 온통 주차 전쟁이라 그나마 그 정도에 세울 수 있는 것만으로도 천만다행한 일이었다. 유현은 근처 편의점에서 원두커피를 사 왔고 히터가 틀어진 따뜻한 차 안에서 이들은 함께 커피를 마셨다. 그러고 보니 전에 세인과도 이렇게 차 안에서 바로 이 편의점의 커피를 함께 마셨었다.

한동안 이들은 그저 이런저런 별 중요하지도 않은 신변잡기에 관한 대화만을 나누며 시간을 보냈다. 일영이나 유현이나 각자가 죽을 듯이 피곤했지만 서로 내색하지 않으며 그저 함께 있는 이 시간만을 소중하게 음미할 뿐이었다.

"아버지가 결혼을 일 년 뒤에 했으면 하셔."

일영은 이 소리에 어안이 벙벙했다. 결혼을 허락받을 수 있을 거란 기대는 애초에 하지도 않았는데 일 년 뒤에 하라는 건 그나마 영 불가능하다는 소리는 아니었기 때문이다.

"부모님이 허락…… 하신 거예요?"

"응. 하지만 일 년 후야. 당장은 못한다는 소리야."

"일 년 후가 그렇게 긴 시간은 아니잖아요."

유현은 일영의 이 같은 소리에 저도 모르게 실망감에 휩싸여 마른 한숨을 내쉬었다. 결국 안달 내고 애타하는 건 그 자신뿐이었던가?

"그럼 넌 기다릴 수 있어? 일 년 후라 해도?"

"오빠, 내가 말이에요. 만약……."

"만약 뭐?"

"일 년 후에 다시 만나자고 하면 그땐 뭐라 대답할 거예요?"

이게 그 불안감의 정체인 건가? 유현의 얼굴은 순식간에 차갑게 굳어졌다. 일 년 후에 다시 만나자는 말은 지금 헤어지자는 말이나 마찬가지다.

"지금 날 바보로 아는 거니? 일 년 후에 다시 만나자고?"

일영은 생각했던 것 이상으로 유현이 노기 띤 표정으로 자신을 노려보자 순간 움찔했다.

"세인이가 모든 걸 다 버리고 네 옆으로 오니까 마음이 흔들리는 거니? 하긴 왜 안 그렇겠어? 네 모든 걸 준 남자인데."

"오빠."

"일 년 후에 만나? 그럼 세인인 그사이에 가만히 있는대? 그 자식은 지금 네 윗집에 와서 살고 있잖아? 차라리 헤어지자고 말해. 누굴 지금 바보로 알아? 내가 가벼운 마음으로 널 만나왔는 줄 알아? 어떤 남자가 가벼운 마음으로 친구와 사귀던 여자와 결혼까지 생각했겠어?"

유현이 이렇게 무서운 남자일 줄은 일영은 단 한 번도 상상해본 적이 없어 어안이 벙벙했다. 늘 부드럽고 따뜻하고 세심한 남자였다. 큰소리 한번 치는 일 없이 늘 그녀를 배려하고 보듬어 안아주던 사람이다. 그런 남자가 이렇게 불같이 화를 내니 일영은 등골이 오싹할 정도로 두려웠다. 이글거리는 눈으로 자신을 바라보는 유현의 모습이 과연 그녀가 알던 그 사람이 맞나 싶을 정도였다.

"오빠……."

"후, 나도 내가 왜 이러는지 모르겠다. 네가 아직 세인이를 못 잊고 있다고 생각하니 도저히 참을 수가 없어. 뻔히 다 알고 시작했는데……. 네 그런 허전한 마음을 치고 들어간 건 다름 아닌 난데……. 세인이가 이렇게까지 나올 줄은 상상도 못했어. 네 마음이 흔들리는 게 당연해, 당연한 일이야."

유현은 스스로를 자책하며 목청을 높이며 흥분했던 것을 이내

가라앉혔다. 하지만 아직도 그 잔향이 남아 그의 손을 바들바들 떨게 만들었다.

"내가 오빠한테 약속할 수 있는 건 하나예요. 오빠한테 가지 않더라도 세인 씨에게 가는 일은 없을 거예요."

"나한테 오지 않으면 그딴 약속은 아무 의미도 없어."

"차 안이 답답하다. 우리 좀 걸어요."

적당히 추운 날씨였다. 겨울답게 추우면서도 그래도 견딜 만큼 추운 날씨. 겨울은 겨울다워야 하고 여름은 여름다워야 한다. 일영은 차가운 바람을 얼굴 전체에 그대로 맞으며 오히려 칼날같이 상쾌한 기분을 맛보았다. 허름한 가로등이 줄지어 불을 밝히고 있는 주택가의 골목길은 이따금씩 헤드라이트를 밝히고는 조심스레 서행하는 차량들만 간혹 눈에 띌 뿐 인적은 드물었다. 별 하나 눈에 띄지 않는 탁한 서울 하늘 아래, 한적한 골목길을 가로등을 별빛 삼아 일영과 유현은 한가로이 산책하듯 천천히 걸었다. 일영의 생각이 차분하게 정리된 것은 바로 이때였던 것 같다.

"아버님이 일 년 후면 결혼해도 좋다고 하신 건 아마 일 년이면 충분히 그 사랑이 식을 수도 있다는 것을 염두에 두고 하신 말씀일 거예요."

유현은 일영이 이미 그 진의를 눈치채고 이렇게 말하자 내심 씁쓸하면서도 그녀의 재빠른 사리판단에 감탄하며 혀를 내둘렀다.

"눈치챈 거야?"

"바보라도 눈치챌걸요? 돌려 말한다고 누가 그걸 몰라요? 사실 나도 그런 의문을 가지고 있었어요. 세인 씨와의 사랑도 일 년이 못 되어 끝장났거든요. 뭐, 그 사람이야 날 버릴 생각 따윈 없었다고 아직도 말하고 있기는 하지만 그게 그거죠. 어차피 날 결혼 상대자로 생각지 않았고 보통 애인 사이끼리는 서로 말하지 않아도 결혼을 전제로 하고 만나는 거니까.”

“그런 경험이 있었다고 해서 그 다음 경험까지 그럴 거라 생각하는 건 비약이야.”

“현실적으로 봤을 때 세인 씨가 깨끗이 물러나지 않는 이상 유현 오빠와 결혼한다는 것은 화약을 지고 섶으로 뛰어드는 것과 동의어예요. 거기에 소정 씨까지 알게 됐으니 산 너머 산인 거죠.”

“어렵다는 건 알아. 하지만 그렇다고 불가능한 일, 전혀 안 되는 일도 아니야.”

일영은 골목길 한 편에 서 있는 어떤 허름한 건물 앞에서 느닷없이 걸음을 멈췄다.

“추운데 우리 여기 들어가서 얘기해요.”

“뭐?”

유현은 어이가 없다는 표정으로 그녀를 빤히 응시했다. 보기만 해도 칙칙하고 낡은 건물 앞에는 ‘○○여인숙’ 이라는 당장이라도 떨어져 나갈 것만 같은 허름한 간판이 달려 있었다.

얼마나 그녀를 기다렸는지 모른다. 얇은 카디건 하나만을 걸친 채로 일 분만 더 일 분만 더를 되뇌며 일영을 기다리던 세인은 한참이나 시간이 흘렀는데도 그녀가 오지 않자 이제는 걱정이 앞서기 시작했다. 잠깐만 볼일을 보고 온다는 여자가 왜 여태 오지 않는 건지, 혹 오다가 사고를 당한 건 아닌지. 그는 결국 집으로 다시 돌아가 두꺼운 점퍼를 걸치고는 빌라의 정문 앞으로 나가 그녀를 기다렸다. 찾으러 나가고 싶었지만 혹시나 길이 엇갈릴 것 같아 섣불리 돌아다닐 수도 없었다. 그렇게 벌써 서너 시간이나 흐른 자정이 가까운 시간이 되어서야 일영은 축 처진 어깨를 하고는 거의 쓰러질 듯한 모습으로 그의 눈앞에 비로소 모습을 드러냈다.

"도대체 어디 갔던 거야? 난 네가 어떻게 된 줄 알고 얼마나……."

세인은 일영이 걸어오는 모습을 보고는 서둘러 뛰어나가 어깨를 감싸 안았다.

"흑흑, 흑."

"너 지금 우니? 일영아, 왜 그래? 왜 우는 거야?"

"나 당신, 용서 못해. 왜 날 이렇게 만든 거야? 왜 날……."

"일영아."

"흑흑."

일영은 세인의 손길을 거칠게 뿌리치고는 통곡하다시피 눈물을 흩뿌렸다. 세인은 그녀의 젖은 머리칼을 어루만지며 다시금 자신의 품 안으로 끌어넣었다.

"미안해, 미안해. 일영아."

세인은 자신의 턱으로 일영의 머리를 지그시 누르며 한껏 그녀의 체취를 들이마셨다.

"유현 오빠와 헤어졌어요."

일영은 한참을 울고 나더니 그의 품에서 벗어나 한결 차분해진 어조로 입을 열었다.

"너 지금 유현이 만나고 오는 거였어?"

세인은 유현과 헤어졌다는 반가운 사실보다 일영이 그와 만나느라 오랜 시간을 기다리게 만들었다는 것에 대해 오히려 터무니없는 분노가 앞섰다.

"어제 나한테 그랬었죠? 딴 남자에게 가도 좋으니 최유현한테만 가지 말라고. 그 약속 지켜요. 나 최유현에게 안 가요. 그러니 날 놓아줘요."

"일영아."

"나 인천 엄마 집으로 갈 거예요. 거기까지 쫓아오고 싶다면 그것까진 안 말려요. 하지만 우리 집안 우습게 보지 말아요. 유부남이 딸 주변에 얼쩡거리는 거, 우리 부모님 절대 그냥 보고 넘길 분들 아니니까. 진즉에 이렇게 결단을 내렸어야 했는데. 진즉에 이랬어야 했는데……."

일영은 영문을 몰라 석상처럼 굳어져 버린 세인을 뒤에 두고 힘든 걸음을 다시금 옮겼다. 그동안 너무도 질질 끌어왔던 결정이었다. 하긴 몇 달씩이나 바보짓 했으면 이젠 그만둘 때도 되었다. 확실히 우유부단한 것도 죄였다. 자신의 선택이 얼마나 많은 사람들의 앞날을 좌우하는지 깨닫고 나니 오히려 결정이 더 쉬워졌다. 진즉에 이 사실을 깨달았어야 했다.

"일영아, 널 기다릴 거야. 네 마음이 풀릴 때까지 언제고 기다릴 거야. 일영아, 미안해…… 그리고 사랑해."

세인의 메아리없는 외침은 일영이 시야에서 사라질 때까지 계

속되었다. 세인은 일영의 그 어느 때와는 다른 확고한 결심을 본
능적으로 느끼고, 유현과 헤어지기로 작정한 이상 이제는 끝없이
다가서는 것보다 한 템포 늦춰 기다릴 때라는 것을 깨달았다.

　지나간 시간을 되돌린다는 것은 불가능한 일이다. 하지만 지나
간 시간에 근접하기 위해 충분히 기다릴 수는 있었다. 시간은 그
의 친구였다. 흔들리지 않고 기다리기만 하면 일영은 분명 내게로
올 것이다.

　세인의 얼굴에는 기쁜 듯 슬픈 미소가 어느새 자리를 잡았다.
기다림의 끝이 과연 언제일까? 어쨌든 그 기다림의 끝에는 일영이
환하게 웃으며 기다리고 있을 것임을 그는 믿어 의심치 않았다.

26

"그러게 그렇게 입바른 소리 하더니……. 인생은 만화가 아니라며? 티격태격 싸우다 정들어 사랑에 빠지는 건 있을 수 없는 일이라며?"

가슴 굴곡이 그대로 드러나는 유명 디자이너의 단아하면서도 섹시한 웨딩드레스를 입은 신영을 보며 일영은 웃음을 참지 못했다. 신부 대기실에 앉아 친지들과 동료 선후배들의 축하 인사를 받으며 환하게 웃고 있는 신영의 모습은 결혼식의 주인공답게 더없이 행복해 보였다.

"자꾸 걸고넘어질래? 인생이란 게 다 그런 거지 뭐. 그나저나 너도 참 성격 좋다. 동생 먼저 보내면서도 그렇게 실없이 웃고 싶냐?"

"너 먼저 보내니까 좋기만 한데? 행복하게 잘살아라, 예쁜 동생아."

일영은 신영의 맨어깨를 지그시 끌어안았다.

티격태격하며 이를 박박 갈아대던 실장과 번갯불에 콩 구어 먹듯 사랑에 빠져 버린 신영의 결혼은 그 사랑만큼이나 일사천리로 추진되었다. 제부가 될 정상경은 마르고 큰 키에 약간은 신경질적으로 보이는 외모의 소유자였다. 잘생긴 얼굴임은 분명하나 사람들에게 선뜻 호감을 줄 만한 외모는 아니었고 오히려 참으로 까다롭고 도도해 보이는 인상이라 일영은 그를 처음 봤을 때 얼핏 걱정이 앞설 정도였다. 신영도 그러한 점 때문에 처음에는 그를 원수 대하듯 하며 외면했었다. 하지만 어차피 이어질 인연은 종내는 이어지게 되는 걸까? 남들에게는 더없이 차갑고 냉정한 남자가 사랑하는 여자를 대하는 데 있어서만큼은 180도 달라지는 모습을 보이자 그 점에 신영은 정신없이 빠져들어 갔다.

정상경의 집안은 겉보기에는 지극히 평범한 듯 보였다. 고위공무원으로 퇴직하신 아버지와 전업주부인 어머니, 화곡동의 주택가에 있는 집도 그저 그런 보통 수준이었다. 한데 무난한 상견례를 마치고 결혼식 준비를 하면서 신영은 그의 집안이 상상을 초월하는 재산가의 집안임을 알고는 입을 다물지 못했다. 당신들은 쉰내가 풀풀 날 것 같은 오래된 집에서 살면서 아들 며느리를 위한 신접살림은 강남의 사십여 평대의 주상복합을 사주었고, 안의 가구들까지 정상경이 그동안 모아둔 돈으로 장만했던 것이다. 신영이 한 것은 예단비 천만 원에 신랑 꾸밈비와 예물을 위해 쓴 천만 원이 다였다. 그나마 예단비 칠백이 돌아왔고 일 캐럿 다이아몬드에 유색 보석세트 세 가지, 밍크코트를 비롯, 온갖 예물까지 챙겨 받은 것을 생각한다면 거저 결혼이라 해도 무방할 정도였다. 약삭빠르게 계산기를 두들기던 신영은 새로운 신접살림들이 이제껏 자신이 벌어들여 재테크한 재산을 능가한다며 혀를 내둘렀다. 하긴 왜 안 그렇겠는가? 남편 재산이 곧 부인의 재산이라 가정해 볼 때 강남의 주상복합 아파트를 소유한 것만으로도 가히 로또 당첨에 버금가는 대박감이었다. 신영은 이제껏 직장 생활을 하며 모아 둔 돈을 종자돈 삼아 펀드나 주식으로 재산을 불렸고 소형 아파트까지 분양받아 소유할 만큼 나름대로 재산을 모은 상태였다.

“소도 비빌 언덕이 있어야 한다더니 역시 있는 놈이랑 결혼하니 빠르네, 빨라. 맨땅에 헤딩해서 모은 내 재산은 재산도 아니었어.”

게다가 시부모님은 신영의 야무진 성격을 몹시 좋아하며 완전히 버선발로 달려나와 쌍수 들어 환영까지 했다. 시부모님의 과도한 애정에 놀란 신영은 특유의 의심병이 발동해 상경을 닦달해서 기어이 그 진상을 알아냈다. 알고 보니 워낙 성격이 까탈스럽고 독선적이고 저밖에 모르는 스타일이라 그동안 멀쩡한 외모임에도 남아나는 여자들이 없었다는 것이다. 오죽하면 그의 부모님은 일남일녀 외아들이 저러다 손자는커녕 짝짓는 모습도 보여주기 힘들 거라는 위기의식에 시달렸고, 정말 아무 여자라도 데리고만 오면 환영할 것이라 작정하고 있었다는 것이다. 그러다 예상을 깨고 너무도 마음에 드는 며느릿감이 들어오니 거의 축제 분위기일 수밖에 없었다는 것이 사건의 진상이었다.

"지금은 너 잡으려고 발톱을 숨기는 거면 어떡해? 괜찮겠어?"

결혼이 임박했을 무렵 일영은 조심스레 이런 우려를 내보였다.

"발톱을 숨기긴. 아직도 성격은 더러워."

"그래? 그런데도 좋아?"

"언냐, 그놈 기억하지? 나 사귀던 놈."

"걔 얘기는 왜?"

일영은 몇 년 전 일을 떠올리고는 미간을 찌푸렸다.

"걔가 그렇게 성격 좋고 주변에 평판이 좋았잖아. 어찌나 선후배에게 깍듯하고 잘하는지 완전 매너 킹이었지. 여자 후배들이 살랑거리며 밥 사달라 조르면 어김없이 데리고 가 밥 사주고 차 사주고 택시비까지 줘서 태워 보내던 녀석이었어. 그때는 그것도 예뻐 보였지. 남자가 저 정도 매너는 있어줘야 지 여자한테도 잘한다고 생각했었거든. 근데 그러다가 내 친구랑 바람났잖아."

"신영아."

"결혼하고 나서도 그 버릇 못 고치고 지금도 주변 여자들에게 다 퍼주고 다니나 봐. 고년은 나한테 그놈 뺏고는 의기양양해하다가 지금은 완전 풀이 다 죽었대. 요새 모임에도 안 나오잖아. 하긴 그 결혼하고 나서부터는 거의 왕따 됐지만. 아무튼 내 말의 요지는 착한 남자, 짜증난다는 거야. 상경 씨, 사실 여자한테는 완전 무매너거든. 그렇다고 막 한다는 건 아니고 여자라고 해서 봐주고 챙겨주고 그런 거 하나도 없는 사람이란 얘기야. 한데 그런 사람이 사랑을 하니까 완전히 장난 아니더라. 나만 보고 나만 챙겨주고 나만 사랑해 주고. 그리고 세상에…… 알고 보니 숫총각이었던 거 있지?"

"뭐? 설마. 무슨 처녀처럼 처녀막이 있는 것도 아니고 그걸 믿어?"

"그걸 꼭 말로 해야 아나? 나한테는 경험이 풍부하다고 큰소리 땅땅 쳤었거든. 근데 해보니까 완전 초짜인 거야. 식은땀을 뻘뻘 흘리면서도 쓸데없는 곳에만 헛짓을 하길래 할 수 없이 내가 리드했지. 근데 완전 감동을 하더니 그날 밤에 일곱 번이나 한 거 있지?"

"야! 좀 듣기 그렇다. 나중에 제부 얼굴 어떻게 보라고?"

신영의 걸쭉한 입담이 어제오늘 일은 아니었지만 일영의 얼굴은 새삼 뜨거워졌다.

"솔직히 변강쇠도 아니고 남자가 처음이 아니고서야 무슨 한풀이하듯 일곱 번이나 한다는 건 말이 안 되잖아. 내가 완전 감 잡고 물고늘어졌더니 처음이라고 실토하더라고. 뭐, 나쁜 기분은 아니더라, 내가 첫 여자라는 게. 그 맛에 남자들이 처녀 찾고 그러나 봐. 어쨌든 나한테만 착한 남자라는 거지. 나중에 나한테까지 사악하게 변할는지는 모르겠지만, 뭐 사람이란 언젠가는 다 변하는 존재니까."

이렇게 말하는 신영의 얼굴이 어찌나 행복에 들떠 보이던지 일영의 마음도 저도 모르게 봄날 햇살처럼 환해졌다. 사랑 때문에 마음을 다친 경험이 있던 그녀가 이렇게 새로운 인연을 만나 행복을 찾는 모습을 보니 일영에게도 작으나마 희망이 생겼다.

그 사람 아니면 안 될 것 같은 마음이 어느새 변해 버리고 새로운 사람에게 새로운 사랑을 느낄 수 있다는 희망이 보인다는 것, 지금의 일영에게는 더없이 필요한 희망이었다.

일영은 신영의 어깨를 토닥거려 주고는 신부 대기실을 나왔다. 워낙 신영이 활달한 성격에 사교성이 좋아서 그런지 대기실에는 쉴 새 없이 축하 손님들이 들락거렸다.

호텔 연회장은 하필이면 예전에 세인이 결혼을 했던 바로 그 장소였다. 워낙 서울 시내의 호텔 예식장이라는 것이 한정되어 있다 보니 이런 우연이 생길 법도 했다. 일영은 신영이 신경을 쓸까 봐 일부러 예식장이 같다는 애기는 하지 않았다. 다행히도 처음에는 좀 힘들지도 모른다 생각했는데 막상 식장에 와보니 그때와는 전혀 다른 장식에 분위기라 생각보다 그때의 상처가 연상되지는 않았다. 다만 호텔 입구를 들어설 때, 유현과의 첫 만남이 불현듯 떠올라 순간 의기소침한 마음이 되어버린 것만큼은 막을 수가 없었다.

일영은 부모님 옆에 나란히 서서 식장에 오는 하객들에게 일일이 인사를 차렸다. 이따금 동생을 먼저 보내서 어떻게 하냐는 말들도 들려왔지만 자연스레 웃으며 넘겼다. 사람의 결혼 운이란 따로 있는 건데 꼭 순서를 따질 필요가 있을까 하는 마음이었고, 원래 어른들이란 그런 입바른 소리들을 으레 하기 마련이니 별로 기분 상할 것도 없었다.

　일영은 부모님 옆에 서서 손님들을 맞다가 하객으로 온 낯익은 두 중년 부부를 보고는 순간 석상처럼 굳어버렸다. 그리고 신랑 쪽 부모님과 인사를 나누던 그 부부가 그녀의 부모님을 보더니 화들짝 놀라 반색을 하며 손을 내미는 것을 보고는 어안이 벙벙해 입만 벌리고 서 있었다.

　"아니, 형님. 어떻게 이런 우연이 다 있습니까? 안 그래도 청첩장의 신부 부모님 이름을 보고는 반신반의했었는데 선배님이 신부 아버지셨군요. 형수님도 진짜 오랜만입니다. 아니, 얼굴이 예전 그대로시네요."

　"최 원장 아닌가? 이게 얼마 만인가 그래?"

　"미국 가시기 전에 한 번 뵙고 거의 십여 년 만이죠? 안 그래도 형님 소식 듣고 싶어서 미주 지역 동창들에게 수소문도 했었는데 대체 어디에 박혀 있다 이제야 나타나신 겁니까?"

　하얗게 질린 얼굴로 옆에 서 있던 일영을 먼저 발견한 것은 유현의 어머니 박 여사 쪽이었다. 박 여사 역시 어지간히 놀란 표정을 하고는 반가움에 취해 정신이 없던 최 원장에게 은근히 눈치를 주며 주의를 환기시켰다. 최 원장 역시 일영을 보자 얼굴이 눈에 띄게 확 굳어졌다.

　"내 자네 얘기는 이따금씩 전해 들었네. 아무튼 대단해. 병원이 많이 번창했더구먼. 그건 그렇고 사돈댁과는 어떤 사이인가?"

　일영의 아버지는 별다른 눈치를 채지 못하고 여전히 반가운 빛으로 최 원장의 손을 지그시 맞잡고 흔들었다.

　"신랑 어머니 쪽이 이 사람 육촌 동생입니다. 참 이런 우연이 다 있네요. 정말…… 대단한 우연이에요.”

최 원장은 일영의 모습에서 눈을 떼지 않은 채 이렇게 입을 열었다.

“아! 이쪽은 내 큰딸이네. 어쩌다 보니 동생을 앞세우게 됐지 뭔가. 일영아, 인사드려라. 내 고등학교 후배에 대학 후배시다. 뭐, 이 친구는 의대생이라 캠퍼스는 달랐지만 꽤 친하게 지냈지. ㅇㅇ병원이라고 알지? 그곳 원장님이셔.”

“안녕하세요.”

일영은 간신히 평정을 가장하고는 정중히 고개를 숙였다.

“일영 양이 선배님 따님이셨군요.”

“아니, 우리 딸을 아나?”

“지금은 바쁘실 테니 나중에 제가 전화드리겠습니다.”

최 원장은 명함을 꺼내더니 아버지에게 내밀었다.

“제 명함입니다.”

“미안하네. 내가 그동안 너무 격조했지? 그렇다면 우리 이제 사돈이 된 건가? 내 곧 연락함세.”

“결혼 축하드립니다.”

최 원장 내외가 식장 안으로 들어서는 모습을 보며 일영은 이마에 흐르는 땀을 저도 모르게 닦아내었다. 너무 놀라 다리가 후들거릴 지경이었고 이 같은 우연을 차마 믿을 수가 없었다.

“일영아, 네가 어떻게 최 원장을 아는 거냐?”

아버지가 궁금증을 이기지 못하고 쓱 이렇게 물었다.

“아빠, 저분이랑 정말 친해요?”

"뭐, 고등학교 한 학년 후배였으니까. 서클 활동도 같이하고. 대단한 사람이지. 자수성가해서 자기 이름 걸고 그렇게 큰 병원 만들어내는 게 쉬운 일은 아니지."

"참 이런 우연이 다 있네요. 조용히 살려고 연락도 끊었는데 이를 어째요?"

옆에 서 있던 어머니도 이 같은 우연이 꽤 신기한 모양이었다.

"왜 연락을 끊었어요?"

"그럴 만한 일이 있었어."

"뭐 안 좋은 일이었어요?"

"그건 아니고."

"엄마, 나 궁금해 죽어요."

"네 아빠 자꾸 정계에 나가라고 부추기는 사람들이 많아서. 어머, 오셨어요?"

자꾸만 들이닥치는 하객들로 인해 일영은 부모님으로부터 별다른 얘기를 듣지 못하고 애간장만 타 끙끙 앓았다. 언제가 돼야 결혼식이 끝나고 부모님의 얘기를 들을 수 있을는지 답답하기만 했다. 식이 끝나고 나면 친척들을 인천 집으로 초대해 답바지 음식을 대접할 예정이었다. 본래는 신혼여행을 다녀온 후 이바지 음식을 시댁에 보내고 그 후에 답바지 음식을 받아야 하지만 격식 차릴 것 없이 손님들 많을 때 음식을 주고받자며 그렇게 합의가 되었다.

결혼식은 다행히도 별 무리 없이 순탄하게 마무리되었다. 가족 사진이며 직장동료 사진을 찍고 폐백까지 마치고 나온 신혼부부는 옷을 갈아입은 후, 친구들과 피로연을 가졌다. 일영은 신영의 친구 두 명과 함께 한복이며 핸드백 등 기타 필요한 물품들을 챙기느라 결혼식 내내 정신없는 시간을 보내야만 했다.

신혼부부가 웨딩카를 타고 호텔을 떠나는 모습을 본 연후에야 일영은 비로소 한숨을 돌릴 수 있었다. 막상 신영이 저렇듯 떠나버리고 나니 이제야 비로소 헤어지게 되었다는 실감이 나기 시작하며 왠지 모르게 마음이 울적해졌다. 동생이라기보다는 친구나 언니처럼 늘 의지하던 아이였다. 덜 떨어지고 모자라 늘 걱정만 끼쳤고 언니라고 제대로 해준 것도 돌봐준 것도 없이 오히려 도움만 받으며 자라왔다. 앞으로 자신만의 가정을 일구고 살 신영에게 더 이상 의지한다는 것은 불가능한 일이었다.

일영은 축 처진 어깨를 하고는 부모님이 기다리고 있는 호텔로 돌아가기 위해 발걸음을 옮겼다. 한데 호텔 일층 로비로 들어서려는 순간, 그녀는 당혹스럽게도 최 원장과 정면으로 맞부딪치고야 말았다.

"지금 바쁘고 경황이 없는 건 아는데 잠깐 차라도 마실 수 있을까?"

우연히 마주친 것이 아닌 작정하고 기다린 듯 최 원장은 거침없으면서도 조심스레 만남을 청했다. 예전에 처음 봤을 때와는 달리 훨씬 부드러운 표정이었는데 분명 아버지와의 친분을 무시하지 못해서일 것이었다. 일영 역시 지금은 정신없는 부모님에게 궁금증을 해결하느니 당장 이분에게 급한 궁금증부터 해결하고 싶은 마음에 조금은 망설이면서도 고개를 끄덕였다. 이들은 호텔의 일층 커피숍에서 조금은 어색하고, 조금은 당황스런 만남을 갖게 되었다.

"한 반년 만이구먼. 그동안 잘 지냈나?"

최 원장은 커피를 한 모금 입술만을 축이듯 마시더니 일영을 뚫어져라 응시했다.

"네. 그동안 안녕하셨어요?"

"참 세상 좁다더니 이런 일도 다 있구먼. 자네 어렸을 적에 돌잔치에도 갔었는데……."

최 원장은 옛날 일을 떠올리더니 말끝을 흐렸다.

"그러…… 셨어요?"

"워낙에 동명이인들이 많아서 같은 사람이라고는 생각지도 못했네. 아버님이 현호 구조본을 그만두시고 나서는 바로 미국으로 이민을 가셨다고 알고 있었거든. 송별회도 거나하게 했었으니까."

"중학교 때 일 년간 미국에서 생활한 적이 있어요."

"그랬구먼. 그런데 왜 다시 돌아온 건가?"

"원래 일 년 일정이었어요. 대학에 무슨 프로그램이 있어서 공부도 하고 머리도 식힐 겸 가신 거라고 하더군요. 저흰 좋았죠. 주말이면 차 타고 미국 전역을 돌아다녔거든요."

그때의 추억은 일영에게 아직도 좋은 기억으로 남아 있었다. 대기업에서 밤낮없이 일만 하시던 아버지와는 그때까지만 해도 데면데면하던 사이였다. 아버지의 사랑을 믿어 의심치는 않았지만, 워낙 함께할 시간이 적다 보니 같이 있으면 어색하고 불편하게만 느끼던 시절이었다. 한창 사춘기에 접어들던 무렵이라 더 그랬는지도 모른다. 한데 아버지는 무슨 일 때문이었는지 이 무렵 갑자기 잘나가던 회사를 그만두고 미국행을 선언하셨다. 그리고 미국에 가 있는 동안 내내 일영, 신영 자매 옆에 함께 있어주었다.

성격이 활달하고 당찬 신영은 금세 언어를 익혀 학교생활에 적응했지만, 일영은 그때 당시 지금과는 비교도 되지 않을 만큼 수줍음을 많이 타서 말 한마디 제대로 떼지 못했다. 알아듣기는 해도 말을 하지 못하니 영어가 늘 수 없었고, 그 때문에 평소 미국에서 일 년간 살다 왔다는 말은 주변에 하지 않았다. 보통은 살다 왔으면 영어가 어느 정도 되는 걸로 알고들 있어서 그게 부담스러웠던 것이다. 신영은 한국에 돌아와서도 영어에 흥미를 느껴 열심히 공부했고 그때 사귄 미국 친구들과도 아직까지 교류를 나누고 있었지만, 일영은 가족들과 색다른 경험을 했었다는 것 정도로 만족해야 했다. 같은 환경에서 같은 혜택을 받고 자라나도 그걸 어떻게 받아들이고 소화시키느냐에 따라 확실히 삶은 극명하게 차이가 났다.

일영은 그동안 자신이 신영의 반에 반만 따라갔어도 세인이나 유현, 두 남자에게 부끄럽지 않은 여자가 되었을 텐데 하는 후회를 이따금씩 하곤 했다. 하지만 그게 바로 그녀의 그릇이었고 담을 수 있는 한계였다.

"참 자유로운 기질을 가진 분이셨지. 대기업 생활을 그렇게 오래하리라고는 생각도 못할 만큼. 학생회장 출신인 건 알고 있지? 다들 정계로 진출하거나 사업을 할 거라 생각했는데 의외로 남의 밑에서 일을 하시더군."

“전 몰랐어요.”

“그래? 하긴 자식이라도 그런 거 일일이 얘기 안 할 수도 있지. 워낙에 말을 아끼는 분이기도 하고. 안 그래도 한번 자네를 볼까 했는데 이렇게 기회가 온 걸 보니 인연은 인연인가 싶기도 하네. 유현이와는 끝낸 걸로 알고 있는데 사실인가?”

“……네.”

갑자기 일영은 울컥하는 마음에 눈물을 글썽였다. 하필이면 유현과의 특별한 인연이 깃든 장소에서 유현의 아버지를 만나 그의 얘기를 해야만 하다니…….

“자네도 눈치를 챘겠지만 우리 집안은 두 사람의 결혼을 그다지 찬성하는 입장은 아니었네. 그래서 유현이에게 헤어질 것을 종용했었는데 워낙에 부모 말이라면 순종을 하는 아이라 그런지 순순히 자네와 헤어지더구먼. 한데 그러고 나서부터 아이가 예전과는 달라졌어. 뭐 대놓고 방황을 하거나 흐트러진 건 아니지만 말도 없어지고 늘 어두운 얼굴을 하고 다니는 게 영……. 그 얘긴 나중에 하도록 하고. 사실 내가 우리 유현이 얘길 하려고 이렇게 보자고 하는 건 아니고, 자네에게 따로 부탁하고 싶은 일이 있어서야.”

“말씀하십시오.”

“자네에게 면목이 없는 부탁이지만 부모님께 이 사실을 얘기하지 말아줬으면 하네. 인사까지 왔는데 거절당했다는 것 말이야.”

일영은 뭐라 더 할 말이 없어 그저 입을 다물었다.

“형님이 그 사실을 아시면 속이 많이 상하실 게야. 나도 자네가 형님 따님이라는 걸 알았더라면 그렇게 홀대하지는 않았을 걸세.
형님과 형수님께 보고 배우고 자랐다면 자네 성품이야 이미 보증
된 것이었는데 내가 그만 초심을 잃고 겉보기에만 취해 이렇게 됐
구먼. 형님이 회사를 그만두고 미국으로 가시고 나서는 그동안 동
창회에도 연락이 없고 이곳 사람들과는 아주 연락을 끊고 사셨어.
오늘도 하객들을 보니 내가 아는 얼굴들은 하나도 없더군. 하지만
오늘 이렇게 뵙게 된 이상 어떻게 모른 척하고 살 수 있겠나? 차차
여러 자리에 모실 생각인데 내 자꾸 자네 문제가 걸려서 말이야.”

　일영의 마음속에는 작으나마 희망의 불씨가 타올랐다. 지금 보
이는 최 원장의 은근한 태도를 보니 아버지와의 친분이 보통은 아
닌 듯싶었고, 말의 뉘앙스에도 예전과는 다른 호감이 깃들어 있었
다. 이것이 비록 아버지의 힘이라 해도 일영은 지푸라기라도 잡고
싶은 심정이었다. 더구나 헤어진 후로 그녀 못지않게 힘든 시간을
보낸다 하는 유현의 모습을 전해 들으니 그에 대한 그리운 마음을
숨기기가 어려웠다.

　“네, 염려하지 마세요. 저희 부모님을 위해서라도 말씀드리지
않을 생각이었습니다.”

　“그래, 참 생각이 깊구먼. 그래야지. 바쁜 사람 붙들고 내가 너
무 오래있었지?”

　최 원장은 용건이 끝나자마자 자리에서 일어섰다. 여러 복합적
인 감정으로 점철되어 있는 그의 표정을 보니 일영은 왠지 아이러
니하다는 생각이 들어 씁쓸한 미소를 지었다.

27

그날 밤, 퀴퀴한 냄새가 나는 작고 초라한 여관방에서 유현과 처음으로 사랑을 나누게 된 일영은 그날 밤 일을 결코 후회하지 않았다. 아니, 오히려 무언가 야릇한 향수를 자극하는 그날 밤 일이 마치 몽환적으로 느껴져 문득문득 현실로 일어난 일이 아닐 거라는 생각마저 들 때가 있었다. 하긴 현실일 리가 없다. 일영은 그 순간 여인숙의 간판을 발견하고는 충동적으로 그를 그 안으로 이끈 자신의 대담함이 스스로도 납득이 되지 않았으니까.

하지만 분명 일영은 능동적으로 유현을 이끌었다. 그의 대답은 기다리지 않은 채, 그녀는 프론트라 말하기도 힘든 입구에서 방값을 지불하고 열쇠를 받았다. 아직도 갈피를 잡지 못하고 차디찬 바람이 부는 골목길에서 초조하게 서성이고 있는 유현에게 어서 따라오라고 손짓을 한 것도 그녀였다. 남녀 입장이 뒤바뀐 것 같은 묘한 상황이라 일영은 떨린다기보다 그저 이 순간 저도 모르게 피식 웃음이 배어나왔다. 마지못한 듯 쭈뼛거리며 여관 문을 들어서는 유현의 모습이 무슨 수줍은 소녀를 보는 것 같아 이젠 아예 입술을 깨물고 간신히 웃음을 참아야 했다.

일영은 유현이 따라오든 말든 지정된 이층의 방으로 먼저 올라갔다. 침대도 없이 그저 화장대와 옷장만이 덩그러니 놓여 있는 방은 이제껏 가보았던 방들 중에 가장 초라하고 지저분해 보였다. 분명 깨끗하게 청소가 되었겠지만, 특유의 퀴퀴한 냄새에 군데군데 물이 새어 곰팡이가 핀 벽지들을 보니 들어서기가 꺼려질 정도였다. 하지만 어떻게 보면 차라리 이렇게 허름한 방이 그녀의 긴장을 더 늦추게 하고 신경을 분산시킨 것 같다. 일영은 현관에서 신도 벗지 않은 채 들어갈까 말까를 망설이느라 유현이 조심스레 그녀의 뒤에 바짝 다가선 것도 미처 깨닫지 못했다. 하지만 일영은 곧 유현만의 특유의 체취를 느끼며 그가 가까이 와 있음을 알았고, 순간 몸을 돌려 그의 목을 끌어안고는 대담하게 먼저 키스를 퍼부었다. 반쯤은 작정한 행동이지만, 나머지 반쯤은 자꾸만 후퇴하려 하는 마음을 다잡기 위해 무작정 저지른 행동이었다. 그녀는 먼저 도발한 이상 아무것도 모르는 순진한 여자처럼 굴고 싶지는 않았다.

혀로 그의 하얀 이를 두드리기도 전에 벌써 그는 자신의 혀를 한껏 그녀에게 감겨왔다. 정신이 아득해질 만큼 강렬한 키스였다. 도발은 그녀가 먼저 했지만 어느새 주도권은 그에게로 넘어갔다.

일영이 그의 촉촉한 키스에 정신이 팔린 사이, 유현은 그녀를 아기처럼 번쩍 들어올려 바닥에 깔린 이불 위에 부드럽게 눕혔다. 코트가 벗겨지고, 카디건의 단추가 뜯겨져 나갈 듯 거칠고 황급하게 벗겨졌다. 면티와 브라는 벗겨낼 시간조차 아까웠는지 그냥 걷어 올려 순식간에 맨살을 드러냈다. 소담하니 보기 좋은 하얀 젖가슴을 본 유현은 파르르 속눈썹을 떨더니 거친 숨을 몰아쉬며 한동안 부끄러울 만치 그것만을 응시했다. 그가 입맛을 다시듯 혀로 자신의 입술을 축이는 모습에 일영은 저도 모르게 속옷이 젖어오는 것을 느끼며 온몸을 부르르 떨었다.

"괜찮겠어?"

"네?"

"이런 곳에서 괜찮겠냐고."

그의 목소리는 달뜨다 못해 잔뜩 쉬어 있었다.

"안 괜찮다고 하면…… 그만둘 건가요?"

"아니, 이젠 늦었어."

유현의 혀가 딱딱하니 솟은 그녀의 유두를 한입 가득 머금었다. 그리고 그 순간 일영은 아득해진 정신으로 그가 주는 짜릿함과 열락에 온몸을 맡겼다. 아무런 생각도 하고 싶지 않았다. 그저 지금 이 순간만을, 그와 함께하는 이 순간만을 온전히 즐기고만 싶었다.

유현은 흥분을 채 이기지 못한 듯 가늘게 떨리는 손으로 잔뜩 부풀어 오른 그녀의 젖가슴을 아프도록 그러쥐며 애무했다. 혀로 부드럽게 유두를 굴리다가도 아이가 엄마의 젖을 빨듯 탐욕스럽

게 빨아대기도 했고, 가학적이다 싶을 만큼 이로 잘근잘근 깨물어
버리기까지 했다. 생각지 못한 그의 거칠고 황급한 애무는 그녀를
순간 당황하게 만들었다.

"아, 아파요."

"참아."

유현은 매정하게도 일영의 신음을 무시하고는 오히려 고문을
하듯 닥치는 대로 깨물고 빨고 핥았다. 그녀의 하얀 젖가슴 여기
저기에 빨간 멍과 잇자국이 남았다. 그의 혀가 핥고 지나간 타액
이 식으며 가슴 전체에 서늘함이 느껴졌다. 뜨거운 혀와 입술이
지나가고 난 후의 서늘함은 유달리 찌릿했다.

일영이 일단 허락한 이상 그는 사정을 조금도 봐줄 마음이 없다
는 듯 거칠게 그녀를 다루었는데, 그것이 불쾌하기는커녕 오히려
그녀를 더욱 달뜨게 만들었다. 세인은 제멋대로인 성품과는 달리
섹스 중에는 더없이 부드러운 남자였다. 배려를 아끼지 않았고,
보통은 늘 그녀를 달래가며 천천히 절정으로 끌어올렸다. 그런데
유현은 평상시의 부드러운 성품과는 달리 과감하고 거칠기까지
했다. 이 같은 대조에 일영의 몸은 저도 모르게 후끈거리며 흥분
으로 파르라니 떨려왔다.

유현은 양다리를 벌린 채 일영의 허리께에 걸터앉더니, 단추를
풀 시간도 아까운지 와이셔츠를 위로 벗어 던지고 바지와 팬티마
저 남김없이 벗었다. 일영은 차마 눈을 뜨지 못하고는 그 모습을
짐짓 외면해 버렸다. 그의 돌멩이처럼 딴딴한 허벅지와 이미 딱딱
하게 곤두서 있는 은밀한 부분이 여과없이 그녀의 맨살에 와 닿았

다. 이가 딱딱 부딪칠 만큼 온몸이 바들바들 떨려왔다. 첫 경험도 아닌데, 이미 남자라면 알 것 다 안다고 생각했는데 지금 이 순간 마치 순결한 처녀인 양 구는 자신이 도무지 믿어지지가 않았다.

"날 똑바로 봐."

그는 손으로 그녀의 턱을 잡더니 자신을 바라보도록 만들었다. 일영은 조심스레 눈을 뜨고 유현의 얼굴을 응시했지만, 이내 그의 헐떡이는 숨소리와 욕정에 가득 찬 눈을 확인하고는 다시금 눈을 꼭 감아버렸다. 심장이 당장이라도 터져 나가 버릴 것만 같았다. 그의 강렬한 눈빛만으로도 온몸 구석구석이 범해지는 기분이었 다.

"과거는 전부 잊어. 네 인생에 오직 남자는 나 하나뿐이니까. 나 역시 내 지난 과거는 잊을 거야. 다른 여자를 안았던 기억 따위 나 한텐 없어. 일영이 오직 너 하나뿐이야."

"……."

유현은 일영의 팬티를 가차없이 끌어내리더니 다짜고짜 바로 그녀의 숲에 입술을 묻고는 혀로 할짝거렸다. 그는 비명을 지르며 꿈틀거리고 저항하는 그녀의 쭉 뻗은 하얀 허벅지를 양손으로 꽉 누르고는 그곳에도 선명한 이빨 자국을 남겼다.

일영은 당장이라도 미쳐 버릴 것만 같은 기분으로 저도 모르게 그의 땀에 절은 맨등을 손톱으로 긁어댔다. 유현은 얕은 신음 소리를 토해내면서도 질퍽한 애무를 그치지 않았다.

"이제 그만……. 너무 힘들어."

몇 번이나 절정에 올랐을까? 그의 혀가 주는 거칠고 과감한 애무만으로도 일영은 벌써 몇 번이나 천국과 지옥을 오갔는지 모른다.

"아직 시작도 안 했어."

잔뜩 쉬어버린 목소리로 이렇게 읊조리며 손끝으로 흠뻑 젖은 민감한 부위를 슬슬 문지르는 그의 모습은 일영이 알던 바로 그 유현의 모습이 아니었다. 따뜻하고 부드럽고 배려심 많던 유현은 어디론가 사라져 버리고, 거칠고 독점욕 가득하고 과감하기까지 한 전혀 모르는 남자가 그녀를 집요하게 탐하고 있었다.

어디서 그런 용기가 났는지 모르겠다. 이것이 마지막이라고 생각해서인지도, 아니면 그가 준 극상의 쾌락에 보답하고 싶어서였는지도 모른다. 일영은 저도 모르게 그의 어깨에 손을 얹고는 혀를 조심스레 내밀어 그의 쇄골을 쓱 핥았다. 전혀 예상치 못한 그녀의 공격에 그는 순간 움찔했고, 그녀 역시 자신이 준 영향력을 느끼며 서서히 혀를 젖꼭지로 이동해 살살 굴렸다. 여자와는 달리 너무도 작은 젖꼭지였지만, 그녀가 혀로 누르듯이 핥고 나니 신기하게도 말랑하던 것이 금세 딱딱하니 솟아버렸다. 일영은 신기한 마음에 다른 쪽 젖꼭지도 쓱 혀로 자극했다.

"으음."

순간 그의 입에서 믿을 수 없다는 듯 밭은 신음 소리가 새어나왔다. 거기에 고무된 일영은 한층 더 음란하게 혀를 놀렸다. 그가 흘린 땀 때문에 짠맛이 났지만, 그의 살결은 놀랄 만큼 부드럽고 깨끗했다. 탄탄한 근육의 선을 따라 혀를 할짝거릴 때마다 유현은 몸을 움찔거리며 강하게 반응했다. 사실 남자의 몸을 이렇게 혀로

세심히 핥아본 일은 없어 이게 과연 좋은 건지 아닌지 자신할 수
는 없었지만, 본능적인 그녀의 행동은 그의 반응으로 보아 성공인
듯싶었다. 일영은 쾌락으로 멍해진 정신으로 서서히 복부 아래쪽
으로 내려갔고 자연스레 그의 딱딱하고 뜨거운 것을 찾아 손으로
부드럽게 감싸 쥐며 그 끝을 혀로 살짝 터치했다.

"세상에…… 젠장!"

유현은 이제는 더 이상 참을 수 없다는 듯 일영을 바닥으로 쓰
러뜨리고는 그녀의 두 손을 머리 위로 올려 자신의 한 손을 이용
해 수갑처럼 고정시켰다. 일영은 반사적으로 꿈틀거리며 저항해
봤지만 옴짝달싹할 수가 없었다. 완전히 그에 의해 제압을 당해
버린 것이다.

"미칠 것 같아. 진즉에 널 안았어야 했는데."

그는 완전히 매료된 표정으로 일영의 무방비한 나신을 눈으로
훑어 내려갔다. 그의 번들거리는 눈빛 안에는 숨길 수 없는 욕정,
갈증, 정복욕이 여과되지 않은 채 적나라하게 드러나 있었다.

그는 이내 자유로운 나머지 손으로 일영의 한쪽 다리를 들어올
리더니 자신의 물건을 원래부터 있어야 할 그곳으로 힘있게 밀어
넣었다.

"허억."

그와 하나가 된 순간, 일영은 체념과 환희가 뒤섞인 알 수 없는
긴 한숨을 내쉬었다.

그의 것인지 그녀의 것인지 분간하기 힘든 끈적한 땀방울이 일
영의 목덜미와 가슴을 적시며 또르르 흘러내렸다. 그녀의 부푼 젖

가슴이 유현의 돌덩이 같은 딱딱한 가슴에 짓눌려 아프도록 이리저리 모양을 만들어내었다. 기분 좋은 통증. 이미 잔뜩 시달린 유두가 못내 쓰라리고 아팠지만, 아직도 모자랐나 보다. 파르르 솟은 핑크빛 유두는 그의 축축한 혀와 이를 다시금 반갑게 맞아들였다.

남자는 그녀와 같이 가기를 원했다. 서서히 타오르는 여자의 몸을 배려해 그는 거친 몸짓의 와중에도 그녀의 눈빛을 세심히 살폈다. 전희 때는 자신의 욕심만을 채울 듯 휘몰아치던 남자다. 폭발을 참으며 여자가 같이 올라갈 때까지 기다려 주는 남자의 모습만큼 사랑스러운 것이 또 있을까? 사랑받고 있다는 정신적인 느낌과 육체적인 느낌이 조화를 이루어 축제의 폭죽처럼 화려하고 드라마틱한 화학반응을 일으켰다.

이제껏 느꼈다고 생각했던 오르가즘은 가짜다. 한 남자만을 알았고 그 남자하고만 가능한 행위인 줄 알았다. 그리고 그 남자만이 줄 수 있을 거라 생각했던 쾌락이었다. 유현에게서 즐거움을 얻고자 한 건 아니었는데, 그는 전혀 예상치 못했던 극상의 쾌락을 그녀에게 선물해 주었다. 세인이 이제는 흘러가 버린 옛 남자에 지나지 않는다는 것까지 확실히 깨닫게 해주었다.

유현은 자신의 분신을 그녀의 몸 안에 깊숙이 흘려 넣은 후에도 한동안 몸을 떼지 않은 채 그녀를 꼭 끌어안아 주었다. 땀이 섞인 그만의 독특한 체향이 유독 기분 좋게 그녀의 후각을 자극했다. 그와 헤어지기 싫었다. 이렇게 좋을 줄 알았더라면 마지막 추억이랍시고 몸을 여는 일은 없었을 텐데……. 아니, 그에게 몸을 열기

를 잘했다. 어줍지 않게 몸을 사렸더라면, 결코 이런 경험을 할 수
는 없었을 테니까. 남자는 첫사랑을 잊지 못하고, 여자는 마지막
사랑을 잊지 못한다고 하던가? 이제 유현은 누가 뭐래도 그녀의
마지막 사랑이었다.

"어디 가?"

일영이 몸을 일으키려 하자 그가 그녀를 붙들었다. 그녀는 그의
손을 가만히 뿌리치고는 욕실에 가서 샤워를 하고 옷을 다시 단정
하게 차려입었다. 거울을 보며 매무새를 완전히 정리한 일영은 결
심한 듯 욕실을 나섰다.

유현은 아직도 알몸인 상태로 벽에 등을 기댄 채 담배를 피워
물고 있었다. 땀에 젖은 그의 머리칼이 이마에 달라붙어 있었고,
운동으로 단련된 복근과 강인한 팔뚝은 마치 수영 선수처럼 군살
없이 탄탄해 보였다. 이지적이고 섬세한 학자풍의 외모를 가진 그
였기에 이렇게까지 멋진 몸을 가지고 있을 줄은 짐작조차 하지 못
했다. 사랑을 나눌 때도 이미 느끼고는 있었지만, 새삼 그의 탄력
있고 균형 잡힌 나신을 바라보니 일영의 얼굴은 깊은 가을의 단풍
처럼 타는 듯 붉어졌다. 하지만 그녀는 부끄러움과는 달리 그의
몸에서 시선을 떼지 않았다. 그를 기억하고 싶었다. 시각, 촉각,
후각…… 그 모든 오감을 동원해서라도 그를 기억할 것이었다.

"미안. 너 담배 연기 싫어하지?"

유현은 피우던 담배를 얼른 재떨이에 비벼 껐다. 환기를 시키느
라 창문을 약간 열어놓아서인지 방에는 싸늘한 냉기가 감돌았다.

"옷은 왜 벌써 입었어? 아니, 잘 입었어. 우리 여기서 이러지 말

고 호텔로 가자. 사실 이런 곳에서 널 안으면 안 되는데 그새 너 마음 변할까 봐 그만."

그는 머쓱한 표정을 짓더니 하얀 이를 드러내며 웃었다. 일영은 그런 그의 얼굴을 바라보며 잠시 눈을 감아 숨을 고르더니 한참 후에야 비로소 입을 열었다.

"할 얘기가 있어요."

일영은 어제 소정이 찾아왔었던 일과 그들과 했던 대화들을 유현에게 가감없이 들려주었다. 그는 이 소리에 퍽 놀랐고 굳은 표정으로 말없이 그녀의 말을 경청했다.

"밤새 생각했어요. 내 결정 하나를 너무도 잘난 두 남자가 기다리고 있고, 거기에 더해 한 여자의 일생까지 내 결정으로 좌지우지되어 버린다는 것이 얼마나 무겁고, 또 그 얼마나 우스꽝스러운 일인지 말이에요. 내게 그런 결정을 내릴 자격이 있을까요? 그 자격은 나 스스로 갖춘 게 아니에요. 당신들 두 남자가 내게 그런 막중한 자격을 준 거예요. 그 자격은 당신들의 마음에 따라 얼마든지 박탈될 수 있는 그런 자격이죠."

일영은 입가에 희미한 미소를 띠며 계속해서 말을 이어나갔다.

"결혼한다면 유현 오빠와 하고 싶고 만약 오빠가 결혼 후에 마음이 변해서 과거의 일을 들먹인다 해도 나 충분히 감수하고 감내할 거예요. 그렇게 말한 건 진심이었어요. 한데 내가 감내할 수 없는 건 오빠와 결혼하는 이상 세인 씨라는 존재를 평생 떨쳐 버릴 수 없다는 거예요. 옛 애인을 허물없이 남편의 친구로서 대한다는 것, 아무리 뻔뻔해도 그것만은 못할 것 같아요. 그게 안 될 것 같아요.”

“그래, 힘들 거야. 힘들겠지.”

“세인 씨에게 간다 해도 그 반대의 경우 때문에 힘이 들 거예요. 이미 유현 오빠는 내게 의미있는 사람이 되어버렸으니까.”

“일영아.”

“오빠가 아무 생각 말고 오빠만 따라오라고 했었죠? 나도 그러고 싶었어요. 아무 생각 없이 그저 오빠에게 선택을 미루고 편하게 그냥 따라가고만 싶었어요. 한데 그러면 안 되는 거더라고요. 그러기엔 이 상황이 너무 복잡하고, 내게 지워진 자격이 너무 무거우니까요. 유현 오빠…… 날 놓아주세요. 이제 그만 내게서 선택할 수 있는 자격을 박탈해 주세요.”

한동안 유현은 믿을 수 없다는 표정으로 일영의 얼굴을 가만히 바라만 보았다. 눈물을 흘리는 모습을 보이고 싶지는 않았지만 그녀는 떨어지는 눈물을 좀처럼 어찌해 볼 도리가 없었다. 헤어짐을 통고하는 것도 버림받는 것 이상으로 힘들었다. 애간장이 녹는다는 것이 바로 이런 것인가? 너무 힘이 들어 숨이 턱턱 막히는 것만 같았다.

“지금 네가 한 그 말, 결국 헤어지자는 거냐?”

“……..”

“너 지금 뭐 하자는 거냐?”

유현의 목소리는 허탈함을 넘어 냉소적으로 바뀌었다.

“이러려고 나랑 잔 거야? 한 번 자주고 나서는 나가떨어지라고? 이제 빚 같은 건, 남은 게 없다고?”

"그게…… 아니에요."

"너 진짜 대단하다. 순진한 얼굴 하고서 사람 여럿 잡는구나. 나랑 헤어지고 싶었으면 자지도 말았어야지. 지금 사람을 천국으로 올렸다가 순식간에 지옥으로 떨어뜨리는 거니? 어떻게 지금 이 순간 그런 말을 할 수가 있어? 내 여자가 되자마자 어떻게 이럴 수가 있냐고?"

"오빠를 이렇게나마 갖고 싶었어요. 헤어지더라도 내가 오빠를 사랑하게 됐다는 걸 믿게 해주고 싶어서요. 하지만 그냥은 안 믿었을 거잖아요. 그냥 헤어지자고 했더라면 내가 그냥 세인 씨에게 돌아가고 싶어서라고 믿었을 거잖아요."

"김일영, 그래도 이건 아니야. 이건 너무 잔인한 짓이라고. 이제 시작인데 시작하자마자 끝내자고? 어떻게 끝을 내? 그걸 나보고 어떻게 납득하라는 거야?"

유현은 일영의 어깨를 잡고는 정신없이 흔들었다. 그녀는 유현의 손길에 따라 갈대처럼 흔들리는 몸으로 말없이 그저 구슬 같은 눈물만을 뚝뚝 떨어뜨렸다.

"네가 왜 그러는지 알아. 네 마음 안다고. 나도 세인이도 아마 힘들 거야. 누가 됐든 너와 이루어진다면 껄끄럽고 힘들겠지. 하지만 일영아, 네가 우리 둘 중 하나와 이루어지지 않는다 해도 나와 세인인 이미 힘든 사이야. 그리고 넌 발을 뺄 수 없는 상황이고."

"세인 씨가 가만히 있지 않을 거예요. 소정 씨도 알고 있고 가족들도 조만간 다 알게 되겠죠. 이건 안 되는 일이에요."

“내가 상관 없다잖아. 날 좀 믿어주면 안 돼?”

“이건 믿고 안 믿고의 문제가 아니잖아요. 두 남자 다 아니라고 생각해요. 지금 아닌 건 앞으로도 아닌 거예요. 일 년 후에 부모님이 허락하신다 해도 이미 내 마음은 다쳤어요. 내가 유현 오빠에 비해 겉보기에 한참 처진다는 건 알고 있지만, 그렇다고 감지덕지해서 오빠 옆에 있는 건 아니에요. 나도 우리 집에서는 사랑받는 딸이고, 비록 내세울 만한 학벌이나 직업, 집안은 아니지만 나름대로 잘 컸다는 자부심도 가지고 있어요. 오빠 부모님을 원망하거나 이해 못하는 건 아니에요. 절 언제 봤다고 제 모습 하나만으로 절 인정할 수 있으시겠어요? 하지만 제 인품이 마음에 안 든다면 고칠 수 있어도 학벌이나 집안 문제로 인정 못하신다면 그건 내가 어떻게 할 수 있는 문제가 아니잖아요. 오빠도 결국 세인 씨와 똑같은 길을 가게 될 거예요.”

“일영아.”

“황세인 씨 덕분에 저도 참 많은 걸 깨닫게 되네요. 그때는 그저 사랑 하나만 보였는데 한 번 그렇게 된통 당하고 나니 많은 게 보이네요. 이래서 사람은 경험이 중요한가 봐요.”

일영은 자조적으로 말했다.

“일 년만 기다려 주면 되겠니? 그러면…… 네 마음도 납득할 수 있겠어?”

“아니요. 그런 건 약속하지 말아요. 사람 일은 어떻게 될지 알 수 없는 거니까.”

“난…… 난 납득할 수가 없어. 넌 날 사랑하는 게 아니야. 그렇지? 사랑한다면, 아니, 조금이라도 내게 연민을 느낀다면 넌 절대 이렇게 날 대할 수가 없어. 이렇게 차갑고 사무적으로 내 마음을 짓밟을 수는 없다고."

유현은 이를 악물고는 그녀를 외면했다. 일영은 그의 눈에서 눈물방울이 떨어지고 있는 것을 믿을 수 없는 심정으로 바라보았다. 아프도록 꼭 그러쥔 그의 손은 바들바들 떨리고 있었다.

"우리가 정말 인연이라면 어떻게든 다시 만나게 될 거예요. 지금은 그때가 아니라는 거 오빠도 속으로는 인정하고 있을 거예요."

일영은 양손으로 그의 볼을 부드럽게 어루만지며 지그시 자신의 입술을 그의 입술에 가져갔다. 그가 흘린 눈물과 자신의 눈물이 범벅이 되어 짠맛이 온통 혀끝에 느껴졌다.

"사랑해요…… 사랑해요."

유현과 세인, 두 사람을 모두 쳐낸 일영은 인천 부모님 집으로 돌아갔다. 그리고 근 사흘여 일을 열에 들떠 심하게 앓았다. 신영은 일영이 어느 정도 안정을 되찾고 난 후, 적당히 기회를 봐서 그녀를 콩 볶듯 달달 볶아 사건의 전말을 소상히 알아냈다. 그녀는 바쁜 회사일 때문에 일영의 일에 미처 신경을 쓰지 못한 것에 대해 적잖은 죄책감을 느끼고 있었다.

"아주 영화를 찍어라. 지가 무슨 멜로 영화 주인공인 줄 알아요. 요샌 그딴 신파는 찍지도 않고 먹히지도 않아요."

다 죽어가는 얼굴을 하고는 죽은 먹는 둥 마는 둥 하는 일영을 보며 신영은 안타까운지 한숨을 푹푹 내쉬었다. 신영은 주말을 이용해 일영의 짐을 대강 꾸려 인천 집으로 옮겨놓았다. 마침 부모님은 또 방랑벽이 도져 남해일주를 하고 있던 터였고, 으레 그러하듯 핸드폰도 두고 나가 연락이 닿지 않았다. 덕분에 끙끙 앓고 있는 일영의 뒤치다꺼리는 전부 신영의 몫이었다.

"둘 다 정리한 건 이제껏 네가 했던 바보짓들 중에 가장 잘한 일이긴 하다만 그냥 헤어지면 헤어졌지 자긴 왜 자냐? 그러다 애라도 들어서면? 지금은 시간이 흘러서 사후 피임약도 소용없고 너 어쩔 거야?"

"아이라도 가졌으면 좋겠는데. 그러면 허락하지 않으실까?"

"웃기시네. 있는 놈들이 얼마나 무서운데. 당장에 쥐도 새도 모르게 지우라고 할걸?"

"그러실 분들은 아니야."

"설사 그렇다 하더라도 눈에 안 차는 며느릿감이 아이까지 가져서 밀고 들어오면 더 한심해 보이지. 아무리 요새 뱃속 아이가 혼수품목 중 하나라 해도 그거 다 흉잡히는 거야."

"사실은 나 어제 생리 시작했어. 나처럼 운없는 애는 그것도 마음대로 안 되더라."

일영은 힘없이 미소를 지었다.

"하긴 네 성격에 그런 대담한 짓을 먼저 벌였을 땐 다 그럴 만한 이유가 있지. 어쩌다 황세인 친구랑 엮여 가지고. 아깝네, 진짜 아까워. 황세인도 어제 이사 나갔잖아."

"그래?"

“확실히 떨어져 나간 건지……. 암튼 과유불급이라더니 잘난 두 남자 손에 쥐고 있는 것도 할 짓이 못 되는구나. 남의 애기였으면 배부른 소리 한다 했겠지만 네 몰골을 보니 차마 그 소리가 안 나온다. 역시 제일 좋은 것은 순탄한 사랑이야. 서로 첫눈에 필이 딱 꽂혀서 주변 방해 없이 그냥 사랑하는 것. 언니, 언젠가 그런 남자 나타날 거야. 한데 눈이 높아질 대로 높아져서 어디 웬만한 남자 가지고 성이 차겠냐?”

“눈에 차는 남자 없으면 혼자 살면 되지.”

“하긴 뭐, 꼭 남자가 필요하니? 그냥 우리 둘이 재밌게 살자. 근데 너 진짜 나랑 안 살고 엄마 아빠랑 살 거야? 나 무서워서 혼자 못살아.”

“거기 계약 기간 끝날 때까지만 여기 있을게. 찾아오거나 하진 않겠지만 내가 싫어.”

괜히…… 기다리게 될 것 같아서. 유현 오빠가 혹시나 찾아오지나 않을까 막연히 기다리게 될 것 같아서…….

군대에 간 후 애인이 변심했다는 이유로 탈영하는 군인이나, 실연을 당했다고 술을 퍼마시며 하던 일까지 작파하고 망가지는 사람들. 이제껏 유현이 절대로 이해하지 못했던 부류 중의 하나였다. 하지만 경험해 보지 않은 일을 가지고 함부로 예단하거나 입바른 소리를 하는 것이 얼마나 우스운 일인지 유현은 이제야 깨닫고 있었다.

실연의 힘과 위력은 대단히 커서 유현 역시 비록 저런 식의 극단적인 행동을 하지는 않았지만, 그러고 싶은 충동을 느낄 만큼 괴로운 나날의 연속이었다. 그는 회사 일만큼은 어떻게 해서든 제대로 해내려 노력했고, 어떻게 보면 일하는 동안만큼은 일영을 잊을 수가 있어서 좀 무리가 되더라도 밤낮없이 일에만 열중했다.

하지만 그는 불면증 때문에 늘 두통에 시달렸고 입맛이 없어서 체중도 급격히 빠질 지경이었다. 헬스는 여전히 습관적으로 하고 있었지만, 너끈히 들곤 하던 아령의 그램 수를 줄여야 할 정도로 힘에 부쳐 생기를 잃어갔다. 말수도 줄어들고 이따금 먼 산을 바라보며 딴생각을 하다가 남들이 하는 말을 놓칠 때도 있었다. 모든 것이 엉망진창이었다.

다른 여자를 만나보면 좀 나아질까 싶어서 일부러 미친 듯이 소개팅을 한 적도 있었다. 실연은 새로운 사랑으로 치유하는 것이 가장 좋다고 하지 않던가? 때문에 그는 부모님이 권유하는 선 자리도 마다하지 않고 주말의 한가한 시간은 선을 보거나 소개팅을 하며 나름대로 바쁘게 보냈다. 한데 그렇게 많은 여자들을 만났는데도 그의 실연을 치유해 줄 만한 구원의 여인은 등장하지 않았다.

일영보다 얼굴도 예쁘고, 일영보다 훨씬 똑똑하고, 일영보다 사교적이고, 일영보다 재기발랄하고……. 일영보다 조건으로 보나 내면으로 보나 처지는 여자들은 단 한 사람도 없었음에도 유현은 아무런 끌림을 느낄 수가 없었다. 두어 달 정도 미친 듯이 여자를 소개받던 그는 나중에는 지칠 대로 지쳐 그것조차 흐지부지 그만둬 버렸다. 적어도 여자를 만나면 그 순간에는 충실해야 하건만, 자꾸 일영과 비교하는 자신을 발견하고는 그만 허탈한 심정이 되어버린 것이다. 일영을 잊기 위한 만남이 오히려 일영을 되살리는 만남이 되어버리니 더 이상 그것을 지속해야 할 이유가 없었다.

일영과의 하룻밤은 비록 눈살이 찌푸려질 만큼 허름한 여관방에서 이루어졌지만, 마치 그 장소는 구름 속의 환상적인 궁궐인 양 몽환적으로 유현의 뇌리에 깊숙이 박혔다. 지난 세월 몇 명의 애인들과 잠자리를 가졌지만 그날처럼 행복하고 짜릿하게 느껴지지는 않았던 것 같다. 아마 일영을 잊을 수 없는 이유 중 하나는 그날의 애틋하면서도 환상적인 정사 때문인지도 모른다. 운우지정이라는 고사성어가 딱 들어맞을 만한 그런 황홀한 밤이었다.

여리고 소녀 같은 몸매의 일영은 생각지도 않은 거친 일면을 그로 하여금 여지없이 끌어내었다. 그렇게까지 투명하고 맑은 살결은 아니었지만, 혀로 느껴지는 단맛은 그를 미치게 만들었다. 쾌락을 느낄 때마다 간헐적으로 흘러나오는 간드러지는 신음 소리 또한 그를 매료시켰다. 예상치 못했던 그녀의 애무를 받을 때는 아예 부끄러운 줄도 모르고 분신을 토해낼 뻔했다. 그녀의 서툰 혀가 근육 선을 따라 교묘히 흐를 때의 그 느낌. 유현은 몇 번이고 그때를 떠올릴 때마다 곤혹감을 느껴야만 했다.

'김일영, 넌 정말 영악한 여자야. 그날의 하룻밤 때문에 내가 이렇게 정신을 차리지 못하게 될 줄 넌 이미 알았을지도 모르지. 차라리 그날 밤 너를 안지 않았더라면 어쩌면 순탄하게 널 잊었을지도 몰라. 이렇게 만들려고 날 안은 거냐? 난 지금도 이렇게 괴롭고 힘든데 넌 어떻게 살고 있니? 세인이도 아니고 나도 아닌 다른 남자를 만나 그렇게 사랑하고 있는 건 아니겠지?'

생각이 여기에까지 미치자 유현은 궁금증과 타는 듯한 질투심을 이기지 못하고 일영이 사는 집 앞으로 차를 몰아가 그녀를 몰래 기다렸다.

그때는 헤어진 지 석 달이 넘었을 무렵으로 이제는 봄이라기보다 여름에 가까울 만치 따뜻한 날이었다. 그의 초조한 기다림은 다행히 그리 오래지 않아 끝났다. 간편한 청바지에 티셔츠 하나만을 입고 이제는 등까지 치렁거리는 생머리를 한 일영의 모습이 이내 유현의 눈에 가득 들어왔다.

일영은 잘 지내는 듯했다. 밝지도 어둡지도 않아 보이는 평범한 안색에 걸음걸이도 여느 때와 다름없이 조심스러웠다. 유현은 그녀가 아파트 입구로 사라지는 모습을 끝까지 바라본 후 적잖은 실망감에 시달리며 차에 시동을 걸었다. 적어도 잔뜩 풀이 죽은 안색을 하거나 살이 급격히 빠져 윤기없는 머리카락을 하고 있거나, 아니면 폭식을 해 퉁퉁해져 있기를 바랐다. 그런데 그녀는 여느 때와 다름없이 너무나 아름다웠다. 아름다울 뿐 아니라 그 밤의 짜릿한 순간이 생생하게 떠올라 당장이라도 그녀를 낚아채 거칠게 범하고만 싶었다. 연상하기조차 괴롭지만, 세인이 왜 그녀를 놓지 못하고 질척거렸는지 그 이유를 알 것도 같았다. 남자를 미치게 만드는 여자였다. 순진하고 여릿한 얼굴 속에 숨겨진 열정과 음탕함이 아직도 그를 사정없이 떨리게 만들었다.

그 후로 유현은 이따금씩 일영이 사는 인천으로 차를 몰았다. 운이 좋아 그녀를 볼 때도 있고 그렇지 않을 때도 있었다. 그냥 습관적이었던 것 같다. 그렇게 하려고 노력을 해서가 아니라 저절로 운전대가 일영의 집 앞으로 향하는 것을 스스로도 어쩔 수가 없었다.

일 년이 흐른다 해서 그녀를 다시 찾을 생각은 없었다. 그녀가 결별을 선언할 수밖에 없었던 이유는 충분히 이해할 수 있지만 그렇다고 용서가 되는 것은 아니었다. 사랑하는 마음을 보여주기 위해 몸을 열었다지만, 그것 역시 위안이 되지 않았다. 사랑하기 때문에 헤어진다는 것은 어처구니없는 변명에 지나지 않는다. 일영은 비겁하게도 혼란과 부담을 이기지 못하고 도망쳐 버렸다. 그는 그런 무책임한 여자를 기다릴 만큼 그렇게 녹록한 사람이 아니었다.

일영이 항상 혼자 집으로 귀가하는 모습을 볼 때마다 유현은 알 수 없는 안도감과 승리감을 느끼며 비딱한 미소를 흘리곤 했다. 스스로도 한심하게 여겨졌지만, 만일 그녀가 아무리 하잘것없어 보이는 남자라 할지라도 함께 있는 모습을 보였더라면 미친 듯이 분노가 치솟았을 것이다.

헤어질 수밖에 없었던 연인이 다른 남자의 품 안에서라도 행복해지는 걸 바라는 것이 진정한 사랑이라 말할지 모르지만, 유현은 절대로 그런 마음을 가질 수가 없었다. 그녀가 행복해졌으면 하는 마음은 분명히 가지고 있지만, 그것이 다른 남자의 품 안이어서는 결코 행복을 빌어줄 수가 없었다.

세인과는 그 후로 단 한 번도 마주치는 일이 없었다. 그도 피했지만, 세인도 그를 피하는 눈치였다. 하지만 언제나 그러하듯 어머니와 친구들을 통해서 늘 그의 소식을 듣고 있었다.

세인은 어처구니없게도 한남동의 신혼집으로 다시 들어가 살고 있었다. 그렇다고 소정과 함께 사는 것은 아니었는데, 그녀는 그날 일이 터지고 난 후 곧 미국으로 연수를 떠났다. 이혼 얘기는 거짓말처럼 쏙 들어가 버렸다. 세인은 집을 나왔을 때만큼이나 너무도 쉽게 다시 집으로 돌아갔고 예전처럼 피자 레스토랑을 경영하며 나름대로 즐거운 인생을 살고 있었다.

어차피 세인은 그런 놈이었다. 이혼한다 어쩐다 그 난리를 피운 것도 어쩌면 유현 때문이었는지 모른다. 일영은 본의 아니게 수컷들의 쟁탈의 대상이 되었을 뿐, 유현이 손을 놓으니 세인 역시 허무하게 손을 놓아버린 형국이 되어버린 것이다. 유현은 그 점이 더욱 화가 났다. 별것도 아닌 세인의 사랑을 지나치게 높이 평가한 일영의 처사에 어처구니없는 분노를 느꼈고 배신감에 온몸을 떨었다. 황세인 때문이라면 굳이 헤어질 이유가 없었다. 굳이 이렇게 떨어져 괴로워할 필요가 없었던 것이다.

한가로운 주말, 친척의 결혼식에 다녀오신 부모님의 안색은 이상하리만치 침울하면서도 당혹스러워 보였다. 하지만 유현은 언제나처럼 무관심하게 그저 모래알을 씹듯 저녁을 먹으며 묻는 말에나 성의없이 대답을 했다. 식사를 마친 할머니가 먼저 일어나신 후, 최 원장은 할 얘기가 있다며 유현을 서재로 불러들였다.

"일영이 말이다."

최 원장은 다짜고짜 돌려 얘기할 것 없이 단도직입적으로 용건을 꺼냈다.

"그 아이와 완전히 헤어진 거냐?"

"지금 그 여자 얘기는 왜 꺼내시는 거죠? 아버지가 원하는 일이

셨잖아요."

유현은 심드렁하게 대꾸했다. 예전에는 있을 수 없던 성의 없는 대꾸였지만, 유현은 요 근래 내내 이런 불성실한 태도를 아무런 조심성 없이 내보이곤 했다.

"네 태도로 봐서는 우리 의견이야 별로 중요하지 않은 걸로 알고 있었는데. 우리의 반대와는 상관없이 넌 하고 싶은 대로 하겠다고 우리에게 통보하지 않았느냐?"

"……."

"그 아이가 널 싫다고 한 모양이구나."

"현명하고 똑똑한 여자니까요. 집안의 반대를 무릅쓰고 하는 결혼이 결코 행복할 수 없다는 것을 잘 아는 여자니까요."

"어렸을 때 일 기억하니?"

최 원장은 갑자기 이렇게 뜬금없는 소리를 하더니 서재에 꽂힌 오래된 앨범을 꺼내 들어 한참을 무언가를 찾아 뒤적거렸다. 결국 원하는 것을 찾은 그는 유현에게 오래전의 사진을 펼쳐 보였다. 사진 안에는 열 살 무렵의 어린 유현과 예쁘장하게 생긴 예닐곱 살쯤 되어 보이는 여자 아이가 함박웃음을 짓고는 다정하게 얼굴을 맞대고 포즈를 취하고 있었다. 그 아이와 함께 찍은 사진은 그 것 말고도 제법 적지 않게 앨범 안에 자리하고 있었다.

"이것 말고도 또 있는데. 아, 이것은 더 어렸을 때구나."

최 원장은 다른 앨범을 내어 보였다. 그 안에는 일곱 살 때의 유현과 역시 막 아기 티를 벗은 듯 네 살 무렵의 그 여자 아이가 역시 사이좋게 찍혀 있었다. 몇 장의 사진을 넘기고 나니 어린 세인과 유현 사이에 끼어 활짝 웃고 있는 귀여운 여자 아이의 모습이 유달리 눈에 박혀왔다. 이제야 어슴푸레하니 그의 기억이 되살아났다.

한여름, 부모님을 따라 어떤 계곡으로 놀러간 적이 있었다. 부모님 외에도 여러 가족들이 동행을 했는데, 그 안에는 다양한 나이대의 자녀들 또한 십여 명 정도 따라갔던 것으로 기억한다. 그곳에서 한 여자 아이의 환심을 사기 위해 유현은 세인과 몹시도 토닥거렸었다. 일곱 살짜리가 뭘 알고 그랬겠느냐마는 열 명 남짓 했던 또래 아이들 중에 가장 나이가 많았던 세인과 유현은 서로 경쟁적으로 아이들을 끌어 모아 편을 갈랐고 그 와중에 어찌 된 일인지 이 꼬마 아이가 집중적인 쟁탈의 대상이 되었다. 사실 이 아이에 대한 기억은 지극히 희미했고 세인과의 신경전만이 더 기억에 남았다. 자랄 때부터 서로가 비교가 된다는 것을 어린 마음에도 느끼고 있던 터라, 그것이 이들 사이에는 나름대로 경쟁의 요소가 되어 사소한 일에도 거의 목숨을 걸다시피 다투곤 했다. 아마 이 사진은 그 아이의 환심을 경쟁적으로 사기 위해 옆에 달라붙어 있을 때였던 것 같다.

유현은 피식 미소를 흘렸다. 기억도 나지 않을 먼 옛날서부터 세인과는 알게 모르게 얼토당토않는 경쟁을 하며 자라온 것을 보니 새삼 그와는 어지간히 질긴 인연이라는 것을 인정하지 않을 수 없었다.

"이 여자 아이가 바로 일영이다."

"네?"

유현은 최 원장의 느닷없는 소리에 순간 자신의 귀를 의심했다.

"정말 기막힌 인연이지? 이 아이가 바로 네가 데리고 온 그 일영이라고."

유현은 세인과 자신 사이에 끼어 해맑은 미소를 짓고 있는 아이의 모습을 보며 순간 전율을 느꼈다. 이것을 어떻게 해석해야 하는가? 이 세 어린아이의 모습은 미래의 모습을 소름 끼치도록 그대로 재현하고 있었다. 가운데 앉아 있는 아이를 어떻게든 자기편으로 끌어들이기 위해 한껏 얼굴을 있는 대로 밀착시켜 찍은 이 사진은 바로 과거가 아닌 현재이자 미래였다. 유현은 이 믿을 수 없는 야릇한 운명의 장난에 순간 휘청거렸다. 세인도, 그리고 유현 자신도 일영에게 끌릴 수밖에 없는 운명으로 이미 예전부터 결정되었던 것이란 말인가?

"일영의 아버지가 나와는 아주 친한 형이었다. 똑똑할뿐더러 리더십 강한 카리스마를 가지고 있는 보기 드문 인물이었지. 친목회와 동창회 등 형과 함께한 모임이 한 서너 개는 되었을 게야. 자주는 아니었지만 가족 동반으로 여기저기 많은 곳을 놀러다니기도 했지. 네가 초등학교에 들어가면서부터는 나도 그렇고 형님도 바빠져서 그 후에는 이렇게 야유회를 같이 갈 일이 없어서 아마 이때 사진이 마지막일 게다. 네가 유달리 일영이를 예뻐했지. 그 나이 또래 남자 아이들이 자기보다 한두 살 어린 애와는 놀아주고 싶어하지 않는데 넌 달랐어. 그래서 심지어 사돈을 맺자는 말도 서로 농 삼아 하곤 했었다."

"……."

유현은 뭐라 대꾸할지를 몰라 그저 입을 다물었다. 그의 시선은 줄곧 세 아이의 사진에만 머물러 있었다.

"내가 좋아하고 존경하는 형님의 여식이라는 것을 알았더라면 아마 일영일 대하는 태도는 판이하게 달랐겠지. 그건 인정하마. 하지만 그렇다고 일영이가 네 배필로 적당하다고 생각하는 건 아니다. 그 아이의 학벌이나 직업은 여전히 마땅치 않고 이왕이면 너와 걸맞는 여자가 네 배필이 되어줬으면 하는 마음을 아직도 가지고는 있지만, 형님이라면 학벌과는 상관없이 똑똑하고 바르게 키웠을 거란 믿음이 있는 것도 사실이다. 내가 본 일영이 역시 그 믿음에 부합되는 모습이었고."

"그래서 새삼 일영이를 허락하시겠다는 겁니까?"

유현의 목소리는 불만에 가득 차 신랄했다.

"헤어졌으면 그만일 뿐, 그렇다고 다시 이어 붙일 마음은 없다. 그리고 어차피 일 년이 지나도 너희들의 마음이 그대로라면 허락하겠다고 하지 않았니?"

"네, 그러셨죠. 그렇게 말씀은 하셨죠."

"그동안 사정이 있어 격조했는데 다시 만나게 된 만큼 아마 너도 곧 뵐 일이 있을 거다. 만일 일영이와 완전히 헤어질 생각이라면 굳이 내색하지 말거라. 내가 하고 싶은 말은 그뿐이다."

"어지간히 어려운 분인가 보군요. 일영이를 거절했다는 것이 아버지에겐 아주 난처한 일이 되어버린 모양이죠?"

"아니라고는 말하지 않겠다."

유현은 슬쩍 사진첩에 있는 세 아이의 사진을 꺼내 가만히 챙겨

들었다. 이제 와서 아버지의 허락 운운은 별로 마음에 와 닿지 않
았다. 믿기지 않는 운명의 장난을 받아들이는 것만으로도 그는 지
금 충분히 힘에 겨웠다.

29

세인은 여전히 활기차고 유쾌한 모습으로 인생을 즐기며 살았다. 친구들과 만나 술을 마시고 포켓볼을 치고 다시 장만한 외제 스포츠카를 끌고 스피드를 즐겼다. 소정과의 이혼은 아직 마무리가 되지 않았고 할 수나 있을는지도 미지수였지만, 세인은 별로 걱정하지 않았다.

소정같이 똑똑한 여자가 불행한 결혼 생활을 순전히 타인의 이목 때문에 지속시킬 리가 없다는 것을 잘 알기 때문이다. 세인은 자신의 이기심 때문에 소정에게 돌이킬 수 없는 상처를 주었다는 것을 잘 알고 있었고, 다시 합치는 것만 아니라면 할 수 있는 모든 것을 다 해줄 작정이었다. 물론 그것이 그녀에게 근본적인 보상이 되지는 않을 테지만 말이다.

소정의 깔끔한 태도는 어떻게 보면 그들 사이에 진정한 사랑이 없었기 때문에 가능한 일이었는지도 모른다. 세인은 일영의 배신(?)에 물불을 가리지 못할 만큼 정신을 차릴 수 없었고, 그 때문에 아이러니하게도 소정의 행동에 사랑이 없음을 깨달을 수 있었다. 하지만 그렇다고 해서 세인의 과오가 덜어지는 게 아니라는 것 역시도 잘 알고 있었다.

"평생 이혼 안 해줄지도 몰라요."

미국으로 떠나기 전날 소정은 세인과 만나 이렇게 말했다. 그녀가 떠나는 것은 어쩔 수 없는 선택이었다. 바람난 남편 옆에 있으며 속을 끓이는 것은 소정의 스타일과는 맞지 않았다. 끝까지 남아 그를 괴롭히고 싶은 마음도 없지 않아 있었지만, 그런 소비적인 일로 자신의 천금 같은 시간을 낭비할 일이 뭐가 있겠나 싶었다. 안 그래도 그와의 결혼으로 휴지 조각처럼 흐트러져 버린 시간이 아까워 죽을 지경인데 말이다. 게다가 그녀가 보기에 세인은 벌써 나름의 천벌을 받고 있었다. 그의 일영에 대한 마음은 불행히도 진심으로 보였다. 신혼 초부터 느꼈던 그의 허무한 눈빛과 방향을 잃고 헤매는 태도는 의심의 여지없이 일영에 대한 사랑을 반증하고 있었다. 그런데 어쩌란 말이냐, 그렇게 오매불망 사랑하는 일영의 마음은 그의 친구 최유현에게로 이미 방향을 바꾸어 버린 것을?

소정은 일영이 결코 세인을 받아들이지 않을 것임을 여자의 직감으로 충분히 눈치챌 수 있었고, 그것만으로도 저열한 기쁨을 느꼈다. 세인의 삽질이 언제까지 지속될는지는 모르겠지만, 소정은 내심 일영이 다른 남자와 결혼할 때까지 절대 이혼은 해주지 않을 작정을 하고 있었다. 일영이 평생 혼자 산다면 그녀 역시 평생 이혼하지 않을지도 모른다.

'혹시 모르지, 내게 새로운 사랑이 생긴다면 그땐 마음이 달라질지도.'

"당신한테는 정말 미안하게 생각해요."

"미안하다? 이젠 그딴 소리 지겨워요. 미안할 짓은 애초에 저지르지도 말아야죠."

"그런가?"

세인은 머쓱한 미소를 지어 보였다.

"그나마 참고 떠나는 건 당신이 나름대로 천벌을 받고 있다는 것을 알기 때문이라고 해두죠."

"반년을 살았어도 부부는 부부였나 보군. 그래도 나란 사람을 잘 파악한 걸 보니 말이에요."

"김일영 씨가 받아주지 않으면 어쩔 작정이에요?"

"그럼 다시 당신에게 돌아가지 뭐."

"실없는 농담을 하는 걸 보니 자신이 있는 모양이군요."

"글쎄…… 안 받아주면 어떻게 할지는 생각해 본 적이 없어요. 그런 생각은 그때 가서 하지 뭐."

세인은 자신의 마음을 확인하고 행동에 옮겼다는 것 자체만으로도 의미를 부여하고 있었다. 일영이 과연 받아줄 것인가? 이제까지 그가 지은 죄를 생각해 본다면 거의 기적과도 같은 일이 될 것이지만 그렇다고 포기할 마음은 들지 않았다. 어차피 지금은 다른 여자가 눈에 들어오지도 않으니까.

　세인은 겉보기에는 예전과 다름없이 활기찬 생활을 했지만, 밤이면 견딜 수 없는 외로움에 저도 모르게 베갯잇을 눈물로 적시곤 했다. 눈물이 그냥 저절로 흘러 버려 도무지 막을 수가 없었다. 사람들과 함께 있는 낮에는 얼마든지 평정을 가장할 수 있었지만, 혼자 있는 밤에는 스스로의 감정을 좀처럼 제어할 수가 없어 하는 수 없이 억지로 눈물을 감추지 않고 흐르는 대로 놓아두는 편을 택했다. 흠뻑 눈물을 흘리고 나면 갑갑했던 마음이 잠시나마 후련해짐을 느끼곤 했다.

　그는 틈만 나면 차를 인천의 일영의 집 앞으로 몰아 그녀를 먼발치에서 지켜보곤 했다. 비록 신영에게 문전박대를 당하기는 했지만, 그녀의 회사로 찾아가 일영의 소식을 끈질기게 물어본 적도 있었다. 그래도 잘 있다는 소리를 듣고, 편안해 보이는 얼굴을 먼발치에서나마 볼 수 있으니 그의 마음 역시 편안했다. 몇 달간 이러한 생활을 지속해 나가다 보니 이렇게 사는 것도 나쁘지 않겠다는 생각이 들 정도였다. 마음에도 없는 아내와 억지로 한이불을 덮고 살지 않아도 되고, 사랑하는 여자의 얼굴을 보고 싶을 때면 언제든 볼 수 있다는 것. 그것만으로도 그는 소박한 행복을 느꼈다.

　세인은 오늘도 차를 일영의 집 앞을 향해 신나게 몰았다. 얼마 전 신영이 결혼한 것도 알고 있었고, 다른 사람을 통해 축의금을 전달하기도 했다. 직접 가보고 싶었지만 하필이면 신영의 결혼식

장소가 예전에 자신의 결혼식이 있었던 바로 그 장소라 차마 모습을 드러낼 수가 없었다.

일영의 집 앞으로 간다 해서 늘 그녀를 볼 수 있는 것은 아니었다. 오히려 보지 못하고 그대로 돌아오는 일이 허다했다. 하지만 그렇기에 어쩌다 그녀의 얼굴을 발견하게 되면 마치 복권에라도 당첨이 된 양 들뜬 기분으로 집으로 돌아올 수 있었다. 오늘도 그 같은 행운이 오기를 기대하며 세인은 휘파람을 불며 속도를 내어 차를 운전했다.

인천의 한 아파트 단지 안에 위치한 일영의 집 앞은 오가는 차들로 인해 늘 번잡하기 짝이 없었다. 그래도 그 때문에 단 한 번도 일영에게 들키지 않을 수 있어 오히려 다행이라는 생각이 들기도 했다. 세인은 속도를 줄인 채 늘 주차를 하던 그 자리에 차를 서서히 몰아갔다.

"일영일 포기한 줄 알았는데?"

유현은 아파트 대로 앞에서 서행을 하다가 익숙한 스포츠카를 발견하고는 피식 헛웃음을 흘렸다. 그는 스포츠카 바로 뒤에 자신의 차를 세우고는 거침없이 세인의 차로 다가갔다. 세인 역시 입가에 허탈한 미소를 띤 채 말없이 차도어의 락을 열었다. 유현은 조수석에 올라탔고 이들은 한동안 앞만 응시한 채 누가 먼저랄 것도 없이 담배를 꺼내 물었다. 먼저 라이터의 불로 담배에 불을 붙인 세인은 불을 유현에게도 권했다. 유현은 그가 내민 불을 받아 담배를 훅 하고 폐부 깊숙한 곳까지 빨아들였다.

“설마 너도냐?”

“그런 것 같다.”

“난 네가 일영일 포기한 줄 알았는데.”

“나야말로.”

“우리 여기서 왜 이러고 있는 거냐?”

“글쎄다.”

초가을의 햇살이 강렬하게 내리쬐고 있는 주말의 한가로운 오후였다.

“일영인 널 다시는 만나지 않겠다고 하던데.”

유현이 입가에 냉소적인 미소를 흘리며 이렇게 운을 뗐다.

“일영이가 너 역시 다시는 만나지 않겠다고 하더군.”

세인 역시 이렇게 응수했다.

“너도 안 만나고 나도 안 만나고. ……미치겠다.”

“네가 포기해. 원래 일영인 내 여자니까.”

“너와 내가 이런 실랑이를 할 필요가 있을까? 우리끼리 이러는 건 아무런 의미가 없어. 그건 어렸을 적에나 통하는 일일 뿐이야.”

유현은 최 원장이 보여준 사진을 떠올리며 아련한 추억에 휩싸였다. 그때 일영을 자기편으로 끌어들이기 위해 안간힘을 쓰던 두 남자 아이 중 과연 누가 승리를 했던 것일까? 사실 유현은 단편적인 기억만을 떠올릴 수 있었을 뿐 결말에 대해서는 기억을 할 수가 없었다. 그 어린 여자 아이가 세인이 편으로 갔는지, 아니면 그에게로 왔는지……. 어쨌든 아무런 기억도 나지 않는 걸 보면 두 아이의 노력은 허사로 돌아갔던 것 같다. 그가 이겼더라면 기억을 했었을 것이고, 세인이 이겼더라도 분한 마음에 기억을 했었을 테니까.

"일영이가 선택하는 대로 따르자고? 그 아인 선택 못해. 둘 다 놓으면 놓았지 선택 같은 거 할 수 없는 아이라고. 누구 한 사람이 포기하고 물러나지 않는 이상 선택은 불가능해."

"황세인, 그걸 알기 때문에 네가 이렇게 질기게 나오는 거였냐? 이미 일영이 마음이 변한 것을 알고 있었으면서 그 때문에 이렇게 주변을 어슬렁거리는 거야?"

"맞아. 분하지만 일영인 지금은 널 사랑해. 그렇게 된 것에는 내 책임이 절대적이라 뭐라 원망할 수조차 없다. 한데 그렇더라도 일영이에게 내가 첫 남자라는 사실은 변하지 않아. 지금은 널 사랑해도 너만 없다면 나에게 돌아올 수밖에 없어. 일영인 그런 여자야."

이렇게 말하는 세인의 모습은 생각만큼 의기양양하지도, 당당해 보이지도 않았다. 그저 사실을 있는 그대로 말하고 있다는 듯 그는 덤덤한 태도를 보이고 있었다. 확실히 세인은 일영에 대해서 유현보다는 훨씬 더 많은 것을 알고 있었다.

"그럼 차라리 일영이가 다른 남자에게 갔으면 좋겠냐? 우리 둘 다 이러고 있으면 일영인 언젠가 다른 남자를 선택하겠지."

"그건…….

세인은 말끝을 흐렸다. 다른 남자를 만난다? 일영이가 다른 남자를?

"세인아, 내가 지금 하는 말 진지하게 들어줄래? 너와 내가 이

상황에서 대체 어떤 것을 최선으로 선택할 수 있을까?"

유현은 그가 내밀 수 있는 최대한의 카드를 세인에게 내밀기로 작정했다. 미친 짓이라는 것은 알지만 세인이 아직도 일영에게 미련을 보이고 있는 것을 확인한 이상, 그리고 그 미련이 단순한 미련이 아님을 누구보다도 잘 아는 이상 그가 일영을 갖기 위해서는 더 이상의 최선의 길이란 있을 수 없다는 것을 자각했다. 유현은 이 미친 짓에 모든 것을 걸 것이고 종내는 세인도 이 미친 짓에 동참할 것이라 믿어 의심치 않았다.

일영은 엄마의 성화에 못 이겨 미용실에 가서 세팅을 하고 비싸게 주고 마련한 정장까지 차려입은 채 도살장에 끌려가는 소마냥 맞선 자리에 끌려 나갔다. 보통은 자식에게 사소한 강요라도 좀처럼 하는 법이 없던 아버지조차 모르는 척 오히려 부추기기까지 했다.

"나 진짜 맞선 싫다니까. 아니, 왜 안 하던 짓 하고 그래요? 언제 나 시집가는 것에 관심이라도 있었어?"

일영은 아버지의 차 뒷좌석에 앉아 쉴 새 없이 꿍얼거리며 볼멘 표정을 지었다. 요샌 당사자들만이 만나는 맞선이 대세이건만 부모님까지 총출동하는 고전적인 맞선을 봐야 하다니 그것이 더욱더 마음에 들지 않았다. 대체 왜 어른들까지 모아놓고 상견례 하듯이 맞선을 봐야 하는 거냔 말이다. 이건 웬만하면 꼭 성사를 시키고야 말겠다는 심산이 분명했고, 왠지 모를 불길한 예감마저 강하게 들었다.

"신영이 앞세우고 모양새가 좋지 않잖니? 기회 있을 때 부지런히 선도 보고 그래야지."

"엄만 자꾸 왜 그래? 언제는 그런 거 상관없다고 해놓고선?"

"너무 아까운 자리라서 그래. 그리고 솔직히 나간다고 해서 다되는 일도 아니잖아. 그쪽에서 너를 마음에 들어해야지."

"내 마음은? 내 마음은 상관없어?"

"엄마가 사진도 봤는데 네가 마다할 인물은 아니더라. 여러모로 너한테는 넘치는 자리라서 엄마도 별로 큰 기대는 안 해."

"여보, 우리 딸이 어디가 어때서? 이렇게 예쁘고 똑똑한데."

"나도 우리 일영이 예쁘고 똑똑한 거 알아요. 사실 신영이가 영악하고 처세가 빠르고 욕심이 많아서 그렇지 머리는 일영이가 더좋다는 것도 잘 알구요. 한데 당신도 알다시피 사회적인 타이틀을무시할 순 없잖아요. 그래도 그 집에서 일영이를 예쁘게 보고 이것저것 보지 않고 받아준다니 얼마나 고마운 일이에요? 성사가 안되더라도 참 고마운 일이에요."

"대체 어떤 사람인데?"

"가서 보면 알아."

일영이 아무리 조르고 졸라도 부모님은 조가비처럼 입을 딱 다물고는 아무 말도 해주지 않았다.

아버지는 차를 서울 강남 일대에 위치한 한정식집 앞에 세웠다. 이미 예약이 되어 있는지 단아한 생활한복 차림의 여직원이 이들을 조용한 방으로 안내했다. 방 앞에 놓인 신을 보니 이미 상대방은 도착해서 자리하고 있는 모양이었다.

부모님을 따라 방으로 들어간 일영은 소스라치게 놀라 눈을 크게 뜨고는 믿을 수 없다는 듯 굳은 표정을 지었다. 유현과 유현의 부모님이 만면에 미소를 지은 채 이들을 기다리고 있었다.

"이거 우리가 늦었구먼."

"늦기는요. 우리가 빨리 왔어요. 아! 형님, 이쪽이 제 아들 유현입니다. 어릴 때 보고 처음이라 잘 못 알아보시겠죠?"

최 원장은 인사는 생략한 채 바로 옆에 서 있는 유현부터 소개했다.

"안녕하십니까?"

"아니야. 어릴 때 이목구비 그대론데 뭐. 참 훤칠하니 잘 컸네. 어릴 때도 또래들보다 더 컸지, 아마?"

아버지는 유현의 손을 맞잡더니 연신 흐뭇한 표정을 지었다. 일영은 아직도 정신을 차릴 수가 없었고, 지금의 이 같은 촌극이 마치 먼 나라의 얘기인 것처럼 도무지 실감이 나지 않았다.

양가 부모님들은 일영이 생각하는 것 이상으로 친숙해서 서로의 밀린 이야기들을 나누느라 오히려 본론은 뒷전이었다. 일영은 상다리가 휘어져라 나온 음식들을 먹는 둥 마는 둥 깨작거리며 눈을 내리깐 채 좀처럼 시선을 들지 않았다. 하지만 유현은 부모님의 대화에 이따금 맞장구를 치면서도 일영에게서 노골적으로 시선을 떼지 않았다. 그의 뜨거운 시선을 견디지 못한 일영은 마지못해 그를 힐끔거렸고 그때마다 두 사람의 시선이 얽혀 당혹감을 느끼는 일이 반복되었다. 대체 어떻게 이런 상황에까지 오게 된 건지 일영은 궁금해 미칠 지경이었고, 유현이 대체 어쩔 작정으로 이러는 건지도 좀처럼 가늠할 수가 없었다.

양가 어른들은 식사를 다 마치고 나서야 비로소 이 두 사람만을 남겨두고 그 자리를 떠났다. 일영이 못내 초조하게 기다리면서도 피하고 싶은 순간이 드디어 다가온 것이다.

"오랜만이다."

"대체 이게 무슨 농간이에요? 맞선이라니요?"

"말 그대로 맞선이지 뭐. 서로가 마음이 맞으면 바로 결혼이 가능한 맞선."

"오빠."

"집안에서도 흔쾌히 허락하는데 너와 내가 안 될 이유가 또 있을까? 아직도 그렇게 생각해?"

"집안 문제 때문만이 아니었잖아요. 우리 문제 중에 집안 문제는 오히려 사소한 축에 속한 일이었잖아요."

"세인이 일이라면 걱정할 것 없어. 이미 다 해결해 놓았으니까."

"뭘…… 어떻게요?"

"세인이가 우리의 결혼을 묵인하기로 했어. 이제야 제정신을 차린 거지."

"설마요. 설마 그럴 리가……."

"왜? 세인이가 널 포기했다니까 섭섭해?"

"그건 아니에요. 그럴 리가 없잖아요. 하지만 그렇게 쉽게 포기할 리가 없는데."

일영은 마지막으로 본 세인의 모습을 떠올리며 아직도 유현의 말에 반신반의했다. 그가 순순히 포기만 해준다면 유현과 결혼하는 모험을 해볼 수도 있으련만 아직까지도 그녀는 도무지 그 사실이 믿어지지가 않았다.

"결혼하자. 우리 결혼하자, 일영아."

30

오 년 후.

"오늘도 늦어요? 어젯밤에 보니 창고 방에 전등이 깜박거리더라구요."

일영은 출근 준비를 하는 유현에게 양복에 어울리는 넥타이를 골라주며 이렇게 말했다. 네 살 난 아들 혜성을 낳아 키우며 이들은 단란하고 행복한 일상을 보냈다. 우여곡절 끝에 한 결혼이 억울하지 않을 만큼 이들에게는 소중하고 따사로운 시간들이었다.

"미안. 이번 주말에는 어떻게든 시간을 내볼게. 전등은 세인이한테 달아달라고 해."

"뭐, 할 수 없죠."

일영은 여느 때와 다름없이 엘리베이터 앞에서 혜성을 안은 채 유현을 배웅했다. 아내와 아이의 뽀뽀를 양 볼에 받은 유현은 만면에 희색이 가득한 채 손을 흔들었다. 그는 출근하기 전의 이 배웅의식을 퍽 마음에 들어했고, 그 뽀뽀로 하루의 에너지가 충전된다고 말하곤 했다.

"혜성아, 이제 우리 빠빠 먹으러 가자."

혜성에게 아침을 먹인 일영은 아이를 씻기고 옷을 입혀 아파트 단지 안에 있는 놀이방에 맡겼다. 아이가 돌아오는 오후 한 시까지가 일영의 자유 시간이자 여유 시간이었다. 일영은 아이를 보내놓고는 구석구석 청소를 하고 빨래에 다림질 등 부지런히 집안일을 했다. 외출을 하는 경우도 있지만 외출을 하지 않을 때는 늘 이같이 시간을 보냈다.

청소를 마친 일영은 잠시 커피를 마시며 숨을 돌린 후, 바로 현관을 마주 보고 있는 이웃집의 벨을 거침없이 눌렀다.

"그냥 들어오지 뭐 하러 벨은 눌러?"

세인은 막 샤워를 마치고 나왔는지 벗은 상반신을 하고는 머리에서 물기를 뚝뚝 떨어뜨리고 있었다.

"오빠, 지금 나가요? 시간 되면 우리 집 전등 나갔는데 그것 좀 달아달라고."

"당연히 달아드려야지. 옷 입고 바로 갈게."

세인은 흔쾌히 고개를 끄덕였다.

일영은 세인이 전등을 갈아 끼우는 사이 그를 위해 토스트를 굽고 스크램블 에그를 만들었다. 물론 뜨겁고 향이 좋은 원두커피도 함께 곁들였다.

“매번 이런 거 안 해줘도 되는데.”

세인은 머쓱한 표정을 지으면서도 식탁 앞에 앉아 토스트에 딸기잼을 발랐다.

“아침 안 먹은 거 뻔히 아는데요 뭐.”

“맛있다. 하긴 네가 해주는 건 뭐든 다 맛있어.”

“토스트가 무슨 요리 축이나 든다고. 그나저나 오빠도 빨리 결혼할 여자를 만나야 할 텐데. 그때 그렇게 소정 씨를 놓치는 게 아니었어요.”

“그러게 말이야. 난 근데 혼자 사는 게 좋아. 너도 옆에 있는데 여자가 뭐 필요해?”

“오빠도 아이 갖고 싶지 않아요? 우리 혜성이 그렇게 예뻐하면서 그런 생각 안 들어?”

“갑자기 오늘따라 왜 이래? 난 이대로가 좋다니까.”

“암튼 이해할 수가 없다니까. 혜성이 아빠나 세인이 오빠나 도무지 이해가 안 돼.”

“아줌마, 굳이 이해하려 하지 마.”

세인은 갑자기 벌떡 일어서더니 일영의 이마에 슬쩍 입을 맞췄다.

“이게 내 자리인 거 같아. 사랑하는 여자를 옆에 두면서도 자유롭게 내 생활을 누릴 수 있는 것. 이 환상적인 생활을 어떻게 포기해? 나 그럼 다녀올게. 이따 혜성이 좋아하는 치즈케이크 사 올게.”

우여곡절과 실랑이 끝에 결국엔 유현과 결혼을 하게 된 일영은 신혼집과 바로 마주 보고 있는 옆집에 세인이 이사 온 것을 보고는 소스라치게 놀랐다. 또다시 예전과 같은 악몽에 시달리게 되는 건 아닌지 정신이 아득해졌고, 유현이 아무리 마음이 좋다지만 이런 식으로 얽이면 그 마음이 변할지도 모른다는 생각에 가슴이 천근만근 내려앉았다.

하지만 놀랍게도 유현은 전혀 개의치 않아했다. 아니, 오히려 세인이 수시로 집으로 들이닥치고 둘만의 외출에 눈치없이 끼어들어도 모르는 척 묵인했다. 도무지 이해할 수 없는 일이라 일영은 몇 번이고 유현에게 제동을 걸었지만, 오히려 그는 별것 아니라는 식으로 가볍게 넘겨 버렸다. 문제 제기를 하는 일영 본인이 도리어 이상한 사람처럼 보일 지경이었다.

"일영아, 예전에 우리가 만났을 때 네가 읽던 노자 말이야. 그때 읽었던 구절 기억해?"

유현은 책꽂이에서 노자를 꺼내더니 책장을 여러 번 뒤적이다가 드디어 자신이 원하는 구절을 찾아내고는 그것을 일영에게 내밀었다.

〈세상 사람들은 모두 아름답게 보이는 것을 아름다운 것이라 여기고 있지만 그것은 추한 것일 수도 있다. 모두가 선하게 보이는 것을 선한 것이라 여기고 있지만 그것은 선하지 않은 것일 수도 있다. 본시 유와 무는 상대적인 뜻에서 생겨났고, 어려운 것과 쉬운 것도 상대적인 입장에서 이루어지며, 긴 것과 짧은 것도 상대적으로 비교

하는 데서 있게 되고, 높은 것과 낮은 것도 상대적인 관념에서 있게
되며, 음악과 소리도 상대적인 소리의 조화의 구별에서 생겨나고,
앞과 뒤도 상대적인 개념의 구별에 불과하다.〉

"갑자기 이건 왜요?"

"아름답게 보이는 것이 알고 보면 추한 것일 수도 있고, 추해 보
이는 것이 알고 보면 아름다운 것일 수도 있다. 모든 것이 상대적
인 개념의 구별에 불과할 뿐 남들이 바르다고 생각하는 관계가 최
선일 수도 없고, 남들이 손가락질하는 관계라 해서 그걸 나쁘다고
단정 지을 수도 없다."

"대체 뭘 말하고 싶은 거예요?"

일영은 왠지 모를 불안감에 시달리며 유현의 온화한 표정을 똑
바로 응시했다.

"좀 이상하겠지만 세인이에게 시간을 주자. 너도 알다시피 사
람의 마음이라는 것이 그렇게 단칼에 자를 수 있는 게 아니니까.
우리가 행복하게 사는 모습을 보여주다 보면 세인이도 곧 너에 대
한 집착을 버릴 수 있을 거라고 생각해."

"하지만 이건……. 당신한테 이런 말까지 하고 싶진 않지만, 세
인 오빠 아직도 내가 결혼했다는 사실을 인정하지 못하고 있다구
요. 오빠가 없을 때면……."

일영은 말끝을 흐렸다. 세인이 그녀에게 함부로 스킨십을 요구
한달지 그런 무리한 행동을 하는 것은 아니었다. 하지만 그것보다
도 더 심하게 그녀의 주변을 맴돌며 신경을 잔뜩 갉아먹었다. 농

담을 가장하며 아직도 사랑한다는 말을 남발하고, 애정과 욕망이 가득한 눈길로 그녀의 심장을 덜컥 내려앉게 만들었다. 차라리 무슨 행동이라도 취했더라면 과감히 뿌리치기라도 할 테지만, 세인은 결코 그런 우를 범하지 않았다. 그래서 일영은 더욱 미칠 지경이었다.

"내가 굳이 네 주변을 얼쩡거리는 세인일 쳐내지 않는 것은 일영이 널 믿기 때문이기도 해. 너는 세인이가 아닌 날 선택했으니까. 그렇지?"

"그래요. 내가 결혼한 사람은 당신이라구요. 하지만 이런 상황이 싫어서 당신과도 결혼하고 싶지 않았어요. 어쩌다 부딪치게 될지도 모른다는 가정하에서도 꺼려진 일인데, 아예 매일 얼굴을 맞대야 하다니 이걸 어떻게 내가 받아들여야 하는 거예요?"

"우리한테 중요한 것은 서로에 대한 믿음이야. 그것만 지키면 무슨 문제가 있겠어, 안 그래?"

유현의 말이 지극히 원론적이고 허점투성이라는 것을 일영도 모르지는 않았지만, 아무런 결론을 내지 못한 채 종내는 입을 다물었다. 결국엔 기묘하지만 이 세 사람의 관계는 이대로 속절없이 진행되어 갔다.

세인은 그 후로도 한 삼 년간인가, 서류상의 결혼 생활을 유지했다. 이혼을 위해 일시 귀국을 한 소정은 여전히 아름답고 여전히 도도하며 여전히 자신감에 넘쳐흐르는 모습을 하고 있었다. 그녀는 세인의 집을 방문하면서 바로 옆의 일영의 집에도 들러 이제

막 걸음마를 시작하는 혜성일 안아보기까지 했다.

"유현 씨 눈매를 그대로 닮았군요. 아이를 보고서 부모와 쏙 빼닮았다고 말하는 거 다 예의상 하는 말인 줄 알았는데 진짜 붕어빵이에요. 오히려 일영 씨 모습은 하나도 안 보이네요."

"네, 그런 말 많이 들어요."

"일영 씨도 좋아 보여요. 아이를 낳아도 여전히 처녀 같고."

"요샌 아줌마들이 더 처녀같이 하고 다니잖아요. 나야 아직 서른도 안 됐으니까. 소정 씨도 여전히 좋아 보여요."

소정은 내내 아이를 끌어안으며 어르고 달래주었다. 아이를 몹시도 좋아하는 모습을 보니 의외라는 생각이 들며 마음이 짠해질 지경이었다.

"이제 완전히 돌아오신 거죠? 세인 오빠랑 다시 합치실 거 맞죠?"

"세인 씨가 말 안 했나 봐요? 나 정리하러 온 거예요. 이제 그만 허울 좋은 유부녀 생활 청산해야죠."

"네?"

"뭘 그렇게 놀라요? 오히려 너무 질질 끈 거지. 세인 씨 소문은 뉴욕에까지 자자하잖아요. 강남 밤거리를 누비며 온갖 여자들을 섭렵하고 다닌다니 부인 체면이 말도 아니고, 그냥 두고 보려고 했는데 하도 귀가 따가워서 못 참겠더라구요."

"그게 무슨 말이에요?"

"뉴욕 한인사회나 유학생들끼리는 소문이 빠르고 빠삭하거든요. 방학 때면 한국으로 돌아가는 여자들 중에 세인 씨와 얽힌 여자들이 좀 있었던 모양이에요. 건너 건너 들려오는 소문 때문에 덩달아 나까지 입방아에 올라서요. 뭐, 꼭 그 때문만은 아니고.”

세인이 다양한 여자들을 만나고 돌아다닌다는 것은 일영도 어렴풋이 눈치채고 있었다. 그는 단 한 번도 여자를 자신의 집안으로 들인 적은 없었다. 하지만 어떻게 알고 왔는지 한 번은 현관문 앞에서 여자와 실랑이를 하는 것을 목격한 적이 있었다.

“한 사회학자가 이런 논문을 발표했더군요. 일부일처제란 상당히 부자연스러운 제도이기 때문에 앞으로 몇십 년 후면 자연스럽게 일부다처제나 일처다부제로 바뀌게 될 거라구요.”

갑자기 소정은 뜬금없이 이렇게 입을 열었다.

“네?”

“사실 일부다처제는 지금도 현존하고 있어요. 많은 남자들이 부인을 두고도 일첩, 이첩을 두고 사니까. 멀리 갈 것도 없이 우리가 아는 한 남자도 그런 일을 시도하려고 했었구요.”

소정은 피식 웃었다.

“한국도 그렇지만 미국 사람들도 두 집 살림하는 남자들 은근히 많아요. 진짜 그런 걸 보면 일부일처제라는 것이 정말로 사람들이 감내하기엔 힘든 불합리한 제도는 아닌가 그런 의구심이 들기도 하더군요. 그런데 그렇게 된다면 일처다부제도 가능하지 않을까요? 주변에 그런 경우는 본 일이 없어서요. 양다리 걸치는 것 말고 정말 말 그대로 일처다부제 말이에요.”

“…….”

“우리나라에도 옛날에 형사취수제가 있어서 형이 죽으면 형수

를 아내로 취했다지만 그건 또 다른 얘기구요. 인도경전 마하바라
타에 보면 판다바 다섯 형제가 드라우파디 공주에게 함께 장가를
들거든요. 난 그걸 보면서 아무리 신화 속 인물이라지만 결혼 생
활은 어떻게 유지할까 궁금해지더라고요. 그 경전 안에서도 일처
다부제는 그렇게 평범한 일은 아닌 것으로 그려지거든요. 뭐, 하
긴 여러 가지가 걸리겠죠. 성생활이야 그렇다 치더라도 일부다처
제일 경우에야 자녀의 부모가 누구인지 확실하지만 그 반대의 경
우는 누가 아버지인지 혼란이 올 것이고, 또 워낙에 기가 센 수컷
들이라 암컷을 공유한다는 것이 기질상 불가능할 것도 같고…….
하지만 여자라고 여왕벌처럼 되진 말란 법은 없잖아요? 남자가 여
러 여자 거느리고 산다고 그대로 따라 하라는 게 아니라, 굳이 미
리부터 안 된다고 선을 그을 필요는 없을 거란 얘기예요. 물론 말
은 이렇게 해도 난 그럴 자신은 없어요. 두 남자의 여자가 되느니
차라리 혼자를 택할 거예요. 그거 심리적으로 굉장히 피곤할 것
같거든요."

　소정은 알 수는 없지만 상당히 의미심장한 얘기를 두서없이 지
껄이더니 기묘한 미소를 흘리며 일영에게 작별 인사를 고했다. 그
녀는 사실 뉴욕에서 아주 괜찮은 남자와 사귀는 중이라며 슬쩍 귀
띔을 하는 것도 잊지 않았다. 결국 이런저런 이유를 댈 것도 없이
새로운 사랑을 찾은 그녀는 굳이 세인을 옭아맬 이유가 없어 놓아
주기로 결정을 한 것이다.

　옆집에 사는 세인은 일영이 보기에도 자유롭고 활기차게 살았
다. 모임도 많았고, 여행도 자주 다니고, 이따금씩 외박도 했다.

그 와중에도 그는 유현과 일영과의 교류 역시 게을리 하지 않았다. 너무 늦은 시간이 아니라면 어김없이 무언가를 사들고 와서 일영에게 슬쩍 안겨주기도 했고, 일영의 생일에는 과하리만큼 값비싼 선물을 유현의 눈앞에서 떡하니 내밀기도 했다. 그러고 보면 세인이 건드리고 참견하지 않는 유일한 기념일은 일영과 유현의 결혼기념일뿐이었다.

일영은 유현과 세인의 행동이 못내 불편했지만, 참으로 사람은 환경에 그예 익숙해지는 동물인 모양이었다. 소정이 다녀가고 나서도 근 이 년이 흐른 지금, 일영은 예전과는 달리 이 상황이 너무도 자연스럽고 편안해짐을 느끼고는 묘한 미소를 지었다.

점점 일이 바빠져 주말에나 간신히 얼굴을 보는 유현을 대신해 불이 나간 전등을 서슴지 않고 갈아주는 세인이 옆에 있다는 것은 확실히 편리한 일이었다. 다정하고 가정적이고 아직도 신혼의 열정을 그대로 간직한 유현은 든든한 일영의 버팀목이었지만, 일 욕심이 많은 그는 마음과는 달리 점점 가정일에서 멀어져만 갔고, 그 사실이 조금은 섭섭하게도 느껴졌다. 하지만 그 마음이 섭섭한 마음 이상으로 발전하지 않은 것은 그녀의 주변을 끊임없이 맴돌며 세심하게 챙겨주는 세인의 존재 때문이라는 것은 부인하기 힘들었다.

세인은 유현보다는 시간이 넉넉했기에 어떻게 보면 유현보다 그와 함께하는 시간이 더 길었다. 그와 같이 쇼핑을 하고, 같이 혜성을 데리고 근처 공원을 산책하기도 했다. 심지어 동네 사람들 중에는 세인이 남편인 줄로만 알고 있는 사람도 있을 정도였고,

어쩌다 시간이 난 유현과 함께 집을 나서다 보면 의아한 동네 사람들의 시선에 시달리기도 했다. 두 남자와 번갈아 다니는 일영의 모습이 동네 사람들에게는 확실히 이질적으로 비춰졌던 것이다. 하지만 몇 년이 흐르고 두 남자와 함께 외출을 하는 모습들이 자주 노출되면서 이웃 사람들은 그들이 그저 친숙한 사이일 뿐이라는 것을 인정하고는 이제는 별다르게 여기지 않는 눈치였다. 이따금씩 집에 들르는 시부모님과도 친숙하게 지내는 세인의 모습이 알려지자 그저 잘 아는 친구 사이일 뿐이라는 인식 또한 강하게 박혀 버렸다.

물론 그사이 두 아이의 엄마가 된 신영은 일영의 집에 방문할 때마다 눈살을 찌푸리며 세인을 냉대했다. 복잡한 것은 딱 질색하는 신영의 냉소적인 시선으로 보기에 이들의 관계는 해외토픽에나 나올 법한 말도 안 되는 관계였다. 신영은 이들의 관계가 위태로운 줄타기처럼 언제 떨어질지 모르는 일촉즉발의 상황이라고 단정 지었고, 단 일 년도 버티지 못할 거라 우려했다. 하지만 의외로 오 년 이상이 되도록 별문제없이 오히려 행복하게 사는 이들의 모습을 보고는 고개를 절레절레 흔들었다.

"진짜 황세인이가 너한테 손 안 대? 그냥 저렇게 얼쩡거리기만 하는 거냐고?"

"해명하기도 지쳤어. 네 마음대로 생각해."

일영은 하도 기가 막혀 반박하는 데 별반 의지를 보이지도 않았다.

"아니, 물론 난 널 잘 알지. 바람피울 주제도 못 된다는 거. 한데 황세인 미친 거 아냐? 아니, 옛 애인 옆집에 딱 붙어살면서 오지랖 넓게 끼어들고 싶냐고? 걘 애인도 없어?"

"설마 애인이 없겠니? 딴 여자들 만나면서 아주 잘살고 있어. 나도 처음에는 적응이 되지 않았는데 세인 오빠 이게 편한가 봐. 나도 생각해 보니 굳이 마다할 이유가 없더라고. 남편이 인정해 주는 남자와 친구로 지낸다는 거 보통 행운은 아닌 거잖아."

"여우 같은 것. 너야말로 꼬리가 스물은 달린 여우다. 형부는 널 뭘 보고 순진하다고 하는지 몰라. 암튼 무서워. 내 언니지만 진짜 무서워."

"기집애."

"너 진짜 형부한테 잘하고 살아야 해. 입장 바꿔놓고 생각해서 네 주변에 형부 옛 애인이 얼쩡거리고 있다고 생각해 봐. 아무리 친구처럼 지낸다 해도 그거 용납이 되겠니? 우리 상경 씨가 그러 면 난 머리를 죄다 뜯어놓고 맨몸으로 내쫓을 거야."

이제 세인에게서 남자로서의 매력이나 이성적인 사랑이 느껴지 지는 않았다. 그저 편안한 오빠와 같았고, 어쩔 때는 동성 친구 같 기도 했다. 이따금씩 볼에 뽀뽀를 하거나 장난 삼아 뒤에서 끌어 안는 일이 있어도 화들짝 놀라는 일 없이 대수롭지 않게 받아들일 만큼 익숙해졌다.

신혼이 훌쩍 지난 유현에 대해서 느끼는 감정은 세인보다는 조 금은 더 복잡했다. 아무리 바빠도 일주일에 최소 두 번은 어떻게 든 잠자리를 하고, 틈틈이 전화를 해서 사랑한다고 말하는 남편.

확실히 익숙해져서인지 이제는 연인이라기보다 가족이라는 느낌
이 더 강해진 사람이었다. 무엇을 해도 이해해 줄 것만 같고, 무슨
짓을 해도 받아줄 수 있을 것만 같은 사람, 유현은 그런 사람이었
다. 그래서 깊이깊이 사랑하지 않을 수 없는 사람이었다.

일영은 행복했다. 행복하고 편안한 이상, 지금의 상황에 의구심
을 가질 필요도 없고, 토를 달 필요도 없었다. 그저 유현이 하는
일이 잘되기만을 바라고, 혜성이가 무탈하니 건강하게 자라주고,
세인이 좋은 짝을 만나 예쁜 아이를 갖게 되기만을 간절히 바랄
뿐이었다.

31

올해의 여름휴가에도 세인은 어김없이 유현의 가족과 함께 했다. 바쁜 회사 일 때문에 휴가 일수를 반납한 유현은 그래도 섭섭하다며 주말을 이용해 강원도의 그림 같은 펜션을 예약했다. 녹음이 우거진 산등성이에 독채로 이루어진 프랑스의 시골풍 전원 주택들이 늘어서 있고 그 앞에는 물놀이하기 좋은 계곡물이 졸졸 흐르는 아주 운치있는 곳이었다.

세 사람은 펜션 앞 개인 정원에 있는 바비큐 그릴에서 고기와 해물 등을 굽고 근사한 와인으로 다 함께 건배를 했다. 밤하늘에는 서울에서는 좀처럼 볼 수 없는 별들이 마치 쏟아질듯 총총히 박혀 한결 그 운치를 더했다. 혜성은 일찍 저녁을 먹고는 피곤한지 정신없이 곯아떨어져 버렸다.

"자, 우리 세 사람을 위해 건배!"

세인과 유현은 고기가 구어질 때마다 연신 경쟁적으로 일영의 접시 위에 덜어주었고, 그녀는 손 하나 까딱할 필요 없이 두 남자의 서비스를 즐겼다. 이들은 쉴 새 없이 웃고, 먹고, 떠들어댔다. 참으로 유쾌하고 즐거운 시간이었다.

"어머, 혜성이 깼나 봐."

일영은 혜성이가 우는 소리에 들고 있던 와인 잔을 놓고는 서둘러 펜션 안으로 들어갔다. 어깨와 등이 그대로 드러나는 탱크 톱에 반바지를 입은 일영은 아이 엄마라고는 믿어지지 않을 만큼 아직도 여리고 탄력있는 몸매를 지니고 있었다. 사실은 세인이 운동이라면 질색을 하는 일영을 헬스장으로 억지로 이끌었고, 몇 달이나 이렇게 질질 끌려 운동을 하다 보니 오히려 처녀 때보다도 더 건강하고 균형 잡힌 몸매를 유지하게 되었다.

"일영인 알까, 우리가 지금 이 순간을 위해 그동안 피 말리는 노력을 했었다는 걸?"

세인은 붉은 와인을 잔에 따르더니 유현을 향해 슬쩍 들어 보였다.

"너만 마음잡고 사라져 주면 될 일이야."

유현 역시 웃으며 잔을 쨍하니 부딪쳤다.

"미쳤냐? 어떻게 얻은 평화인데. 난 지금 이대로가 좋다. 그때 네 얘기를 처음 들었을 때는 진짜 미친 짓 같았지만, 의외로 우리한테는 최선의 길이었어."

"나는 일영이와 지금 당장이라도 결혼할 수 있지만 너는 할 수가 없어. 그건 너도 인정하지?"

유현은 드디어 자신의 생각을 세인에게 풀어놓기 시작했다.

"일영이가 너희 집안에 들어가 힘들게 사는 것을 두고 볼 것 같아? 차라리 이혼남인 내가 더 나을걸?"

"미안하게도 전세가 달라졌어."

유현은 양복의 안주머니에서 사진을 꺼내 세인에게 내밀었다. 바로 어린 일영과 유현, 세인이 함께 한 그 사진이었다.

"이건 뭐야?"

"그 여자 아이를 자세히 봐봐."

세인은 한참이나 여자 아이의 얼굴을 응시하더니 정말로 알아본 건지, 아니면 눈치로 때려잡은 건지 화들짝 놀란 표정을 지었다.

"설마, 이 아이……."

"그 설마가 맞아. 알고 보니 아버지의 친한 선배 딸이었어. 능력이 없어서 구조본을 그만두고 평범하게 사는 게 아니라 오히려 넘치는 능력 때문에 낙향해서 사시는 분이더군. 이때 기억 나냐? 이 아이 서로 자기편으로 끌어들이려고 사탕 준다며 꼬시고, 업어준다고 꼬시고."

"……기억나. 내가 자존심도 죽이고 달라붙었는데도 기어이 새침하게 지 어린 동생만 끌어 안고 있었어. 하도 들인 공이 아까워서 그날 밤 잠도 못 잤지. 그게 어찌나 얄밉고 꼴도 보기 싫었던지 그날 이후로 계집아이라면 고개를 절레절레 흔들었지. 그럼 그 드세고 천방지축이던 동생은 신영이었던 모양이군. 참 내."

세인은 혀를 끌끌 찼다. 일영에게 경쟁적으로 바짝 달라붙어 웃고 있는 어린 사내아이들의 모습이 운명의 장난이라 하기에는 너무도 기막혔다.

"내가 일영이와 결혼하도록 도와줘. 그렇게만 해준다면 네가 일영의 옆에 있는 것을 묵인하지."

"뭐? 뭐가 어째?"

세인은 저도 모르게 새된 목소리로 버럭 소리를 질렀다.

"현실적으로 생각해. 일영이가 사랑하는 건 나야. 내가 물러난다 해서 너한테 가지는 않을 거라고. 설사 간다 해도 넌 아직 서류 정리도 하지 않은 데다, 막상 자유의 몸이 된다 해도 네 부모님께 흡족한 며느리는 될 수 없어. 하지만 너만 곱게 물러나 준다면 난 아무 문제 없이 일영과 결혼할 수 있다. 일영인 사랑하는 남자와 결혼도 할 수 있고 우리 집안에서 환영도 받을 거야. 그러니 도와줘."

"너 제정신인 거냐?"

"그럼 지금 이 상태로 질질 끌고 싶어? 이러다 일영이가 다른 남자라도 만나게 되면? 그땐 이렇게 몰래 와서 지켜보는 것조차 할 수가 없어. 혹시나 기회가 돼서 당당하게 불러내고 싶어도 불가능한 일이라고. 하지만 나와 결혼을 하면 달라. 일영의 옆에 있게 해줄게. 언제든지 네가 보고 싶을 때 볼 수 있게 해줄게."

"미친놈."

"내가 미친 짓이라고 미리 얘기했잖아. 어떡할래? 어차피 평생

너한테는 가지 않을 여자야. 미련을 버리고 떠나든지 이대로 지켜
보기만 하다가 다른 남자를 만나는 일영일 몰래 지켜보든지, 아니
면 나와 결혼하도록 도와준 후 거리낌없이 일영의 얼굴을 보든지
네가 선택하라고. 단 그렇다고 일영이와의 잠자리까지 용납한다
는 건 아니야. 그건 절대 안 돼.”

“그걸 지금 조건이라고 내세우는 거냐?”

“이건 날 위해서가 아니라 널 위해서야. 물론 배우자를 두고 바
람을 피우는 사람들이 드문 건 아니지. 세인이 네가 몰래 일영이
와 잠자리를 할 수도 있고 그걸 내가 일일이 단속할 수도 없는 문
제야. 하지만 일영이 성격 잘 알지? 그런 양다리를 엄청나게 힘들
어한다는 거. 그게 힘들어서 둘 다 쳐낸 여자야. 그런데 만일 네가
유부녀인 일영과 잠자리를 한다고 생각해 봐. 일영이가 그렇게 하
도록 두지도 않겠지만 혹여 실수로라도 그런 일이 벌어진다면 우
린 둘 다 끝장이야. 일영인 먼젓번처럼 우리 둘 다 보지 않을 거라
고. 잘 생각해 봐.”

유현이 띄운 승부수는 세인에게도 거부할 수 없는 유혹이었다.
물론 처음 유현의 이 같은 제의를 듣고 나서는 말도 안 되는 미친
소리를 지껄이고 있다며 코웃음을 쳤다. 하지만 생각이 진행되어
가면 갈수록 그의 말도 안 되는 소리가 점차 말이 되는 소리로 여
겨지게 되었다. 물론 세인도 머리 좋고 약삭빠른 유현에게 놀아나
고 있다는 것을 모르는 바는 아니었다. 결국에 일영은 유현과 결
혼을 하게 될 것이고 세인은 닭 쫓던 개 지붕 쳐다보는 격이 되고
야 말 것이다. 유현은 지금에야 일영의 옆에 얼쩡거리는 것을 용

납한다 말하고 있지만, 결혼을 하고 나서는 그것도 어떻게 변할지 장담할 수 없었다. 세인에게는 여러모로 불리했고, 전혀 득 될 것 없는 불평등 계약이었다. 하지만 세인은 일주일도 채 지나지 않아 유현의 이런 미친 제안을 순순히 받아들였다. 이것저것 따져 가며 결정한 것은 아니었다. 그냥 마음이 시키는 대로 한 결정이었고, 스스로가 미친 짓이라는 것을 알면서도 결정한 일이었다.

그리고 이 말도 안 되는 기묘한 관계는 수년이 흐르도록 순탄하게 진행되어 갔다. 물론 겉보기와는 달리 이 두 남자에게는 마냥 좋기만 한 상황은 아니었지만 그런대로 견딜만했고, 이제는 그 선택이 후회가 되지 않을 만큼 행복하다고 느꼈다.

"황세인, 그렇게 일영일 사랑하는 거냐? 솔직히 난 네가 이렇게까지 질기게 나올 줄은 몰랐다."

"세월이 얼마나 흘렀는데 설마 사랑이 아직까지 남아 있겠냐? 그러는 넌 아직까지 일영일 사랑하는 거냐?"

"지금쯤 되면 이젠 사랑보다는 정인 거지. 너도 결혼해 봐서 알잖아?"

"난 결혼이 맞지 않는 사람인 것 같아. 그냥 이대로가 좋다."

웃으며 담소를 나누는 이 두 사람 앞에 혜성일 재우고 나온 일영이 다시금 말간 모습을 드러냈다.

"이제 자요. 아무래도 잠자리가 바뀌어서 투정 부리는 것 같아."

"우리 사진 찍을래?"

갑자기 세인이 이렇게 제안했다. 그는 삼각대 위에 디지털 카메라를 고정시킨 후 타이머를 작동했다. 계곡을 배경으로 한 이들은 일영을 사이에 두고 환하게 웃으며 사진을 찍었다. 아무런 근심도, 걱정도 없는 어릴 적 그 모습 그대로 티없이 맑고 환한 웃음이 이들 세 사람의 표정에 아낌없이 떠올라 있었다.

작 가 후 기

   이 소설은 작년 여름 즈음 무심코 '발리에서 생긴 일' DVD를 돌려 보다가 문득 저 잘나고 멋진 두 남자를 다 가지면 어떨까, 라는 발칙한 상상에서 출발하게 됐습니다. 왜, 드라마나 소설을 보다 보면 이런 생각을 하게 되잖아요. 저 잘난 두 남자를 확 다 가져 버려? 대한민국에서 안 되는 게 어딨니? 다 되지.

   순식간에 시놉시스를 짜고 바로 연재에 들어갔습니다. 당시 본의 아니게 장기 연재 중인 다른 소설도 있었고, 출간 준비 중인 소설도 있어 나름 바빴지만 순간적으로 필받아 버려 그냥 일을 저질러 버렸습니다.

   이 소설의 주인공 일영은 제가 쓴 소설 중에서 가장 답답한 인물이었습니다. 쓰면서 제 속이 터질 지경이었고 연재를 지켜보시는 독자 분들도 참 많이 답답해하셨구요. 하지만 매번 당차고 할 말 다 하는 여주 캐릭터만을 고집할 수는 없는 문제고, 소설 진행상 일영의 답답하고 우유부단한 성격이 오히려 사건을 만들어 나가는 단초가 되기 때문에 어쩔 수가 없더라구요.

   이 소설의 결말을 처음 선보였을 때, 소설 진행은 굉장히 현실적인 반면 결말은 비현실적이고 판타지에 가깝다는 말씀을 많이 해주셨습니다. 소설의 끝으로 갈수록 도무지 어떤 결말이 될지 예상하기 힘들었다고 말씀해 주시는 분들도 많았구요. 어쩌다 보니 저를 좋아해 주시는 소수의 회원께만 보여 드리게 됐는데, 그런 회원들 중에서도 불편한 기색을 숨기지 못한 분들도 없지 않아 있었습니다. 물론 대부분은 저다운 결말이라며 좋아해

주셨지만요.

사실 대부분의 보수적인 로맨스 독자 분들의 성향으로 볼 때 그래도 생각보다 반응이 좋은 편이라 내심 용기를 가지게 되었고, 다행히 원고 투고를 한 청어람에서도 좋아해 주서서 이렇게 책으로 다듬어 나오게 됐습니다.

많은 말을 하고 싶고, 또한 많은 것을 보여 드리고 싶지만 일일이 설명을 한다는 것은 우스운 일이 되겠지요. 로맨스 소설이라는 것이 결국엔 여성들의 판타지를 구현하는 소설이라 생각하시고 열린 마음으로 읽어주셨으면 하는 바람을 가져 봅니다.

저와 늘 같이 해주시는 털뭉치 회원분들께 먼저 감사드리고 싶고, 엄마가 소설을 쓴답시고 거의 굴려 키우는 우리 일곱 살 난 딸 나령이에게는 미안하고 사랑한단 말을 하고 싶습니다. 그러고 보니 '미안하다, 사랑한다' 가 생각나네요. ^^ 그것도 참 명작 드라마지요.

곰의 탈을 쓴 여우, 우리 남편이야말로 제가 소설을 쓸 수 있도록 도와주는 일등공신입니다. 이제 곧 결혼 7주년이 다가오지만 연애 때보다 오히려 결혼한 후에 더 잘하는 우리 남편, 참 예뻐요.

파격적이라 볼 수 있는 결말이라 내심 걱정을 했는데 선뜻 손을 내밀어 준 청어람 편집인들께도 감사드리고 싶습니다.

—2006년 4월 3일 김윤수 드림.

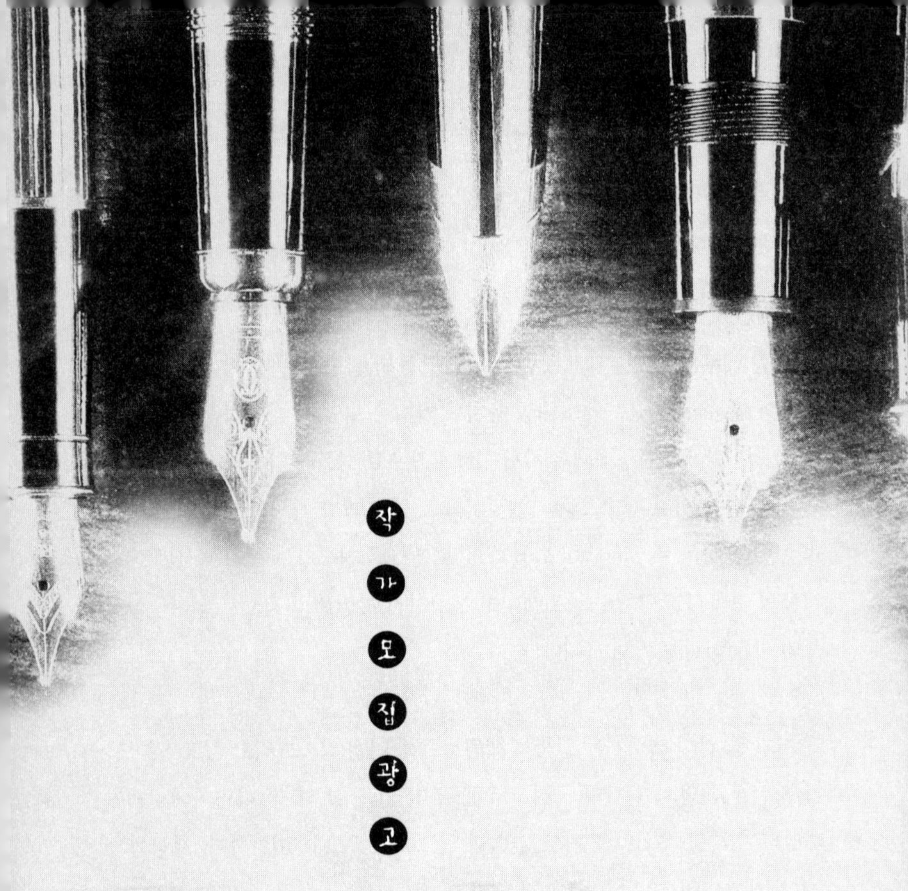

작
가
모
집
광
고

도서출판 청어람에서는
로맨스 작품을 모집합니다.
로맨스를 사랑하시는 작가 분들의 많은 참여 바랍니다.

TEL:032-656-4452 · FAX:032-656-4453
http://www.chungeoram.com
http://chungeoram.egloos.com
e-mail:chungeoram@chungeoram.com